〔美〕埃里克·拉森 —— 著

王俊生 —— 译

死亡尾迹

DEAD WAKE:

THE LAST CROSSING OF THE LUSITANIA

Erik Larson

南海出版公司

新经典文化股份有限公司
www.readinglife.com
出 品

献给克里斯、克里斯滕、劳伦和埃琳
（以及莫莉和拉尔菲，他们虽已不在，但未被遗忘）

努力挖掘真相

（致读者）

　　我第一次阅读有关卢西塔尼亚号事件的历史报道纯属一时兴起，那阵子我读的书种类繁杂，总是见书就读，不挑不拣。该事件的报道让我既着迷又颇为震惊，在那之前，我以为自己已经搞清了这起事件的来龙去脉，但就像我之前每次深入研究后得出的结论那样，我很快就意识到自己简直大错特错。首先，我发现埋葬在这起事件的混乱细节中的——从某些方面来说，是被故意混淆的——是简单而且让人心悦诚服的东西：一个非常好的故事。

　　一如既往，我必须立即指出，这不是一部虚构作品。凡是标注了引号的内容，都来自回忆录、信件、电报或其他历史文件。我试图以一种让读者仿佛身临其境的叙事方式——就像事件亲历者们所经历的那样——收集整理卢西塔尼亚号事件中那些真实的有悬念的时间节点和可以称为浪漫的桥段（尽管有些容易受到惊吓的读者可能希望跳过某些尸体解剖的片段）。

无论如何，我现在终于可以把卢西塔尼亚号的传奇呈现给大家。那或大或小的各方力量，会聚在一九一五年五月一个美好的日子里，造成了一场巨大的灾难，它的本质和深远影响，早已被历史的迷雾所湮没。

埃里克·拉森
西雅图

关于时间的说明：为避免混淆，书中把德国潜艇上的时间转换成了格林尼治标准时间。因此，文中引用潜艇艇长瓦尔特·施维格的一条作战日志原为下午三点的记录，换成了下午两点。

关于英国海洋军事部：请务必记住，当时，海洋军事部最高级别的官员是海军大臣，相当于现代意义上的首席执行官；排在第二位的则是第一海务大臣，实质上是首席运营官，负责日常海军作战。

目 录

船长的话 / 3
第一部 "该死的猴子" / 7
第二部 跳绳和鱼子酱 / 165
第三部 死亡之旅 / 261
第四部 黑灵 / 299
第五部 大海的秘密 / 385
尾声 各自的结局 / 418
资料来源与致谢 / 430

"各位船长请务必牢记，虽期望你们勤勉努力，保证快速航行，但请避免任何可能导致船只事故的风险。你们要永远铭记，确保托付给你们照管的生命财产安全，是整个航行期间处于支配地位的最高原则，坚决抵制超速、在航行中节省时间等靠冒着发生意外事故的风险来赢得收益的行为。"

——摘自《公司服务准则》

丘纳德蒸汽轮船有限公司

一九一三年三月

"U 型潜艇的安全性是首要考虑。"

海军上将赖因哈德·舍尔

摘自《1919：世界大战中的德国公海舰队》

船长的话

一九一五年五月六日晚，船长威廉·托马斯·特纳的船靠近了爱尔兰海岸。他暂时离开驾驶舱，走向头等舱休息厅，乘客们正在那里参加一场音乐才艺表演，这是丘纳德公司远航船的惯例和特色。休息厅宽大、温暖，墙壁镶嵌着桃花心木板，地面铺设着黄绿相间的地毯，前厅和后厅的舱壁上立有两个十四英尺高的壁炉。特纳船长通常会避免参与这类活动，他不喜欢履行船长的社交义务，但今晚不同寻常，他有消息要向乘客发布。

尽管休息厅里还是有人唱歌，弹钢琴，笨手笨脚地变魔术，气氛却变得紧张不安。当特纳在演出间歇步入休息厅时，紧张和不安更加明显。特纳的出现很反常，从侧面印证了乘客们从纽约出发以来就一直担心的那些事有可能真的发生，就像牧师的到来往往会抹掉护士脸上那鼓舞病人的愉快微笑一样。

然而，特纳的本意是安抚人心，他的外表和神态为此提供了帮助。像银行保险柜一样结实的身材，使得他本人就是安静有力的象征。特纳的眼睛是蓝色的，脸上带着善良温柔的微笑，他已经五十八岁了，头发灰白，彰显智慧和经验，他可是丘纳德公司的船长，光这个就足以使人安心。根据丘纳德公司的惯例，船长要在多艘轮船上轮流任职，这是他第三次为卢西塔尼亚号掌舵，但在战时担任船长还是第一次。

特纳告诉乘客，第二天，也就是五月七日星期五，卢西塔尼亚号将驶入爱尔兰南部沿岸海域，这里是德国划定的战区。这事本身并不是什么新闻。卢西塔尼亚号从纽约出发的那天早上，德国驻华盛顿大使馆发布的一则通知就登上了纽约各大报纸的航运消息版面，提醒读者注意战区的存在，并警告说"任何悬挂英国国旗的船只，或者任何英国盟友的船只，都可能遭到摧毁"，而这些船上的乘客和船员"将自行承担风险"。尽管这一警告并没有指名道姓地提及任何一艘轮船，但还是被广泛解读为是针对特纳的卢西塔尼亚号发布的，至少权威报纸《纽约世界报》就将该则通知放在了与丘纳德公司发布的卢西塔尼亚号广告相邻的版面上。按照乘坐头等舱的舞台布景设计师奥利弗·伯纳德的说法，从那时开始，卢西塔尼亚号的乘客们就一直在"思考、做梦、睡觉，担心被潜艇击中"。

特纳接着向大家透露，当晚早些时候，该船已经通过无线电收到了来自爱尔兰海岸的有关德国潜艇最新活动的电报。他向大家保证，不必惊慌。

换作别人这么说，这话听起来简直就像毫无根据的缓兵之计，但特纳似乎真的这样认为。他本来就对德国潜艇所能带来的威胁半信半疑，更何况他的船能横跨大西洋，因其所能达到的速度还被称为"海上灰狗"。丘纳德公司的上级也表示过这样的怀疑，该公司派驻纽约的经理曾对德国的警告做出正式回应："事实上，卢西塔尼亚号是海上最安全的船。它对潜艇来说太快了，没有德国军舰能追上或靠近它。"特纳的亲身经历也证实了这一点：之前他在另一艘船当船长时，有两次认定遭到了潜艇伏击，他立即下令全速前进，结果成功摆脱了潜艇。

但关于这两起遭遇，他今晚只字未提。他选择用另一件事抚慰大家：明天进入战区时，卢西塔尼亚号将会得到英国皇家海军的护卫。

他向大家道了晚安，回到驾驶舱。才艺表演又继续进行。有几位乘客当晚就和衣睡在了餐厅，因为担心发生袭击后会被困在甲板下面的船舱里。一位希腊籍地毯商人格外焦虑，穿上救生衣，准备爬上救生艇过夜。另一名纽约商人艾萨克·莱曼，从随身携带的左轮手枪中找到了一些安慰，但要不了多久，这把枪就会让他暂时声名远播，只不过不是什么好名声，而是让他臭名昭著。

除了少数几盏灯，船上的灯光陆续都熄灭了，百叶窗都已经合上，遮光幕帘都已经拉上，卢西塔尼亚号继续在海面上前行，时而被迷雾笼罩，时而在点点星空下显出清晰的轮廓。但即使是在沉沉暗夜，在月光和薄雾的映衬下，这艘船也显得与众不同。五月七日星期五，驶往纽约的一艘船的船长认出了卢西塔尼亚号,当时两船相距超过两英里。"你可以明显看到有四个大烟囱,"船长托马斯·M.泰勒先生说,"它可是唯一一艘有四个大烟囱的轮船。"

此时,一座钢铁城堡正在海上游动,卢西塔尼亚号在沉沉夜色中前行,悄无声息,仿佛只是投射在海面上的一个黑色巨影。

第一部

"该死的猴子"

卢西塔尼亚号
老水手

轮船排放的烟雾和河面升腾的雾气，让整座码头变得模糊，这艘巨大的客轮看起来更大，更像是从平原上拔地而起的一座险峰，而非人类精心设计的产物。船体是黑色的，海鸥飞过，就在这黑色背景上画出一道道白色的斜线，很美，对于正站在高出码头七层楼的驾驶舱里的那位来说，这些海鸥现在还不是令人恐惧的生物，但不久后就是了。轮船正在侧向徐徐滑动，靠近哈德逊河的第五十四号码头，这个码头位于曼哈顿第十四街区的西端，英国利物浦市的丘纳德蒸汽轮船公司在当地运营着一连排的四个码头，它就是其中之一。驾驶舱两侧都有一条狭窄过道向外延伸，像两个短翅膀，站在这里可以将整个船体尽收眼底。几天以后，也就是一九一五年五月一日星期六，当这艘轮船再次开始穿越大西洋的航行时，船长就将站在这里。

欧洲仍处于战争状态，目前已经进入第十个月，比所有人想的都长,但这艘船的席位还是被订满了,将运载近两千人,或者说两千个"生灵",其中有一千二百六十五名乘客,儿童和婴幼儿多得超乎想象。据《纽约时报》报道,这是今年截至目前发往欧洲的客轮中承载旅客最多的一班。当轮船满载船员、乘客、行李、补给品和货物时,船重或者说排水量会超过四万四千吨,最高速度可达二十五节①,约为每小时三十英里。由于许多客船不再进行商业运营或转为军事用途,卢西塔尼亚号成为目前仍在使用的航行速度最快的民用船只。只有驱逐舰,以及英国最新的以石油为燃料的伊丽莎白女王级战列舰,才有可能航行得更快。这么大一艘船能达到如此高的航速,这被公认为当代奇迹之一。在一九〇七年七月的一次环绕爱尔兰的试航中,一名罗德岛的乘客力图捕捉到这艘船更大的意义,以及它在新世纪的位置。"卢西塔尼亚号,"他的看法出现在船上发行的《丘纳德每日简报》中,"本身就是人类所有知识、发现和发明的一个完美缩影。"

该报报道称,乘客们举行了一次谴责性投票以示对丘纳德公司的不满,因为这艘船有两个明显的疏漏:既没有松鸡猎场,也没有野鹿林苑。一位乘客评论道,如果哪天需要新的诺亚方舟,他就会跳过建造大船的老套问题,直接租用卢西塔尼亚号,"因为我计算过了,船上有足够的空间让现存的每一种动物都住进去一对,还有富余的空间"。

---

① 1节等于1海里/小时。

简报的最后一段简直就是丘纳德公司在轻蔑地冲着德国晃手指，说这艘船刚刚通过无线电收到一则消息，德皇威廉二世亲自给造船者发了一封电报："请速发来一打卢西塔尼亚号，注意我说的一打是面包师卖面包的一打，不是十二个，而是十三个。"

从一开始，这艘船就是民众表达民族自豪感和爱国热情的对象。与丘纳德公司选择古代地名为新下水的轮船命名的惯例一致，该公司为这艘船选择了"卢西塔尼亚"一名。卢西塔尼亚是古罗马帝国一个行省，位于伊比利亚半岛，占地面积与现在的葡萄牙相当。"这里的居民英勇善战，罗马人征服了他们，但征服过程异常艰难，"丘纳德公司的一份以这艘船命名的备忘录论据这样提到，"他们以掠夺为生，言行举止粗蛮无礼。"按照习惯的缩略叫法，人们将其称为"卢西"。

但这艘船本身可没有什么粗蛮的地方。一九〇七年，当卢西塔尼亚号准备从利物浦起航，开启首次横跨大西洋之旅时，有大约十万民众聚集到默西河两岸驻足观看，许多人挥舞着手帕，纵情高唱英国海军军歌《不列颠万岁》。一位名叫 C. R. 明尼特的乘客在船上写信告诉妻子，他是如何爬到了甲板的最高处，就站在这艘船高耸入云的四个大烟囱旁边，从最佳位置来观赏这激动人心的一刻的。"不爬到高处一个合适的位置，你对它的大小就不会有概念，从我站的地方向下看，它就像林肯大教堂一样，"明尼特这样写道，"我跑到头等舱的各个部分去看了看，真的很难描述，它太美了。"

船的美观大气掩盖了其真实结构的复杂性。一开始就应对其分外留意。第一个冬天，一等舱的写作间、各类餐室和各种过道的木建部分就开始缩水，不得不重建。过多的震动迫使丘纳德公司中止船的运营，以安装额外的支撑装置。不断有部件发生故障或干脆停摆。一个烘箱发生了爆炸，造成一名船员受伤。所有锅炉都需要除垢和清洗。冬季跨洋航行时，各种管道会被冻裂。船上灯泡烧坏的速度令人难以置信——这可不是一个小问题：卢西塔尼亚号上有六千盏灯。

但这艘船经受住了考验。它速度很快，乘坐舒适，深受人们喜爱，到一九一五年四月底，它已经完成了跨越大西洋的第二百零一次航行。

为了确保卢西塔尼亚号能在五月一日星期六准时起航，必须迅速高效地完成大量的准备工作，船长威廉·托马斯·特纳在这方面可以说是出类拔萃。在丘纳德公司里，论掌管大型船只，没有人比他更出色。在轮岗担任阿基塔尼亚号的船长时，特纳就开始小有名气，因为有一次抵达纽约，他仅用了十九分钟就将船侧滑进停泊水域，平平稳稳地停靠到码头。他至今还保有一项往返航行的最快纪录，那是在一九一〇年十二月完成的，当时他在卢西塔尼亚号的孪生姐妹毛里塔尼亚号上担任船长，他驾驶这艘船顺利往返纽约，而且只用了十四天时间。丘纳德公司奖励他一个银质托盘，他"非常高兴"，同时也有些惊讶。"我没想到会因为这件事得到这么高的赞誉。"他在一封感谢信中这样写道，"我们全体船员只不过是在保证一切正常的情况下履行好自己的职责。"

卢西塔尼亚号的起航准备过程十分复杂，甚至可以说是混乱，需要事无巨细地调整，耗费了大量的人力成本，但这一切都被船的光辉外表所掩盖。任何从码头上抬头张望的人都只能看到一种恢宏的美，而在船的另一边，工人们正在用力铲煤，煤粉让他们浑身上下都成了黑的。总共五千六百九十吨煤，通过船体的开口装进侧体——人们称之为"侧口袋"。轮船无时无刻不在烧煤，即使停靠在码头上，每天也要消耗一百四十吨燃料以保持一定的炉温，让发电机为船上的照明设备、电梯，以及非常重要的无线通信设备马可尼发射机等提供电力，它的发射天线就架设在两根桅杆之间。卢西塔尼亚号航行时，对煤炭的需求量更是巨大。船上有三百名司炉、运煤工和添煤工，每天三班倒，每个班次一百人，每天要将一千吨煤铲进一百九十二个燃烧炉，加热二十五台锅炉，以产生足够多的超高温蒸汽，来驱动巨大的船用引擎涡轮机旋转。这些人被戏称为"黑帮"，与他们的种族无关，是因为他们全身上下都覆盖着煤尘。那些锅炉就像一台台没有轮子的火车头，占据了轮船的底层甲板，体积庞大，长二十二英尺，直径十八英尺。任何时候，这些锅炉都需要小心看管，因为完全加压以后，每台锅炉都储存着足够的能量，一旦爆炸，能轻易将一艘小船撕成两半。五十年前，锅炉爆炸就造成了美国有史以来最严重的水上灾难——密西西比河上苏塔纳号蒸汽轮船失事，导致一千八百人丧生。

不管乘务人员采取什么措施,煤尘都会飘得到处都是,从头等舱舱门下面的缝隙中穿过,从钥匙孔中穿过,还会随着舱梯落到各层,逼得乘务人员拿着抹布满船上下不停地擦,扶手栏杆、门把手、桌面、折叠式躺椅、盘子、煎锅,以及任何可能掉落煤尘的表面,都在他们的工作范围内。煤尘还会带来一种危险——在达到一定浓度后,它就具有高爆炸性,船体内部发生灾难的可能性就会增加。因此,丘纳德公司禁止船员自行携带火柴,而为他们提供了特制的安全火柴,这种火柴只有在与火柴盒外一层经过化学处理的表面摩擦时才能点燃。如果有人把自己的火柴带上船,一旦被发现,就会被报告给特纳船长。

这艘船在建造时就被要求具备高航速。这样的要求显然是一种自大的表现,但也透露出些许焦虑,因为当时,也就是一九〇三年,英国正在担心失去客船建造业的主导地位。在美国,摩根大通集团正在收购航运公司,以期形成行业垄断;在欧洲,德国成功建造出世界上速度最快的远洋客轮,并因此赢得了蓝飘带奖,该奖项的设置初衷是颁发给能在最短时间内跨越大西洋的客轮。到一九〇三年,德国船只已连续六年蝉联该奖项,这被英国视为耻辱。大英帝国的荣誉,丘纳德公司的未来,两者现在都岌岌可危,于是,英国政府和丘纳德公司达成了一项独特的协议:英国海洋军事部借给丘纳德公司二百四十万英镑,相当于现在的近二十亿美元,借款利率只有百分之二点七五,用于建造卢西塔尼亚号和毛里塔尼亚号两艘巨轮。作为回报，丘纳德公司也不得不做出一些让步。

首先，海洋军事部要求卢西塔尼亚号在跨越大西洋时至少要保持二十四点五节的平均速度。在早期试验中，它的最高速度达到了二十六节。但是，还有更成问题的借款条件。海洋军事部还要求两艘轮船在建造时考虑战时需求，以便随时加装海军炮和随时充当武装辅助巡洋舰投入战役。海洋军事部甚至派员到卢西塔尼亚号的造船现场，指挥工作人员在甲板上预埋底座，也就是能连接大炮的拉环，以便将来能加装十二门大炮。此外，卢西塔尼亚号的船体要依据战舰相关规范设计，即该船必须采用"纵向"煤舱布局技术，其实就是沿船体两侧布局燃煤储运坑道，加快燃煤在各个锅炉房之间的输送和分配速度。当时的海战只会发生在船舶的吃水线处或者吃水线以上，因此，这种布局被认为是军舰设计上的巧思。对于海军造船专家们来说，燃煤装载系统就是另一种形式的装甲，沿纵向布局的煤仓能为船舶提供额外的保护。一九〇七年，一份海军工程杂志声称，这些煤仓中的燃煤将会消减敌人炮弹穿透船体的作用距离，从而"尽可能地抵消敌方在吃水线附近的火力"。

开战以后，英国海洋军事部依据与丘纳德公司达成的协议行使权利，获得了卢西塔尼亚号的所有权，但很快就确定这艘船不会像武装巡洋舰那样，因为它消耗燃煤的速度太快，运行成本太高，在战争条件下不可能投入作战。海洋军事部保留了对毛里塔尼亚号的控制权，将其改装为一艘运兵船，它的大小和速度都非常适合，但是恢复了卢西塔尼亚号在丘纳德公司的商业运营服务。那些大炮从未被安装，只有最机敏的乘客才会注意到那些预埋在甲板上的固定大炮用的拉环。

于是，卢西塔尼亚号依然是一艘远洋客轮，但却拥有战舰才会拥有的船体结构。

作为一个一丝不苟、严守职业操守的人，特纳船长常常自称"老水手"。他生于一八五六年，一个航海帝国时代。他父亲是名船长，却希望自己的儿子能选择一条不同的人生道路——进入教堂。特纳不愿意当牧师，用他的话说就是不愿意"跟魔鬼打交道"。八岁那年，他设法赢得了父母的允许，开始出海。他想冒险，渴望大开眼界。最初，他在一艘帆船——格拉斯米尔号上当侍者，在一个月光皎洁的晚上，船在北爱尔兰海岸附近搁浅。除了一个婴儿死于支气管炎，其他的船员和乘客都获救了，特纳游到了岸上。一名乘客这样写道："如果当时暴风雨来了，我相信没有一个灵魂可以得救。"

特纳从一艘船转到另一艘船，一度转到父亲的手下，在一艘横帆船上工作。"在帆船上爬高时，我总是爬得最快。"特纳说。他一直都在冒险。当他在霹雳号快速帆船上当二副时，大浪一下子把他冲到海里，他当时正在那儿钓鱼。一名船员看到他落水，赶紧向他抛了一个救生圈，但在这艘船拼命折返到他落水的位置之前，他在鲨鱼的环绕下坚持了一个多小时。一八七七年十月四日，他加入丘纳德公司，月薪五英镑。两周后，他登上瑟堡号，任三副，这是他第一次在蒸汽船上航行、工作。他再次证明了自己作为水手比常人更加勇敢和敏捷。有一天出现大雾，瑟堡号正从利物浦起航，意外撞上了一艘小型三桅帆船，小船开始下沉，四名船员和一名领港员溺水。瑟堡号立即派人营救，其中就包括特纳，他一个人就从帆船的缆索中拖出了一名船员和一个男孩。

特纳还曾在丘纳德公司的另外两艘船上担任过三副，但在一八八〇年六月二十八日辞职，因为他得知，除非在加入公司前就当过船长，否则是没机会在丘纳德公司任船长的。于是，特纳开始提升自己的从业资质，他取得了船长任职资格证书，成为一艘快速帆船的船长，并在此过程中找到了另一个展示勇气的机会。一八八三年二月，一名十四岁的男孩在利物浦港的一个码头落水，当时水下冰冷刺骨，几分钟内就能让落水者毙命。特纳的水性极好，但在这种时候，大多数水手坚信水性再好也无济于事，那只会延长你的痛苦。特纳跳进水中救起了那个男孩。利物浦市海难与人道协会颁给他一枚银质奖章，以表彰他的英勇壮举。同年，他重新加入丘纳德公司，还娶了一个表亲爱丽丝·赫琴。他俩育有两个儿子，大儿子珀西一八八五年出生，小儿子诺曼比哥哥小八岁。

即使特纳已具备船长资质并且当过船长，他在丘纳德公司的晋升也经历了相当长的一段时间。据他最好的老朋友乔治·鲍尔所述，这种拖延使得他非常沮丧，但鲍尔又补充道："但在任何时候，他都尽职尽责，从未放松过对自己的要求，只要在船上，他就对那艘船以及船长十分忠诚。"接下来二十年里，特纳从三副晋升到大副，陆续担任过十八个职位，一九〇三年三月十九日，丘纳德公司终于授予他对一艘船的指挥权。他成了一艘小型蒸汽船阿勒颇号的船长，这艘船曾在地中海各港口服务。

他的家庭生活并不美好。妻子离开了他，带着孩子们去了澳大利亚。特纳的姐妹们雇用了一个名叫梅布尔·埃夫里的年轻女人来照顾他。埃夫里小姐的住处离特纳家不远，同在利物浦市一个叫大克罗斯比的郊区。起初，她只是一名管家，但随着时间的推移，她逐渐成为特纳的伴侣。她看到了特纳的另一面，他的同僚和船员们都没有看到过。他喜欢抽烟斗，喜欢讲故事，喜欢狗和猫，对蜜蜂非常着迷。他喜欢笑。"在船上，他是一个严肃刻板、纪律严明的人，"埃夫里写道，"但在家里，他是一个非常和善、喜欢逗乐的人，他很喜欢孩子和动物。"

尽管不少的伤心事给特纳的个人生活抹上了一层阴影，他的事业却蒸蒸日上。在阿勒颇号上担任了两年船长之后，他开始指挥卡帕西亚号，这艘船后来在一九一二年四月以营救泰坦尼克号的幸存者而闻名，不过那时已是另一个船长掌舵了。接下来，他开始辗转于艾弗尼亚号、卡罗尼亚号和翁布里亚号。丘纳德公司期望他们的船长个个都能展现出魅力和优雅，而特纳身上还缺乏这些，考虑到这一点，他的晋职过程就更加引人注目了。丘纳德公司的船长不应该只是一位航海家，他身上还应当具备更多的东西：身着华丽的制服，戴着精心制作的帽子，公司希望船长身上能自带一种自信、庄重、有才能的气质。但是船长的职责不太容易定义。他三分是船员,一分是俱乐部主管。对于那些希望能更多地了解这艘船奥秘的头等舱乘客,他应当是一名热情的讲解员;对于那些特别显要的贵宾,他应当为他们主持晚宴;他应当时不时巡视全船,和乘客们谈谈天气,聊聊他们为什么要开启这场越洋旅行,以及他们都在看些什么书。

与这些事情相比,特纳宁愿去舱底的脏水里洗澡。据梅布尔·埃夫里所说,他把乘客们描述为"一大群不停说话的该死的猴子"。他更喜欢在自己的房间里用餐,而不愿在头等舱餐厅里供船长专用的餐桌上接受一群人的伺候。他的话少得让人抓狂,还常常直言不讳。他担任卡帕西亚号的船长时,一次航行中,他与两名牧师发生了冲突,牧师认为,当他们提出请求,希望获允为三等舱的乘客们举行一项罗马天主教仪式时,特纳的"某些言论似乎不妥",这促使他们向丘纳德公司提出书面投诉。特纳到底说了些什么我们不得而知,但他的言论导致丘纳德公司拟出一份正式报告,并在董事局会议上审议。

他掌管毛里塔尼亚号时,有一次轮船刚刚起航,一位乘坐头等舱的女士就告诉特纳,等船沿着默西河驶向大海时,她想登上舰桥。特纳解释说,这是不可能的,因为丘纳德公司明确规定,在"狭窄的水域"航行时,除了一些必须在场的长官和船员,其他人员一律禁止登上舰桥。

她问,如果一位女士坚持这么做,他会怎么做?

特纳回答:"夫人,您认为这样她还能被称为女士吗?"

到了一九一三年,特纳在船上的社交负担开始减轻,因为丘纳德公司意识到运营卢西塔尼亚号和毛里塔尼亚号的复杂性,为这两艘船各新设了一个高级船员的职位——副船长,算是副指挥官。这不仅让特纳能够专心致志地指挥航行,还在很大程度上减轻了他假装风度翩翩的负担。一九一五年五月间,卢西塔尼亚号的副船长由苏格兰佬詹姆斯·安德森担任,特纳称其明显比自己更"擅长交际"。

船员们尊敬特纳,而且大部分人都是真正喜欢他。"我想,我们所有船员都对特纳船长抱有最大的信心,"船上的一名服务员这样说道,"他是一名很棒的、尽职尽责的船老大。"但是,高级船员艾伯特·阿瑟·贝斯蒂克评论说,特纳只能算"比较"受欢迎。贝斯蒂克指出,特纳似乎还有一半的心思留在帆船的甲板上,这一点在他闲暇之余会愈发明显。

一天晚上,贝斯蒂克和其他船员下班后玩起了桥牌,船上的军需官随后出现在门口,手里还拿着一个绳结,大家管那种结叫"土耳其人头"。麻烦来了,这是一种四股绳索的变种,是最复杂的。

"船长的致意,"那军需官说,"他说想让你们也打一个。"

贝斯蒂克回忆说,桥牌只能停了,"我们把余下的第二次换班的休息时间全搭了进去,"——晚六点到晚八点——"只是想回忆起这种结是怎么打出来的。"这并不容易。这种结通常只用于装饰,很长一段时间都没人打过了。贝斯蒂克写道:"这就是特纳式的幽默。"

在特纳的领导下,卢西塔尼亚号打破了所有的航速纪录,这让德国感到沮丧。一九〇九年，这艘船从爱尔兰的大石礁起航，抵达纽约的安布罗斯海峡，这趟从利物浦到纽约的旅程总共耗时四天十一小时四十二分钟，平均航速为二十五点八五节。在此之前，这样的航速似乎是不可能达到的。当这艘船驶过南塔尼特号灯船时，测速记录显示其航速达到了二十六节。

特纳将这一成绩归功于当年七月前安装的新型螺旋桨，以及轮机师和锅炉工们的高超技能。他对一名记者说，如果不是因为恶劣的天气，在航程初段要顶着海浪前行，以及最后出现的大风，他的船将会更快。记者注意到，日晒让特纳的脸变成了"古铜色"。

到一九一五年五月，特纳已经成为丘纳德公司旗下最富经验的船长，也是这条航运线路上的船队队长。他曾在掌舵期间遭遇过各种各样的考验，遇到过重大机械事故、火灾、锅炉破裂、各种各样的极端天气，还进行过海上营救。据说，他总是毫无畏惧。一名卢西塔尼亚号上的水手托马斯·马奥尼称他是"打从自己干这一行以来见过的最勇敢的船长之一"。

正是特纳任船长时，卢西塔尼亚号经历了最具威胁的事件，特纳见到了一个在他半个世纪的海上生涯里从未见过的现象。

那是一九一〇年一月，当时他的船正在前往纽约的途中。离开利物浦不久，卢西塔尼亚号就遭遇八级大风，强烈的逆风和巨浪逼得特纳将船速降低到十四节。天气本身并没带来什么特别的挑战，他见识过比这还要糟糕的天气，在波涛汹涌的海面上，他的船总能应付自如、化险为夷。因此，一月十一日星期一晚上六点,在驶离爱尔兰海岸后不久,特纳就下到下一层甲板他的住处吃晚餐。他留下了大副当值。

"这浪,"特纳说,"简直邪乎。"

这并不是那种常见的小风小浪,而是一种"积聚着巨大能量"的滔天巨浪,以后会被称作"疯狗浪",当波浪一个个摞到一起,就会形成一面长长的、厚厚的高大水墙。

卢西塔尼亚号刚越过一个小浪的波峰,即将下行进入波谷,海面正前方却腾起了一堵异常高大的水墙,横亘在舵手眼前,挡住了所有视线。船迎面撞进去,海水铺天盖地砸向离水面有八十英尺高的驾驶室顶部。

海浪像一个巨大的铁锤,又像一扇向内弯曲的钢板,猛击着舰桥的前部。木制百叶窗被砸成了碎片,一根断裂的柚木像长矛一样飞了出去,刺中一个硬木陈列柜,深达两英寸。海水灌满了舰桥和驾驶室,将轮舵冲刷得松松垮垮,舵手们东倒西歪。船开始向更深处跌落,船首不再与将迎面扑来的波浪正面相交——这在恶劣天气下十分危险。舰桥的电灯和上面的桅顶灯都因短路而熄灭。高级船员们和舵手挣扎着站起来,却发现水开始有齐腰深了。他们重新安装好轮舵,让船转了向。海浪撞破舱门,撞弯了内部的舱壁,撞碎了两艘救生艇。幸运的是,没有人受重伤。

特纳冲到舰桥上发现漫灌的海水,意识到一切都很混乱,但他旋即确信,他的船经受住了恶浪的攻袭,没有遭到灾难性破坏,没有乘客受伤,只是为他那一长串海上历险又添加了一项而已。

雾是为数不多的让他担心的现象之一，因为没办法预测，而且一旦在雾中，就无法得知与另一艘船究竟是相距三十英里还是三十码①。丘纳德公司的航行手册《公司服务准则》中明确要求，起雾时，船长需增配瞭望哨，降低航行速度，拉响雾角，对其他船只发出浓雾信号。剩下的就靠运气和谨慎导航了。船长必须随时尽可能准确地知道他的位置，因为大雾随时会出现，上一秒晴空万里，下一刻便云遮雾罩。一年前的事故将人们对大雾天气的警惕推到了极致，也是在五月，加拿大太平洋航运公司的爱尔兰皇后号行驶在圣劳伦斯河上，在雾中被一艘科利尔船（一种运煤的货船）撞上。皇后号在十四分钟内沉没，造成一千零一十二人丧生。

特纳懂得精准导航的重要性，大家认为他特别擅长这一方面，而且极端小心，尤其是在将船靠近港口的狭窄水域时。

五月一日星期六，这个日子即将来临。那天上午，特纳将对他的船进行详细检查，由事务长和乘务长陪同。航行前的所有准备工作都必须在那时完成：房间需清洁完毕，床铺需铺设整齐，生活必需品和补给品——包括杜松子酒、苏格兰威士忌、雪茄、豌豆、羊肉、牛肉、火腿——都必须到位，所有的货物必须保证全部装船，船上的饮用水供应系统必须完成新鲜度和透明度测试。特别要注意的是盥洗室和舱底，要保持适当的通

---

① 1 码约为 0.91 米。

风度,以免船上出现异味。按照丘纳德公司的官方说法,这一工作目标就是"让船一直保持清新"。

所有事情都必须按这样的方式进行,无论是头等舱还是三等舱的乘客,没人知道这一周的辛勤和忙乱达到了何种程度。正如丘纳德公司的管理手册所阐明的那样,乘客的需求是最重要的。"当乘客登上公司的轮船,自始至终都要向他们表现出最大程度的关注和谦恭,而船长的一项特殊职责就是监督这一规定是否得到了遵守,监督对象包括高级船员和其他工作人员。"在之前的一次航行中,这艘船就展现出这方面的专业,大型猎物狩猎者、爱尔兰卡文郡的桑德森夫妇带着两头四个月大的幼狮登上这艘船,那是他们在英属东非捕获的,计划赠给布朗克斯动物园。据《纽约时报》报道,这对夫妇两岁大的女儿莉迪亚在甲板上和幼狮玩耍,"其他乘客觉得十分有趣"。桑德森夫人本人也吸引了很多人的注意,因为她猎杀过一头大象。"不,我不害怕,"她对《纽约时报》的记者说,"我想我从来没有怕过。"

必须认真对待客人的投诉,而投诉这种事一直会有。乘客们抱怨说,厨房烤架上的食物端到餐桌上都凉了。通过调整服务员行走的路线,这个问题至少在一定程度上得到了解决。打字室里的打字机噪音太大,影响了邻近特等舱里的宾客休息。于是,允许打字的时间开始缩短。有些房间的通风不理想,这是个老问题,有些乘客甚至会打开舷窗透气。头等舱的高级餐厅也存在一个问题,它的窗户对着三等舱乘客的人行过道,三等舱的客人们有种不好的习惯,喜欢透过窗户偷窥里面时髦漂亮的用餐者，而且总有一些乘客是带着对现代社会一些不道德现象的怨恨上船的。在一九一〇年的一次航行中，一名二等舱乘客投诉说，船上的甲板"不应该成为廉价兜售爱尔兰披肩等杂货的市场"，此外，"许多蒸汽客轮的吸烟室里，总有人打牌赌钱"。

然而，丘纳德公司的首要任务是保护乘客免受伤害。该公司有着非常出色的安全纪录：虽然自然原因造成的死亡从未间断，特别是在年长的乘客中时有发生，但没有一名乘客死于沉船、撞船、撞上冰山、恶劣天气、火灾，以及其他可归咎于船长和公司的情形。这艘船配备了最新的安全设备，泰坦尼克号沉没后，救生艇热席卷了整个航运业，卢西塔尼亚号也为乘客和船员配备了足够多的救生艇。这艘船最近还配备了最新款的救生衣，由博迪救生设备公司制作。与老式救生衣不同，这些是由布料包裹着软木制成的，与人们穿的夹克衫很像。一位乘客说："穿上它，你看起来就像一个全副武装的橄榄球运动员，肩膀周围的感觉尤其相似。"新式救生衣是为头等舱和二等舱准备的，为三等舱乘客和船员配备的还是老式救生衣。

没有哪个安全问题逃得过丘纳德公司董事局的注意。一次跨洋航行中，当卢西塔尼亚号行驶在波涛汹涌的海面上时，船员们发现三等舱部分区域"全是水"，"罪魁祸首"是一扇开着的舷窗。这一事件凸显了在恶劣天气中舷窗可能引发的危险。董事局做出决议，对该船负责这一区域的官员进行惩处。

虽然丘纳德公司和特纳的各级下属都非常尊敬他，但他的航行纪录远非无懈可击。一九〇五年七月，在他执掌艾弗尼亚号四个月后,他的船与卡林福德湖号相撞。丘纳德公司的一项调查表明,特纳应对此负责,因为他在雾中的航速太快。董事局会议纪要显示,董事们决定,他"将受到严惩"。三年后,在他的指挥下,卡罗尼亚号在纽约的安布罗斯海峡搁浅,再次引发对他的谴责:"卡罗尼亚号在这样的潮汐状态下本不应该离开码头。"

对特纳来说,一九一四到一九一五年的那个冬天尤其难熬。他掌舵的特兰西瓦尼亚号刚刚下水运营不久,在利物浦驶离码头时遭遇强风,与白星航运公司的一艘轮船相撞,造成了轻微的损坏。不久后,这艘船又与大型邮轮条顿号相撞,这是那年冬天的第二起事故。之后,它又与一艘拖船撞上了。

但这些事情,几乎所有的船长都会经历。丘纳德公司对特纳显然有十足的信心,因为公司一直让他负责最新、最大的客轮,并让他负责卢西塔尼亚号的三个营运周期。

眼下这场战争使旅客的安全问题变得更加重要。对于特纳的前一任船长丹尼尔·道来说,战争已经成为萦绕心头的巨大阴影。三月的利物浦之旅,道尔带领卢西塔尼亚号穿过了两艘货轮刚刚沉没的水域,随后他告诉丘纳德公司的上级,他无法再担负起指挥客船的责任,尤其是客船有时还得为英国军方携带军火。客轮捎带军火的做法当时已经很常见,这让任何一艘船都成为合法的攻击目标,因此,道尔的决定绝对与懦弱一词无关。真正让他担忧的倒不是自己的安危,而是两千名平民乘客和船员的生命安全。他的神经已经承受不住了。丘纳德公司得出他"很累,病得很严重"的判断,解除了他的指挥权。

华盛顿
孤独之地

一九一四年八月十一日星期二。下午两点半，在暗灰色的天空下，在隆隆的钟鸣声中，列车载着艾伦·亚克森·威尔逊的遗体在佐治亚州罗马市的车站停靠。棺材被抬到灵车上，不一会儿，送葬队伍开始穿过市区来到第一长老会教堂，葬礼仪式将在那里举行，威尔逊夫人的父亲曾是这里的牧师。街道上挤满了来向她最后致意的男男女女，他们也是来向她丈夫伍德罗·威尔逊总统表示支持的。他们俩已经结婚二十九年了。家人把棺材抬进教堂，管风琴师弹奏着肖邦的《葬礼进行曲》，了无生气的乐段充满了死亡的气息。仪式很简短，唱诗班只唱了两首威尔逊夫人最喜欢的赞美诗。接着，当送葬队伍行进到桃金娘山上的墓地时，下雨了。灵车驶过一排身着素衣、手持桃金娘树枝的姑娘，她们身后站着镇上的居民和游客，尽管下着雨，他们还是脱下了帽子。

墓地上已经搭好了一个雨篷，为威尔逊总统和参加葬礼的朋友及家人遮雨。雨越下越大，砰砰砰地敲打着篷布。周围的人看到总统在哭泣、颤抖，他身边的人看到泪水在他脸颊上流淌。

随后，参加送葬仪式的宾客返回各自的车里，上千名自发前来送行的人们也陆续散去。威尔逊总统独自站在墓旁，一言不发，一动不动，直到棺材被土完全覆盖。

妻子的逝世让威尔逊进入一个从未体验过的孤独之地，而他肩负的领导责任也空前沉重。妻子于八月六日星期四离世，死于一种当时被称为布赖特氏病的肾病，这一天，距英国加入欧洲的新战场才过去两天，也是他第一个任期刚过去一年半的日子。他不仅失去了最重要的生活伴侣，也失去了最重要的顾问——威尔逊发现，她对事物的观察能帮自己决断。白宫现在对他来说已经成了一个孤独之地，这倒并非一些白宫雇员所相信的那样，认为他是被林肯的鬼魂困扰，其实是因为到处都萦绕着关于艾伦的记忆。有段时间，悲伤似乎使他丧失了行为能力。他的医生，经常陪他打高尔夫球的伙伴卡里·格雷森越来越担心他的状况。"这几天他的状况一直都不太好，"一九一四年八月二十五日，格雷森在给朋友伊迪丝·博林·高尔特的信中这样写道，"昨天我还在劝他，上午应该卧床休息。我去看他的时候，他几乎一直在流泪。那场景真是令人心碎，我觉得没人能想象出比那更悲伤的画面。他是一个伟大的人，心却已经被撕裂。"

八月晚些时候，威尔逊设法离开白宫，来到位于新罕布什尔州康沃尔郡的一座名叫哈莱克登之家的乡间别墅。这是一处具有英国乔治王朝时代艺术风格的大宅邸,可以俯瞰康涅狄格河,威尔逊在这里有两个夏天的租住权。他的朋友爱德华·豪斯上校赶来陪他,被他的悲伤深深震撼。有一次他们谈及艾伦,总统的泪水夺眶而出,他对豪斯说,他"感觉自己就像一台快要运转不了的机器,而且已经没有什么让他觉得值得去做了"。豪斯在日记中写道:"想到未来还有两年半的任期,总统觉得十分恐惧。他不知道怎样才能熬过去。"

危机似乎处处都在。美国已经进入经济衰退的第二年,似乎并没有好转的迹象。南方受到的打击尤其严重,主要产品棉花基本依靠外国船只运输,但战争造成了货船的严重短缺,因为担心潜艇攻击,船东们都不敢出海,只能把船停在港口。与此同时,交战双方征用了不少商船作为军用船。现在,南方码头上还堆积着数百万捆棉花。劳工问题也很严重。美国矿工联合会在科罗拉多州举行罢工,之前的四月,该州派遣一支国民警卫队去破坏罢工,导致科罗拉多州的勒德洛发生了一场大屠杀,造成二十多名男人、女人和儿童死亡。与此同时,在边境以南,暴力和骚乱继续困扰着墨西哥。

然而威尔逊最担心的,还是美国可能会不知不觉地被拖进欧洲的战争。这场战争仿佛从天而降,无人知晓究竟是在为何而战。一九一四年的夏天异常美丽,那是欧洲人经历过的阳光最为明媚的一个初夏,没有任何战争迹象,也没有明显的开战意愿。六月二十七日,就在欧洲开始陷入混乱的前一天,美国那些喜欢读报的人还只能读到一些平淡至极的消息。《纽约时报》

的头版头条，是哥伦比亚大学在经历十九年的失败后终于赢得校际划艇赛冠军。一则葡萄与坚果搭配的广告倒的确与"战争"有关，但颇具校园特色，它极力赞美谷物的价值，说它可以帮助孩子们在打架中获胜。"结实的身体和强壮的神经对我们所吃食物的依赖，比我们想象的还要多。"至于《纽约时报》的社交版面，则提到有十几位纽约上流社会人士——包括古根海姆和沃纳梅克——登上了当天起航前往欧洲的船只，那些船只包括：明尼阿波利斯号、加勒多尼亚号、泽兰号，以及两艘德国船只，弗里德里希·威廉亲王号和比泰坦尼克号还要长出二十四英尺的巨型最高统治者号。

在欧洲，国王们和臣僚纷纷动身前往乡间别墅。德皇威廉二世即将登上霍亨索伦号游艇，准备去挪威峡海湾游览。法国总统雷蒙·普恩加莱和外交部部长乘船前往俄罗斯帝国访问，拜会尼古拉二世，尼古拉二世当时已经搬到了避暑地夏宫。时年四十岁的温斯顿·丘吉尔任海军大臣，已经是英国海军的最高行政长官，他去了克罗默市北海之滨的海滩别墅，距伦敦以北一百英里，妻子克莱芒蒂娜和孩子们都在那里。

在英国，有件事情让公众目瞪口呆，不是战争有了什么新动向，而是因为欧内斯特·沙克尔顿爵士的一次探险之旅，他计划在八月八日从英国东南部的普利茅斯出发，带领持久号横帆船向南极进发。在巴黎，一场审判轰动一时，被审对象是亨里特·卡约，前总理约瑟夫·卡约的夫人，她因为杀害巴黎《费加罗报》的编辑被逮捕。起因是该报刊登了一封私密信件，那是卡约总理在和亨里特结婚以前写给她的，当时他们正有着婚外情。卡约夫人怒火中烧，于是买了把枪，在枪匠的店铺里学会了怎么用，然后去编辑办公室开了六枪。她的证词居然在无意间预告了欧洲的局势，她说："这些手枪太可怕了，它们会自己走火。"后来她被赦免，因为她说服法庭以激情犯罪结案。

虽说有些天真，但当时欧洲的人们还是普遍认为过去几个世纪曾肆虐欧洲的战争局势不会再出现，因为各国的经济已经紧密相连，即使不得不打上一仗，也会很快结束。资本在跨境流动，比利时成为世界第六大经济体靠的不是制造业，而是资金在其银行流转时产生的增值服务。日益增强的各种通信手段——电话、陆地电报、海底电报以及最新的无线通信，使国与国之间的交往更趋频繁、紧密，也促进了蒸汽船的客货运量和航行速度的持续增长，促进了铁路运力的不断扩张。旅游业也在蓬勃发展，旅游不再只是富人的事情，正逐渐成为中产阶级的爱好。人口在不断增加，市场在不断扩大。在美国，尽管总体上来说经济还在衰退，但福特汽车公司已经宣布，计划将生产工厂的规模扩大一倍。

但是，紧张和敌意依然存在。英国国王乔治五世厌恶他的表兄威廉二世——德国的最高统治者；反过来，威廉二世则非常羡慕英国拥有庞大的殖民地和对海洋的强大控制力，以至于一九〇〇年德国发起一项竞赛，要建造足够多的战舰，让德国海军保有足够的规模应对英国海军的挑战。这促使英国开始大规模的海军现代化更新，为此英国建造了一艘更高级别的新型战舰——无畏舰，装备的大炮无论从口径还是威力上来说，都前所未见。英国的军队规模也在扩大。为了跟上竞赛的步伐，法国和德国引入了征兵制，国内的民族主义激情不断高涨。奥匈帝国和塞尔维亚之间的矛盾也在不断激化，随时可能爆发冲突。塞尔维亚人培养了一种泛斯拉夫主义①野心，对奥匈帝国（通常简称奥地利）的领土和民族问题形成了一连串的威胁。这些领土包括黑塞哥维那、波斯尼亚和克罗地亚等动荡地区。正如一位历史学家所言："欧洲有着太多的边疆地带，太难以忘怀的历史，为了所谓安全，又有着太多的士兵。"

各国开始秘密策划如何在需要的时候将这些士兵投入战场。早在一九一二年，英国皇家防御委员会就已经制订好计划，一旦与德国交战，第一个行动就是切断德国的越洋电报电缆。与此同时，在德国，将军们正在修改陆军元帅阿尔弗雷德·冯·施利芬起草的一份详细行动计划，这一计划的核心是一项大型军事调动，它将使德国军队穿越中立的比利时，南下直入法国本土，从而绕过法国边境的军事部署。这可能会招致英国的反对——事实上，作为比利时保持中立的共同担保人，英国将被迫干预——但这种干预似乎没能影响任何人。施利芬元帅计算得出，对法战争将在四十二天内结束，之后，德军将调转行动路线，向俄罗斯进军。他没有考虑到，如果德军没有在这个时间内获胜，如果英国参战，又将会发生什么。

---

① 在与西欧的交融沟通中，斯拉夫各民族政治上处于弱势地位，感到有必要成为一个整体。

从地缘政治的角度考量，这场战争肇始于一把野火。六月下旬，奥匈帝国军队总监察长弗朗茨·斐迪南大公前往波斯尼亚，这里是奥地利在一九〇八年吞并的。开车经过萨拉热窝时，他被一个由黑手社支持的刺客开枪打死，黑手社是一个致力于统一塞尔维亚和波斯尼亚的组织。七月二十八日，奥地利对塞尔维亚宣战，震惊了世界。

"这令人难以置信，简直不可思议！"威尔逊在跟女儿妮尔及她的丈夫、财政部长威廉·麦卡杜共进午餐时说。然而，威尔逊没太留意这一事件，因为那时候他的妻子正身患重病，已经让他心力交瘁。他提醒女儿："不要把宣战这件事情告诉你妈妈。"

奥地利和塞尔维亚之间的争端，本可限定在巴尔干小国的领土争端问题上，以一场小规模战争结束。但在不到一周的时间里，这把野火就被阵阵狂风吹成了一场铺天盖地的烈焰风暴，激起了恐惧，唤醒了新仇旧恨，催生出同盟国和协约国两大阵营，并引发各种长期的战略谋划和军事部署。八月四日星期二，按照施利芬元帅的行动计划，德国军队进入了比利时，他们拖着可以摧城拔寨的巨型大炮，每尊大炮能发射重达两千磅的炮弹。英国宣布参战，与俄罗斯和法国一起属于协约国一方；德国和奥匈帝国并肩作战，属同盟国一方。同一天，威尔逊在政府公告中宣布美国保持中立，禁止德国、英国和其他交战方的战舰进入美国港口。在妻子下葬一周后，他抑制住内心巨大的悲痛，着手应对外部世界更大的创伤。威尔逊告诉全国："我们必须在思想和行动上保持不偏不倚，必须在情绪上保持克制，在处理那些可能会被解读为偏向斗争中任何一方的事项时,同样要保持理智。"

威尔逊得到了美国公众的全力支持。英国记者悉尼·布鲁克斯在《北美评论》上发表文章,预判美国会一如既往地奉行孤立主义政策。为什么不呢?他反问道。"美国是一个遥远的、不可征服的、广袤的国家。没有充满敌意的邻国,或者说没有邻国在国力上可与之相提并论。民众生活在几乎不受干扰的宁静之中,没有那些让旧世界感到心烦意乱的抗争、仇恨,以及无休无止的压迫和反压迫。"

保持中立在概念上很容易确立,但在实践中往往难以把握。随着战火的蔓延,新的国家联盟还在不断形成。土耳其加入了同盟国阵营,日本加入了协约国阵营。很快,战火烧到了世界各地,陆地、空中、海上,甚至是海底——德国潜艇已经游弋到英国西海岸附近的水域。至此,在巴尔干半岛发生的一起独立的谋杀事件,已经演变成一场世界大战。

然而,主战场还是在欧洲。德国明确表示,这场战争与以往所有的战争都不同,任何一方都不会侥幸取胜。当威尔逊还在为妻子的离世悲伤时,德国军队已经进入比利时安静的城镇和村庄,劫持平民为人质并处决了他们,以阻止反抗。在迪南,德国士兵射杀了六百一十二名男人、女人和儿童。美国媒体称这种暴行"令人发指",这个词在当时的含义相当于现在的"恐怖主义"。八月二十五日,德国军队开始进攻比利时的城市鲁汶,它是一座大学城,也是一所非常有价值的图书馆的所在地,有

"比利时的牛津"之称。三天的炮击和枪杀造成二百零九名平民死亡，一千一百座建筑化为灰烬，图书馆也被毁，同时被毁的还有馆藏的二十三万册图书、无价的手稿和手工艺品。这次攻袭不仅被视作对比利时的公然侵犯，也是对全世界的轻蔑和冒犯。威尔逊曾经担任普林斯顿大学校长，据他的朋友豪斯上校说，总统"对鲁汶的毁灭深感痛心"，甚至担心"战争会让世界倒退三四个世纪"。

两大阵营都信心满满，坚信会在几个月内取得胜利。但到了一九一四年底，战争进入令人毛骨悚然的僵持阶段，虽然战事异常惨烈、尸横遍野，但是交战双方谁都无法取得重大进展。最早的一系列重大战役，如边界战役、蒙斯战役、马恩河战役、第一次伊珀尔战役等就是在那一年的秋冬进行的。在经历了四个月的战斗之后，十一月底，法军阵亡三十万零六千人，大致相当于一九一〇年整个华盛顿特区的人口，德军的阵亡人数为二十四万一千人。到了年底，一长串平行的战壕构成了西线，从北海到瑞士绵延近五百英里，战壕与战壕之间由一片无人地带隔开，间距只有二十五码。

对于哀伤抑郁中的威尔逊来说，这一切无异于雪上加霜。他在给豪斯上校的信中这样写道："我觉得此事给我的压力简直越来越难以承受。"他在写给美国驻英国大使沃尔特·海因斯·佩奇的信中表达了类似的情绪。"在我的脑海里，整件事情都很生动，一种痛苦的生动，而且几乎从冲突爆发的那天起，就一直萦绕在我的脑海中，"他写道，"我想，我能想象到那些场景，能从每个角度去感知它的重大意义。我不得不强迫自己别总想这件事，以免想得多了反而变得麻木，这种麻木来自那些深深的忧虑，来自那些始终挥之不去的因素，它们过于浩瀚、庞杂，以至于迄今仍让人无法完全理解，让人无论如何也无法听从忠告并加以克制。"

然而，至少有一段时间，他的悲伤似乎减轻了些。一九一四年十一月，他去曼哈顿探访豪斯上校。某天晚上，大概九点钟左右，两个人从豪斯的公寓出来散步，没有乔装打扮，当然也不是为了宣扬美国总统此刻正在曼哈顿街头悠然信步这件事。他们沿着第五十三大街走到第七大道，又走到百老汇大街，不知怎的，起初并没有引起路人的注意。人行道上有几个人正在发表演讲，于是他们驻足聆听，但这时，威尔逊被认了出来，人们开始围拢过来。威尔逊和豪斯上校拔腿就走，追上来的纽约市民越来越多。两人快步走进华尔道夫酒店的大堂，加速冲进电梯，让惊恐万状的电梯服务员将电梯停在较高的楼层。然后，他们出了电梯，走到酒店的另一侧，又找到一组电梯，返回大厅，从侧门走了出来。

沿着第五大道走了一小段路后，他们赶上了一辆驶往城外的公共汽车，返回豪斯的住地。尽管这样的逃离可能会令人感觉又刺激又兴奋，但并不能驱散威尔逊心中那深深的忧郁。在返回的途中，威尔逊向豪斯上校坦承，就在外出散步的时候，他希望有人能杀了自己。

在如此黑暗的背景下，威尔逊仍然坚持把美国看作世界上最后一个巨大的希望。"我们将一直与全世界和平相处。"一九一四年十二月，他在发表国会年度致辞时这样表示。次年一月，他派遣豪斯上校前往欧洲承担一项非正式任务，试图找出协约国与同盟国可能愿意开展和平谈判的条件。

卢西塔尼亚号当时还在正常运营，豪斯上校用假名预订了这艘最大最快的客轮的舱位。客轮进入爱尔兰海域后，当时的船长丹尼尔·道依照战时惯例，升起了一面美国国旗，保护这艘船免遭德国潜艇的攻击，可以说是一种权宜之计。这一举动令豪斯上校十分震惊，也引起了全船的轰动，而且作为伪装手段，它的实际效果也很值得怀疑：美国并没有运营过这种巨型远洋客轮，而且它四个巨大的烟囱在海面上留下暗色的倒影，显得那么与众不同。

这一事件凸显了将破坏美国中立立场的各种现实压力。美国如此遥远，又有浩瀚的海洋护佑，应当可以高枕无忧，不用过分担心欧洲的战争。但德国新进展开的、极具侵略性的潜艇攻势，必将对美国形成最大的威胁。

战争伊始，无论是德国还是英国，都没能认识到潜艇真正的作用，也没有意识到它可能会衍生出的战争形态，丘吉尔称之为"迄今为止人类尚不得而知的一种奇特的战争形式"。

似乎只有少数有先见之明的人才领悟到，潜艇将迫使海军战略发生转变。其中一个是阿瑟·科南·道尔爵士，开战前一年半，他写了一部短篇小说（一九一四年七月才出版），小说设想了一场发生在英国和虚构国家诺兰之间的冲突，诺兰是"欧洲军事威胁指数最低的几个国家之一"。在这篇名为《危险！》的小说中，诺兰国起初看上去毫无胜算，但这个小国却拥有一个秘密武器——一支由八艘潜艇组成的舰队，部署在英国海岸外围，攻击包括货船和客轮的入境商船。道尔爵士构思这篇小说时潜艇已经存在，但是英国和德国的海军指挥官都认为这些潜艇并没有多大价值。然而在小说中，诺兰国的潜艇却把英国逼到了饿死的边缘。在没有任何警告的情况下，潜艇舰队的指挥官约翰·西留斯船长用一枚鱼雷击沉了白星航运公司的奥林匹克号邮轮，英格兰最终投降。读者发现，小说里关于最后一击的描写尤其令人震惊，因为奥林匹克号是一艘真正存在的客轮，它的孪生姐妹泰坦尼克号在多伊尔爵士写这篇小说之前就已经葬身海底了。

这篇小说或许是为了警醒国民，提高英国海军的备战水平，它很有趣，也很惊悚，但人们认为它太牵强，难以置信，因为西留斯船长的行为违反了一项基本的海事法则，即巡洋舰规则，或称捕获法，该规则创立于十九世纪，用于管控针对民用船只的所有军事行为。自那时起，所有海上军事力量都予以遵守。该规则规定，军舰可以叫停商船并进行搜查，但必须保证商船船员的安全并将商船押送到附近的港口，在那里，由捕获法院决定商船的命运。该规则还规定，禁止对客轮发起攻击。

英国人认为没有哪个国家会堕落到如此地步，但多伊尔却在小说中将这种看法驳斥为一种错觉。"常识，"西留斯船长说道，

"将会告诉它,它的敌人会玩最适合他们的游戏,他们不会问谁可以做什么,但他们会先斩后奏。"多伊尔的预测被认为是妄想,荒唐到根本不被列入考虑。

但英国的海军上将——因改革英国海军并力推海军现代化而广受赞誉的杰基·费希尔——已经开始关心潜艇可能给海战带来的改变,也正是他,曾第一个提出关于无畏舰的构想。在战前七个月的一份备忘录中,费希尔预测,德国将部署潜艇击沉没有武装的商船,并且不会拯救船员。他认为,潜艇的优势和局限性使得这样的结果显而易见。潜艇没有足够的空间来搭载商船的船员,也没有足够的人手来帮助被俘获船只的船员登艇。

此外,费希尔写道,战争的逻辑是这样的,一旦这样的战略得到运用,势必立即全面铺开。"战争的本质是暴力,"他写道,"在战争中谈节制就是极度愚蠢。"

丘吉尔驳回了费希尔的假设,他写道,假设在没有任何警告的情况下用潜艇攻击没有武装的商船,将因"违反自古以来普遍奉行的海洋法及其相关惯例而被万人唾弃"。

然而,即便是丘吉尔也不得不承认,在对付海上军事目标时,这样的战术的确无可厚非,因为"兵不厌诈",但在早期,无论是他还是对手德国,都对潜艇在深海战役中能否扮演重要角色持观望态度。双方都将战略重心放在他们的主要舰队——英国联合舰队和德国公海舰队上,他们都期待用主力战舰来进行一场完胜的、特拉法尔加①式的海上决斗，但双方又都不愿意第一个站出来直接挑战对方。英国方面火力更强，二十七艘无畏舰对阵德国的十六艘战舰，但丘吉尔意识到，"如果一些可怕的新奇玩意儿或荒谬的错误冷不丁地冒出来"，英国或许会失去这种优势。为了增补安全防御，海洋军事部将舰队基地设立在斯卡帕湾，这里是由苏格兰北部的奥克尼群岛形成的一个岛屿要塞。丘吉尔希望德国能率先全力发起攻击，因为德国舰队永远不会比战争刚开始时更强大。

另一方面，德国的军事战略专家们认识到英国的优势，为此制订了应对策略，即德国船只将只对英国舰队发起有限的突袭，逐渐削弱其战力，德国海军上将赖因哈德·舍尔将其称为"游击战"，意为机动灵活的小规模战事。舍尔写道，一旦英国舰队的战力被削减，德国舰队将寻求"有利的"时机来发起总攻。

"所以，我们等着，"丘吉尔写道，"然而，什么也没有发生，没有立即出现重大事件，也没有发生什么军事冲突。"

战争伊始，在英德双方的作战部署中几乎都找不到潜艇的身影。"在起初那些日子里，"年轻的英国海员赫里沃德·胡克写道，"我认为没人能意识到潜艇的危害。"不过，他很快就在一起事件中领教了潜艇真正的破坏力，该事件生动地展示了潜艇的威力，并揭示出英国大型战舰在设计上的一个严重缺陷。

一九一四年九月二十二日星期二，拂晓，三艘大型英国巡

---

① 英国海军史上最大的一次胜利，此役战胜法国之后，英国海上霸主的地位得以巩固。

洋舰——阿布基尔号、霍格约号和克雷西号——在荷兰东南岸北海的一大片海域巡逻，该海域水深均匀，大约为十四英寻①，因而被称为"大海区十四"。三艘巡洋舰以八节的速度航行，十分悠闲，但后来发生的事情证明，用这种航速航行是十分鲁莽的。船上挤满了受训学员，胡克就是其中之一，当时十五岁的他被分配到霍格约号上。三艘战舰都十分老旧，速度又慢，明显容易遭到攻击，所以在英国联合舰队内部，他们得到了一个绰号——活诱饵中队。到了早上六点二十分，后来被提拔为船长的胡克当时还在吊床上睡觉，却突然被吊床"剧烈的摇晃"惊醒。一名海军准少尉正试图喊醒他和其他受训学员集合，因为他们舰队的大型巡洋舰阿布基尔号被水雷击中，正在下沉。

胡克跑到甲板上，眼看着阿布基尔号开始侧倾。几分钟之内，巡洋舰就侧翻、下沉、消失了。他写道："这是我第一次看到人们为了求生拼命挣扎的样子。"

胡克的船和克雷西号巡洋舰完好无损，于是这两艘巡洋舰立即调转方向，开始营救落水官兵，每艘舰都在离落水者几百码外的地方猝然停下并投放救生艇。胡克和同伴们接到命令，抛投任何可以漂浮在水面上的东西来营救那些落水官兵。没过一会儿，两枚鱼雷就击中他的霍格约号，他写道，也就六七分钟的时间，"它，霍格约号，就完全不见了"。后来他被拉到霍格约号之前抛投的一条救生艇上。在找到更多的幸存者后，救

---

① 1英寻约为1.83米。

生艇开始向第三艘巡洋舰克雷西号前进，但一枚鱼雷破水飞驰，击中了克雷西号的右舷。就像其他两艘巡洋舰一样，克雷西号立即开始侧倾。然而与其他两艘舰不同的是，克雷西号的侧倾停止了，看上去似乎可以继续保持漂浮。但随后又有一枚鱼雷击中它，并且击中的是为舰上的大炮储存弹药的弹药库。克雷西号爆炸，随即沉没。就在一个小时之前，那里还有三艘大型巡洋舰，而现在只有一些幸存者、几艘小船，以及一片残骸。单单一艘德国九型潜艇——缩写为U-9——在艇长奥托·韦迪根的指挥下，就击沉了英国三艘大型巡洋舰，造成一千四百五十九名官兵死亡，其中许多是十几岁的年轻人。

惨剧的罪魁祸首当然是韦迪根艇长和他的U型潜艇，但英国舰船纵向煤舱式布局的设计，则大大加快了下沉速度，导致伤亡惨重。因为煤舱一旦破裂，就会致使船体一侧迅速被海水灌满，造成灾难性的侧倾。

造成这场灾难如此巨大的第二个原因是，为了营救第一艘遭到攻击的巡洋舰的幸存者，两艘巡洋舰完全停了下来，这使它们成了潜艇的囊中之物。此后，海洋军事部下令，禁止大型英国军舰向U型潜艇的受害者提供帮助。

一九一四年秋冬，威尔逊越来越多地关注到了德国潜艇，因为德国海军战略的新转变将进一步加大美国卷入战争的危险。阿布基尔号事件以及其他成功攻击英国舰船的事件，使得德国的军事战略家们开始以全新的眼光来看待潜艇。事实证明，潜艇比原来预期的更危险、更难对付，而且完全适用于德国靠游击战来消耗英国联合舰队实力的战略意图。但潜艇的出色表现还拓展出另一种用途。到当年年底，对德国海军而言，拦截商船已经成为越来越重要的战略部署，因为拦截可以阻止军需补给流向敌方阵营。这一任务原本是由德国海军的大型辅助巡洋舰，即用远洋客轮改装成的军舰承担的，但这些巡洋舰绝大部分已经被英国强大的海军从海上清除。于是，潜艇由于其本身的特质，成为一种持续作战的有效手段。

潜艇的存在还加大了另外一种风险，即美国军舰可能会被意外击沉，美国公民乘坐协约国船只旅行可能会受到伤害。到了一九一五年初，这种风险似乎开始剧增。二月四日，德国宣布不列颠群岛周边水域为"战区"，所有敌方舰船都将成为攻击目标，且不会提前预警。这对英国来说是个尤为严重的威胁，因为英国是岛国，三分之二的粮食需要进口，而且完全依赖于海运贸易。德国警告，中立国的船只也有危险，因为英国的船只经常悬挂他国旗帜，使得U型潜艇的指挥官们不可能凭借船只的标识来判断它是否真的属于中立国。德国称这次新行动事出有因，是对英国此前海上封锁行动的回应，在当时的行动中，英国海军试图拦截所有运往德国的货物（英国的潜艇数量是德国的两倍多，但主要用于海岸防御，没有用来拦截商船）。德国官员当时曾指责英国没有区分船上的货物究竟是军用物资还是民用物资，并控告英国的真正目的是饿死平民，从而"判处全体德意志人民死刑"。

德国并未提到的是，英国仅仅是没收了货物，而 U 型潜艇则是击沉船只并导致了人员伤亡，德国指挥官似乎对这一区别视而不见。德国海军上将舍尔写道："纯粹从人道主义的角度来看，那些成千上万葬身海底的人，无论身穿海军制服还是隶属于商船，真的有什么不同吗？难道不是商船把食物和弹药带给敌人，从而延长了战争，增加了在战争中遭受痛苦的妇孺人数吗？"

德国的宣言激怒了威尔逊总统。一九一五年二月十日，他通过海底电报做出正式回应，表示对德国考虑用潜艇来对付中立国商船的声明暂持保留态度，但警告说，在任何事件中如果有美国船只沉没或美国人伤亡，他都将对德国进行"严厉追责"。他进一步指出，美国将"采取必要措施保护美国人民的生命财产安全，确保美国公民在公海上享有他们已有的权利。"

威尔逊的言辞可谓掷地有声，让德国领导人大吃一惊。从表面上看，德国似乎是一个凶猛的庞然大物，内部一致决定要对商船动武。但事实上，关于如何看待新式潜艇战，在德国的军方高层和文职领导之间已经出现分歧。其中，潜艇战最狂热的支持者是那些海军高级官员，反对者则包括德国驻欧洲的军事指挥官埃里希·冯·法金汉将军，以及德国政府首脑、总理特奥巴尔德·冯·贝特曼·霍尔韦格。他们的反对不是因为有道德顾虑，两人担心的是，德国潜艇的海底行动会让美国摆脱中立立场，与英国站在一边，这样的事一旦发生，对德国来说就是灾难。

然而，威尔逊的抗议并没有使德国潜艇战的狂热追随者们动摇。他们认为，如果说非要做什么的话，德国反倒应该扩大潜艇战的范围，摧毁战区所有的敌方船只。他们承诺，在美国做战争动员并派军参战之前就让英国老实就范。

两个阵营都在设法赢得威廉二世的支持，他是国家最高军事领导人，拥有决定权。他授权U型潜艇指挥官，可以在战区击沉任何一艘船，只要他们怀疑该船属于英国或法国，旗帜或标识均可以忽略。更重要的是，他允许潜艇指挥官在没有事先警告的情况下实施水下行动。

这些决定带来的最重要的影响就是，U型潜艇指挥官拥有自由裁量权，可以决定哪艘船可以放过，哪艘要被击沉。因此，区区潜艇艇长，现在却执掌着一项如果犯错就可能改变整个战争结果的权力。这些艇长通常是二十多岁或三十多岁的年轻人，雄心勃勃，立功心切，希望尽可能多的击沉大型船只，他们远离基地，无法与上级进行无线通信，且视野仅仅局限在潜望镜所能提供的狭小且遥远的视界内。正如德国总理贝特曼后来所说的："不幸的是，美国是否会宣布参战，可能仅仅取决于一名潜艇指挥官的态度。"

没有人抱有幻想。艇长们势必会判断失误。威廉二世的命令里就包括对风险的默认："尽管应当慎之又慎，但如果出现重大失误，潜艇指挥官亦无须担责。"

威尔逊痛苦孤独的心绪一直延续到了新年，但在一九一五年三月,一场偶遇使笼罩在他心头的灰暗开始渐渐褪去。

为代理第一夫人的职责,他的堂妹海伦·伍德罗·博恩斯住进了白宫。她有一位好友伊迪丝·博林·高尔特,时年四十三岁,她俩经常一起散步,巧合的是,伊迪丝与威尔逊的医生格雷森又是好朋友。伊迪丝身高一米七五,身材丰满、匀称,衣着讲究且很有品位,她经常穿戴查尔斯·弗雷德里克·沃思的巴黎时装屋设计的服饰。她是一个非常引人注目的女人,眼睛是紫罗兰色的,肤色健康,神态优雅,光彩照人。一天,格雷森医生和威尔逊同坐在一辆豪华轿车里,格雷森看到了伊迪丝,向她躬身致意,总统脱口问道:"那位漂亮的女士是谁?"

伊迪丝生于一八七二年十月,在十一个兄弟姐妹中排行第七,她声称波卡·洪塔斯[①]和约翰·罗尔夫上尉是她的先辈。她是在威斯维尔——弗吉尼亚州的一个小镇——长大的,那里的街景风光依然保有南北战争时的痕迹。十几岁时,她开始定期到华盛顿探访姐姐,她姐夫的家族拥有被称为华盛顿最好的珠宝店之一的高氏兄弟珠宝,就位于白宫附近(在南北战争开始的时候,这家店铺正在修理亚伯拉罕·林肯的手表)。伊迪丝二十多岁的时候有一次来探访,遇见了姐夫的堂弟诺曼·高尔特,他和高氏家族的其他成员共同管理着珠宝店。他俩于一八九六年成婚。

后来,诺曼买下其他家族成员的产权,成了这家店唯一的

[①] 波卡·洪塔斯(1596—1617),弗吉尼亚州印第安酋长之女,为了促进波瓦坦人与英国殖民者之间的和平,她嫁给了英国移民约翰·罗尔夫。

主人。伊迪丝在一九〇三年产下一子，但孩子出生没几天就夭折了。五年后，诺曼突然去世，而他在收购这家店铺时留下了大量债务。"这是一段艰难的时期，"伊迪丝写道，"对于从商我没有任何经验，对于负债、资产之类的事情也几乎一无所知。"她让一位经验丰富的员工负责这家店的日常经营，在他的帮助下店铺的生意又兴旺起来，这样，伊迪丝在保留店铺所有权的同时，还能从店铺的日常管理中抽出身。她成了技艺娴熟的高尔夫球手，也是华盛顿第一位获得驾驶执照的女性。她开着一辆电动汽车跑遍了全城。

伊迪丝和海伦如果想一起散步，通常是由伊迪丝先开车载着她俩去岩溪公园，然后回到伊迪丝在杜邦环岛的家里喝茶。一九一五年三月的一个下午，海伦乘坐一辆白宫的小汽车来到伊迪丝家，这辆车带着她俩去了岩溪公园，散完步，海伦提议伊迪丝到她的住处白宫去喝茶。

伊迪丝不赞成，散步时路上不太干净，她的鞋子粘了泥，她不希望这副样子被美国总统看到。就像她告诉海伦的那样，她害怕被人"看轻"。其实，撇开鞋子不谈，她看上去相当不错，正如她自己后来写的那样："一套漂亮时尚的由沃斯设计定制的黑色套装，搭配一顶经向斜纹毛织帽子，我认为堪称完美。"

海伦坚持邀请她去白宫喝茶。"那里一个人也没有，"她对伊迪丝说，"总统正在和格雷森医生打高尔夫，我们坐电梯直接上楼，你不会被别人看到。"

她俩乘电梯到二楼，一出电梯便迎头撞见了总统和格雷森，他们都穿着高尔夫球服。于是,格雷森和威尔逊邀请两位女士共进下午茶。

伊迪丝后来写道:"这是一次邂逅,它应了那句古老的格言——一转弯,有时,就是一辈子。"不过她还写道,威尔逊穿的高尔夫球服"并不时尚"。

在那之后不久,海伦邀请伊迪丝三月二十三日到白宫参加晚宴。威尔逊派出他的座驾——一辆皮尔斯箭头去接她,一并接上了格雷森医生。伊迪丝佩戴一朵紫色的兰花,坐在威尔逊的右边。"他魅力非凡,"她后来写道,"而且是我见过的最令人轻松愉快的男主人之一。"

晚饭后,他们四个走上二楼来到椭圆厅,围在壁炉边烤火、喝咖啡,讨论起"各种有趣的话题"。威尔逊读了三首英国作家的诗,这使伊迪丝注意到,"作为一名朗诵者,他简直无与伦比"。

这个夜晚对威尔逊产生了深远的影响。他喜悦,陶醉,入了迷。伊迪丝,一位比他小十六岁的女士,魅力十足,引人注目。白宫的接待员欧文·"艾克"·胡佛称她为"令人印象深刻的寡妇"。那天晚上,威尔逊情绪高涨。

然而,他几乎没有时间来拥抱这份新的、充满希望的生活状态。五天后,也就是一九一五年三月二十八日,英国商船法拉巴号遭到德国U型潜艇袭击,这艘潜艇由艇长格奥尔格·京特·冯·弗斯特纳男爵指挥,是德国的王牌潜艇之一。法拉巴号很小,自重不到五千吨,正载着货物和乘客前往非洲。船上一名机敏的瞭望员首先看到了三英里之外的德国潜艇,立即向船长弗雷德里克·戴维斯报告。船长立即下令调转航向，以最快的速度逃跑，但航速也只是刚过十三节。

弗斯特纳的潜艇紧追不舍，他命令炮手开火，但只是为了向法拉巴号发出警告。

法拉巴号继续全速逃跑。弗斯特纳又用旗语发出信号："立即停船，否则我会开火。"

法拉巴号只好停下。U型潜艇靠了过去，弗斯特纳通过扬声器告知戴维斯船长，他要击沉法拉巴号。他命令戴维斯和所有人——一共二百四十二人——立即离船。他给了他们五分钟时间。

弗斯特纳将潜艇开到距法拉巴号一百码的范围内。他发射鱼雷时，法拉巴号正在放下最后一艘救生艇。八分钟内，法拉巴号沉没，造成一百零四人死亡，戴维斯船长也在其中。据信，遇难者中有一位名叫利昂·C.思拉舍的乘客，但没找到他的尸体。思拉舍是美国公民。

这起事件遭到了谴责，又为德国一系列恶劣行径添上了最新例证。这样的事件也正是威尔逊担心的，因为它有可能激起要求开战的呼声。"真不愿意看到这样的事出现，"他告诉时任美国国务卿威廉·詹宁斯·布赖恩，"这将导致令人不安的情形出现。"

威尔逊的第一反应是立即对袭击事件进行公开谴责，措辞要严厉，态度要鲜明。但经与内阁成员及国务卿布赖恩磋商之后，他又有些迟疑。作为坚定的和平主义者，布赖恩提出，这位美国公民明知乘坐的是一艘要驶过战区的英国船只，就其死亡提出抗议可能根本不值得。在他看来，这起事件就相当于一个美国人跑到法国的战场上去散步。

在与内阁成员开会讨论法拉巴号事件的第二天，也就是四月二十八日星期三，威尔逊在给布赖恩的一个便笺中写道："也许完全没有必要就这起事件提出正式抗议。"

美国乘客利昂·思拉舍仍然下落不明，他的尸体很有可能在爱尔兰海上漂浮。山雨欲来风满楼，利昂的遇难对于日趋严峻的局势无疑是雪上加霜。

卢西塔尼亚号
吸管和萨克雷

开船前一星期，家住纽约的旅客们开始郑重其事地收拾行李，其他地方的乘客则开始乘坐火车、渡轮、汽车，陆续抵达纽约。他们发现这座城市异常闷热，四月二十七日星期二，气温已经达到了三十二点八摄氏度，再过四天才是五月一日星期六，也就是草帽节，到了那天大家就可以拿出搁置一冬天的草帽了。所有人都遵循着这样的习俗。一位《纽约时报》的记者在百老汇大街趁机用双眼调查了一番，只发现两顶草帽。"成千上万热得难受、心神不宁的人迈着沉重的步子走着，热气腾腾的脑袋上顶着七歪八扭的冬帽，有人干脆把冬帽握在汗津津的手里。"

这座城市似乎还没有受到战争的侵扰。百老汇大街因夜间亮如白昼而享有"白色大道"的美名，这里每晚都灯火辉煌，生意繁忙，尽管现在商业竞争出奇地激烈。许多餐馆为了竞争还开始提供奢华的娱乐活动，尽管它们没有剧院执照。该市正威胁要严查这些不合规的"自带卡巴莱歌舞表演的餐馆"。一位餐馆经营者——位于第八大街和哥伦布环岛交会处的雷森韦伯连锁餐厅的经理就说,他欢迎发布这样的禁令。激烈的行业竞争已经把他折腾得筋疲力尽。他的餐厅也在搞一种名为"芥末放多了"的时事讽刺音乐剧,由"一群漂亮妞儿"主演;还单独搞了一个"旋风卡巴莱舞",客人只用花一美元,便可收获一份完整的午餐套餐,以及由五名吟游艺人表演的"旋风卡巴莱舞"。他忍不住抱怨道:"公众对餐饮搭配娱乐活动的要求简直荒唐,这样下去,每个餐馆经营者都有破产的危险。"

刚到纽约的乘客如果需要为这趟海上旅行紧急添置一些服装,那纽约恰好能满足他们。纽约是购物天堂,这也是能长年吸引游客的魅力所在。春季促销正在进行或即将开始。第五大道上的罗德泰勒百货正为一款男式雨衣打广告,售价仅为六点七五美元,不到平时价格的一半。往南走不了几个街区就是B.奥尔特曼商场,它不愿意屈尊列出商品的实际价格,但向女性顾客保证这些巴黎的女式礼服和套装有"实际折扣",这样的服装就在商场三楼的"特装专柜"里。奇怪的是,德裔裁缝店高宾亨马之家正在为一套特制西服"英国人"做广告,广告词宣称:"激动人心的日子里,所有男士都能永葆青春。"

这座城市,包括整个美国的经济都由于战时对美国商品的需求——特别是军需品的需求——而得到极大的发展。航运业的萧条期已经结束,到年底,美国的贸易顺差达到了创纪录的十五亿美元,相当于现在的三百五十九亿美元。纽约人永远痴迷房地产，现在更是在这一行业持续发力，东西两边都有大型建筑在开工建设。在第八十八大街和百老汇大街交会处的一角，一栋十二层的公寓大楼即将开工，预计建设成本将达到五十万美元，可谓一掷千金，尽显精美奢华。卢西塔尼亚号起航前的那个周五晚上，部分头等舱乘客极有可能参加了在戴尔莫尼科餐馆举办的一个大型派对，派对由格雷斯·麦肯齐女士发起，《纽约时报》称其为"女猎手"。派对的主题是丛林，有五十名客人应邀参加，他们当中有探险家、猎手、动物学家，还有两只美洲豹和一只"黑猿"。戴尔莫尼科餐馆有许多宴会厅，厅里布置有棕榈树，墙上铺满层层棕榈叶，营造出在非洲林间空地上用餐的效果。"黑人"身着紧身裤袜和白色束腰外衣，一直看守着动物，事实上那黑色是用烧焦的软木炭涂抹，再加上昏暗的灯光共同营造出来的效果。菜谱上的开胃菜品包括塞有馅料的鹰蛋。

尽管纽约的报纸上刊登了许多战争新闻，但政治和犯罪两类新闻还是常常占据着头版头条。一如既往，谋杀案总是最吸引眼球。四月二十九日星期四，天气闷热难耐，一位刚失业的日用品经销商送妻子去看电影，然后枪杀了五岁的儿子，随后开枪自杀。在康涅狄格州的布里奇波特，一名男子在向女友赠送订婚戒指时把一条丝带的一端递给她，另一端藏在他口袋里。"一个惊喜。"他说，并催她赶紧拉出来，她照做了。其实带子另一端系在一把左轮手枪的扳机上，那名男子当场死亡。四月三十日星期五，四名穿着粉红色睡衣的罪犯从贝尔维尤市医院的戒毒病房里逃了出来。据《纽约时报》报道,"警察、医院工作人员和一群男孩在附近街区进行了彻底的搜查",其中三名男子已经被找到,第四名男子仍然在逃,他穿的衣服大概还是粉红色的。

另一则报道称,一座喷泉即将落成,为了纪念在泰坦尼克号海难中遇难的、马可尼无线电报公司的发报员杰克·菲利普斯及八名工作人员。这篇文章还写道:"喷泉底座上留有空白,因为未来肯定还会有其他名字出现。"

卢西塔尼亚号的乘客包括九百四十九名英国公民(其中有部分乘客常年住在加拿大)、七十一名俄罗斯人、十五名波斯人、八名法国人、六名希腊人、五名瑞典人、三名比利时人、三名荷兰人、两名意大利人、两名墨西哥人、两名芬兰人,还有来自丹麦、西班牙、阿根廷、瑞士、挪威和印度的旅行者各一名。

其余乘客都是美国人,根据丘纳德公司的官方统计,总计一百八十九名。他们来自全美各地。其中两名弗吉尼亚男子是一家造船公司的高级职员,他们计划前往欧洲打探购置潜艇的相关事宜;至少五名乘客来自费城;还有一些乘客来自纽约的塔卡霍、俄亥俄州的布莱塞维尔、印第安纳州的西摩市、罗得岛州的波塔基特、马里兰州的汉考克,以及伊利诺伊州的森林湖。来自洛杉矶的乘客有:伯利克夫妇,乘头等舱;布雷瑟顿家的三名成员,乘三等舱。船上还有一名"基督"——基督·加里(Christ Garry),来自俄亥俄州的克利夫兰市,他乘坐的是二等舱。

临行前他们就住在纽约各地，有的住在旅馆、公寓里，有的和家人或朋友一起待在家中。其中，至少有六人住在阿斯特酒店，另有六人住在比特摩尔庄园。他们在开船前一周带着堆积如山的行李陆续抵达。丘纳德公司允许乘客携带不超过二十立方英尺①的行李登船。乘客们的行李箱各式各样，有一些色彩非常鲜艳——红的、黄的、蓝的、绿的，有的表面是真皮的，饰以棋盘格，有的是木质的，饰以人字形图案。他们还带有"可扩展式衣箱"，专门用来装运女式连衣裙、礼服、男式晚礼服和商务套装，最大的那个可以容纳四十套男士西服。他们还带有专门为鞋子打造的各种大盒子，都有好闻的鞋油、鞋蜡和皮革的气味。他们还随身带着小行李箱，因为有些物品得在船上经常使用，剩下的可以放在船上的行李舱里。需要乘火车来纽约的乘客，可以把那些最麻烦的行李从出发地直接托运过来，有人负责把那些行李送到船上的行李舱或包房里，他们相信，登船时行李肯定都已经就位。

乘客们带来了他们最好的衣服，对有些人来说，这些也是他们仅有的衣服。黑色和灰色是大多数衣服的主色调，但也有些服饰样式比较活泼：浅紫和白色相间的格子花纹连衣裙；小男孩风格的红色针织夹克搭配白纽扣；翠绿色的平绒腰带；还有婴儿们那些复杂难懂的东西，他们的衣服样式尤其多。婴儿的整套装束包括：一条白色羊毛抱被；一件红蓝双色绲边的白色棉布

---

① 约0.57立方米。

小上衣；一条蓝色棉布连体裤，上面绣有星星点点的方块图案，前面打褶，后面是一直排白色纽扣；一件灰色的羊毛夹克，有四个象牙纽扣；黑色长袜以及带有皮带扣的鞋子。所有衣物的外面都有一根"吸管"，或叫作安抚奶嘴，用带子系挂在婴儿脖子上。

乘客中那些极其富有的人戴上了戒指、胸针、吊坠、项链和其他小首饰，上面镶嵌着钻石、蓝宝石、红宝石和缟玛瑙（或者红色的缠丝玛瑙，它的"姐妹"）。他们随身携带各种债券、银行票据和推荐信，当然也带着现金。一位三十五岁的女士就随身携带着五张百元面值的大钞，另一位乘客身上装着十一张五十元面值的钞票。每个人似乎都戴着手表，还都是金壳的。一位女士佩戴瑞士日内瓦出品的"发条型十轴红宝石金牌系列，第 220063 号"，黄金表壳，血红色的表盘。这些手表的序列号后来会证明它们的确都是无价之宝。

乘客们还带着日记本、书籍、钢笔、墨水等物品，在旅途中消磨时间。著名作家和演讲家伊恩·霍伯恩刚结束在美国的巡回演讲，正准备带着已经笔耕二十年的一部美学理论的手稿返回。手稿有数千页，而且是孤本。富家子弟德怀特·哈里斯三十一岁，纽约人，随身携带一枚订婚戒指。他此行目的明确，但也忧心忡忡。四月三十日星期五，他去了纽约的约翰·沃纳梅克百货商店，买下一条定制救生带。

有位乘客带了一枚金印，用于在信封背面盖压封蜡，金印上刻着拉丁文箴言"Tuta Tenebo"，意为"佑你平安"。

头等舱乘客小查尔斯·埃梅利乌斯·劳里亚特是波士顿的书商,带着几件独具价值的物品。四十岁的小劳里亚特长相英俊,目光犀利,一头褐发修剪得非常齐整。一八九四年以来,他一直担任全美最负盛名的书店之一查尔斯·E.劳里亚特公司的总裁,该书店位于波士顿的华盛顿大街三百八十五号,离波士顿公园只有几个街区。在那个年代,一位出类拔萃的图书经销商可以享誉全国。据一位历史学家说,那时是"美国图书收藏的黄金时代",一些非常了不起的私人收藏家已经开始大量甄选和收藏图书,这些个人藏品后来逐渐演变成珍贵的图书馆,比如纽约的摩根馆和华盛顿的福尔杰馆。小劳里亚特还在游泳和帆船运动方面颇有造诣,他常玩水球,定期带着十八英尺的帆船参加比赛,还经常在每年夏天新英格兰海岸举行的平底帆船比赛中担任裁判。《波士顿环球报》称他为"天生的帆船好手"。至少在文学圈,他算是个名人,经常和当时最具盛名的评论家和诗人之一威廉·斯坦利·布雷思韦特一起吃饭。

劳里亚特书店最初坐落于波士顿的老南教堂对面,由小劳里亚特的父亲与合伙人达纳·埃斯蒂斯在一八七二年创立,店名为"埃斯蒂斯和劳里亚特",当时这家书店还经营图书出版业务。三年后,两个合作伙伴将公司一分为二,老劳里亚特接管了图书零售业务。拆分的时候,书店已经成为波士顿的一处公共文化机构,有人评论说:"当时的书店就是一个辩论沙龙。"它是集作家、读者、知识分子和艺术家于一体的聚会场所,拉尔夫·沃尔多·爱默生[①]和奥利弗·温德尔·霍姆斯[②]都是常客。据说，老劳里亚特把自己看作客户们的"向导、顾问和朋友"，一家报纸的撰稿人称其开创了一种"宾至如归"的氛围。

这家书店又窄又长，进门后要走好一会儿才能到头，与其说像陈列图书的地方不如说像矿道。在"矿道"两侧，图书一直高高地堆到天花板，一条洞岩矿道的柜台上也都堆满了书籍。一段楼梯通往楼座，那里满是藏书家们收藏的书籍和"手稿真本"，这些书之所以珍贵，是因为它们原来的主人颇有名望，或者在某个领域声名显赫。对于书迷们来说，另一个诱人的地方就是书店地下室里的"老书屋"，里面都是一些"名副其实的珍宝"，根据该书店非公开出版的历史资料记载，这些珍宝能进入图书市场主要是因为"老式英国乡村图书馆的解体"。书店前门两侧朝向华盛顿大街的橱窗，在午餐时间会吸引很多人驻足观看。一侧陈列着珍本书籍，另一侧则是新书，包括那些封面过于花哨的"畅销书"——当时已经这么称呼这类书了。（一位很受欢迎的美国作家每年都出版一本畅销书，他的名字说来也奇怪，叫温斯顿·丘吉尔。）劳里亚特书店还是最早一批开始出售"余书"的书店之一，那些一度十分畅销的图书在最初的销量高峰期过后，仍有部分余书未能售出，出版商愿意将它们低价卖给劳里亚特书店，然后劳里亚特书店又在原价的基础上打折卖给顾客。这本来只是正常图书销售的附加业务，但一经推出便

[①] 美国思想家、文学家、诗人。
[②] 法学家，曾任美国最高法院大法官。

大受欢迎且销量激增，以至于书店开始在每年秋季印发"余书目录"。

但是，打一开始，真正能让劳里亚特书店区别于其他书商的地方就在于，老劳里亚特每年都去一趟伦敦采购旧书，再运到美国，以远高于采购时的价格出售。这种做法既利用了大西洋两岸的需求差异形成的价格杠杆，同时利用了航运价格不断下跌的优势——跨大西洋蒸汽轮船的出现使得航运速度不断加快，从而导致价格下跌。老劳里亚特的首次伦敦之旅是在一八七三年，乘坐的是阿特拉斯号——丘纳德公司最早的蒸汽轮船之一。他几乎每次采购都能上新闻。有一次，老劳里亚特收购了一部瑞士日内瓦版《圣经》，又称"马裤《圣经》"，之所以这样叫，是因为里面用"马裤"一词来描述亚当和夏娃的穿着，该版本的历史可以追溯到一五九九年。结果，关于这次采购的报道几乎占了《纽约时报》一整个专栏。到十九世纪末，劳里亚特书店已经成为全美珍本书籍、手稿和绘本最重要的销售商和进口商之一，它的藏书票注定要被一代代爱书人珍藏。

小劳里亚特延续着他父亲的跨大西洋"收割"之旅。一九一五年四月的最后一周，他正准备开始下一次采购之旅。与往常一样，小劳里亚特计划在伦敦待上几个月，潜心搜寻珍本书籍和书画艺术品，将它们用板条箱封装好，再用轮船运到波士顿。他把搜罗到的最有价值的珍品放在随身行李里，从未想过要为它们投保，正如他所说，"因为风险实际上是零。"战争也没能促使他改变做法。"我们认为，载客的蒸汽轮船不会受到潜艇攻击。"

他这样写道。

小劳里亚特在丘纳德公司位于波士顿城区的售票处买了船票，一千二百九十七号。购票时他询问客轮是否会"被护送穿过战区"，店员回答："哦，是的！我们会采取一切措施保障乘客的安全。"

小劳里亚特选择乘坐卢西塔尼亚号是因为它的航速很快。通常，他更喜欢小而慢的船，"但今年，"他写道，"我想让我的商务旅行尽可能短些。"卢西塔尼亚号的最高速度可达二十五节，他预计五月七日星期五就可抵达利物浦，五月八日星期六上午他就可以抵达伦敦立即开始工作。他计划和朋友洛思罗普·威辛顿一起旅行，这位朋友是家谱研究专家，尤其精于马萨诸塞州的塞勒姆与英国的坎特伯雷两地的旧志研究。两人都已经结婚，但这次都没有携妻同行。小劳里亚特有四个孩子，其中一个还很小，这一次他打算把小家伙的照片带在身上。

他带了五件行李：一个皮质公文包、一个旅行手提包、一个加长衣箱、一个大鞋盒，以及他的扁平行李箱，享用晚餐所需的正式着装及与正装搭配的那些物件儿都在里面。白天穿的各式西装需要搭配不同款式的鞋子，背带、袜子、领带和袖扣也各有用处。他还带上了自己最喜欢的灯笼裤套装，这种特色短裤裤管非常宽松，他打算在甲板上散步时穿。

四月二十九日星期四，小劳里亚特和威辛顿准备乘午夜的火车赶往纽约，但小劳里亚特要先去趟书店。在那儿，同事打开店里的保险柜交给他一卷书，每册宽约十二英寸、长约十四英寸，都带有封皮。这两册都是剪贴簿，但绝非寻常物件。一册包含五十四幅白描画，另一册有六十四幅，都是维多利亚时代的作家威廉·梅克皮斯·萨克雷为自己的各类文学作品所配的插图，都是原始手绘版。萨克雷已于一八六三年离世，他最著名的作品是《名利场》，一度与同时期的作家查尔斯·狄更斯齐名，他的讽刺小说、散文和连载小说曾在《弗雷泽杂志》和《笨拙画报》等刊物上被广泛阅读并受到追捧。他的绘画和书籍，以及他生前拥有的几乎所有的手工艺品，被人们称为"萨克雷遗逸品"，在大西洋两岸——尤其是在美国——备受收藏家追捧。

小劳里亚特把这些剪贴簿带回马萨诸塞州坎布里奇市的家中，在妻子玛丽安的陪伴下逐一查验。然后，他小心翼翼地把它们塞进加长衣箱，再把箱子锁好。当天深夜到达火车站后，他检查了一遍要直接托运到卢西塔尼亚号上的行李箱和大鞋盒，留下了三件他要随身携带的行李。

第二天一大早，也就是四月三十日星期五，在卢西塔尼亚号计划起航的前一天，小劳里亚特和威辛顿抵达了纽约，他们要暂时分开。小劳里亚特要乘出租车去妹妹布兰奇家，她和丈夫乔治·W.钱德勒住在曼哈顿西七十一街二百三十五号。小劳里亚特在启程前还有一项任务要完成。

在第五大道和第三十三大街交会处的华尔道夫酒店，一名头等舱的乘客正在收拾东西，她叫玛格丽特·麦克沃思，时年三十一岁。她精神郁闷，心情沮丧。她害怕回到英国，这意味着她要重新面对那已经持续七年的死气沉沉的婚姻，重新面对被战乱折磨的生活。

上个月，在经历了十天冗长乏味的越洋航行之后，她到达纽约，见到了父亲 D. A. 托马斯。托马斯是一位杰出的商人，为商讨合资合作项目，他很早就来了这座城市，业务涉及矿山开采和密西西比河驳船运输。看到父亲在码头上迎接，她非常开心，也大大松了一口气。"一九一五年四月，从国内的战争阴云中逃脱，来到春光明媚的纽约，过上无忧无虑、轻松愉快的生活，这真是一种无法形容的解脱。"她回忆道。

这座城市处处都让她着迷。她写道："差不多每个晚上我们都会出去，要么去剧院，要么去参加晚宴。"她买了不少衣服，都由父亲付账，她非常珍爱一件黑色天鹅绒礼服长裙。她能明显感觉到她原本习以为常的那种羞怯，那种"被湮灭"的怯懦感开始渐渐消退（然而，怯懦并没能阻止她在英国争取妇女选举权的运动中做出惊人的举动，她曾跳上首相乘坐的汽车，引爆了一个装有炸弹的邮包），平生第一次，她开始感到自己是父亲的社会资产而不是负债。她写道："我在这里待了几个星期，我发现，那些坦率的美国人热情好客、乐于帮助、诚恳待人的精神，以及他们为我做的一些事情，将对我以后的生活产生很大影响。"

那个假期，她把怯懦"抛到了海里"。"我一直对纽约心存感激，"她这样写道，"最后，这是最后一次，我意识到自己还年轻。"

尽管麦克沃思和父亲即将乘坐世界上最豪华的轮船,开启一段跨洋之旅,而且还是头等舱,但她感受到的却只有伤心和惋惜。

就在那个星期五的早晨,特纳船长离开船,向南来到华尔街,走进位于百老汇大道一百六十五号的城市投资大楼,这座巨大、笨拙的建筑恰巧矗立在城市中最受人喜爱的地标建筑之一胜家塔(由胜家缝纫机公司建造)旁边。进了大厦,特纳来到了亨特－希尔－贝茨律师事务所。上午十一点,他要坐在八位律师面前,就当时一桩颇引人注目的案件宣誓作证,该案由白星航运公司,即泰坦尼克号的所有者诉至美国联邦法院,因为在泰坦尼克号上遇难的美国乘客家属起诉索赔,他们指控这起事故是由该公司的"过失和疏忽"造成的,白星航运公司想请法院判定他们应该承担怎样的财务责任。

特纳是代表家属一方作证的,作为航海家,他算是一位公正的见证人,这本是对他多年担任大型客轮的船长以及船员们对他的尊敬的认可,但在场的那些人很快就发现,特纳并不是那种乐意被律师问来问去的人。对于这些问题,他只愿意给出生硬、简短的回答,甚至很少说出一句完整的话,事实证明,他这个证人当得不怎么样。

律师们设法从他那里打探,刚听到泰坦尼克号遇难时他的船在海上的情况,那时他正担任毛里塔尼亚号的船长。泰坦尼克号于一九一二年四月十一日启程,而毛里塔尼亚号则在四月十三日起航，特纳之所以记得这么清楚，是因为这个日期让那些迷信的乘客觉得很不吉利，尽管在有关航海的全部传说当中，数字十三并没有什么特殊的不祥寓意。其实让水手们感到恐惧的是在星期五起航。在通过无线电收到报告说航路上出现了冰层之后，特纳立即决定调整航向，让船适度偏南航行。泰坦尼克号撞上冰山后，他的无线电收发员第一时间送来了消息。

特纳被问及，在航路附近有巨大冰区的情况下，泰坦尼克号保持每小时二十海里①或更快的速度算不算谨慎驾驶时，他给出了最激动的一次回答："当然不是！二十海里的航速通过冰区！我的天哪！"

特纳解释说，通过冰区最好是非常缓慢地行进，或者干脆停下。他承认无线通信确实可以提醒船长们注意冰层的存在，但他对所谓航行中可以通过仔细监测空气和水的温度得到警示的研究嗤之以鼻。特纳解释说："这没用，跟木腿上的水泡一样无关痛痒。"

对于瞭望员是否有用这一问题，特纳的心态很矛盾。丘纳德公司的手册要求，任何时候瞭望台上都要有两个人。"我管他们叫同业公会的装饰品，"特纳说道，"他们满脑子不是回家就是领钱。"

当被问及是否给瞭望员配备了双筒望远镜时，特纳回答："当然没有，那还不如给他们两个苏打水空瓶子。"

---

① 1海里约为1.85千米。

尽管如此，他说他在可能出现冰层的水域航行时还是会加倍小心，并在船首增派两个瞭望员。

特纳警告说，无论采取什么预防措施，做了什么样的研究，冰区永远是一个潜在障碍。对此，一位律师颇为震惊，他问特纳："你从那次事故中吸取到什么教训了吗？"

"一点儿也没有，"特纳说，"这种事还会发生。"

在询证的过程中，律师们时不时把谈论焦点转移到特纳自己的船上，重点提及卢西塔尼亚号的水密甲板和水密舱门，特别是它的纵向煤舱。

"这对商船来说很不寻常，但在海军舰艇上却很常见对吗？"

"是的，"特纳说，"那是一种保护。"

问得多了，律师们开始意识到，船长对船舶的结构设计简直毫无兴趣，哪怕是他自己的船。

"你不是一个关注机械设计的人，"一个人问道，"只在乎驾驶这件事对吧？"

"是的。"

"你不太注意船的构造吗？"

"只要它们还浮在水上，我就不注意。一旦沉了，我也就不在船上了。"

当被问及卢西塔尼亚号和它的姊妹船毛里塔尼亚号上的水密舱门是否有什么"特别之处"的时候，特纳回答："不知道。"

过了一会儿，律师问道："在泰坦尼克号沉没之前，人们普遍以为这些巨轮永远不会沉没，对吧？"

"谁告诉你的?"特纳突然不耐烦了,"所有和我一起出过海的人中没人这样说过。"

这次询证的最后一个问题是,如果一艘船有五个舱室已经完全进水,它还能否继续漂浮在水面上。

特纳回答:"亲爱的先生们,我真不知道该如何回答这个问题。这取决于舱室的大小和浮力的大小。如果还有浮力,船就会浮着;如果没有,船就会沉下去。"

特纳回到了他的船上。

U-20
快活极了的 U 型潜艇

就在同一天,四月三十日星期五,一艘与客轮完全不同的船舰——德国潜艇 U-20,奉命驶向不列颠群岛,执行新的、更加紧迫的巡逻任务。这艘潜艇早上六点从德国西北海岸的埃姆登出发,没有举行任何离港仪式。艇员们平日戏称北海为"欢快的汉斯",但今天,大海和天空都是灰蒙蒙的,就跟环绕海港的那些平坦地带的土地颜色一模一样。港口的潜艇用缆绳拴在一起,一艘挨着一艘,并排停靠在各自的泊位,它们的指挥塔看上去就像是远方的城堡。风从海上吹来,风速约为每小时四海里。

U-20 潜艇沿着埃姆斯河驶向大海,悄无声息,几乎没有留下任何航迹。瓦尔特·施维格是这艘潜艇的艇长,他站在指挥塔上,戴着大檐帽,穿着防水的皮革制服。指挥塔是潜艇中部一段凸起的蹲式舱室,室内布置有一系列控制设备和两架潜望镜,一架是主战潜望镜,另一架是辅助潜望镜。在水下发动攻击时,施维格会站在这里，在指挥塔厚实的碳钢墙内，用主战潜望镜来指挥艇员发射鱼雷。塔楼顶部有一块不大的甲板，当潜艇浮出水面时，这块甲板可以提供一个海上高角，让他极目远眺，四下搜寻，但不能遮风挡雨。早晨很冷，一缕咖啡的香味从下面的舱口飘了上来。

施维格引导潜艇沿着埃姆斯河驶入港口外的浅滩。之后，潜艇向正西方向航行，大约上午九点半，经过了博尔库姆岛的灯塔和无线电台站，这里是一座不大的堰洲岛[①]，是潜艇离开和返回时的重要地标。

施维格刚满三十二岁，但已经被公认为德国海军最博学的指挥官之一，连上司都要向他咨询潜艇方面的问题。他的潜艇经常被选来测试新的潜艇战术。他是为数不多的战前就在德国海军潜艇上服役的艇长之一。他又高又瘦，肩膀宽阔。"他是一个特别漂亮的家伙。"一名艇员说。他的眼睛是浅蓝色的，为人冷静，脾气温和。

大约到了中午，施维格的潜艇进入远离博尔库姆的深水海域，这里属于北海，有人称其为德国湾，也有人称为赫耳果兰湾。在这一带，海水变深了许多，明朗的日子里，海水会变成深深的金属蓝色。施维格的作战日志详细记载了每一次执行巡逻任务的情况，现在，他在上面写道：海面自西向东持续浪涌，浪高三英尺，能见度良好。

---

① 与主要海岸走向大致平行的多脊沙洲。

如果施维格愿意，他随时可以命令潜艇潜入水下，但现在他更愿意在水面航行，这样可以走得更远更快。一对柴油发动机可以驱动潜艇达到最高十五海里每小时的航速，足以超过大多数传统商船。按照例行巡航速度，比如每小时八海里，潜艇航程可以达到五千二百海里。然而，一旦潜入水下，施维格就不得不关掉柴油发动机，让两台电池驱动的发动机为潜艇供能，以免柴油发动机耗尽艇内的氧气。电池发动机最多只能提供九节的航速，还只能持续很短的时间。即使速度维持在最高航速的一半，在水下潜航的U型潜艇也只能持续行驶大约八十海里。这样的航速的确太慢，以至于当U型潜艇处在英法之间多佛海峡的快速洋流中时，有时甚至无法前进。事实上，U型潜艇在水下航行的时间越少越好，通常只在极端天气或攻击船只、躲避驱逐舰时才这样做。

在执行海上巡逻任务的第一天，施维格大部分时间都能与博尔库姆岛的无线电台站及停泊在埃姆登港的海军舰艇安科纳号保持无线电通信，因为安科纳号上装有远距离无线电通信设备，可以与出海远航的舰船通信。施维格在作战日志中写道，当他的U型潜艇驶离博尔库姆岛四十五海里以后，就再也无法与岛上的无线电台取得联系，但仍然能与安科纳号保持良好的联络。在此过程中，无线电收发员会一再发送测试信号——潜艇上的无线电收发员经常这样做，仿佛是为了推迟一个不可避免的时刻——最终会远离己方的无线电波覆盖区域，完全依靠自己。

这种单打独斗使得潜艇在德国海军中与众不同。水面舰艇通常成群结队地航行，由于天线塔有一定的高度，它们可以与基地一直保持联系。而U型潜艇一般独来独往，通常航行几百英里之后就会和基地失去联系。一旦到了远海地区，U型潜艇的艇长就得自主执行巡逻任务，以他认为合适的方式操控潜艇，没有上级监督。他需要独自决定何时以及是否需要发起攻击，何时上升或下潜，何时返回基地。他对潜望镜拥有绝对的控制权。"我想强调的是，一艘潜艇只有一只眼睛，"U型潜艇指挥官埃德加·冯·施皮格尔·冯·翁德·祖·佩克尔斯海姆男爵曾经这样说道，他对施维格很了解，"这意味着，只有潜望镜前那双眼睛的主人，才承担发起攻击或保障潜艇及艇员安全的全部责任。"

潜望镜提供的视界和清晰度都极其有限。通过它，潜艇指挥官只能对周围的世界短暂一瞥，瞥见的影像是平面的而非立体的，就在这短暂的一瞥间，他必须对一艘船的所属国、是否为军用船、是否携带武器，以及船上的旗帜及标志是否合法等问题做出判定。如果他决定发起攻击，那就是他在独自承担责任，就像扣动扳机的人，但不同的是，他无须了解或查看结果，他能听到的只是海水传导过来的鱼雷爆炸声。如果他选择观看爆炸后的悲剧景象，也只能看到一个无声炼狱般的恐怖世界。有一次，施皮格尔突袭了一艘运载马匹的船只，他看到其中一匹马——"一匹极好的、带有斑点的、长着长尾巴的灰身高头大马"——从船上跃向一艘已经超载的救生艇。在那之后，他写道："我再也不忍看下去了。"他放下潜望镜，命令潜艇立即深潜。

"这是一项非常艰难的任务，完全不同于寻常的军队作战，"施皮格尔说，"如果你在战壕中遭到炮火轰炸，可以立即下令离开战壕发起攻击，你会非常兴奋。而在潜艇里面，当哨声或电话铃声突然响起，有人向你报告'前方出现船只'，也许你正坐在狭小的舱室里喝着早餐咖啡，吃着火腿和鸡蛋。"于是作为指挥官的你可能就会下令开火。"这些该死的鱼雷所造成的结果，当然十有八九令人心碎。"一艘船被击中船头，"就像飞机失事一样"栽沉下去，施皮格尔说。"两分钟后，一艘万吨级排水量的大船就这样从水面上消失了。"

拥有这么大权力可能令人毛骨悚然，但行使起来却又让人在某种程度上感到孤寂，这种孤寂感还会因为一个事实而被放大，那就是德国任何时刻能真正投入海战的潜艇没有几艘。比如在一九一五年五月，德国海军舰队中能远距离奔袭作战的潜艇只有区区二十五艘，施维格的U型潜艇就是其中之一。而且这二十五艘潜艇在某个固定的时间点又只有七艘能正常服役，因为每次巡航之后，一艘潜艇通常都需要几周时间来维护保养或彻底检修。巡逻时，施维格的U型潜艇在广阔的海域中实际只占据了一个针尖大的位置。

这次出行，施维格肩负着上级亲自下达给他的一系列命令。德国本土新近出现了一种恐怖氛围，即担心英国军队从北海沿岸的石勒苏益格－荷尔斯泰因地区进入，侵略德国本土，这次这些载有入侵部队的船只出发的港口有所不同，不再是那些通常为英国驻法军队提供补给的港口。情报机构的报告早就暗示这样的入侵可能正在酝酿，德国海军官员起初表示怀疑，然而现在他们开始相信这些情报可能属实。施维格接到命令，要他在英格兰和爱尔兰之间的利物浦外海的指定海域，寻找并攻击这些运送船只，而且要"在苏格兰附近走尽可能短的航线"。上级命令说，一旦到达，他就应当坚守阵地，"只要还有军用补给"，就不得离开。

这一任务的紧急程度显然非同寻常，以至于德国海军把周五不出海的禁忌都抛在了脑后。

作为一种武器，潜艇已经走过了很长的发展历程，当然也早已过了偶尔误伤自己船员的那个阶段。人们公认的第一艘击沉敌船的潜艇是美国南方联盟海军的亨利号，南北战争期间该潜艇击沉了北方联邦海军的护卫舰豪萨通尼克号。亨利号由八名船员人力驱动，靠手摇式曲轴来转动潜艇的螺旋桨，在天黑后接近豪萨通尼克号，并在前端伸出一根三十英尺的圆杆，末端绑有一大包炸药。炸药爆炸摧毁了护卫舰，也炸沉了亨利号，艇员都葬身海底。然而，或许早有人预料到这样的结果。这次下水之前，亨利号曾三次试验失败，三组船员全部遇难，死亡总人数达二十三名。尽管许多国家的发明家都为潜艇的发展做出了贡献，但最为后世称道的只有一个人，是他把潜艇变成真正重要的武器，而不再是一种自杀式的奇技淫巧，或者如德国海军官兵喜欢说的那样，是个"铁棺材"。此人就是爱尔兰的约翰·菲利普·霍兰，他移民美国后就开始设计水下航行器，目的是帮爱尔兰击败英国海军。一幅一八九八年的著名卡通画就是根据一张拍摄于新泽西州珀斯安波易的照片创作的，展示的是霍兰头戴高顶大圆礼帽从一艘潜艇的舱门里出现的情形，配文："什么？我担心吗？"霍兰率先将用于水下巡航的电力引擎和用于水面航行的汽油引擎结合到了一起，尽管汽油由于易产生烟雾、易挥发以及气味易令船员感到憋气等原因最终被柴油取代。德国武器制造商克虏伯公司雇用西班牙人雷蒙多·洛伦索·德伊奎维利－蒙贾斯廷设计德国的第一艘潜艇，他实际上是通过融合霍兰德和其他设计者的理念来完成任务的。他的工作促使德国海军于一九〇四年创立了一个分支部门——潜艇制造局，但海军仍对这种新奇舰艇的价值表示怀疑。战争伊始，潜艇引发的事故灾难仍不断发生，但频率还没有高到阻碍施维格这样的年轻人加入德国潜艇部队。

施维格指挥的潜艇长二百一十英尺，宽二十英尺，高二十七英尺。乍一看，潜艇似乎能为艇员们提供舒适的生活空间，但事实上，他们能使用的部分仅仅是沿着中心线的一个圆柱体空间。潜艇的大部分空间都被船体两侧的巨型贮水罐填满了，下潜时注满海水，上浮时罐里的水要排空。中部的空间要塞满三十多人的铺位、一个厨房、一个餐室、一个供无线电收发员使用的小隔间、一个中央控制室、两台八百五十马力的柴油引擎、一个能储存七十六吨柴油的燃料罐、两台六百马力的电动引擎和大量电池组，还得有空间存储供艇上唯一的甲板炮使用的二百五十枚炮弹，存储和操控七枚鱼雷——官方名称为

"动力鱼雷"——也需要一定空间。艇首有两个鱼雷发射管，还有两个发射管布置在艇尾。连接所有设备的是一排排、一簇簇密实的管道和电缆，就像人腿上的肌腱一样。"这里的仪器仪表比普通人一辈子看到的还多。"一名艇员曾这样说。施维格有自己的小舱室，铺位上方还有一盏电灯。

与大型水面舰船不同，U型潜艇很能反映指挥官的性格，就好像这艘艇是为他量身定做的一套钢铁制服。这是因为在远海巡逻中，艇长无须听从上级的命令，而且比起旗舰上的海军上将要指挥整支舰队和麾下数千官兵，他对手下士兵的控制更加直接。因此，有的潜艇显得个性残暴，有的则很侠义，有的懒惰，有的又充满活力。有些艇长不会试图去挽救被袭商船船员的生命，有些甚至会坚持把救生艇拖到陆地上。一名U型潜艇的指挥官曾送给被鱼雷击中的商船船长三瓶酒，希望能缓解他们远距离划船上岸的辛劳。

在U-20前任指挥官奥托·德勒舍尔的领导下，这艘潜艇以勇士之名声名远播。在一九一四年九月的一次航行中，德勒舍尔和另一名指挥官把潜艇带进了苏格兰爱丁堡附近的出海口福斯湾，然后沿河深入内陆，航行至福斯桥，打算袭击停泊在罗赛斯海军基地里的英国军舰，该基地就在福斯桥的另一侧。然而，潜艇被发现了，只得逃回北海。

翌月，德勒舍尔又执行了一次巡逻任务，一举成为首位环英国航行的U型潜艇艇长。他先是经多佛海峡航行至英吉利海峡，在多佛海域遭遇了敌方激烈的反潜巡查。德勒舍尔断定沿多佛海峡返航太危险，于是转而向北，沿英格兰和爱尔兰的西海岸航行，绕过苏格兰的北角，这进一步展现了U型潜艇航程和耐力的优越性。德国对这一壮举秘而不宣。

一九一四年十二月，施维格成为U-20潜艇的艇长，没过多久，这艘潜艇再次声名远播，不过这次是因为冷酷无情。一九一五年一月三十日，施维格在法国海岸附近巡逻时击沉了三艘商用蒸汽机船，事先没有发出警告。就在同一次航行中，他将潜艇驶进了塞纳河口，在此次航行的一百三十七个小时中，因为恶劣的天气和大雾，有一百一十一个小时他都不得不让潜艇潜伏在水下。二月一日，他向一艘大船发射了鱼雷，该船是纯白色的，标记有大红色的十字，这是一艘医务船——阿斯图里亚斯号。不过他没有命中。但这次攻击将德国的冷酷无情展现到了极致，就连施维格的上级似乎也很惊讶。

然而在同僚和下属中，施维格却以善良和好脾气，以及总能让潜艇保持愉快的氛围而闻名。洛厄尔·托马斯在写一九二八年出版的《深海奇兵》一书时，曾对鲁道夫·岑特纳进行采访。"U-20潜艇是一艘快乐的小船，它很温和。"鲁道夫·岑特纳这样说道。岑特纳把这完全归功于施维格。"如果你想在船上一直都开开心心的，就必须有一个总是开开心心的船老大。"施维格和家人一直住在柏林，他受过良好的教育，平素泰然自若，彬彬有礼。"他对手下的官兵非常和善，"岑特纳说道，"他是个乐天派，总是特别欢乐，风趣幽默。"

施维格的朋友冯·施皮格尔男爵曾经这样评论："他这个人

极好,连只苍蝇都不愿意杀死。"

施维格早期在U-20上服役的经历为他后来的生活定下了基调。一九一四年圣诞前夜,这艘潜艇奉命出海巡逻,在这样一个时刻离港并奔赴战场实在有些令人沮丧。这也是岑特纳首次巡航,巡逻地在赫耳果兰湾。第二天是圣诞节,也是开战以来的第一个圣诞节,船员们醒来后发现,这个十二月的早晨非常明亮,阳光灿烂,"空气冷冽",大海的颜色是冬日里惯常出现的蓝黑色调,一派风平浪静。整个白天,U-20一直在水面航行,以便更好地监测目标。像这样的好天气,蒸汽机船烟囱排出的烟雾二十英里之外就能看到。瞭望员一整天什么也没发现。岑特纳说:"显然,敌人正在家过圣诞节,基督徒当然应该这样。"

那天晚上,施维格命潜艇潜至海平面以下六十英尺的海底。他选择了一个图表显示是沙子而非岩石的地点。有一阵子,艇里的人都很安静,跟往常一样,大家的耳朵里只有滴水声或流水声。艇员一直密切关注着可能出现的压力飙升的情况,因为这意味着有大量海水穿透了艇舱。"密封全部正常",这一口令从艇首一直传递到艇尾。

U型潜艇的艇员们已经习惯在北海的海底过夜了,那一带的水域深度基本都在潜艇允许的最大限度内。在海底,施维格和艇员们可以安心睡觉,不用担心在黑灯瞎火中被蒸汽机船碾过头顶,或者误打误撞地碰上英国驱逐舰。有一段时期,U型潜艇的指挥官甚至敢脱掉衣服上床睡觉。但在这个特殊的夜晚,除了睡觉之外,施维格脑子里还想着别的事情。"现在,"施维格说,"我们可以庆祝圣诞节了。"

餐室一侧挂着一个圣诞花环。人们把食物堆在桌子上。"都是罐头食品,但我们不介意。"岑特纳说。平时施维格和U-20上的三名军官会在一个不大的军官餐区单独用餐,但现在,他们和艇员坐到了一起。艇上共有三十六人。他们在茶水里掺了朗姆酒。"我都记不清到底喝了多少杯了。"岑特纳说。

施维格站起来简单说了几句。"听完大家都非常开心地热烈鼓掌!"岑特纳说。接着,音乐声响起。"是的,"岑特纳接着说道,"我们有一支小小的管弦乐队。"一个人拉小提琴,一个人演奏曼陀林,还有一个长着闪亮大红胡子的矮胖家伙——是个渔夫——拿出了手风琴。他看上去就像个侏儒,既不会读也不会写,但他对异性颇有吸引力,因为施维格收到过两封女性来信,都要求他批准这位矮胖水手退役,好娶她们。当时水面舰艇还无法跟踪潜艇,所以艇上没人对噪音太在意。三个人"的确是在用心演奏",岑特纳说,尤其是那位手风琴演奏者。"他的小眼睛半闭着,简直如痴如醉;他那长满胡须的嘴巴,弯得就像一轮新月。"

有美妙的音乐助兴,艇员们开怀畅饮到深夜。外面的海水冰冷、黑暗,但无法穿透潜艇。

经施维格允许,U-20每次出巡都至少会带上一只狗。有段时间艇上甚至有六只狗,其中四只是小狗,都是达克斯猎犬,这些小家伙是在爱尔兰外海的一次作战任务中意外收获的。

在那次行动中，根据巡洋舰规则，施维格追上并逼停了葡萄牙商船玛丽亚·德·莫兰诺斯号。等船上的人员全部离船之后，施维格令艇炮手将船击沉。他喜欢这样做，因为艇上带的鱼雷不多，是为最重要、最大的目标留着的。

　　艇炮手的动作干净利落，瞄准货船的吃水线发射了一连串炮弹。很快这艘船就从人们的视线中消失了，或者像岑特纳所说的那样，"向下栽进海洋"。

　　海面上漂浮着炮击后的碎片残骸。除了常见的东西，人们还发现有一头奶牛正在游泳，旁边好像还有一些别的东西。那位留着大胡子的风琴手首先看到了它们，大声喊道："哦天哪！是小狗！"①

　　他指着远处水面上的一个盒子。一个小脑袋和两只爪子伸出盒子的边缘，是一只黑色的小达克斯猎犬。

　　U-20靠了过去，有人把狗抱上了潜艇。他们依着那艘沉船给它取名"玛丽亚"。然而对那头牛，他们却什么忙也帮不上。

　　U-20上本就有一只公狗，没过多久玛丽亚就怀孕了。它生了四只小狗，风琴手成了小狗的看管人。六只狗对于一艘U型潜艇来说显然太多，于是艇员们只留下了一只小狗，把另外三只小狗送给了其他潜艇。岑特纳总是带着狗睡在铺位上，旁边是鱼雷。"所以每天晚上，"他说，"我就和一枚鱼雷和一只小狗一起睡。"

---

① 原文为德语。

施维格能让潜艇维持如此温馨、人性化的氛围说明他在管理方面颇有能力，因为U型潜艇的生存条件太过艰苦。潜艇内异常狭窄，特别是每次巡逻任务刚开始的时候，食物几乎会塞满艇上每个地方，包括厕所。蔬菜和肉类保存在温度最低的地方，和艇上的弹药放在一起。水是限量供应的。如果你想刮胡子，得用早上喝剩的残茶。没有多余的水让人洗澡。新鲜食物很快就会变质。只要有可能，艇员们总会想方设法弄到吃的。有一艘U型潜艇曾派出几个人到苏格兰的一个岛屿上狩猎，捕杀了一只山羊。艇员们还经常劫掠过往的船只，向他们索要果酱、鸡蛋、培根和水果。一架英国飞机扔下的炸弹意外地让一艘U型潜艇的艇员们吃上了一顿美餐，因为炸弹没有命中目标，而是在海水里爆炸了，冲击波震晕了一大群鱼，让它们全都浮上了水面。

U-20的艇员们曾经弄到一整桶黄油，但那时还在巡逻，艇上的厨师实在找不到可以用黄油来煎炸的东西。于是施维格开始"购物"。他通过潜望镜发现了好几艘渔船，于是指挥潜艇在渔船中间浮出水面。渔民们都吓坏了，以为他们的船会被击沉。但施维格其实只想要鱼。渔民们这才松了一口气，把鱼都给了艇员。

施维格让潜艇下潜到海底，这样艇员们就可以安安生生地用餐。"现在，"岑特纳说，"有这么多新鲜的鱼，用黄油炸，用黄油烧，用黄油煎，想怎么吃就怎么吃。"

然而，这些鱼及其残留物散发出来的腥臭会使U型潜艇变得更差——这是最令人难以忍受的一个方面。首先,三十多个男人执行任务期间从不洗澡,穿的又是不透气的皮衣,散发的体味已经够受的了,他们还共用一个小盥洗室,里面的便池时不时散发出一种霍乱医院的气味。只有当U型潜艇浮出水面或是在浅水区时,这些便池才能冲洗,否则海底过大的压力会把池子里的秽物吹回到艇上。刚上艇的官兵往往会闹出这种笑话,大家称之为"U型潜艇的洗礼"。柴油的气味能渗透全艇的各个角落,每一杯可可、每一片面包,保准都能尝出柴油的滋味。然后是厨房里散发出的剩饭剩菜的味道,尤其是放置超过一天的油炸洋葱,会散发出与男性体味最接近的气味。

所有情况都会因为潜艇在水下独有的物理现象变得更糟。U型潜艇携带的氧气非常有限,平时储存在柱状气瓶内,再按比例缓缓注入艇中,比例根据艇上人员的数量变化而有所不同。呼吸过的空气会注入钾化合物中,净化碳酸类成分,再注回艇上。不当班的艇员会被鼓励去睡觉,因为人睡觉时消耗的氧气较少。潜至深海时,艇内空气会变成类似于热带沼泽的空气,异常潮湿凝滞,几乎难以忍受,人体发热、柴油发动机关闭后的余热、艇上电气设备散热等都会导致船体温度升高。潜艇下潜的深度越大,海水的温度越低,温暖的内部和寒冷的外部形成的温差就会导致艇内空气中的水分开始冷凝,这些冷凝水会浸湿衣服,滋生霉菌。艇员们管这种现象叫"U型潜艇出汗"。这种"汗液"还会将艇内大气中的油脂成分一并冷凝下来,落到杯中的咖啡和锅里的汤汁上,形成一层薄薄的浮油。潜艇在水下停留的时间越长，这种情况就越糟糕，艇内的气温甚至可以升至三十七点八摄氏度以上。"不身临其境，你就对周围逐渐变化的空气没有概念，"潜艇指挥官保罗·柯尼希曾这样写道，"对这个钢铁外壳里面地狱般的温度也不会有概念。"

艇上的人们只能忍受这一切，直到潜艇升上水面，指挥塔的舱口打开。"指挥塔舱门被打开，潜艇重新恢复到柴油发动机驱动，在水下憋了十五个小时之后，艇员们终于呼吸到一口新鲜空气，有种劫后余生的感觉，"另一名潜艇指挥官马丁·尼默勒曾这样说道，"那一刻，浑身上下每个细胞都苏醒了，没有人再想着睡觉。大家都想多呼吸几口新鲜空气，想在桥楼围屏的掩蔽下抽上一支香烟。"

此外，这些不适的背后还隐藏着一个最大的危险，每个人心里都明白，他们随时面临着一种你能想象到的最可怕的死亡方式：在黑暗的海底、黑暗的钢筒里，慢慢窒息而死。

U-20有一次执行巡逻任务时，就差点儿发生这样的事。

开战初期，U型潜艇的指挥官们和英国官员一样，都在绞尽脑汁部署新的战术与对方抗衡。有一次施维格正在用潜望镜扫视海面，突然发现前方有两个浮筒，而且间距还很远。施维格看不出它们有什么威胁，但在那片海域冒出这么两个东西，实在有点儿匪夷所思。

施维格认为没有危险。他大声命令："前方两个浮筒；深度，保持原位。"于是，这艘潜艇继续保持"潜望镜深度"前进，也就是让潜艇保持在水下十一米的地方，在这个深度，只有潜望镜的顶端能刚刚露出水面。

突然一声巨响，有什么东西撞上了潜艇外壳，紧接着又传来一阵刺耳的刮擦声，像是有什么钢铁制品正沿着艇体刮擦。"听上去像是有巨大的铁链在撞击潜艇，而且铁链正在被潜艇拖着。"鲁道夫·岑特纳这样描述，当时他正在艇上的控制室里值班。

正在操纵水平舵以控制潜艇俯仰姿态的艇员突然开始惊叫。水平舵没反应。岑特纳赶紧查看深度表和速度表，潜艇已经开始减速、下沉，上下起落、侧向翻滚。

岑特纳盯着深度表，及时向施维格高声报告仪表数据的变化情况。潜艇不断下沉，越来越深。在一百英尺的深度，U-20触到了海底，海水压力并未造成威胁，但潜艇已经动弹不得，仿佛已经与海底融为一体。

岑特纳爬梯上到指挥塔，透过一个有着厚厚玻璃的小窗户向外张望，这是在水下观察周围环境的唯一方法。眼前的景象让他目瞪口呆：出现在眼前的是竖一道横一道的交叉剖面线，那是一串串铁链和缆索。"现在我们知道这两个浮筒是用来干什么的了。"他说。一张巨大的钢网悬浮在两个浮筒之间——这是一个张着大口的潜艇陷阱，而U-20一头撞到了里面。潜艇不只是落入了陷阱，还被钢网的重量死死压住，只能静静地躺在海底，动弹不得。

此外，他们还发现了别的声音：透过艇壁，艇员们听到头顶上有螺旋桨推进器发出的哒哒哒哒的声音。经验告诉他们，现在头顶上的这种独特音频是驱逐舰发出的。"那是一种尖锐刺耳的嗤嗤声。"深水炸弹在那个年代尚不存在,但在上面守株待兔的驱逐舰也绝不会让人安心,它们是最令潜艇指挥官胆战心惊的舰船。驱逐舰的航速可以达到三十五节,可以从一英里外开炮给人致命一击,还可以撞毁一艘潜艇。它的船首就像一把切刀,高速航行时能把U型潜艇切成两半。

潜艇内的温度开始上升,闷热得让人透不过气。恐惧的阴影笼罩在每个人的心头,就像怒潮即将淹过头顶。"可想而知,现在艇上不会再有笑声和歌声了,"岑特纳说,"每个人都开始想德国的家,还在想会不会再也回不了家。"

这个时候要下达命令,的确很艰难。毫无疑问,施维格也感受到了恐惧,但他的身份不允许他表现出来。在这样一个狭窄拥挤的地方,只能做让人们增加信心、帮他们平静下来的事情,否则任何行动都会加剧人们已有的恐惧。

施维格下令:"倒转引擎。"

两台引擎重新启动。整个艇体开始受力,钢网刮拉着艇体。与此同时,头顶上螺旋桨推进器的声音也变得越来越清晰。

岑特纳在控制室盯着那些刻度盘和指示器。"我们现在全指望它们了,"他说,"我以前从来没有这么热切地注视过这些仪器。"

在刺耳的钢铁刮擦声中,潜艇开始缓慢地后退。然后,它自由了。

施维格下令让潜艇升至巡航深度,即水下二十二米,并保持全速前进。大家终于松了一口气，但很快他们就意识到，头顶上螺旋桨推进器的声音并没有消失，那艘驱逐舰似乎知道这艘潜艇的确切位置。施维格下令让潜艇从左到右走之字形路线，但驱逐舰还是紧随其后。

施维格现在只能凭感觉下令。他不敢使用潜望镜，因为那样驱逐舰会立即发现它并开始射击或撞击，甚至二者齐发。施维格命令水平舵舵手按照航海图给出的这一带的最大保持深度来操控。追逐还在继续，"一小时又一小时"，岑特纳说，U-20在按"一种疯狂的、不可思议的线路航行，而且保持着最快的速度"。

现在他们只能期待海面完全黑下来。终于，夜幕降临，螺旋桨推进器的声音开始淡出，渐渐地，它们彻底消失了。施维格命令潜艇回到潜望镜深度，并迅速三百六十度扫掠，确保附近没有威胁。这一连串的行动费力且紧张。从指挥塔顶部伸出去的潜望镜，上面所有配件必须保持密封，既要防水，又要能承受深潜时的高压。转动潜望镜需要力量。然而，这些结构和附件的贴合从来都不完美：掺着油星的海水不可避免地滴落在施维格的帽子和脸上。

确信驱逐舰已经远去，施维格下令让U-20升至水面。

最后一个谜团也被解开了。在潜艇倒引擎试图摆脱钢网的时候，它挂住了一条系在浮筒上的缆索。潜艇一直拖着浮筒，于是浮筒在海面上就像渔夫钓鱼用的鱼漂一样，向驱逐舰的瞭望哨指示着潜艇的每一个位置变化，直到最后彻底天黑再也看不见浮筒，驱逐舰才离开。

施维格是幸运的。因为接下来几个月，英国人在拦阻潜艇的钢网上挂上了炸药。

* * *

四月三十日星期五，U-20驶过赫耳果兰湾，施维格的无线电收发员整天都在发报报告潜艇的位置，显然是想确定潜艇与基地台站或安科纳号之间收发无线电信号的最大距离。终于，它与安科纳号成功取得最后一次联系，当时两者相距二百三十五海里。

当晚七点，U型潜艇穿过多格滩顺利进入北海，这里是英格兰外海一个七千平方英里的渔场。滩上起风了，海上也一样，能见度开始降低。

外海上有几艘悬挂荷兰国旗的渔船，施维格没管它们。他签署完作战日志，标志着执行巡逻任务的第一天正式结束。

卢西塔尼亚号
各色齐备

那个星期五，小劳里亚特离开妹妹的公寓，穿过城区，前往第五大道六百四十五号，去取他要带往伦敦的最后一些物品。那是一个客户的家，客户叫威廉·菲尔德，尽管家在城里，却自称"乡绅"。

几个月前，小劳里亚特卖给菲尔德一部十分宝贵的书——查尔斯·狄更斯的《圣诞颂歌》，该书于一八四三年十二月首次出版，是狄更斯自留的一个版本。一八四四年，狄更斯针对"侵犯著作权"这一现象提起了一系列法律诉讼，起因是某些盗版者未经他许可就再版了该书，这本书当时曾作为证据提交。狄更斯在这本书的封面和封底，以及书中不少地方，亲笔写下了一些有关该书法律诉讼事宜的摘记。这样一本书，世间独一无二，无可替代。

小劳里亚特想借这本书一用。今年早些时候，他曾与伦敦的律师通过信，该律师正在写一本关于狄更斯起诉盗版一事的书。律师请求小劳里亚特下次来伦敦时带上这本书,以便抄录书里狄更斯写下的各种摘记。小劳里亚特写道,该书的新主人菲尔德"很不情愿地答应了这件事",还是在小劳里亚特承诺会将它安全带回之后才同意的。

小劳里亚特到菲尔德的公寓与其见了面,菲尔德把那本书交给了他。书相当气派,用布裹着,装在一个"黎凡特风格十足的盒子"里。黎凡特盒子是一种容器,外面裹着纹理较粗的山羊皮,这种皮革又叫摩洛哥革,多用于书籍装帧。小劳里亚特把这些东西放进公文包,回到了妹妹的住处。

星期五早上,在五十四号码头,特纳下令进行一次救生艇演习。卢西塔尼亚号总共配有四十八艘救生艇,分两种类型。有二十二艘是传统的 A 级艇,为开放式救生艇,用一根根悬臂(或称吊艇柱)悬挂在甲板上,滑车组负责收紧与放下。这种救生艇最小的能容纳五十一人,最大的能容纳六十九人。遇上紧急情况,吊艇柱向舷外转,这些救生艇就会悬在海面上,然后降至甲板围栏的高度,好让乘客爬进去。满员后两名船员就要通力合作,协调控制好每艘救生艇船头和船尾的"下行索",让救生艇的龙骨始终保持水平。这就像是顺着一栋六层楼的正面往下放救生艇。由于一艘满载的救生艇重量接近十吨,这一下行过程需要极其纯熟的技巧和良好的协调,在恶劣天气中这一点更为重要。即使天气晴好,这一操作也令人心惊胆战。

另外二十六艘救生艇是"可折叠救生艇",看上去就像是压扁了的普通救生艇。这种艇每艘能容纳四十三到五十四人，有帆布边，必须全部提起束搭扣好才能下海。这种设计其实是对现实的妥协。泰坦尼克号遇难之后，远洋客轮都被要求配备足以搭乘船上所有人的救生艇。但是，像卢西塔尼亚号这么大的载客量，船上根本没有足够的空间容纳这么多 A 级救生艇。然而，这些可折叠救生艇可以收拢后放到船的底部，在那些 A 级救生艇下水后，用同样的吊艇柱放它们下水。理论上，当大船沉没时，这些折叠艇仍可以自由漂浮。不过折叠艇的设计者似乎没有考虑到这种情形：如果没有足够的时间装配，它们下水之后又有那么多惊慌失措的乘客扒在上面，那么救生艇其实根本打不开。但按一般情况统计，卢西塔尼亚号的两类救生艇加在一起最多可容纳两千六百零五人，超过了船上乘客和船员的总和。

在星期五的演习中，卢西塔尼亚号的全体船员都被召集到甲板上，吊艇柱上悬挂的传统救生艇都被转动至舷外。右舷的救生艇悬在码头上方，但左舷的十艘艇已经放到了水里，有几艘还划出去了一小段距离。然后所有救生艇又都被升上甲板，依原样各就各位。

正如那天早上特纳在关于泰坦尼克号的询证中告诉提问者的那样，他一直相信，一个有经验、有能力的船员，在晴朗无风的日子里，可以在三分钟内放下一艘救生艇。但是他也非常清楚，在当前的形势下几乎不可能招到这样的船员。战争已经造成各行各业劳力短缺，尤其是在航运业，皇家海军已经吸纳了成千上万身体强壮的水手。让特纳招募船员变得更加困难的一点是，丘纳德公司最初与海洋军事部签署过协议，规定卢西塔尼亚号上的高级船员和至少四分之三的普通船员都必须是英国人。

战争期间，英国商船船员不专业的举动甚至引起了曾击沉法拉巴号的U型潜艇指挥官弗斯特纳的注意。他注意到"那些人在操控救生艇的时候都笨手笨脚的"。乘客也注意到了。今年早些时候，东方地毯经销商詹姆斯·贝克乘坐卢西塔尼亚号来到纽约，这是他的第一次跨洋之旅。特纳时任船长。贝克第一天在船上闲逛时就看到了一些正在工作的船员，他的结论是："他们有些人以前应该从来没有出过海。"大多数船员衣着十分随便，对此他大为震惊。"除了四五个船员吧……其他船员身上穿的衣服都是五花八门，这证实了我的第一印象，也就是说，除了为数不多的几位船员是老手，大多数船员都是乌合之众，对于这样一艘大船来说，出现这种状况是一种耻辱。"

特纳承认这的确是个问题。与他航海生涯早期遇到的那些强壮能干的水手相比，战时招募的这些船员简直没个正形。"帆船退出了历史舞台，那些可以打各种绳结、收帆缩帆、捻接铰接绳子，还能把舵的老派能干水手也一并消失了。"特纳这样说道。至于船员们操控救生艇的能力，特纳认为："如果他们愿意多练练，应该能够熟练掌握。他们练得不够，所以现在经验不够。"

然而为了这次航行，特纳确实设法雇了不少像他以前那样在大型横帆帆船上待过且海上经验丰富的水手，其中一个就是外号"格蒂"的莱斯利·莫顿，他时年十八岁，已经快要拿到商船二副证书,也就是他所说的"本本"了。根据官方的海员记录,他身高约一米七九,金发碧眼。他还有两处文身:左臂上是交叉的两面旗帜和一张脸,右臂上是一只蝴蝶。对于一名海员来说,如果他在海上失踪后能被找到尸体,这些都是非常重要的身体特征。莱斯利和他的兄弟克利夫均已与横帆帆船奈亚德号签了学徒合同,兄弟俩与船主的正式合约期都是四年。克利夫的"卖身契"尚未到期,而莱斯利的合同在一九一五年三月二十八日就到期了。

尽管当时商贸领域普遍认为帆船航行速度慢、航运周期长,但其仍被广泛使用。莫顿兄弟从利物浦出发,驶过莱斯利所说的"特别凶险的一段航路",经过整整六十三天,两人终于到了纽约。一路航行过来时,他们的船上只有压舱物,也就是说没有载货。返程情况更糟。他们要在纽约装上每桶五加仑的煤油,运到澳大利亚,再在悉尼装上一船谷物,返回利物浦。整个航程预计要花上一整年。

尽管克利夫的合约还没到期,他们还是决定另谋出路。两人都想回家参战,他们和大多数人一样,盼着这场战争尽快结束。"我们还是像看待维多利亚时代及之前的战争那样看待眼前这场战争。"莫顿后来写道,还说他和兄弟未能领悟到"从一九一四年八月开始,战争性质和作战方法已经彻底改变,在以后的战争中,无论是男人、女人还是儿童,无人能够置身事外。"

兄弟俩打算乘船返回英国,便给家里发了电报,要钱买二等舱船票。父亲将所需资金电汇给了他们。

他们打听到下一班驶往英国的客轮是卢西塔尼亚号,便买了两张票。因为听说过太多卢西塔尼亚号的趣闻轶事,兄弟俩觉得有必要先去码头上看看。"呈现在我们眼前的是怎样一番景象啊,"莱斯利·莫顿写道,"它看上去就像一座大山,还有四个长度惊人的烟囱,一想到它真能在水面上航行,一想到马上就要乘坐它去旅行,我们俩都激动得浑身发抖。"

兄弟俩站在码头上盯着那艘大船发愣时,有个高级船员模样的人也正上下打量着他俩。这个人是卢西塔尼亚号的大副约翰·普雷斯顿·派珀,他通过船踏板走上码头,问道:"你们在看什么?"

兄弟俩说他们已经买好了即将出发的船票,只是想看看这趟班轮而已。

他又打量了兄弟俩一会儿,问道:"你们以前是哪艘船上的?"

莫顿没全告诉他,而是声称他们刚刚学完徒,正要回利物浦参加资格考试。

"你俩看上去就像水手。"派珀说。他问兄弟俩为什么明明可以靠在船上工作免除旅费还要花钱买票。为了不被征招到英国军队服役,十名甲板水手离开了卢西塔尼亚号。"你们两个可以跟着我干。"派珀说。

"我想您不只需要我们两个吧,先生,"莫顿说,"我们还有些船友也已经结算离职了。"

派珀告诉兄弟俩,星期五早上来这儿报到,"其他船友也尽可能多找些。"

兄弟俩兴高采烈,倍感庆幸。现在他们可以退票了,把父亲的钱花在其他想花的地方。"我们大肆挥霍,花光了每一分钱,周四晚上更是稀里糊涂地在穷奢极欲中度过,如果不考虑周围环境的话。"莫顿这样写道。

总之,奈亚德号的八名船员打算跳到卢西塔尼亚号工作。我没有找到奈亚德船长如何看待这件事的史料。然而,特纳船长对招募这些人上船毫无反对意见,兴许对这些人的情况根本就没有多问。他现在急需人手。

这场战争还带来了其他挑战。特纳得在弥漫着恐惧和怀疑的环境中完成起航前的各项准备工作。离开纽约港的商船出发前都必须接受盘查,要最大限度确保船上货物都录入运输清单,并确认货物中没有武器,这是为了确保不违反美国关于中立立场的相关法律。海关征税员达德利·菲尔德·马隆的办公室得到官方授权,要对所有船只进行检查,于是特纳在马龙的监督下接受了港口"中立小组"的盘查。据说马隆长得酷似温斯顿·丘吉尔,以至于多年以后,他真的在电影《莫斯科使团》中出演丘吉尔一角。小组很快完成了检查,马隆向特纳船长签发了"装载证明",有了它,特纳的船才能离港出海。不过马隆后来也承认,要把船上每包货物都打开检查"确实是不可能做到的。"

马隆的办公室当时发布了卢西塔尼亚号的预报货物清单,只有一页纸,上面列出了三十五项很普通的货物。但这只是卢西塔尼亚号上实际装船货物的一小部分。更完整的货物清单在船离港一段时间后才公布，目的是尽可能推迟这些信息落入德国人手中的时间。当时有一个公开的秘密，那就是在德国大使馆的指导下，德国间谍和破坏分子正在纽约的各个码头上活动。

这些间谍似乎对卢西塔尼亚号特别感兴趣，花了不少气力来监视这艘船。一份标注日期为一九一五年四月二十七日，也就是卢西塔尼亚号离开纽约四天前，德国海军纽约随员的报告这样写道："卢西塔尼亚号的船员心情非常低落，他们希望这是战争期间最后一次横渡大西洋。"该报告还指出，卢西塔尼亚号上的船员配备不齐。"该船的设备维护工作异常艰巨，而那些维修保养人员对 U 型潜艇的恐惧又太强烈。"

德国的破坏分子极有可能对卢西塔尼亚号下手，丘纳德公司对此很谨慎，专门在船上安排了利物浦警探威廉·约翰·皮尔庞特，让他在航行中密切监视一切。他住在救生艇甲板上的 A-1 包房，不与人往来。特纳船长称他为"督察"。

那一整天，从白天到晚上，卢西塔尼亚号的船员们都在陆续登船，他们有的醉醺醺的，有的还算清醒。莫顿兄弟忍着头天晚上在城里折腾后的难受劲儿，跟来自奈亚德号的"船员难民"一起爬上了舷梯。如果莫顿曾期待享受卢西塔尼亚号上的奢华膳宿，那他应该要失望了——他被领到三层甲板下一个被他称作"作坊宿舍"的小舱房里。不过还是有能让他高兴点儿的地方：他发现自己的铺位正好挨着舷窗。

弗朗西斯·巴罗斯这个才十五岁半的小船员是服务生,又被叫作"小听差",他在码头闸口遇到了一个警卫,警卫对他说:"你这次回不来了,小家伙,他们这次会抓住你的。"

巴罗斯只是笑了笑,继续走向他的铺位。

那天晚上,一群小听差接到任何情况下都不许离船的命令,于是决定找点儿乐子。这些男孩中有一个叫罗伯特·詹姆斯·克拉克,据他讲,他们这帮人跑进船上的一个小货舱——用航海术语来说应该是近船尾贮藏室——"开始做一些本不该做的事情"。

克拉克和小伙伴们弄到了一些电线,剥去绝缘层,把电线铺在地板上,然后在一旁等。

船上有许多老鼠。事实上,恰好一年前,老鼠就在这艘船的公共舱室里制造了一起小火灾,它们咬掉了穿过舱壁的电线的绝缘层,造成两条电线短路。

男孩们开心地等待着。老鼠很快就出现了,它们还是按照之前的行动路线穿过舱室,没有意识到脚下多出了一些电线。"它们当然被电死了,"克拉克说,"那就是我们周五晚上的乐子。"没人想到,后来克拉克却成了受人尊敬的牧师大人。

也许是职业自尊受到了伤害,也许是出于对当时场景的本能恐惧,船上的吉祥物——一只被前任船长起名为"道伊"的猫——在那天晚上逃离了这艘船,动机和目的均不详。

那天晚上,特纳船长也下了船。他去了百老汇,到第四十二大街的哈里斯剧院看戏剧《谎言》,他的侄女梅塞德斯·戴斯莫尔——一个逐渐崭露头角的女演员——饰演女主角。

特纳喜欢德国食物,当晚他放纵了一次,到东第十四大街一百一十号的吕肖菜馆——从丘纳德公司的船坞区走上一小段路就到了——在尼伯龙根包厢用了餐,席间,一个八人乐队演奏了轻快的维也纳华尔兹舞曲。

还是在那天晚上,小劳里亚特回到妹妹的公寓,向她和她的丈夫展示那本独一无二的狄更斯著作以及萨克雷画作,并解释他为什么要把它们带回英国。

小劳里亚特是在一九一四年从萨克雷的女儿和孙女——里奇夫人和赫斯特·里奇——手里买来的,她们俩住在伦敦,经过一番讨价还价,小劳里亚特以四千五百美元的价格拿下,但他心里非常清楚,等到了美国,他转手卖出时可以将价格涨到五六倍。但为了卖出最好的价格,他意识到还要以更富吸引力的方式来展示这些画作。这两大册剪贴簿现在每一页都有一幅画。他打算把大部分画作单独装裱并加上画框,剩下的则打算每三张或四张组合到一起,制作成黎凡特装帧形式的画册。他把这些画作带回英国主要是为了能让里奇夫人再一次看到这些画作并为每一幅画题字,这既为画作提供了保真标识,又为它们增添了卖点。

小劳里亚特并没有因为付给里奇夫人的价格太低而感到内疚。这就是艺术品交易行业的运作方式,尤其是像里奇夫人这样——当卖家可以对交易过程任意提要求时,这个价格还算公道。卖方提出让小劳里亚特在出售这些画作时务必保持低调，并禁止他在英国出售。因此小劳里亚特只能在美国卖，即便如此，他也必须低调，不能做广告。里奇夫人至今还在为之前一次交易引发的后遗症感到难受，那次她把画卖给一位伦敦的经销商，此人在市场上搞起了推销，其营销方式引发了令人不快的公众舆论，让她们家族受到了冒犯。

小劳里亚特的妹妹和妹夫仔细查看了这些画作，"他们对此很感兴趣，非常喜欢，"小劳里亚特回忆道。妹夫乔治坦率地表示他特别喜欢其中一幅画，上面有"萨克雷本人躺在老加里克俱乐部沙发上的漫画像"的题字，以及一套由六张素描组成的组画，描绘的主题是"黑人和他们的孩子"，背景是在一所小房子的门廊上，那是萨克雷在十九世纪五十年代访问美国南部时画的。

检查完毕，小劳里亚特把这些作品装进加长衣箱，锁好。

另一边，乘客阿尔塔·派珀在她下榻的酒店房间挣扎着度过了一晚，几乎一整夜都焦躁不安。她是著名"灵媒"莉奥诺拉·派珀的女儿，人们普遍将莉奥诺拉尊称为"派珀夫人"。哈佛大学心理学研究先驱威廉·詹姆斯以前也做过通灵研究，他认为莉奥诺拉是唯一真实可信的通灵者。

阿尔塔似乎继承了母亲的天赋，因为她后来说，就在周五晚上，有个声音一直对她说："一旦住进那个铺位，你就永远无法离开了。"

四十号房间
"神秘之所"

有人正从很远的地方密切追踪着瓦尔特·施维格的U-20潜艇的出海情况。

从伦敦泰晤士河往里走两个街区,靠近英国皇家骑兵卫队阅兵场的地方矗立着一栋五层建筑,临街的一面由灰白的石头和威士忌色的砖块组成。英国海洋军事部的人都很熟悉这栋建筑,大家管它叫"老楼(Old Building)",或简称为"OB"。沿着老楼的一条走廊有一排办公室,以四十号房间为中心,一项秘密行动正在这里展开。这里是一处"神秘之所",或是"圣地上的圣殿",它的职能只有它的职员和由九位高级官员组成的秘密团体知晓,其中就包括海军大臣丘吉尔和海军上将杰基·费希尔,费希尔于一九一五年四月回到英国海洋军事部,任第一海务大臣,是海洋军事部的第二号人物,仅次于丘吉尔。当时费希尔已经七十四岁了,比他的上司大三十岁。

四十号房间的值班员每天都会收到数百份加密电报，这些都是建于英国海岸的那一大批无线电基站截获的德国情报，加密后通过陆地电报发送到"老楼"。开战后没几天，英国就按照一九一二年制订的行动计划切断了德国的海底通信电缆，迫使德国当下几乎要完全依赖无线电通信。截获的情报一到达英国海洋军事部大楼的地下室，就会送到四十号房间。

把这些情报翻译成英语就是四十号房间的任务，这之所以能够实现，得益于一九一四年最后几个月发生的一连串近乎神奇的事件，这些事件让英国海洋军事部拥有了德国海军和外交通信的三个电报密码本。当时，最重要、最机密的密码体系就是德国皇家海军电报密码，简称SKM密码。一九一四年八月，德国驱逐舰马格德堡号搁浅，后被俄国船只逼得走投无路。接下来究竟发生了什么我们已经无从知晓，但流传着这样一种说法：战斗结束之后，俄国人发现了一具被冲上岸的德国通信兵的尸体，他仍紧紧搂着一个电报密码本。如果真是这样的话，那杀死这个德国通信兵的罪魁祸首很可能就是这个电报密码本：它又大又重，长十五英寸，宽十二英寸，厚六英寸，包含三万四千三百零四个字母组，每个字母组有三个字母，将电文信息转换成密码编码。例如，字母组"MUD"代表"南塔克特岛"，"FCJ"代表"利物浦"。俄国人发现了三份这样的电报密码本，推测起来，应该不是从同一个人身上发现的。同年十月，他们把其中一份交给了英国海洋军事部。

这些电报密码本的确十分珍贵，但它们不会自动为截获的情报解码。制订这些密码的德国人用逻辑卷组技术来隐藏原始电文的纯文本信息，随后用密码技术进一步增加编码版本的不规则性。有密码"钥匙"的人才能识别和解读底层文本，但有了这些电报密码本，至少使整个情报信息的破译处理过程变得简单得多。

为了充分攫取这些情报的价值，海洋军事部组建了一个以四十号房间为核心的工作机构。在一份手写的指示中，丘吉尔确立了该机构的主要任务——"渗透德国人的思想"，或者正如该组织一名重要官员所说——"榨取果汁"。从一开始，丘吉尔和费希尔就决定对该机构的行动严格保密，只有他们和几位海军官员才知道其存在。

究竟是谁在真正掌管这个机构呢？这个问题同样很神秘。至少从文件看来，该组织受海军上将亨利·弗朗西斯·奥利弗领导，他是海洋军事部的参谋长，守口如瓶、沉默寡言，就像不会说话似的。英国海军那么偏爱起绰号，肯定不会错过这个机会，于是，他一直被大家称为"哑巴"奥利弗。

然而，在四十号房间里，管理日常运营的责任却在很大程度上落到了赫伯特·霍普中校身上，他于一九一四年十一月被招募到海军相关部门，专门破译拦截到的情报。他的才干是军方急需的，因为该组织的成员都不是海军军官而是平民，招募他们纯粹是因为他们具备一些数学和德语知识，或其他可能对破译代码和密码有帮助的能力。从人员名册中可以看到，该组织有一位钢琴家、一位家具专家、一位北爱尔兰的牧师、一位伦敦的富有的金融家，一位代表苏格兰参加过奥运会的前曲棍球队队员，以及总是衣冠楚楚的特工C.萨默斯·科克斯，据该组织的早期成员威廉·F.克拉克讲，科克斯"因其辩才而格外引人注目"。几位女性担任办公室文员，大家都称她们为"年过四十的资深美女"，其中就包括一位著名金融家的妻子汉布罗夫人，据克拉克说，她在该组织的年会晚宴上抽着一根大号雪茄，每个人都颇为震惊。克拉克还写道："那真是最棒的工作，在那些日子里，我们是一个快乐的小团体，有个最合适的人当我们的头儿，他叫霍普，意思是希望，也代表着我们团队的希望。"霍普很谦虚，虽然即将退休，却仍是一位技术过硬的管理者，克拉克回忆说："我们都很依赖他。"

霍普的权威在四十号房间之外也得到了认可，这让"哑巴"奥利弗颇为不快，据说他满脑子想的都是谁看到了破译的情报，又拿这些破译信息做了些什么。第一海军大臣费希尔第一次访问四十号房间时便目睹了这个组织的行动状况，他开始命令霍普亲自向他报告最新的截获情报，一天两次。

霍普还将拦截的情报给了另一名长官，在所有知晓"神秘之所"的人当中，这位长官可能最能充分意识到这些机密的价值，他就是海军情报总监威廉·雷金纳德·霍尔上校。正是霍尔将霍普中校推荐到了四十号房间，当时霍普还在他手下的情报部门工作。直到一九一五年初，他的情报部门和四十号房间还是彼此独立的机构，但是霍尔上校的名字将比其他名字都更多地与四十号房间的成就联系在一起。虽然是海军情报系统的负责人，但霍尔上校无权直接掌管四十号房间。

霍尔时年四十四岁,以前是一名军舰舰长。一九一四年十一月他正式成为海军情报总监,他父亲也曾担任过这个职位。他个子矮小,精明干练,脸上满是斑点和皱纹,十分突出的鼻子像鸟喙一样,这一切都让他像是舰长帽子上的啄木鸟。他神经质的形象还因为另一种古怪行为而得到加强,那就是他整天都在快速地眨眼,这让他在海军内部获得了一个绰号——"眨眼狂人"。霍尔是美国驻伦敦大使佩奇最崇拜的人之一,他在给威尔逊总统的信中对霍尔极尽溢美之词,就像一个恋爱中的男人。"我怕是再难遇到他那样的人了,"佩奇写道,"这样的人才简直就是可遇而不可求。霍尔能看穿你,他跟你说话时,能看到你不朽的灵魂在做着怎样的肌肉运动。一个人怎么会拥有这样一双眼睛啊!我的天!"

霍尔对战争中各种出奇制胜的招数十分痴迷,据说他很残忍,但在方式上居然还颇为优雅。他的秘书露丝·斯克林——婚后随夫姓成了霍特布拉克夫人——回想起一个熟人曾形容霍尔一部分是马基雅维利,另一部分就像个小学生。"马基雅维利的那一面可能是残酷的,"她说道,"但小学生的一面也离得不远,就在某个拐角。他和我们一起玩着这个危险的游戏,时刻能看出他对这个游戏的偏爱,而游戏的所有乐趣和危险,又给他带来了深深的喜悦。"她说,"在打量、判断一个人的时候,他总是异常迅速。"她回忆说,当细细琢磨一些新的胆大妄为的行动时,霍尔会不停地搓手,"咧着嘴笑,像个狡猾的小个子法国神父"。

这是一场生死攸关的游戏，在此过程中，四十号房间为英国赢得了不可估量的优势，然而这场战争并未迅速结束，战火还在四处蔓延，德国人也始终占据着上风。战争已经在俄国、奥地利、塞尔维亚、土耳其和亚洲各国爆发。在中国的南海，德国鱼雷艇击沉了一艘日本巡洋舰，造成二百七十一人死亡。在靠近智利的太平洋海域，德国军舰击沉了两艘英国巡洋舰，导致一千六百余名官兵溺亡，这对英国的士气和自信心都是一次沉重的打击，也是自一八一二年英国海军在尚普兰湖被羽翼未丰的美国海军击败以来，首次在海上战斗中失利。在一九一五年元旦那天，德国潜艇击沉了英国皇家海军战舰可畏号，造成五百四十七人死亡。附近的英国军舰被禁止营救幸存者，这是阿布基尔号遇难后制订的政策。

　　战争进入白热化阶段，新的杀戮策略层出不穷。德国军舰炮击了英国沿海城镇斯卡伯勒、惠特比和哈特尔普尔，导致五百余人受伤，一百余人死亡，大多是平民。在斯卡伯勒，死亡的平民还包括两名九岁的男孩和一名十四个月大的婴儿。

　　一九一五年一月十九日，德国派出两艘体形巨大的齐柏林硬式机动飞艇，跨越英吉利海峡，破天荒地对英国发动了空袭，在新造的英国俚语中，人们已经开始用"齐柏林"指代这种飞艇，以纪念斐迪南德·冯·齐柏林伯爵。这次空袭的破坏并不大，但造成四名平民丧生。另一次空袭发生在一月三十一日，当时参与空袭的共有九艘飞艇，沿着简·奥斯汀在《傲慢与偏见》中描述的田园景色顺风疾驰，一路投下可怕的阴影，一直到了利物浦。

一九一五年四月二十二日下午晚些时候，伊珀尔附近阳光正好，一阵微风从东向西吹来。这一带被称为"凸角"，协约国军队的战壕里是加拿大和法国的士兵，以及阿尔及利亚的一个师。对面阵地的德国人率先发起攻势，像往常一样，先用远程炮火轰炸。尽管已经够可怕的了，但有战场经验的法国人和加拿大人却很清楚这只是在无人的开阔地带上发起正面步兵攻击的前奏。下午五点左右，战争局势有了新变化。一阵灰绿色的烟雾像云一样从德国一侧升起，飘过满目疮痍的战场。那是德国兵打开了沿战壕前方四英里阵地一字排开的六千个装有超过一百六十吨氯气的气瓶阀门——这是有史以来第一次在战场上使用致命毒气。毒气飘到了协约国军队这一边，结果惨不忍睹。数百人当场毙命，成千上万的人惊慌失措地逃离战壕，许多吸入大量毒气的人奄奄一息。士兵的逃离让协约国军队的战线上出现了一个长达八千米的大缺口。毒气袭击的效果连始作俑者也感到惊讶。戴着防毒面具的德国士兵沿着毒气扩散的方向前进，但是，他们并没有通过刚刚出现的缺口乘胜追击并夺取决定性的胜利，而是又挖了一条战壕，然后待在原地不动。他们的指挥官原本是想测试毒气的效果，所以根本就没有集结足够的后备力量来打击被毒气"熏开"的防线缺口。两千名加拿大士兵被毒气杀死，他们的肺部充满了积液。一位将军这样写道："我看到几百个可怜的家伙就露天躺在教堂的前院里，想要尽可能地敞开呼吸，但他们还是被自己肺里的积液慢慢地杀死了——

这一幕真是可怕至极,医生们对此也无能为力。"

不过这只是陆地上的灾难。预备为英国带来最确凿优势的四十号房间此刻正在为争夺海洋控制权而战斗,英国的海军战略也开始变化。该战略的核心要素仍然是在海战中摧毁德国舰队,但是海洋军事部也开始在另外两个方面增强力量,一是阻止战争物资流入德国,二是打击和削弱 U 型潜艇对英国商贸领域日益增长的威胁。海洋军事部还对德国可能全面入侵英国本土深怀忧虑。显然,当下任何关于德国海军行动的预警信息都变得至关重要。

四十号房间几乎立刻开始提供这样的情报。据该组织成员威廉·克拉克说,从一九一四年十一月起到战争结束,"德国舰队的所有重大行动,海洋军事部都提前知道"。这些情报信息非常详细,会具体到每艘舰船和潜艇的行动。但是这些情报细节也让英国陷入了两难。如果英国海军对预先得知的每一次行动都做出反应,就可能让德国察觉到电报密码被破译。在一份保密的内部备忘录中,海军上将奥利弗写道:"只有当结果值得的时候,才可以冒险使用这些信息。"

但是这个"值得"是什么意思呢?四十号房间的一些工作人员曾声称很多有用的情报都被束之高阁,从来没有用过,因为那位海洋军事部的参谋长——这里指的是"哑巴"奥利弗——对神秘之所可能暴露这件事抱有很大恐惧。在战争的头两年,就连英国舰队总司令约翰·杰利科伯爵都不能直接接触四十号房间那些已经解密的情报,尽管他本应是舰队中最能很好利用四十号房间情报的军官。事实上，杰利科并没有被允许正式介入四十号房间的机密，更别说允许他定期接触那些情报了。直到一九一六年十一月，海洋军事部察觉到这种状况确有不妥，才允许他看每日摘要，并要他阅后即焚。

奥利弗参谋长对截获情报的严密控制，也让四十号房间的霍普中校感到恼火。

"我们本可以贡献一些非常有价值的情报，比如那些潜艇的动向、布雷、扫雷等等，只要那个当参谋长的要求我们这么做，"霍普写道，他是在说奥利弗，"但那个当参谋长的满脑子都是保密。他意识到自己手里有一张王牌，他做事的原则就是，必须尽全力把知道情报的限定在自己人之中。这样我们就能有备无患，在重大关头，比如德国舰队要使出浑身解数孤注一掷的时候，我们就能使出锦囊妙计。换句话说，那个当参谋长的决心将我们的情报用在防守上，而不是进攻上。"霍普中校给"防守"和"进攻"两个词加了下划线。

四十号房间的整个工作流程单调而乏味。每天都有数百条截获的情报没完没了地送到老楼的地下室，它们会依次被放进一个个哑铃形的小盒子里，然后被推进一个真空管，沿着楼里的管道发射到楼上，伴随着一声声令人舒坦的"噗！"。在到达四十号房间时，这些小盒子会翻落到一个金属托盘里，发出一阵阵咔嗒的声音，按照该组织一名电码破译者的说法，这种声音"能挑起不知情的来访者的神经"。值班守夜的人晚上要轮流睡在两个大办公室中间的卧室里，这些信息到达的特有噪声让他们尤其难以忍受。除了噪声，他们还得忍受一样东西：老鼠。这些啮齿动物常常出现在卧室中，夜深时还会跑到熟睡的人的脸上。

"管乐手们"负责把小盒子里的信息传递给电码破译者。"管乐手"其实是戏称，他们是在战争中受重伤不能再战斗的军官，包括独腿男子哈格德和独眼英国军官爱德华·莫利纽克斯，爱德华后来成了一名在巴黎广受好评的服装设计师。

整个工作流程中最乏味的部分，就是要将每条情报信息的完整文本写入日志中。丘吉尔坚持让他们把每一条截获的情报都记录下来，不管内容是多么平常琐碎。截获情报的数量与日俱增，这项任务也就成了一种"对灵魂的摧毁"，照一位四十号房间成员的说法，那个日志已经"成为让人仇恨的对象"。但是丘吉尔的确在密切关注这个东西。例如一九一五年三月，他就在霍普破译的一条电文信息旁边潦草地写了一句："仔细看看这一条。"

随着时间推移，该组织渐渐明白，日常信息中某个看似无关痛痒的变化也可能预示着德国海军将要采取某项重大的新行动。霍普中校这样写道："任何信息，只要不符合常规，都应该成为重点怀疑的对象，只有这样，我们才能逐步构筑起大量的预警点和预判点。"英国那些负责监听德国通信的无线电操作员已经能仅通过传输声音来判定某条信息是否来自一艘潜艇。他们发现，U型潜艇会先花几分钟调谐通信系统然后才开始发报，每次发报都先会传来一种类似"电子清嗓"的声音,即五个摩尔斯电码:长划、长划、点、长划、长划,亦即嗒、嗒、嘀、嗒、嗒。"最后那个长划嗒音,"霍普中校说,"声音尖锐、紧张,带有浓重的悲鸣色彩。"

多亏捕捉到的海图,四十号房间知晓了一件事:德国海军已经把英格兰周围的海域划分为一个个网格,以便更好地指挥水面舰艇和潜艇的航行。据霍普描述,北海已经被划分成六英里见方的海域,每块海域都会用特定的数字指代。"他们的船只一到海上就会不停发报,用数字报告自己的方位。"把这些截获的数字标到海图上,四十号房间就能对德国舰船和U型潜艇的航线了如指掌,霍普写道。至于有些方形海域为什么一直没有舰船驶过,他们的猜测是:"可能是这些海域布有水雷。"

得益于四十号房间拦截的情报以及审讯被捕潜艇的船员所收集到的信息,随着时间推移,无论是四十号房间还是"眨眼狂人"霍尔上校的情报部门,都慢慢对指挥德国U型潜艇的那些活生生的人有了实感。有的人敢闯敢干,会把下属逼到极限,比如韦迪根上尉,正是他击沉了阿布基尔号、克雷西号和霍格约号。这样的艇长被称为"德拉夫基纳尔",意思是"闯劲十足的指挥官"。另一类指挥官,据说就是"恶棍、懦夫",比如克劳斯·吕克尔。与之相反的是瓦尔特·施维格,在好几份情报中,他都被描述为一个温厚和善的人,同事和下属都很喜欢他。"他是一位非常受欢迎的、和蔼可亲的军官。"一份报告里这样写道。

有些U型潜艇的指挥官就是冷血杀手,比如施维格的朋友马克斯·瓦伦丁纳。"据说他是德国海军中最强壮的军官,"一位英国审讯人员这样说道,"是最残忍的潜艇指挥官之一。"但是另一位艇长罗伯特·莫拉特"会尽其所能拯救生命"。在他的潜艇沉没之后,莫拉特及四名艇员被捕,审讯人员通过他和其他人了解到,U型潜艇指挥官的生活不总是那么困苦不堪。莫拉特会在每天早上十点醒来,然后去甲板上"散会儿步"。他会自己单独吃午饭,之后就在自己的小舱室读书,他"总是把一批好书放在潜艇上"。下午四点,喝茶,晚上七点,用晚餐,"之后他就待在军官起居室里,聊天,玩游戏,或者听留声机。"晚上十一点,上床休息。"他还养成了上床睡觉前喝一杯葡萄酒的习惯。"

四十号房间和霍尔的部门还深入了解了"U型潜艇文化"的诸多细微之处。例如他们了解到,U型潜艇指挥官并不关心击沉了多少艘船,而是更在乎这些船的吨位数,因为上级看重的就是这个数字,它能决定这些人能否被授予各项荣誉。他们还了解到,德国海军也有取绰号的传统:一位个子很高的指挥官绰号为"Seestiefel",意为"海上高筒";一位因体味大而名声在外的指挥官被戏称为"Hein Schniefelig",意为"体臭的家伙";还有一位据说"非常孩子气而且脾气很好",所以大家都称他为"Das Kind",意思是"小家伙"。

然而,U型潜艇指挥官有一个共同点,那就是他们都喜欢用无线电通信,这倒让四十号房间的人和"眨眼狂人"霍尔乐见其成。他们总是没完没了地使用无线电通信系统,整个战争期间,四十号房间共截获由U型潜艇发送的约两万条信息。正如四十号房间的克拉克所说,这种"喋喋不休",让该组织得以密切跟踪U型潜艇的行动轨迹,并按时记录在霍普中校保管的分类账簿上。

一九一五年一月,四十号房间第一次精准确定了一艘远航至爱尔兰海——隔开了英格兰和爱尔兰——的U型潜艇的行踪。四十号房间甚至确定了该潜艇艇长下达的驶往特定区域的命令,目的地就在利物浦附近。此次事件让截获情报的价值即刻显现。海洋军事部立即采取行动,向英国舰队发出了警告,对于消息来源,他们只透露说是"绝对可靠的"。英国驱逐舰当即从南北两个方向向德国潜艇即将前往的巡逻区靠拢。当时,丘纳德公司的两艘大型客轮奥索尼亚号和特兰西瓦尼亚号即将驶往利物浦,两艘船上都装载着伯利恒钢铁制造公司生产的海炮炮管。当时特兰西瓦尼亚号的船长就是特纳,船上还载有乘客,其中有四十九名美国人。海洋军事部命令两艘客轮立即改变航线,并以最大航速尽快驶向位于爱尔兰南部海岸的昆士敦,在那里等待英国驱逐舰的到来,再由驱逐舰护送驶往利物浦。安全抵达后特纳表示,在逃过一劫后他感到很轻松,他说:"我骗过了他们。"

四十号房间一直在追踪瓦尔特·施维格的U-20潜艇,手握其巡航记录:何时离港,选择哪条航路,航行目的地在哪儿,到达目的地后又做了些什么。一九一五年三月初,霍普中校监测到了施维格的一次出巡,目的地是爱尔兰海,这恰好与另一则令人不安的消息有关,那消息来自德国海军的一台无线电发射机,位于德国北海沿岸的诺德代希,就在荷兰的南面。这则电文是发送给所有德国军舰和潜艇的,其中特别提到了卢西塔尼亚号,并报告该船正驶往利物浦,将于三月四日或五日抵达。电文的意思显而易见:德国海军认定,卢西塔尼亚号该遭到惩处了。

海洋军事部发现情势不妙,便派出两艘驱逐舰,欲在指定地点与卢西塔尼亚号会合,然后护送它到港口。一艘驱逐舰发出了一条未加密的明码电文,要求卢西塔尼亚号当时的船长丹尼尔·道报告位置,以便安排碰面。道担心电报是从某艘U型潜艇上发出来的,没有向发报方提供自己的位置信息。这次会合当然没有成功,但道成功抵达了利物浦港。此后不久,道便请求离职,特纳船长接替了他的位置。

一九一五年的春天到了,四十号房间电码破译者们的技能也在不断提升,德国海军仍然没有修改电报密码,这让他们既惊又喜。于是,这一处神秘之所继续安心工作,继续截获着德军U型潜艇已经暴露的行踪。

临近四月底,就在特纳船长已经为卢西塔尼亚号五月一日起航做好一切准备工作的时候,四十号房间发现,U型潜艇的活动出现了新的变化。据拦截情报显示,四月三十日星期五,有四艘U型潜艇离开了驻地。于是,海洋军事部参谋总长"哑巴"奥利弗向驻扎斯卡帕湾的杰利科发送了一份十万火急的机要密电。"昨日四艘潜艇从赫耳果兰起航,"密电写道,同时还明确告知了这些潜艇此行的目的地,"它们的航速似乎不慢,足有十二点五节,请务必在你的行动中封锁此信息的准确来源。"几个小时后四十号房间又得到消息,另两艘U型潜艇已经离港,是从德国北海沿岸的埃姆登出发的,其中一艘正是施维格的U-20。考虑到德国海军通常只在北海或大西洋上象征性地派出平均两艘U型潜艇巡航,这次的行动显然非同寻常。

四十号房间的电码破译者们发现,从第一天起,跟踪U-20的航迹就非常简单:施维格的无线电收发员在二十四小时内报告了十四次位置。

四十号房间没花多长时间就找出了德国U型潜艇这次冒险出击的原因。英国海军情报总监、"眨眼狂人"霍尔略施一计就让德国海军做出了回应,他一直认为,情报事业的首要任务就是"迷惑和误导敌人",本次行动便是对这项原则的实践。

卢西塔尼亚号
乘客行列

五月一日星期六，热浪已经消散。早晨还很冷，天空一片青灰。陆续抵达丘纳德公司五十四号码头的乘客们拿行李时轻松了许多，至少那些厚重的外套他们现在可以直接穿着，不用再挂在胳膊上。占手的东西不少，有手杖、雨伞、手提旅行箱、大包小包、书报等，有的乘客还得抱着孩子。从码头闸口外的人行道上一眼望去，一条长长的黑色出租车长龙从第十一大道延伸过来。大件的行李袋从车里拖到了地上，车子一到，码头上那些身材矮胖、敞着短上衣、头戴布利帽、一看就很壮实的搬运工就会把它们从出租车里拖拽出来。

眼前所有景象都被一部摄像机记录了下来，它就装在码头闸口的入口处。乘客们一个个走过摄像机的取景框：男人们穿着轻便外套，有的戴着浅顶卷檐软呢帽，有的戴着扣边帽；有些女士戴着缀满花朵的巨大帽子；蹒跚学步的孩子们一个个被包裹得严严实实,就像要去北极一样,有个小孩的针织帽被拉了下来,完全遮住了两只耳朵。特写镜头中时不时会出现一张吃惊的面孔,这类旅客总会在镜头上多停留一段时间,他们不苟言笑,全神贯注,正在费劲地掏钱给出租车司机,手里往往还提着手杖、拿着手套——手套的手指部分弯曲着,就像奶牛的乳头——他们还要时刻关注着自己的大箱小包,最后多半是后退着进了丘纳德公司的码头闸口。

另一边,卢西塔尼亚号的船身远远地从码头上拔地而起,矗立起一道布满宽头锚钉的黑色钢铁墙。即使在如今这个充满想象力、追捧发明创造的时代,这艘大船也应该是你能想到的最坚不可摧的东西。

船上,炉工们开始提升蒸汽压力,为起航做准备,锅炉舱里一台台炉窑熊熊燃烧,四个高大的烟囱把灰色煤烟排放到上空的薄雾之中。

就像往常一样,乘客当中总会有一些名人,他们的到来,会在成千上万前来送别的旅客亲友,以及聚在码头上看客轮起航盛况的围观者中引起一阵骚动。丘纳德公司为此专门建造了大型看台,看台上一如既往地满满当当。站在看台上,观众不仅能看到卢西塔尼亚号起航,还能看到曼哈顿下城区的一部分风光,以及哈德逊河两岸的各个码头和过往船只。白星航运公司的一组码头就位于看台的北面,三年前,差不多也是这个月,泰坦尼克号就停泊在那里。鉴于当天早上该市报纸刊登了德国人的警告信息，看台观众对卢西塔尼亚号和乘客们的关注度显然高于往常。

查尔斯·弗罗曼走了过来，他是一位演艺经理人，正是他将埃塞尔·巴里莫尔打造成了大明星，也是他把《彼得·潘》一剧带到了美国。在剧中，他让莫德·亚当斯穿上木质束腰外衣，敞着领口，刻画出了一个在童话世界里广为人知的独特的男孩形象。弗罗曼还制作了舞台剧《夏洛克·福尔摩斯》，由威廉·吉勒特担纲主演，他总是戴着猎鹿帽，手持海泡石烟斗。弗罗曼此时穿着双排扣蓝西装，挂着一根拐杖，走路一瘸一拐。他的一位朋友也上了船，那人名叫玛格丽特·露西尔·霍利韦特，时年二十五岁，她在舞台和银幕上的名字丽塔·霍利韦特将会家喻户晓。虽然在伦敦她已经出演过莎士比亚戏剧中的几个角色，包括朱丽叶，在意大利几部默片中也亮过相，但当时她在演艺界刚刚崭露头角。弗罗曼喜欢她，这就够了，这能确保她的演艺事业蓬勃发展。她此次前往欧洲，就是要出演另外几部意大利出品的电影。

乔治·凯斯勒也走了过来，他是一位葡萄酒进口商，腰缠万贯，被世人称为"香槟之王"。他蓄着胡须，戴着眼镜，让人不禁联想起某位维也纳精神分析学家。凯斯勒以举办各类精致的大型派对而闻名，那些派对常常被人们称为"奇异晚宴"，其中最引人注目的，也许就是一九〇五年他在伦敦萨沃伊酒店举办的一场贡多拉派对。他将酒店的庭院灌满水，让客人都穿上威尼斯服饰，并在一艘巨大的贡多拉船上招待客人。除此之外，他还安排了一个生日蛋糕,足足有五英尺高,他将蛋糕放在一头小象的背上,让它送进了派对的庭院。

名人中最有魅力的乘客是阿尔弗雷德·格温·范德比尔特,他是一八九九年故去的科尔内留斯的儿子和第一继承人,科尔内留斯的去世让阿尔弗雷德成了富翁。他又瘦又高,黑眼睛黑头发,喜欢穿昂贵的西装。尽管阿尔弗雷德已婚且丑闻缠身,他还是在船上大受欢迎,特别是在那些女乘客当中。一九〇八年,第一任妻子埃伦·弗伦奇与他离婚,指控他在私人火车上"与一个不知名的女人有令人不齿的勾当",这件事还上了《纽约时报》。后来人们得知,这个女人是一位古巴外交官的妻子,名叫玛丽·鲁伊斯。该丑闻直接导致鲁伊斯外交官自杀。阿尔弗雷德后来再婚,娶了玛格丽特·爱默生,她是"布罗莫·塞尔策财富"的继承人,这是一种专治胃酸胃胀的药剂品牌,美国糟糕的饮食和它所引起的胃病让这个品牌大发横财。这次,玛格丽特没在船上。阿尔弗雷德还是一家被明尼苏达州某报称作"九死一生"的俱乐部的成员,其成员还有西奥多·德莱塞[1]、古列尔莫·马可尼[2]和J. P. 摩根[3],他们都很幸运,因为他们都曾计划乘坐泰坦尼克号出行,但由于种种原因,最终都改变了主意。不用说,阿尔弗雷德此番出行派头十足,他订了卢西塔尼亚号的"客厅套房",将贴身男仆安顿在沿走廊隔两间房的内舱房里,舱房

---

[1] 美国作家,代表作有《嘉莉妹妹》《美国悲剧》等。
[2] 意大利发明家、工程师,远距离无线电传输之父。
[3] 美国银行家、艺术收藏家。

里既没有舷窗也没有浴缸。阿尔弗雷德用现金支付了两张船票，共计一千零一点五美元，相当于现在的两万两千美元。

像往常一样，记者们也上了船，打算伺机采访那些大名鼎鼎的人，当然，有些人已变得声名狼藉。他们对船上发生的事越来越感兴趣，这是航运日渐重要的标志。跨大西洋班轮日渐频繁地停靠在纽约，促使各家报纸纷纷派出船讯记者。每份报纸都要专门辟出一个版面登载大型班轮抵港离港的消息，为那些在纽约港拥有专属码头的航运公司刊发各种广告和班次时间表。德国人的警告消息就刊登在纽约几家周六晨报的航运版面上。

采集船讯的记者们就在一个类似棚屋的建筑物里工作，那地方在曼哈顿下城区的炮台公园附近，毗邻史泰登岛轮渡码头闸口。棚屋外有一扇破旧的绿色大门，屋里满是旧办公桌和电话，供十几家报社的记者和一家新闻通讯社使用。出于某种难以形容的原因，记者往往偏爱某些船只。"每艘船都有个性。"《纽约晚间邮报》的航运专栏作家杰克·劳伦斯这样写道。有些船"个性鲜明，洋溢着温暖友好的气氛，另一些船则不过是用转动的涡轮机组铆接起来的一堆钢板"。这些船中最受欢迎的总是卢西塔尼亚号。它能提供各式新闻，因为作为世界上速度最快且仍在正常营运的一艘顶级豪华的远洋班轮，它往往能吸引到那些最富有、最杰出的人来乘坐。这艘船的吸引力还在于它有一位履职多年的主任乘务长——六十二岁的詹姆斯·麦卡宾——他总是对记者的关注表示欢迎，并能引导他们找到可能感兴趣的乘客。作为乘务长，麦卡宾有责任确保所有乘客尽快进入各自的船舱和铺位，安顿好他们的贵重物品，并在航程结束时将他们在船上的消费账单汇总起来，这可不是一件小事。用丘纳德公司颁布的高级船员手册的话说，他的职责是让"各舱位的乘客都感到满意"。

记者们会在卢西塔尼亚号即将起航或刚刚抵达、即将开往纽约港检疫站时进行采访。采访前会有一个小仪式。他们会齐聚麦卡宾的舱室，麦卡宾会吩咐一个小侍应生拿来冰块、苏打水和几瓶丘纳德班轮上专用的苏格兰威士忌，然后关上门，开始分发旅客名单。这样的小聚会上个星期刚有过，即卢西塔尼亚号从利物浦抵达这里的那次，不过那次麦卡宾给记者们带来了一个他们并不愿意听到的消息，他宣布将于五月一日随卢西塔尼亚号返回利物浦，这会是他最后一次跨洋之旅。按照公司规定，他该退休了。"我即将成为地球上最没用的人，"他对记者说，"就像水手从海上回到了家。"他说这是一个笑话。"水手们本没有家，"他又补充道，"当水手年纪大了，不能再工作了，他们就应该用破帆布把他缝起来，然后把他扔进大海。"

周六早上，记者杰克·劳伦斯像往常一样登上了卢西塔尼亚号，不过这回，他构思了一个特别的新闻报道题材。他随身带着一份报纸，上面登载着德国大使馆的警告信息。

劳伦斯在阿尔弗雷德·范德比尔特的套房门口停了下来。他敲了敲门，开门的是阿尔弗雷德本人，穿着一身讲究的西装，西服翻领的一侧别着一朵粉红色康乃馨。在房间的另一边，贴身男仆正卖力地打开小山一样的行李。劳伦斯曾试图采访阿尔弗雷德，但难有斩获，因为他的话很少。"阿尔弗雷德·范德比尔特在女人堆里可是巧舌如簧，"劳伦斯写道，"但在记者面前他却畏首畏尾，简直像个闷葫芦。"

阿尔弗雷德说，船上似乎有一种异乎寻常的骚动气氛。"很多人都在谈论潜艇、鱼雷和突然死亡什么的，"阿尔弗雷德说道，"我自己倒没怎么在意，击沉卢西塔尼亚号，他们又能得到些什么呢？"

他给劳伦斯看了他上船后收到的电报。"卢西塔尼亚号在劫难逃，"电报上写道，"不要乘坐它旅行。"发报者署名"莫特"，这个词还有一个意思，即"通知猎物已死的号角声"。阿尔弗雷德说他不认识什么莫特，但他不知道这是不是一种死亡暗示。"当然也可能是有人想拿我开涮。"

劳伦斯在甲板上碰到了埃尔伯特·哈伯德，彼时他已经是美国最有名气的人物之一。这位原肥皂推销员现在成了作家，他在纽约的东奥罗拉创建了一个集体生活群落，叫"罗依克罗夫特一族"，在这个群体里，男男女女共同制造家具，装订书籍，制作印刷品，还生产各种工艺精美的皮革制品和金属制品。作为一名作家，哈伯德最出名的作品是一本讲个人主观能动性价值的励志书《致加西亚的信》，以及一篇泰坦尼克号遇难的报道，该文着重描写一位夫人拒绝抛下丈夫独自跳上救生艇的故事。他此行前往欧洲是想采访威廉二世。哈伯德擅长打造朗朗上口的警句格言，例如"朋友就是知晓你的一切却依然爱着你的那个人"。他戴着一顶阔边高顶的斯泰森毡帽，扎一条惹眼的黑色领巾——其实更像一条超大的礼品包装丝带——留着一头飘逸的长发。当劳伦斯走近的时候,他正站在妻子身边啃一个大红苹果。

哈伯德没有看到那则警告信息。"我给他看时,他瞥了一眼就继续啃苹果了。"劳伦斯写道。哈伯德从口袋里掏出一个苹果递给劳伦斯:"来,吃个苹果,别为那些波茨坦的疯子操心,他们都疯了。"

劳伦斯没有放弃,问如果德国海军真要对卢西塔尼亚号发起攻击该怎么办。

"我能怎么办?"哈伯德说,"哈,我只能老老实实地待在船上,我太老了,抢不上也挤不上救生艇了,而且我从来都不擅长游泳。我们一定会选择待在船上。"他转向妻子,"你觉得呢,夫人?"劳伦斯记得哈伯德太太并不同意他的观点。

劳伦斯发现没多少乘客读过德国的警告信息。这并不奇怪。"当你准备中午乘坐横渡大西洋的邮轮时,"他写道,"很少有时间坐下来仔细阅读早报。"

即使是那些看过警告信息的人,对它也不太在意。他们凭理性认定德国不敢击沉一艘满载平民的客轮。即使真有一艘U型潜艇企图这么干,大家也都认为它必然要失败,因为卢西塔尼亚号太大太快了,一旦进入英国水域,就一定会得到英国海军很好的保护。

只有两名乘客因为德国这一警告取消了行程——一位富有的鞋商和他的妻子,鞋商叫爱德华·B.鲍恩,来自波士顿。他们是在临行前最后一刻才决定这么做的。"临行前,认定卢西塔尼亚号要出事的感觉越来越强烈,"爱德华后来说,"我和太太谈过之后决定取消此番行程,尽管我在伦敦已经安排了一次重要的商业会面。"

有些人是因为生病或者出行计划有变而取消预订的,还有些人只是突然领悟到战时乘坐英国船只很不明智,并没有在意这则警告的重要性。参演莎士比亚剧目的著名女演员埃伦·特里最初打算与剧目制作人弗罗曼一起乘坐卢西塔尼亚号,但在这份警告出现之前她就取消了预订,转而选择美国客轮纽约号。她还劝丽塔·霍利韦特也这么做,但是霍利韦特没有取消预订。在因生病而取消行程的乘客当中,有一位叫科斯莫·达夫-戈登夫人的时装设计师,她是泰坦尼克号沉船事件的幸存者。另一位设计师菲利普·曼戈内也取消了行程,但原因不详。若干年之后,他又出现在了兴登堡号空难的乘客名单上,尽管被严重烧伤,他还是活了下来。如果没有这些人取消预订,卢西塔尼亚号就会客满,当然,低等级的舱位已经全部预订完了。订二等舱位的乘客太多,以至于不少乘客登船后高兴地发现,他们入住的竟然是一等舱的房间。

对于那些因德国的警告而惴惴不安的乘客,丘纳德公司放出了一些让人安心的话。乘客安布罗斯·B.克罗斯写道:"一上船他们就告诉我们一定没有危险,他们说要是真遇上了潜艇,跑就是了,潜艇跑不过我们的,或者干脆撞毁它等等,所以,那些令人不安的想法就被当成了餐桌上的小玩笑。"

此外,乘客们普遍认为,按照所谓"西方处事原则",他们的船一旦进入英国西海岸附近海域，就会被英国皇家海军一路护送到利物浦。丘纳德公司鼓励人们抱有这种信念，基于过往英国皇家海军对该公司船只护航的努力，丘纳德公司自己也确信这一点。早在起航前，刚刚结婚的服装进口商奥斯卡·格拉布就约丘纳德公司的一名代表咨询了潜艇问题和横渡大西洋的安全问题，他来自纽约，时年二十八岁。刚刚与他结婚三十九天的妻子恳请他改乘美国船只，但格拉布和丘纳德公司的高级职员长谈之后放了心，他们告诉格拉布该船在跨洋航行期间将采取一系列保护措施，于是他赶在出发前一天买了头等舱的票。

任何一位读过当天《纽约时报》早间版的乘客可能都以为自己找到了某种明确的慰藉。一篇论述德国警告信息的文章援引了丘纳德公司驻纽约经理查尔斯·萨姆纳的话，文章提到，在危险地带，"有一套护卫英国船只的常规体系，英国海军会对所有的英国船只负责，特别是丘纳德公司的船只"。

《纽约时报》记者曾这样问萨姆纳："对你们的船来说，速度就是一种保障，不是吗？"

"是的，"萨姆纳回答道，"至于潜艇，我其实一点儿也不怕它们。"

房地产开发商、新泽西州议员奥格登·哈蒙德曾向丘纳德公司的一名高级职员咨询乘坐他们公司的船只跨洋是否安全，他得到的答复是："绝对安全，比纽约城的有轨电车还要安全。"这个回答可能欠考虑，因为纽约有轨电车发生致命事故的频率很高。

卢西塔尼亚号上很多人都拿这件事调侃,但往往带着舒适惬意、自信满满的态度。"当然,我们在纽约已经听到了各种谣传,说他们要拿鱼雷袭击我们,但我们根本不信,"船上的女乘务员梅·沃克这样说道,"对此我们只是一笑置之,他们永远也追不上我们,我们的船太快了。这次旅行和以往的旅行根本没什么不同。"

她在船上的工作任务之一就是帮乘客照顾孩子。"甲板上可以玩各种游戏,投掷套环什么的。他们还会为孩子们举办别致的服装展示会。"沃克说,如果航行中恰好有孩子过生日,公司还会为他们安排小派对——"一个小型的私人聚会"——以及一个生日蛋糕,上面会写上孩子的名字,"他们会开心地度过这特别的一天,尽情地在船上跑来跑去。"

这次航行她将忙得不可开交。许多英国家庭决定举家还乡,想要在战争期间为自己的国家献上一分力量,他们大多选择了卢西塔尼亚号,这艘船的大小和速度在某种程度上能让他们更安心。船上的旅客名单显示,此行船上共有九十五名儿童和三十九名婴儿。

有几个家庭全家都上了船。丘纳德公司专门留出了一组头等舱包房,供费城的保罗·克朗普顿夫妇、保姆,以及他们的孩子使用,他们有六个孩子,其中一个还是婴儿,保姆叫多萝西·埃伦,时年二十九岁。(丘纳德公司的船票上并没有登载婴儿的姓名,也许是出于对婴儿免费乘船的不满吧。)克朗普顿是丘纳德公司董事长阿尔弗雷德·艾伦·布斯的表亲,阿尔弗雷德是布斯集团的所有者,丘纳德蒸汽轮船公司就是其下属的公司。克朗普顿掌管着该集团旗下一家皮革制品子公司。丘纳德公司驻纽约的经理萨姆纳在这家人登船前专门致以问候，并"亲自检查了他们在接下来的旅途中是否还有哪些不便"。在船的另一侧，再往下走一层甲板，纽约的珀尔一家占据了三间头等舱包房——E-51 号、E-59 号和 E-67 号。弗雷德里克·珀尔去伦敦是要在美国大使馆就职，他带上了妻子和四个孩子：一个五岁的儿子，两个不满三岁的女儿，还有一个婴儿。珀尔家有两个保姆。四个孩子和两个保姆住在 E-59 号和 E-67 号房间，珀尔夫妇则单独住在 E-51 号包房，悠闲自在。珀尔太太又怀孕了。

威廉·S.霍奇斯此次与妻子及两个年幼的儿子出行是要去欧洲接管鲍尔温机车工厂在巴黎的办事处。当《纽约时报》的记者在码头上问霍奇斯太太是否害怕这趟旅行时，她只是笑了笑，然后说："如果船沉了，我们一家就一起下去好了。"

乘客当中，有的是父母要去和孩子团聚，有的则是孩子准备回到父母身边，还有一些妻子或丈夫，他们正期待着与伴侣团聚。马萨诸塞州伍斯特市的亚瑟·勒克太太①，此行带着两个儿子肯尼思·勒克和埃尔布里奇·勒克，一个八岁，一个九岁，准备去和丈夫团聚，她丈夫是采矿工程师，此刻正在英格兰等着他们。在历次重大事件中，似乎总有那么一个家庭取错了名字，这已经成为历史上无法解释的事情之一了。

---

① 勒克太太的姓氏（Luck）在英文中有"幸运"之意。

122

* * *

在星期六早上登船的乘客当中，有的虽算不上声名显赫，却对社会产生了深远的影响，康涅狄格州法明顿市一位四十八岁的女性就属于这一类人，她叫西奥黛·波普，朋友们称呼她为西奥。母亲来为她送行，此刻正陪伴着她，她身边还有一位男士，名叫埃德温·弗兰德，比她小二十岁，将和她一起前往伦敦。尽管身高只有五英尺多一点儿，但她还是令人印象深刻，她戴着天鹅绒的穆斯林头巾，一头金发，下巴方方的，一双蓝眼睛明亮动人。她的目光坦率直接，彰显她特立独行的个性。这种个性将伴随她一生，使她拒绝走上上流社会女性所期望的那种成长道路。她母亲曾斥责她："你怎么就不能像其他女孩子那样做呢？"那个时代的人用一个新词给她贴上了身份标签——女权主义者。

西奥黛认为，画家玛丽·卡萨特、威廉·詹姆斯，以及威廉的兄弟作家亨利·詹姆斯都是她的朋友。她和亨利·詹姆斯还建立了一种特别亲密的关系，以至于她为自己新近收养的一只小狗取名吉姆·詹姆。她是美国为数不多的女建筑师之一，是法明顿市一处受人景仰的宅邸的设计者，她将其命名为"希尔－斯特德"。亨利·詹姆斯第一次看到这处宅邸的时候——那时他还不认识西奥黛——就为此揣摩出了一种新颖的评价建筑的类比写法，他把看到这幢建筑时感受到的快乐，形容为"一种巨大的甜蜜瞬时进入的效应，没有任何前兆，就像被包裹在两片半梦半醒的、恍恍惚惚的唇瓣之间"。西奥黛天性要强，当然不会就此止步。她还是一个唯心论者，时不时充当一回超自然现象的调查员。在二十世纪初的美国和英国，人们普遍相信这类事情，那时，几乎家家的客厅里都有一个通灵板，晚餐后抬上来做即兴通灵。战争让英国人越来越相信来世，他们相信那些死去的孩子仍然以某种方式存在于茫茫宇宙的某个地方，以此寻求慰藉。西奥黛对这类"心理学"研究很有兴趣，这也是她和埃德温·弗兰德要前往伦敦的原因。

西奥黛的父母克利夫兰夫妇十分富有，作为他们的独生女，西奥黛的早年生活大多是独自度过的。父亲阿尔弗雷德是钢铁大亨，母亲艾达是社交名媛。他们住在城里的欧几里得大道，人们更多地管那地方叫"百万富翁一条街"。"我完全没有坐在妈妈腿上的记忆，"西奥黛这样写道，"我父亲成天忙于（生意上的）事务，直到我十五岁那年，他才意识到我们的亲子关系快崩塌了。"她称自己的青少年时期是"典型的独生子女拥有的极端生活"，但她认为，正是得益于这样一段孤独的时光——无聊厌倦以及沮丧压抑的情绪时不时出现——她才渐渐形成一种强烈的独立意识。从十岁起，她就开始画房子，画平面图，勾勒它们的各种外观造型，梦想有一天能住在自己设计建造的农家院落里。

父母早已将当时上流社会的习俗视作准则，所以对他们来说，西奥黛无疑成了一块心病。十九岁那年，出于对祖母的尊敬，这个女孩把自己出生时的原名埃菲改成了祖母的名字西奥黛。她祖母是贵格会信徒，有着虔诚的信仰，该教派的教义强调精神远高于物质。她对"出去"参加上流社会的社交活动没什么兴趣，对婚姻的态度也是如此，她认为婚姻就是一堵高墙，会阻止她完成事业，她称之为"金项圈"。她父母把她送进了法明顿的一所私立学校——波特女子学校，希望她一上完学就回到克利夫兰家的上流社会生活中，并拥有本就属于她的身份和地位。然而，西奥黛非常喜欢法明顿，她留了下来。她成了一名妇女政权论者，一度还加入社会党，喜欢用社会主义言论来激怒她的父亲。

一八八八年，西奥黛在欧洲游历了很长时间，当时她二十一岁，跟父亲越来越像。她父亲喜欢旅行、收藏艺术品，是第一批完全接纳印象派画家的收藏家之一，当时人们普遍认为印象派画家的作品怪诞甚至极端。是他建议西奥黛考虑以建筑为业，他们一起在各个画廊和艺术家工作室搜寻，寻找中意的作品并把它们带回克利夫兰。他们买了克劳德·莫奈的两幅画。西奥黛勾勒了很多对她来说很有吸引力的建筑结构元素，比如这里的一根壁柱，那里的一个烟囱。她对巴黎没有什么兴趣，说那里是"地球表面最大的一块污渍"，但她热爱英国，尤其热爱它舒适的乡村住宅，有下垂的屋顶，半砖木结构的墙壁，透着热情好客意味的门廊。她勾画出了她心目中理想的田园农舍的建筑草图。

当时的建筑界基本禁止女性参与，西奥黛只能靠自学，后来她便跟着普林斯顿大学艺术院系的学生们一起学习。在父亲的支持下，她在法明顿买了一处宅院，占地四十二英亩。父母在她的敦促下决定退休并搬到法明顿住，他们打算建造一座能展示阿尔弗雷德艺术收藏的宅邸，除了那两幅莫奈的作品还有惠斯勒和德加的作品。父亲建议由她来设计这处宅邸，但要在执业建筑师的监督下进行。她选择了麦克基姆－米德－怀特公司，当然，他们同意这样安排是出于阿尔弗雷德的财富和名气。随后，西奥黛给该公司的创始合伙人威廉·卢瑟福·米德写了一封信，表明她是一位作风强硬但不至于专横傲慢的女性。她这样写道："既然由我来设计，我希望大部分决定都由我来做，包括所有细节和所有设计方案上可能出现的重要问题……换句话说，这将是我波普的房子，而不是你们麦克基姆－米德－怀特公司的房子。"

西奥黛在这所房子的设计和建造过程中度过了在建筑领域的学徒期。但是这个项目一九〇〇年才竣工，她筋疲力尽，那个秋天，她在日记中写道："为了父亲的宅邸……我已经把自己的灵魂榨干了。"

到了一九一〇年，西奥黛已经成为一名相当成熟的建筑师，并很快成为第一位在康涅狄格州获得从业执照的女建筑师。三年后，也就是一九一三年八月，她父亲死于脑溢血。这对西奥黛来说是毁灭性的打击，悲痛之下，为了纪念父亲，她决定为男孩子们创建一所预科学校，不过这所学校将与当时的学校都不同。她打算将学校建成新英格兰地区小镇的样子，有各色店铺、市政厅、邮局，还有农场。她计划让学生将大部分时间投入于"社区服务"，在校园的农场和商店里帮工，这些实践会让他们学到木工和版画的制作手艺，塑造他们的个性。在这一点上，她与当时方兴未艾的艺术、手工艺运动思潮非常合拍，该思潮认为，手工艺产业既要制作出令人满意的作品，又要能将人们从工业革命的非人压榨中拯救出来。一九一〇年，这项运动席卷美国，催生了一个又一个新式集体，比如由这次一同乘船出行的埃尔伯特·哈伯德领导的"罗依克罗夫特一族"；这次运动还催生出一种强调简洁的新式工艺设计思想，在古斯塔夫·斯蒂克利牌的家具，以及一座构造简单却做工精良的所谓匠人风格的房子上就能看出来。这项运动也推动了《美丽家居》和《女士之家杂志》等刊物的创办。

一九一五年五月一日星期六早上，西奥黛再一次陷入深深的倦怠。刚刚过去的这个冬天异常难熬，无论是在事业上还是在情感上。有一件事情凸显了女性在以男性为主导的职场上生存之不易：一名出版商请西奥黛把照片附在一本即将出版的、介绍纽约当今最重要的建筑师的书中，当通过电话得知"他"其实是女性后，那位出版商撤回了请求。她还经受了一次周期性的抑郁症发作，但这次异常严重，在家庭护士的护理下才渡过难关。一九一五年二月，她写道："我一直受失眠折磨，夜晚就是醒着的噩梦。"

然而她相信，旅行会让她获得重生的力量。"对一个精神过度疲劳的人来说，没有什么比旅行更让人放松。"

登上卢西塔尼亚号后，乘务员引导西奥黛前往她的舱位。她的包房位于右舷，在 D 层甲板上。她放下了随身携带的行李，确认其他托运行李都已到达。她本希望那天晚上能睡个好觉，但很快就失望了。

* * *

波士顿书商小劳里亚特和妹妹布兰奇及妹夫乔治·钱德勒一起登上了舷梯。"人们竟然能这么随便地出入这艘蒸汽大船,我很惊讶。"小劳里亚特写道,因为他的妹妹和妹夫"就么登船了没受到任何阻拦",这让他感到很奇怪。其他乘客也注意到了这一点,他们的朋友和家人能轻易登上船与他们话别。

钱德勒拿着小劳里亚特的公文包和手提箱,小劳里亚特拎着那个装有画作和狄更斯《圣诞颂歌》的加长行李箱。钱德勒开玩笑说,那加长行李箱里的东西太重要了,他"最好别去碰它"。

三人走到了小劳里亚特的 B-5 号房间。房间离船首很近,在右舷 B 层甲板上,看起来位置极佳,但其实是一间内舱房,没有舷窗。小劳里亚特早已习惯了这样的旅行。他先在房间里触手可及的地方放上一盒火柴,以防船上的发电机失灵。到目前为止,他已经二十三次横渡大西洋,坐的大多是丘纳德公司的船,但大名鼎鼎的"灰狗"还是第一次坐。

小劳里亚特看到他在波士顿车站托运时检查过的行李箱和鞋盒都已经放在了房间里,他检查了所有托运行李的锁后就和布兰奇、钱德勒一起回到了甲板上,直到所有的访客被要求离船。小劳里亚特回到房间,从加长行李箱里取出那些画作,放在了鞋盒顶部的托盘里,这样更容易锁住,然后他又把狄更斯的《圣诞颂歌》放进了公文包。

小劳里亚特在登船前读到了德国大使馆的警告信息，但没当回事儿，因为他从来没想过取消行程。他换上灯笼裤，戴上了一个新玩意儿——用转柄上发条的腕表，不管在哪里，他把它定在波士顿的时区内，这是他的处世哲学。在船上，他没跟别人说那些画作的事。

* * *

德怀特·哈里斯，那位带着订婚戒指和定制救生带的纽约乘客，把贵重物品都送到了主任乘务长的办公室保管，包括一枚用钻石和珍珠制作的坠饰，一枚饰有钻石和绿宝石的戒指，一个用价值五百美元的黄金打造的大钻石胸针，当然，还有那枚订婚戒指。他在起航前花了些时间给祖父母写了一封感谢信，因为两位老人特地送了他礼物，祝他一路顺风。他用的是卢西塔尼亚号上的专用文具。德国人的警告信息似乎一点儿也没有影响到他，他用许多感叹号表达自己的情绪。

"万分感谢！那些果冻蛋糕和薄荷酱都非常美味！"他写道。"我巴不得下午茶时间快些到来！"他在信中提到天气已经开始转好，还说："很高兴我的船舱被打扫得干干净净，很舒服！我打算午饭后整理行李。"他还提到，表亲萨莉送来一篮水果，另一个家人迪克送来一大堆葡萄柚。"所以我一路上都不缺吃的！"

这封信被放进起航前投递的最后一袋邮件中。信封上的邮戳写着"邮自哈德逊码头闸口"。

乘务员宣布让所有访客离船。船讯记者杰克·劳伦斯也上岸了,他甚至都没有想办法和特纳船长说话。他写道,特纳船长"身上带有那种深海船长的烙印,他认为,新闻记者应该待在公园大道或舰队街的办公室里,而且应该有一条法律阻止他们在甲板上蹿来蹿去"。先前几次碰面,特纳都是一副不情不愿、不冷不热的样子。"在我看来,他过于严肃、冷峻,是对自己要做的事十分清楚且不想和别人讨论的那种人。"

然而,劳伦斯十分钦佩特纳。其实他看到特纳就在船上的中央盘梯上和一位高级船员说着话,劳伦斯将他形容为"一个了不起的人物",他身穿深蓝色制服,翻领有三英寸宽,双排扣,每排五个纽扣,其中四个是系上的,正好符合丘纳德高级船员管理手册的规定。根据手册规定,制服的两只袖口都有"二分之一英寸宽的海军四行金线花边",煞是醒目,特纳的帽子也是深蓝色的,饰有皮边和黑色的马海毛编带,帽子正中央饰有丘纳德徽章,那是一只丘纳德雄狮,被一圈金线花环包围着。船员们常拿它开涮,说那是只"丘纳德雄猴"。"一位懂得如何穿戴的英国船长,他的着装应该是所有商船船长效仿的对象,"劳伦斯写道,"他不仅知道穿什么,而且知道怎么穿,他的着装风格无与伦比。那天,特纳船长是北大西洋上那艘伟大'灰狗'的主人,看上去他也确实配得上这个称号。"

四十号房间
"眨眼狂人"霍尔的诡计

在伦敦,霍尔上校眼看着他"误导、迷惑敌人"的计划开始发挥作用。

霍尔擅长耍花招,这次就是一个典型的例子。他想让德军指挥官相信英国即将入侵北海地区的石勒苏益格－荷尔斯泰因,从而诱使德军从法国的主战场上转移兵力。通过与英国国内反情报机构——大名鼎鼎的军情五处的一名官员合作,霍尔向德国间谍网输出了一大堆详尽却全部虚假的信息,其中一份报告声称,将会有一百多艘军舰和运输船集结在英国的西部和南部沿海港口,而不是一直以来为英国陆军运送补给的东海岸港口。为了最后一搏,霍尔说服海洋军事部下令,从四月二十一日开始,停航英格兰和荷兰之间的所有船只,这可以给敌人一个错误的入侵信号。

德国军方领导人起初对这一切半信半疑,但新发布的停航通告打消了他们的疑虑。四月二十四日，四十号房间监听到比利时北部安特卫普一个德国基站发出来的无线电信息："一条未经证实的从英格兰特工机构发回的信息：大批军队从英格兰南部和西海岸向欧洲大陆转移。大批军队在利物浦、格里姆斯比、赫尔集结。"

很快，德军就向施维格和其他五艘潜艇的指挥官下令，指示他们立即出发，摧毁疑似运送部队的船只。

四十号房间一直紧盯着 U-20，因为这艘潜艇经常使用无线电通信，这等于将它的航线和航速等细节全都告知了四十号房间。四月三十日星期五下午两点，潜艇报告了自己的位置。两小时后，它又这样做了。之后它每小时报告一次，持续到午夜。午夜之后，它开始每两个小时报告一次，持续到第二天，五月一日星期六。

这次 U 型潜艇的突袭行动之所以能被及时发现，是因为人们已逐渐认识到它的威胁。

海洋军事部曾收到几十条声称看到德国潜艇的消息，虽然大部分并不属实，但还是令人不安。一名爱尔兰警察声称发现三艘 U 型潜艇正沿香农河向上游航行，当然，这种情形不太可能出现。在英国东海岸，一艘蒸汽机船发现水面上漂着一枚尚未引爆的鱼雷，打捞上来之后，人们发现鱼雷上的标记表明它属于一艘 U-22 型潜艇，是施维格的潜艇的姊妹型号。在意大利东南角附近海域，年轻的奥地利潜艇指挥官乔治·冯·特拉普向法国大型巡洋舰莱昂·甘必大号发射了两枚鱼雷，该舰在九分钟内沉没，造成六百八十四名船员死亡。美国影星克里斯托弗·普卢默后来在《音乐之声》中扮演了冯·特拉普，这让特拉普变得家喻户晓。"这就是战争！"特拉普后来在回忆录中写道。他对大副说："我们就像拦路抢劫的强盗一样，偷偷溜到一艘毫无戒备且如此懦弱的船面前。"要是在堑壕里或鱼雷快艇上作战，那感觉可能会好些，他说："在那种情况下，你能听到枪响，听到战友倒下，听到他们受伤后的呻吟，于是你会变得愤怒，端起枪射杀敌人，无论是出于自卫还是出于恐惧；在发起冲锋时，你甚至可以大喊大叫！但我们呢！我们只能伏击，像冷血动物一样溺毙一大群人！"

五月一日星期六，鉴于 U-20 和其他 U 型潜艇新近的出击动向，海洋军事部推迟了原计划在公海进行的舰载重炮射击练习，两艘军舰均没有离港。

就在那天的某个时刻，海洋军事部通过霍尔上校得到德国大使馆在纽约几家报纸上发布的公告，似乎是在警告人们不要乘坐卢西塔尼亚号旅行。那天快结束的时候，凡是碰巧读过那几份报纸的英国人或美国人都得知了这个消息。于是，卢西塔尼亚号的起航日期及出发一周后会抵达利物浦的事就成了公众热议的话题。

但是，四十号房间和了解这个秘密的官员知道更多内幕：诺德代希的德国无线电台正在发送有关卢西塔尼亚号行程的消息，而新派遣的六艘U型潜艇也已经出发。四十号房间还知道其中一艘潜艇就是U-20,它已经"猎杀"过许多船只,造成很多伤亡,而且它正前往巡航的海域正是驶往利物浦的丘纳德公司货轮和邮轮的必经之地,卢西塔尼亚号很快也将到达那里。

尽管已经知晓潜艇成群结队地出动以及一艘大型客轮面对公开警告依然起航的消息,海洋军事部的高官们似乎只是将其视为某个不眠之夜让人不安的信号,无论是U型潜艇新的出击动向,还是与U-20潜艇即将碰面的信息,都没有传达给特纳船长。他们也没有采取行动为卢西塔尼亚号护航或通知这艘船改走其他航线,海洋军事部当年三月为这艘船这样做过,一月也为特兰西瓦尼亚号和奥索尼亚号做过。

和丘纳德公司的人一样,特纳船长根本不知道四十号房间的存在。

海洋军事部彼时正关注另一艘船,他们认为它更有关注价值。

华盛顿
失落

在华盛顿,伊迪丝·高尔特越来越多地出现在威尔逊总统的遐思中。整个四月她都是白宫的常客,尽管出于礼节也为了避嫌,她和威尔逊总是会邀请别人一起进餐。他们还一度探讨威尔逊特别喜欢的一本书《我家周围:和平与战争中的法国乡村生活札记》,作者是菲利普·吉尔伯特·哈默顿。威尔逊从书商那里给她订购了一本,还托国会图书馆给她寄一本。"我希望这本书能给你带来一点儿快乐,"他在四月二十八日星期三这样写道,"我渴望给你快乐,因为你已经给了我这么多!"

他又写道:"如果今晚有雨,你是否愿意过来小坐(并)读会儿书呢?如果不下雨的话,你有没有兴趣再开一次呢?"这里的"开",说的是开他在白宫最喜欢的座驾之一——皮尔斯箭头牌轿车。

伊迪丝婉言谢绝了他的邀请,因为她已经答应晚上要陪母亲,不过她还是十分感谢他的私人来信,并告诉他这封信"斟满了她的幸福之杯"。在书写风格上,她与威尔逊形成了鲜明的对比。威尔逊的笔迹往前倾斜,沿着页面的水平方向排列得整整齐齐,密密麻麻;伊迪丝的笔迹则向后倾斜,时高时低,形成一处处隆起,字体介于印刷体和手写体之间,字母落笔和收笔时的卷曲随心所欲,仿佛是在一辆行驶在高低不平的鹅卵石路上的马车上写信。她很喜欢他在信中的落款——"你真挚而充满感激的朋友,伍德罗·威尔逊",并为此对他道了谢。星期三晚上送达的这封信之所以让伊迪丝特别喜欢,还有一个原因,就是她一整天都郁郁寡欢,已经有了抑郁症的苗头。"友谊带来的喜悦,"她写道,"驱散了一天的阴霾,四月二十八号成了我日历上一个特别的日子。"

新订购的那本书很快就送到了白宫,紧接着,四月三十日星期五,威尔逊派人将书和一张便条一并送到伊迪丝紧邻杜邦环岛的家中。"能分享你的所思所想,能让我一窥你的内心,这真是一种莫大的荣幸。它让我重新振作起来,让我觉得自己又有了个人生活。但比这更重要的是,我希望成为一个对你有用的人,用真切的共鸣和完全的相互理解来照亮这些日子。那将是莫大的幸福。"他还送上了鲜花。

为了照亮她的生活,他重新点亮了自己的生活。在当下的乱世,他从伊迪丝身上找到了一个可以全身心投入的生活目标,这能使他从日益扩大的战事和对世界命运的深深忧虑中解脱出来,哪怕只是暂时的。对于威尔逊来说,眼下,她就是一处"天堂般的避难所"。不仅如此,她的出现还帮他厘清了如何帮国家渡过时艰的想法。一天晚上,就在白宫那辆皮尔斯箭头牌轿车里,他向她讲述了时下的战争以及他的忧虑,就像他以前会对已故的妻子艾伦所讲的那样,以此厘清思绪。"从一开始,"伊迪丝写道,"他就知道可以信赖我的谨言慎行,他说的话绝不会被外传。"

与此同时,伊迪丝开始重新打量自己的生活。威尔逊的关注、他带她一起领略到的那些世界级的冲突和魅力,使她感觉自己的小日子似乎更空虚、更不值一提了。尽管没有接受过系统的教育,但她依然渴望在更高的层次上生活,能在艺术、经典著作和世界大势的变迁方面侃侃而谈。她的朋友纳撒尼尔·威尔逊——此人与威尔逊总统毫无关系——就曾经告诉她,有一天她可能会对重大事件产生影响。"也许你的决定会关系到国家兴衰,"他警告说,但让她一定要坦然面对,"我觉得这一天迟早会来,为了能早日适应,你必须开始工作、读书、学习、思考!"

伊迪丝把与威尔逊总统一同驾车的体验视作"生命的赐予"。她感受到了一种水乳交融般的感情。他们俩都来自南方,时常在一起回忆南北战争之后那段特别艰难的日子。她从来没有遇到过威尔逊这样的男士,聪明非凡又不失热情,还非常在乎她的感受。这一切都出乎她的意料。

伊迪丝没有意识到,威尔逊已经坠入爱河,按照白宫首席接待员"艾克"·胡佛的说法,威尔逊"一旦爱情的小种子发了芽,在谈情说爱方面可绝非寻常之辈"。

总统的贴身男仆阿瑟·布鲁克斯说得更简单:"他没救了。"

高尔特夫人的魅力的确让威尔逊意乱情迷,但他还是越来越担心世界时局的动荡和变化。西部前线旷日持久的拉锯战已经让这个战场变成血流成河的绞肉机,双方你来我往,先是向前挺进,跨越一片布满铁丝网、弹坑、尸体的无人区,然后撤退回来。五月一日星期六,德国人在比利时的伊珀尔地区发动一系列袭击,这就是历史上著名的第二次伊珀尔战役,在此次战役中,德国人再次使用了毒气。自去年秋天第一次伊珀尔战役以来,双方都没有取得进展,但伤亡人数已经数万。然而在这一天,德国人的进攻成功迫使英国人退守伊珀尔市镇。一名加拿大医生此时正在西佛兰德斯的博兹吉的一个援助站照顾伤者,后来写下了一首关于这场战争的著名诗歌:"在佛兰德斯的田野上／罂粟花在一行又一行的十字架间／喘息……"到了月底,英军力图收复失地,战线向前推进了一千码,但付出了死伤一万六千多人的代价,相当于每前进一码就要死伤十六人。德军则损失了五千人。

在比利时的梅塞因斯,即伊珀尔战线的突出部①,一名士兵写下的文字表明了两军僵持带来的挫败感。"我们一直待在同一个位置,不断骚扰英国人和法国人。天气非常糟糕,战壕里水深及膝,我们经常要在那里待上好几天,况且还是在猛烈的炮

---

① 战争中深入对方战线的那一部分。

击之下。我们非常期待能得到短暂的休整。我们都希望不久之后整个战线能向前推进。事情不可能永远这样下去。"这段文字来自一位具有奥地利血统的德国步兵，他叫阿道夫·希特勒。

此时在另外一个地方，一条全新的战线即将拉开。为了打破欧洲的僵局，在土耳其的达达尼尔海峡，丘吉尔精心策划并组织实施了一场大规模海上炮击和两栖登陆行动。此次行动的目的，是想以武力打通由达达尼尔海峡进入马尔马拉海的通道，借此与黑海的俄罗斯海军会师，并在君士坦丁堡近海大规模展示海军力量迫使土耳其投降。随后，他们将沿多瑙河向上游进发，对奥匈帝国发起进攻。这个计划看上去很容易实施。策划者们甚至妄想只靠海上力量打通黑海航路。这应验了那句老话：人类一思考，上帝就发笑。这个计划的结果是灾难性的：舰船损失惨重，成千上万的官兵死亡，拉开了另一条极不稳固的战线，而且这条战线地处加利波利半岛。

与此同时，在高加索地区，俄罗斯对土耳其军队的进攻节节胜利。土耳其将失利归咎于当地的亚美尼亚人，他们怀疑亚美尼亚人偷偷协助俄罗斯人，于是开始有组织地屠杀亚美尼亚平民。到五月一日，土耳其人在东部的凡城省已累计屠杀五万多名亚美尼亚人，其中有不少妇女和儿童。亚美尼亚教会负责人直接向威尔逊发出请求，恳请他提供帮助，但是威尔逊顾虑重重，没有答应。

美国待在保持中立立场的堡垒中密切关注着这场战争，但发现一切都越来越扑朔迷离。副国务卿罗伯特·兰辛是美国国务院的二号人物，他试图将这种窘况记到私人备忘录里。"对美国来说，想完全搞清楚这场规模空前的欧洲战争的来龙去脉几乎是不可能的。"他这样写道，"战线绵延数百英里的大规模军事行动，成千上万命悬一线的官兵，无数受苦受难的民众，广大地区变成一片片焦土和废墟，在读到这些的时候，我们开始变得漠不关心，像是在隔岸观火。"他还写到，这个国家对这一切仿佛已经司空见惯。"就算法国北部的战壕里有一千名士兵阵亡，或是巡洋舰沉没导致一千名官兵牺牲，大家都觉得没什么大惊小怪的。报纸上的这类新闻我们只读一读标题，其他的就不管了！细节已经无法引起人们的兴趣。"

但是，冲突的触角似乎持续不断地伸向美国海岸，而且越来越近。四月三十日，在法拉巴号沉没、美国乘客利昂·思拉舍失踪五周后，另一场袭击的细节传到了华盛顿：一架德国飞机向美国商船库欣号投掷了炸弹，当时库欣号正准备穿越北海。三枚炸弹落下，但只有一枚击中，没有人员受伤，船的受损程度也不大。就在前一天，在另一份私人备忘录中，兰辛写下了这样的句子："作为世界大战中的中立国，必须始终展现出宽容的姿态，但历史上对中立者的耐心和忍耐度的考验，从未像今天这般严苛。"

兰辛从库欣号遇袭事件中察觉到了问题的严重性。五月一日星期六，他在写给国务卿布赖恩的信中提到："德国的海军政策是不分国籍地肆意摧毁船只。"尽管威尔逊和布赖恩为这次事件忧心忡忡，但还是决定采取更审慎的态度，正如《纽约时报》

一篇报道指出的："在官方人士看来，没必要就此事提出严正交涉，因为炸弹不是故意投掷的，飞行员误以为他们攻击的是一艘敌船。"这样的评估未免对德国过于慷慨：当时，库欣号上正飘扬着美国国旗，船主还用六英尺大的字母把船名涂在了船体上。

另一则更令人不安的消息当时还未抵达《纽约时报》和白宫：就在卢西塔尼亚号起航的那个星期六，一艘德国U型潜艇在英格兰康沃尔海岸的锡利群岛附近用鱼雷袭击了一艘美国油轮戈尔弗莱特号，造成两名船员死亡，船长也因心脏病发作不治身亡。袭击过后，该船勉强浮在水面上，后来被拖到了圣玛丽岛，这里是锡利群岛中最大的一座岛，位于康沃尔郡以西四十五英里。

在华盛顿，黎明为人们带来的只不过是又一个春意盎然的星期六。气温开始回升，估计要达到二十一点一摄氏度以上，男人们又开始涌入那些专营男子服饰用品的店铺，为自己选购第一顶应季的"稻草顶子"。今年，草帽的帽筒部分估计要短一些，帽檐则会更宽。当然，穿戴讲究的绅士们会戴上丝制的夏季手套，以保持双手"酷爽又干净"——恰如一则广告描述的那样。在这样的日子里，威尔逊可以尽情沉湎于他的梦想和希望中，那些梦想和希望是关于爱的，他的孤独即将结束。

卢西塔尼亚号
起航

这艘船原定于上午十点出发，却出现了延误。在战时，英国海洋军事部有权要求英国籍船只为军方提供服务。卡梅隆尼亚号客船通常在美国纽约和英国利物浦市及格拉斯哥市之间往返，当时正停靠在纽约港，英国海洋军事部在它起航前最后一分钟将其征用。就在卡梅隆尼亚号即将离港的时候，船长接到了军方征用的指令，大约四十名乘客和他们的行李，以及五名女性乘务人员，要立即转移到卢西塔尼亚号上。后续一些报道声称这些转乘的乘客很满意，因为卢西塔尼亚号是当时海上运营的顶级奢华邮轮，他们相信卢西塔尼亚号一定会比那艘又小又慢的卡梅隆尼亚号更快抵达利物浦，但这些乘客究竟都有些什么样的感受，我们不得而知，毕竟当天的早报上刊登了德国人的警告信息。

乘客理查德·普雷斯顿·普里查德在卢西塔尼亚号延误期间打开行李，拿出携带的两架相机里的一架，来到甲板上，希望能拍到一些城市和港口的照片。这款相机是柯达的第一款,可折叠,十分小巧,正好可以放进大衣外套的口袋。

普里查德时年二十九岁,身高五英尺十英寸。母亲和兄弟都叫他普雷斯顿,可能是因为全名太拗口了。他们是这样描述他的:"深棕色的头发,高额头,蓝眼睛,最突出的特征:<u>下巴有一处非常深的凹窝</u>。"前面这一句的下划线是他们自己加的。的确,普里查德下巴上的凹窝是他的显著标志。换作别人,这种凹窝兴许会很丑,但对他来说,那就是一张无可争议的英俊面庞上的一个小小特点而已。那是一张光彩照人的脸,厚嘴唇,黑眉毛,白皙的皮肤,浓密的黑发从前额向上梳起,形成几个大波浪,最后你会被那双蓝眼睛牢牢抓住,因为对于有深色头发和眉毛的男人来说,蓝眼睛实在太过显眼——"那张脸有趣极了,"一名乘客这样说道,"谁看到他脸上的特征都不会忘的。"

普里查德曾在加拿大尝试过各种各样的工作,包括伐木工人和农民,现在在加拿大蒙特利尔市麦吉尔大学学医。之前,父亲去世后,他只身一人到加拿大挣钱,然后寄给英国的母亲。他坐的是二等舱,房间号 D-90,是船中部的舱室,对面就是卢西塔尼亚号上的理发店。他和三个陌生人同住,他睡在上铺,带着三小件行李。他经常佩戴一枚领带夹,上面有个金环,镶嵌着通常用来做小饰品和各类胸针的、细小且红白相间的"熔岩石"。他准备了两套西装,一套深蓝色,一套绿色。

在甲板上,普里查德遇到了来自英国阿瑟顿的年轻人托马斯·萨姆纳,他也拿着一架相机。(这位萨姆纳与丘纳德公司驻纽约的经理查尔斯·萨姆纳没有任何关系。)他俩都想拍一些港口的照片。当时天气很冷,光线灰暗——正如萨姆纳所言,"相当阴暗"——两人都想知道对方会如何选择曝光指数。于是,他们自然而然地谈起了摄影。

萨姆纳立刻喜欢上了普里查德,他觉得俩人简直就是"一个模子里刻出来的"。两个人都是独自旅行,在整个航程中,他们经常碰面。普里查德总能在不打扰别人的情况下获得极大的乐趣。萨姆纳特别喜欢他这种特质。"他看上去总是非常开心,安安静静地享受着生活,"萨姆纳这样写道,"你明白我的意思,(他)不会像很多人那样走到哪儿都乍乍呼呼的。"同在二等舱的乘客亨利·尼达姆这样评价普里查德:"船上的人都很喜欢他,他组织了惠斯特纸牌比赛,忙活了好一阵子。"惠斯特纸牌比赛是一项集体纸牌游戏,乘客两人一队进行比赛,直到一个队胜出。

普里查德当时正在回英国探亲的途中,据室友阿瑟·加兹登说,普里查德愿意在抵达之前一直"负责比赛计时"。

卡梅隆尼亚号上的乘客转移过来花了两个小时。眼下这种延误不过是惹恼了部分人,但事后证明,这一延误意义重大,远远超出那短暂时间里表现出的一切。特纳船长一直为自己干净利落地掌控着卢西塔尼亚号的进港和离港而感到骄傲,这也意味着一切都将按计划进行。

特纳并未将德国人的警告放在心上。出发前,他来到乘客们散步的甲板上,与阿尔弗雷德·范德比尔特和查尔斯·弗罗曼交谈起来,这时,一位船讯记者走上前来——当然,不是杰克·劳伦斯——他问范德比尔特是否认为自己这一次会像当年决定不乘坐泰坦尼克号出行时那样幸运。范德比尔特笑了笑,但一言未发。

特纳把手放到范德比尔特的肩上,对那位记者说:"如果船上的乘客们认为卢西塔尼亚号有可能被德国潜艇袭击,你认为他们还会买票登船吗?这是我这几天听到的最好笑的笑话,居然认为他们会用鱼雷来攻击卢西塔尼亚号。"

范德比尔特和特纳两人都笑了。

还有一件事造成了延误,但对于这件事情,特纳船长至少负有部分责任。他的侄女——女演员梅塞德斯·戴斯莫尔——上船来简短参观了一下,结果被困住了,因为转移完卡梅隆尼亚号的乘客后船员就撤掉了上下船的舷梯。特纳恼了,命人立即重新安置好舷梯,好让他的侄女下船。这一过程更推迟了轮船的离港。

一名乘客——景观设计师奥利弗·伯纳德注意到了这一点。他后来写道:就在轮船即将起航时,特纳船长在纽约港码头玩忽职守,就因为有个亲戚还在船上。"伯纳德指责特纳船长时似乎已经发现了别人还不明白的东西,那就是,在这次特殊的航行中,由于各方压力,时间就是一切。即使是最短暂的延误,也可能让历史改写。

在丘纳德码头闸口外拍摄的工作人员将摄像机移到了更高的取景地点，就是码头闸口大楼的楼顶，这样一来，摄像机就和船的舰桥差不多高了，可以向下拍摄，捕捉下方甲板上的场景。在后来的影片中，可以看到乘客们挤在船的右舷，许多人挥舞着与孩子尿布差不多大的白手帕。一名男子挥舞着美国国旗，旁边的女士则紧扶着两条小腿蹬在甲板护栏上的孩子。

不一会儿，一名年轻的水手沿楼梯登上了尾桥台——船尾附近甲板上高架起来的狭窄平台。他在船左舷的旗杆上升起一面白旗，然后快跑到右舷，升起一面同样的旗帜。这是马上就要开船的信号。刚过午后不久，卢西塔尼亚号开始缓缓后退。摄像机没动，但轮船缓慢而平稳的运动给观影者造成了一种摄像机在平扫整艘船的错觉。

一名站在救生艇上的船员正在整理吊索。头等舱乘务员优雅地走出来，径直走向一位男乘客，好像是要说些什么。在一段楼梯的顶端，有个人直接盯着镜头，电影制作者们会一眼认出他——阿尔伯特·哈伯德。他戴着那阔边高顶的斯泰森毡帽，大领巾在紧扣着的大衣下稍稍露出了一点儿边。

随着影片推进，这艘船的舰桥开始出现在画面上，基本和摄像机保持水平，到第二百八十九帧时，特纳出现了。他站在右舷舰桥右翼靠后的位置，当轮船驶过摄像机附近时，可以看到船长微笑着转向镜头，脱帽，并短暂地挥帽致意，然后就悠然自得地倚靠在栏杆上。

两艘拖船把卢西塔尼亚号倒着拖入哈德逊河中央，然后小心翼翼地调转船头，沿着河的下游向南驶离，卢西塔尼亚号则开始完全依靠动力驱动，正式起航。卢西塔尼亚号驶出了画面，影片中远远出现了霍博肯市那一座座码头，烟气密布，薄雾笼罩。

影片结束。

沿河道下行时，特纳始终让船保持着较低的航速，因为河面上有大小不同的货船、驳船、拖船，还有渡轮。哈德逊河的这一段非常拥挤。据一九〇九年一幅海图显示，曼哈顿沿岸码头一个挨一个，密密麻麻，让人想起钢琴键盘。这条河还出奇地浅，刚刚满足卢西塔尼亚号近三十六英尺的吃水深度。特纳的船员们在装载时把重量平衡得很好，出发时，船体上的吃水标记显示，船头比船尾只深了四英寸。

河岸两边排列着一座座码头和闸口。轮船沿河道下行时，右岸，也就是新泽西州一侧，坐落着一大片铺设着各种规格轨道的铁路码头，包括伊利货物集散中枢、宾夕法尼亚货物集散中枢以及新泽西州货物集散中枢。左岸也坐落着一连串码头，为便于各船只停靠装卸所架设起的一个个标有公司字号的牌匾，充分显示了当时航运业的普及和发达程度：

  南太平洋有限公司
  克罗尼亚航线
  奥尔巴尼航线
  克莱德航线

萨凡纳航线

人民航线

老自治领州[①]航线

本·富兰克林航线

福尔河航线

普罗维登斯航线

  沿岸还有许多渡轮，负责在新泽西和曼哈顿城区之间运送货物、搭载旅客，在德布罗斯、钱伯斯、巴克利、科特兰和自由大街都设有站点闸口。到自由女神像附近的渡船要从曼哈顿的最南端发运。

  当卢西塔尼亚号穿过港口，战时状态变得愈发明显。一艘德国顶级班轮——巨大的祖国号——正停在霍博肯码头，卢西塔尼亚号就从它旁边驶过。祖国号曾赢得蓝飘带奖，总吨位比卢西塔尼亚号大百分之六十多，但战争打响的第一天它就躲进了纽约的港口，以免被英国海军俘获并投入军用，当时，这种情况极有可能发生，卢西塔尼亚号上的乘客们很快也会明白这一点。从那以后，祖国号及其船员实际上就被软禁在纽约，还有至少十七艘德国班轮也陷入了类似的困境。

  在纽约炮台公园下方，哈德逊河与东河交汇形成了纽约湾，该水域吃水越来越深，水面也越来越宽。特纳又看见了那些熟

[①] 弗吉尼亚州的别称。

悉的地标。右手边是爱丽丝岛,接着当然是贝德罗岛上的自由女神像;左手边是总督岛,建有圆形的威廉姆斯堡,再往后便是布鲁克林的雷德胡克和伊利盆地的防波堤。再远处是黑汤姆码头群,那是一大片军火库,战争结束前它将被蓄意摧毁。因为担心这段航路的交通状况不佳,特纳一直保持着较低的航速,尤其是在纽约湾海峡,因为那里总是挤满了远洋班轮和货轮,还经常起大雾,非常危险。阵阵钟声拨开了雾霭,恰似船尾卷起的浪花随意拍打着水面上的浮标,令人不禁想起星期天早上教堂的钟声。

与此同时,为防止有人偷渡,卢西塔尼亚号的主任乘务长带领工作人员在船上例行检查。这是战时,所以他们检查得格外仔细,很快他们就拘捕了三个人。这三个人好像只会说德语,其中一个还带着相机。

他们立即将这一情况报告给副船长安德森。他转而请求那位利物浦警探皮尔庞特提供帮助,并吩咐船上的翻译来提供支持。结果,除了知道那三个人的确是德国人,几乎一无所获。他们并没有弄清楚这几个偷渡者到底想干什么,但据后来推测,其目的是找到能证明卢西塔尼亚号是武装船只或携有战时违禁物品——比如军火——的证据,并拍摄下来。

三个德国人被关在甲板下面的一间临时禁闭室里,等卢西塔尼亚号一到利物浦,他们便会被移交给英国当局。逮捕这三人的消息,船上的乘客并不知情。

阿尔塔·派珀——那位著名的灵媒之女——并未登船，也没有退票。她无法忽视那个困扰她一整夜的声音，但也无法就此下决心取消行程，于是，她做了历史上所有犹豫不决的人通常都会做的事。出发前的整个上午她一直在打包，任由时钟嘀嘀嗒嗒，最后她听到遥远的汽笛声，表明轮船已经离港了。

U-20
向费尔岛进发

星期六的黎明时分，U-20 潜艇的艇员已经开始享受咖啡、面包、橘子柠檬果酱和可可饮品了。艇上的通风设备发出单调的吱吱声。施维格站在潜艇指挥塔上观察着，海面平静，"无论是近处还是远处，都是雨雾交织"。一艘蒸汽机船隐约出现在潜艇前方的水面上，由于雾气笼罩，他决定不发起攻击。艇员们开始轮流到甲板上抽烟消遣，艇内禁止吸烟。

雾气越来越大，到了早上七点十五分，施维格不得不下令让潜艇潜至 U-20 的常规巡航深度——水面以下七十二英尺。这个深度足以确保 U-20 遇上吃水最深的船只时也能从下方安全通过。这种做法很谨慎，因为潜艇虽然听起来令人生畏，但其实相当脆弱，它的原理很复杂，同时又很原始。

艇员们自己就是压舱物。为了快速拉平或"摆正"潜艇，抑或想加速下潜，施维格会命令艇员们一会儿跑到船头一会儿跑到船尾。乍一看，这种乱哄哄的阵仗相当滑稽，像在拍摄一部新的《启斯东》[①]，但这些看似搞笑的动作其实都发生在极其危险的时刻。U 型潜艇对载荷的变化非常敏感，光是发射鱼雷，就需要人们转移位置，以补偿突然出现的重量损失。

潜艇还很容易出故障。艇上到处都是复杂的机械系统，用来操纵潜艇转向、下潜、上升，以及调节、校正艇内的气压。除了上述这些操作系统，艇上还装载着鱼雷、手榴弹和炮弹。船体底部排列着一组组灌满硫酸的蓄电池，这些电池一旦与海水接触，就会产生有毒的氯气。在这样的环境下，任何一个小小的错误都可能导致灾难性的后果。

一艘 U-3 型潜艇在首次航行时就葬身海底。当时，那艘潜艇就在距离海军造船厂大约两英里的地方。艇长下令试潜，一切似乎都非常顺利，直到 U 型潜艇的甲板沉入水下，海水开始从一条通风管道进入艇内。

艇尾开始下沉。艇长命令所有艇员——一共二十九人——进入艇首，他和两个人留在指挥塔。当艇员们拥向潜艇前部的时候，海水仍在不断灌入，导致艇内气压持续上升，使人难以忍受。这一切都发生在黑暗中。

电池开始产生氯气，艇内升起了一片绿色的薄雾。部分氯气进入艇首舱，虽然潜艇的空气净化系统使其浓度不至于致命，但氧气供应量变得不足。

[①] 美国系列喜剧电影，主角是一群不称职的警察。

岸上的海军官员两小时后才意识到这场危机，赶忙派出两艘水上起重船和伏尔甘号打捞船前往救援。救援人员设计的方案是将艇首提升至水面，这样被困人员就可以从潜艇前端的两根鱼雷发射管里爬出来。

潜水员用了十一个小时才将必需的起重吊索安装在艇首周围。起重机开始起吊。艇首开始浮出水面。

然后，起重吊索断了。

潜艇又跌回海里。潜水员们只得再次尝试，这次又花了十四个小时。此刻，挤在艇首舱里的二十九名艇员在几乎没有空气的黑暗中已经熬了二十七个小时。但这一次，潜水员们的努力奏效了。这些人从发射管里爬出来，一个个筋疲力尽，贪婪地呼吸着空气，幸运的是，他们都还活着。

但指挥塔还在水下，艇长和两名艇员还困在那里。又过了五个小时，伏尔甘号终于设法打捞起了整艘潜艇。救援人员打开指挥塔的舱口盖，发现里面几乎是干的，但三个人都死了，因为氯气从艇内的通话传声管向上渗进了指挥塔，铺设传声管原本是为了便于艇上指挥人员与下部控制室的工作人员对话，没想到却成了安全隐患。

随后的一项调查发现，控制海水进入潜艇通风管道阀门的指示装置装反了。也就是说，当指示装置显示阀门关闭时，实际上是敞开的。

尽管这起意外让人心惊肉跳，但还是比另一艘用于训练的U型潜艇的结果好得多，那艘潜艇的全部艇员都已丧生，长达四个月都没有被打捞上来。参与早期救援的潜水员们失败而归，却都听到了潜艇里面传来的敲击声。当潜艇最终被打捞出水面时，人们才知晓了灾难的起因——它撞上了一枚水雷。当舱门被用力打开时，现场一名水手见到了最令潜艇艇员害怕的一幕，那是一个触目惊心的死亡现场。他写道："钢铁舱壁上的划痕，死者撕裂的指甲，衣服上、墙壁上的斑斑血迹，都佐证了死亡现场之可怕。"

海面上一直浓雾弥漫，直到周六上午十一点左右，施维格才判定能见度提升，让潜艇浮出水面，改由柴油发动机驱动。给艇上的蓄电池组及时充电总是很重要的，否则万一遇上敌方驱逐舰或突然发现攻击目标，就会措手不及。

浮出水面不久，施维格的无线电收发员便试图与安科纳号联系，安科纳号已经返回U-20潜艇的德国基地。对方没有回应。然而，无线电收发员报告说，他收听到了"敌方极强的无线电活动信号"，就在方圆五百米左右。施维格下令立即停止发报，以免潜艇位置暴露。

于是，U-20继续向北朝着远离英格兰东海岸的方向前行，它计划越过苏格兰北端，然后沿苏格兰西海岸向南航行。施维格将向南航行至爱尔兰，然后沿爱尔兰西海岸航行再左转，进入爱尔兰和英格兰之间的凯尔特海和爱尔兰海水域，接着前往真正的目的地——利物浦湾。当然，这条路线要比直接穿越英吉利海峡所花的时间长得多，但也安全得多。

潜艇继续逆风前行，海面上的涌浪已经高达四英尺，风向已改为东北向。施维格的瞭望员密切关注着海面上是否有其他船只，但在如此阴沉的气象条件下，很难发现蒸汽机船的烟柱。

海面能见度一整天都很低，下午甚至更低，施维格发现自己又被彻底锁进了雾中。此时，U-20即将穿越苏格兰爱丁堡近海的分隔航道，该航道呈漏斗状，可以由此进入福斯湾。天气晴好的时候，这一带的船只熙熙攘攘，在这样的水域寻找攻击目标简直易如反掌，但是现在雾霭重重，进攻是不可能了，而且发生碰撞的风险也相当大。下午四点，施维格命令潜艇下潜，再次下降到巡航深度。

那天晚上天气放晴了，从一端地平线到另一端，星星挂满了苍穹。U-20浮出水面。施维格想驶往费尔岛，那是苏格兰北部设得兰群岛中的一座小岛，而设得兰群岛是划分北海和北大西洋的假想线。

两天过去了，施维格无法再和上级取得联系，现在，一切的一切，他只能自行决断。

卢西塔尼亚号
赴约

驶出纽约港,卢西塔尼亚号开始加速,但特纳船长并未下令加到巡航速度。驶离美国领海之后,他首先要赴约与其他船只会合,过不了多久就要把船停下来,所以,在这种时候消耗大量煤炭达到最高速度没有意义,而且简直就是浪费。

现在,受大西洋海风以及轮船前行带起微风的影响,甲板上明显开始变冷。有些乘客仍在栏杆附近逗留,观赏着退去的海岸线,但大多数乘客都进到舱室,开始收拾住所,安置行李。年龄稍大些的孩子会跑到甲板上东游西逛,结交朋友,玩各种游戏,没错,肯定会在顶层甲板上玩推圆盘游戏。那些在头等舱和二等舱的幼童,旅途中可以交由船上的女乘务员照顾,而他们的父母则可以安心地在各自的餐厅用餐。

主张唯灵论的女建筑师西奥黛·波普和同伴埃德温·弗兰德一起去了船上的头等舱读写室,隔间有一部分本来是专为女性预留的，但它同时又是船上的图书馆，所以男性也可以进入。这里既宽敞又舒适，横跨整个 A 层甲板——船上最高的一层甲板，配备有写字台和靠背椅。墙上裱着一层薄薄的丝绸，有的地方是淡灰色，有的地方是奶油色。窗帘也是丝质的，色调为"法国巴里红"。地毯是柔和的玫瑰色。A 层甲板最靠后的地方是男士专用的"吸烟室"，大小与读写室相仿，墙壁是用胡桃木镶板装饰的。

西奥黛开始阅读一份当天的纽约报纸《太阳报》。

前一天，美国国务卿威廉·詹宁斯·布赖恩造访纽约，该报对这次访问给予了很大关注。布赖恩从外交事务中抽身来到卡内基音乐厅为一场集会发表演讲，是为了支持福音派传教士比利·森戴发起的一项运动，该运动呼吁人们戒酒，并签署"彻底戒除"的承诺。关于这个话题，国务卿布赖恩此前在费城也做过一次演讲，吸引了一万六千多人前来聆听。纽约的组织者预计类似的情形也将在卡内基音乐厅上演。但预计的情况没有出现，那天只有大约两千五百人露面，厅内约三分之一的座位是空的。布赖恩穿着一身黑西装，一件羊驼毛黑外套，戴着黑色蝶形领结。在演讲的最后，他举杯向观众敬酒，其实杯子里装的是冰水。当时刚满五十九岁的布克.T.华盛顿[①]也站起来发言，并签署了一张比利·森戴发的承诺卡。

另一篇华盛顿的报道称，由于威尔逊总统曾允许 D.W.格

[①] 美国政治家、教育家、作家，美国黑人历史上的重要人物。

里菲斯执导的《同族人》在白宫放映，评论家们直到现在还在批评此事，这让威尔逊总统很郁闷。现在已经是五月了，那次放映是在二月十八日，当时他和女儿及内阁成员一同观看了该影片。影片改编自托马斯·狄克逊的同名小说，小说的副标题是"三K党的历史传奇"。影片描述了所谓"重建时代的罪恶"，并把三K党美化成被压迫的南方白人的英雄般的大救星。这部电影——或称之为"电影剧"——在全国热映，但它的批评者——尤其是已经成立六年的全国有色人种协进会——谴责它的内容，并在电影院外举行了一系列抗议活动，这促使格里菲斯给这部电影起了一个更好听的名字——《一个国家的诞生》。四月三十日星期五，总统的私人秘书约瑟夫·塔马尔蒂发表声明说："在这部影片呈送之前，总统完全不知道它的内容和性质，也从来没有表达过所谓认可之意。"塔马尔蒂还说，威尔逊当时之所以同意放映，只不过是"出于对一位老熟人的尊重"。

当然，报上还登载了当前这场战争的最新战况。在波罗的海沿岸，德国对俄罗斯的进攻取得了进展；而尚帕涅地区和默兹河一带的拉锯战仍很胶着。德军巩固了伊珀尔突出部的阵地。在凡城省，土耳其人再次袭击亚美尼亚平民；在西部偏远地带，有传言说加利波利半岛的协约国军队已经击溃了土耳其人，但这一说法很快就被证明是不准确的。除此之外，报纸上还有一则美国商船库欣号遭到轰炸的简讯。

西奥黛厌恶战争。她认为错误完全在德国一方，并对德国企图将责任转嫁给英国的行为嗤之以鼻。"他们欺侮了英国那么多年,英国现在也只是体面地遵守着与三国同盟①的协议,他们还想干什么?"西奥黛指的是英国为了捍卫比利时的中立而进行的干预。她希望协约国能取得压倒性的胜利,让德国遭受重创,"不复往日的骄傲与蛮横"。然而,她不希望美国卷进来。去年十月,她获悉自己的一位熟人灵媒收到了如下信息:"在任何情况下,无论局面如何,美国都不应该卷入欧洲的武装冲突。"西奥黛把这条消息转给了威尔逊总统。

当天《太阳报》最令西奥黛关注的一则消息是头版头条关于德国大使馆警告的新闻。这是她第一次看到这件事。在那之前,她看到的唯一一则警告信息,是在丘纳德公司印发的"旅客须知"上,她买完船票收到这个小册子,上面印有包括她在内的头等舱乘客名单,并附有如下提示:"各位旅客请注意,据报,职业赌徒也经常乘坐跨大西洋班轮,请多加留意,并采取相应的防范措施。"

《太阳报》以温和的措辞报道了德国的警告声明,所配标题是"德国采取行动阻止游客海外游"。这则新闻称那份警告是德国发起的一项计划的第一步,目的就是要"在夏天到来之前阻止美国人前往欧洲"。

她将这则消息告诉了弗兰德,并说:"他们绝对会采取行动。"不过,她确信卢西塔尼亚号一旦驶入英国水域就会得到护航。

---

① 德国、奥匈帝国、意大利在维也纳结成的秘密同盟。

这样一想，她又放下了心。

时年三十一岁的内莉·休斯顿当时正在返英途中。此前，她与叔叔婶婶在芝加哥待了将近一年，到了船上，她开始给一个叫露丝的女人写信，那是一封长信，她打算在整个航程中一直写下去。那封信里有许多近乎闲聊的细节。因为增加了不少从卡梅隆尼亚号上转移过来的乘客，她乘坐的二等舱变得非常拥挤，以至于早餐要分成两组供应。她在信中抱怨说，她被分在了早上七点半用餐的第一组，这就意味着她每天早上必须七点钟就要起床。她还写道，白天出奇地冷，她很庆幸带上了那件厚外套。

很多亲友都知道她那天要乘坐卢西塔尼亚号。"我的天！"她写道，"我今天收到了很多包裹。送件的那位乘务员很会逗乐儿，他说他猜今天可能是我的生日。"她的亲友寄来了信件和礼物。"普鲁寄来了一双丝袜，露丝婶婶寄来了一条丝巾和一朵玫瑰。内莉·卡森、威尔·霍布森、汤姆、伊迪丝·克拉斯寄来了贺卡，卢寄来了一封信，我会给他回信。"

有些人仍对她这趟旅行表示担忧。"听说威尔和比都哭了，这让我很惊讶，我认为他们不该如此担惊受怕。"她不喜欢哭，但她这样写道："自从离开后，我觉得自己可没少抹眼泪。"

* * *

进入公海后，特纳放慢了卢西塔尼亚号的速度。远处，三艘大船在雾霭中渐渐显现。这些都是英国的军舰,为确保祖国号和其他德国班轮被封锁在纽约港,它们一直驻扎在那里。特纳命令"全速倒退",让卢西塔尼亚号完全停了下来。

这三艘船中有两艘是巡洋舰,分别为英国皇家海军布里斯托尔号和埃塞克斯号,第三艘是卡罗尼亚号,它本是丘纳德公司的邮轮,现在已经"全副武装",改装成军事用舰了。特纳当过卡罗尼亚号的船长。两艘巡洋舰就停在卢西塔尼亚号的右舷,卡罗尼亚号停在左舷,相距约一链,相当于一海里的十分之一,约六百英尺。三艘军舰各自放下一艘小船,卡罗尼亚号的船长詹姆斯·比塞特回忆道,船上的水手们穿过"打着旋的轻薄雾纱",划向卢西塔尼亚号。三艘小船都载着发往英国的邮件。"洋面上没有一丝风,水面像镜子一般,"比塞特写道,"轻薄的雾气环绕在船的四周,仿佛给船披上了一身素衣。"

比塞特认出了此刻正站在卢西塔尼亚号舰桥上的特纳船长,以及他的副手安德森。他很了解这两个人。几年前,比塞特曾在他俩手下担任翁布里亚号的初级三副,那是一艘船龄较老的客轮。

特纳和安德森走到左舷的桥翼,向卡罗尼亚号舰桥上的同僚们挥手致意。每个人似乎都彼此认识,有的一起共事过,有的是上下级或同级。特纳和安德森回到驾驶舱后,卢西塔尼亚号的二副珀西·赫福德又出现在舰桥左翼上。"他是我一个特别的朋友,"比塞特回忆道。加入丘纳德公司前,他们一度在一艘老旧的不定期货船上共事。赫福德一直十分渴望在卢西塔尼亚号上工作。"现在,他就在那儿。"比塞特写道。

两个人挥舞着胳膊,用旗语互致问候,并互相道别。

"再会!"

"祝你好运!"

"一切顺利!"

三艘小船各自回到了母船,特纳船长下令全速前进。卢西塔尼亚号巨大的螺旋桨在船尾翻腾起滚滚洪流,船开始移动。特纳三次拉响船上的雾号,这代表着"水手的告别"。

通常在跨洋航行时,卢西塔尼亚号上所有窑炉和锅炉都会投入运行,四个大烟囱都会冒烟。但是,战争导致旅客人数急剧下降,丘纳德公司不得不设法降低运营成本。去年十一月,特纳接到公司的指令,要求关闭船上四个锅炉舱中的一个,这样单程可节约一千六百吨煤炭。但这也使船的最大速度降低了百分之十六,从二十五节降低到二十一节,有点儿讽刺的是,这一速度恰恰与该船最初设计的速度相同。尽管看似降幅不大,但还是导致卢西塔尼亚号每天要缩短约一百海里的航程,加起来,跨过大西洋抵达目的地的时间将增加一整天。

军舰上有名男子拍摄了一张照片,据说是卢西塔尼亚号的最后一张照片。照片显示,它当时正行驶在云遮雾罩的大西洋上,只有三个烟囱冒着浓烟。丘纳德公司没有公示这一变化,乘客中也几乎没有人知道这一事实。

四十号房间
节奏

截获到的位置报告：U-20

一九一五年五月一日，星期六

凌晨两点：25D 区 7 号（北纬 55.21°／东经 3.15°）

凌晨四点：157A 区 5 号（北纬 55.39°／东经 2.45°）

早上六点：124A 区 5 号（北纬 55.51°／东经 2.15°）

上午八点：59A 区 5 号（北纬 56.15°／东经 1.18°）

报告结束。

第二部

跳绳和鱼子酱

U-20
"瞎子时刻"

星期天上午八点二十五分，费尔岛已经明晰可辨，就在右舷前方三海里，但从左舷方向，施维格还辨认不出此刻他最希望看到的梅恩兰岛，那是苏格兰北端奥克尼群岛中最大最高的一座岛。

巡航进入第三天，施维格的艇内开始出现新的紧张气氛。当时，他的 U-20 正打算离开北海，即他们称为"欢快的汉斯"的地方，前往苏格兰北部的北大西洋，就在斯卡帕湾的英国海军基地附近，那一带一直受到严密监视。因此，当施维格刚在航行日志上标注完自己的位置就发现远处有两艘英国驱逐舰的时候，他并不惊讶。那两艘驱逐舰不慌不忙的样子表明它们正在执行巡逻任务。

施维格下令快速下潜，然后爬下梯子进入指挥塔，关上了头顶上的舱盖。

U型潜艇下潜的原理很简单，实际操控过程则需要充足的时间，既复杂又危险，还容易导致潜艇暴露，易受攻击。如果艇员训练有素，U-20级潜艇只需短短七十五秒，就可以从完全浮出水面的状态，深潜至足以从排水量最大的船体下部通过。然而，到了危急关头，这个过程的每一秒都显得特别漫长。一些老式潜艇甚至需要两分半到五分钟才能下潜至这样的深度，艇员们戏称这些老式潜艇是"自杀艇"。U型潜艇下潜时就是最脆弱的时候，容易被军舰撞击，或遭到远距离火炮的攻击。只要有一发子弹击穿艇体，U型潜艇就再也无法下潜，它会丧失原来的优势，失去唯一的逃生手段。

操控U-20艇首和艇尾水平舵的艇员立即调整各自的舵面，让潜艇以最快的速度下潜，艇首水平舵面向下，艇尾水平舵面向上。潜艇要下潜，不只是往贮水舱里注水然后下沉这么简单。当潜艇由动力驱动在水中航行时，海水会包围潜艇各面，就像空气作用于一架飞机的机翼和襟翼一样，海水也会在潜艇上形成各种作用力。只有达到特定深度，贮水舱才能注入海水。这个程度点每天都在变化，甚至每一刻都在变化，因为海况在变，潜艇自身的重量也在不断下降，发射一颗鱼雷能使U型潜艇的重量骤减三千磅，食物消耗带来的重量损耗也不可小觑，所以找到这个程度点需要一定的经验。艇上储存食物的盒子和箱子会被扔出去，艇上的淡水每天都在减少，而淡水是维持潜艇重量的重要来源，诸如此类的情况每天都在给潜艇减重。

海水的浮力会随着温度和盐度的变化而变化。在波罗的海下潜要比在含盐更高的北海下潜容易得多。一艘由海入河的潜艇，可能会因为淡水大量涌入而忽然下坠，就像飞机穿过气潭时那样。海水流向和深度变化带来的水温变化也会影响浮力。一次失误就可能导致灾难性的后果，潜艇可能会出人意料地突然跃出水面，暴露在敌方驱逐舰的视线内。

恶劣天气会让事情变得更复杂，巨浪可能会导致水平舵面根本无法完全浸入海水中。潜艇指挥官保罗·柯尼希回忆起一次非常危险的经历：那是一个早晨，当时他们刚浮出水面就卷入暴风雨之中，柯尼希发现附近有驱逐舰的烟柱，于是下令紧急下潜。潜艇下部控制室的艇员打开艇首两侧贮水舱的阀门开始注水，以降低艇首的浮力，可潜艇依然浮在海面上。柯尼希盯着指挥塔上的一扇小窗户，眼看艇首一次次被海浪抛向空中，越来越焦虑。

柯尼希下令将所有水平舵面都倾斜到最大角度并全速前进，希望这样的加速能提升舵面向下的作用力。然而潜艇依然浮在海面上，随着海浪起起伏伏。

终于，两组水平舵面都扎进了海水，潜艇开始下沉。但新的问题又出现了，潜艇以过于陡峭的角度急速下落，柯尼希紧紧抓住潜望镜的目镜才没有跌倒。指示下潜深度的"压力计"显示下降速度惊人，紧接着，有什么东西撞到潜艇，艇内的人以及所有没能妥善固定的东西，都被推挤到了艇首一侧。

舱内一片死寂，控制室中，压力计的表盘发出一道微弱的红光。一位军官打破了紧张的气氛，他说："好了，看来我们到了。"

潜艇以很陡的角度斜立着，将近三十六度。艇尾还在上下摆动，引擎还在运转，"发出一种间歇性的、让整个潜艇都震颤不已的咆哮声"，柯尼希这样写道。轮机长首先明白到底发生了什么，下令立即关闭引擎。

柯尼希明白了。是潜艇的头部扎在了海床上，根据航海图显示，这里水深三十一米，大约一百英尺。他的潜艇长度是这个数字的两倍。在海浪的作用下，潜艇尾部时不时跃出水面，螺旋推进器在空中飞转，搅起的泡沫就像间歇性喷泉，大老远都能看见。柯尼希害怕了——当然会害怕！——这种时候，驱逐舰随时都可以打来一发炮弹，洞穿他们的艇体。

问题已经明确，柯尼希开始指挥艇员往艇尾贮水舱注水，同时让艇首贮水舱排水。渐渐地，艇身升起并复正，而且安全地处在海平面之下。之后，柯尼希下令全速撤离。

* * *

在潜行过程中，时间因素至关重要。当U-20开始下潜，轮机技师会关闭柴油发动机并启用电力引擎，所有通向潜艇外部的通风口和排气口都必须关闭，舱门、舱盖必须紧锁。完成这些步骤后，施维格开始下令往贮水舱注水。空气从顶部的单向通气阀排出，海水由底部的单向通海阀注入。吸入引擎负责抽取海水。为了加快下潜的过程，施维格还会视情况派出若干艇员进入潜艇头部压舱。

一旦 U-20 接近其巡航深度，施维格就会下令将空气泵收回贮水舱，阻止潜艇继续下沉。艇员们总是知道这一刻何时到来，因为泵机的声音简直震耳欲聋。

在控制室，舵手们通过控制水平舵面来保持深度。为了上升到潜望镜深度，他们只通过操纵水平舵面来进行机动，而不会往贮水舱中加注空气。这会使控制更加精准，减少潜艇意外浮出水面的可能性。在水下，U 型潜艇必须时刻保持机动，通过控制水平舵面来保持滚动平衡和航向稳定。唯一的例外是潜艇在浅水区时可以停在海底。至于在北大西洋这样的深海就不可能做到这一点，因为深海海底的压力会压碎潜艇的艇体。不断前行也会引发一个问题，潜望镜伸出来的时候，会在海面上形成一条尾迹——一道白色的羽状水纹，几英里外都能看见。

U-20 完成下潜后，除了那些不会发出噪音的工作，其他行动都要暂时中止。一如既往，艇员们要仔细听是否有渗漏滴点，同时监控内部空气压力。

当潜艇完成下潜、开始在水下行进，并且无须像水上舰船那样不得不在海浪上颠簸，而是像空中的鸟儿那样滑行时，艇员们就会异常激动和兴奋。

然而，它是一只盲鸟。透过指挥塔上的窗户只能看到近在咫尺的东西，而且窗户通常都会被一层钢制百叶窗盖住。像这样的航行需要具备强大的信心，因为施维格无法知晓前方会有什么。这时声呐尚未出现，潜艇是在完全看不见的情况下航行的，只能依赖航海图的准确性。出现在航行路线上半沉半浮的弃船，或是航海图上未能标出的岩石,都会成为 U 型潜艇艇员的噩梦。

周日午后不久,施维格下令让潜艇上浮。现在,正如指挥官们所说的,到了所谓"瞎子时刻",即潜望镜伸出海面前的那个难熬的时段。每个人都仔细听着艇体传来的声音——海水冲击潜艇头部的声音,螺旋桨的轰鸣声。艇员们完全不知道上面是什么情况。施维格透过目镜往外看,发现海水越来越明亮澄净了。用一位指挥官的话说,那几秒钟是"一个人所能忍耐的最惊心动魄的时刻之一"。

对施维格和其他潜艇指挥官来说,最担忧的莫过于潜望镜在一艘驱逐舰附近浮出海面,或者更糟糕,恰巧在驱逐舰的航路上出现。曾经有一次,一艘 U 型潜艇浮出来的时候离一艘船的距离近到黑色船体填满了潜望镜的镜头,指挥官一度以为自己看到的是一种特殊的黑色风暴云。

潜望镜刚刚伸出海面,施维格便飞快地环视周围的情况。他没看到值得担心的情况。这样,相比水面舰船,U 型潜艇就有了绝对优势。施维格可以看到远处蒸汽机船的烟囱冒出的烟雾,但那些船上的瞭望员要到更近的地方才能发现潜艇。

施维格让潜艇完全浮出水面。现在,除了使用水平舵,艇员们还调整了贮水舱里的气水比以增加浮力。在 U-20 内部,艇员们听到一声轰鸣,压缩空气被注入贮水舱,舱中的海水被挤了出去。有时指挥官会选择让潜艇一路上浮,露出甲板;有时他会选择让潜艇与水面"持平",只让指挥塔露出海面,这会让人产生一种在水面上行走的感觉。

* * *

U-20 浮上来了，可施维格发现眼前的情形与最初从潜望镜中观测到的很不一样。前方海面上出现六艘英国巡逻舰，在费尔岛和奥克尼群岛北端的北罗纳德赛岛之间排成了一条线。经过这片水域的船员对北罗纳德赛岛上的灯塔都很熟悉。

施维格观测到身后还有两艘驱逐舰，那天早些时候他就观测到了，但他以为已经甩开了它们。他在航海日志中写道："它们又出现了，冲 U-20 驶来；有一艘转向了我们。"

卢西塔尼亚号

海上星期天

与三艘英国军舰会合之后,特纳船长把速度提升到了二十一节,他希望卢西塔尼亚号在余下的航程中都能保持这个航速。他设定好方位,开始朝东北方向按"大圆航线"航行,这条航线将带他穿越大西洋。现在已是五月,北部海域的冰山正在消融,特纳选择的这条"远道",比夏末和秋季航线偏南。一切顺利的话,特纳将于五月八日星期六的黎明前到达利物浦港外的默西河沙洲。在这个过程中,时间的把控至关重要,因为只有在较高的潮位,大型船只才能通过这片沙洲。开战之前,这算不上什么大问题,假如某位船长到得太早或太迟,只要暂停前行,在爱尔兰海上徘徊一阵子即可。但现在,任何停顿和徘徊都可能是致命的,船长们必须掐着点通过这片沙洲,不能稍有耽搁。

五月二日星期天,卢西塔尼亚号一整天都处在风雨和大雾之中，海面上波涛汹涌，很多人开始晕船。很多乘客都选择待在自己的房间里，但一些精神头十足的人还是走上了甲板，要么打牌，要么让船上的打字员用打字机帮他们写信，或者在游廊咖啡馆里品茶，这里很宁静，像小花园一样，有五盆吊兰、六盆灌木，以及四十多盆绿植。有些乘客在C层甲板上看书，C层甲板也被称作遮蔽甲板，因为上面有一层甲板遮盖，可以挡雨。在旅程中，乘客可以花一美元租上一把躺椅，再花一美元买上一条毯子，船上的人通常把这种毯子称为"小地毯"。

星期天上午十点三十分，两个教派各自举行了仪式：英国国教的仪式在头等舱公共大厅举行，罗马天主教的仪式在二等舱公共大厅举行。很多头天晚上睡得晚的乘客，会在第二天上午十一点左右起床，正好赶上吃午饭。

经历了一个难熬的夜晚之后，西奥黛·波普醒了。她的包房很吵，因为挨着克朗普顿一家的三个包房，这家人太闹腾了，就像那些有六个孩子、其中一个还是婴儿的家庭一样。她很容易失眠，根本受不了这样的噪音，于是找到主任乘务长麦卡宾，让他给自己找一间更合适的包房。中途换包房是件很麻烦的事情，但麦卡宾还是答应了，把她安顿到三层甲板上的新包房里。

二等舱乘客威廉·乌诺·梅里黑内，时年二十六岁，是一名来自纽约的赛车手，他将以通用汽车出口公司"特别代理"的身份前往南非。今天他起了个大早，洗了个"棒棒的咸水浴"——船上的浴缸会提供加热的海水。之后,他穿戴整齐去吃了早餐。"船上有很多人晕船,不过我没有,我感觉好极了。"在给妻子埃丝特的信中,他这样写道。这样的信他每天都要写上一封。

梅里黑内在外叫威廉·梅里·海内,除了旅行的时候。他在俄罗斯的芬兰大公国出生(芬兰于一九一七年独立),一八九三年移民到了纽约。他对速度很痴迷,一九〇九年在布鲁克林的布莱顿海滩飙车,还参加了一场持续二十四个小时的比赛。他还是印第安纳波利斯赛车场于一九〇九年投入使用后第一批参赛的车手之一。他遭遇过两次赛车事故,但都活了下来,其中一次,他那辆洛齐尔被撞得打了两个滚儿,但没伤到他。他还尝试过当飞行员,在长岛花园城的机场遇上了飞行事故,那次,另一架飞机着陆时落到了他那架飞机的顶上。他又毫发无损。妻子说:"他胆子要再大一点儿的话,可能就真的活不成了。"

梅里黑内之所以选择乘坐卢西塔尼亚号,是因为他相信这艘船是"最安全"的。他匆匆忙忙登船,跟妻子和女儿夏洛特告别,却一直没机会打开登船前买的报纸。直到卢西塔尼亚号已经在纽约五十英里开外了,他才读到德国人的那条警告。

但梅里黑内并不担心。这艘船时不时就会遇到法国和英国的战舰。一艘法国无畏级战舰曾调转船头紧追,但被卢西塔尼亚号甩在了身后。

和其他乘客一样,梅里黑内也没有意识到这艘班轮的一个锅炉舱已经关闭,正在降速行驶,尽管这其实很明显,因为第四个烟囱根本就没有冒烟。他一直以为这艘船的速度达到了最高的二十五节,并为此感到自豪。"我们遇到过不少船只,来来往往的,"他写道,"由于我们的速度太快了,没有一艘船能在我们的视线内停留很久。"

梅里黑内也认为英国海军在护卫着卢西塔尼亚号。"显然,"他写道,"一路上我们都有护航。"

那天早上八点,小劳里亚特被包房的服务员叫醒,起床后他洗了个咸水浴。穿戴整齐后,他来到头等舱的散步走廊上,不时停下来跟哈伯德家的人或其他熟人聊上几句。小劳里亚特和旅伴洛思罗普·威辛顿一起,在D层甲板中间的头等舱豪华餐厅吃了早餐。餐厅顶部是描绘着天使形象的圆形穹顶,用餐区域分为两层,餐桌分层摆放,一次可供大约四百七十名乘客用餐。餐厅内部有白色的石膏墙面,带凹槽的古希腊风格圆柱,柱顶是镀金的,棕榈树、盆栽植物点缀其中。室内,似乎所有凸起的地方都贴有金箔,从墙壁最上部那些装饰性的石膏花环、藤蔓,到一处处栏杆扶手,全都金光闪闪。

丘纳德公司的船员和水手对小劳里亚特都很熟悉,在前几次旅程中,他们曾准许他登上轮船前部的无线电天线杆上的瞭望台,并准许他在那里待上一整天。不过,特纳船长不会允许这样的事情发生,在甲板上应付一群讨厌的猴子是一回事,让他们爬上无线电天线杆可是另外一回事。

小劳里亚特对船上的日常活动都很熟悉,比如乘客们会在资金池打赌下注某一天轮船到底能驶出多少英里。池子里的各个位置代表不同的距离,一位高级船员会主持竞拍。乘客要基于自己的判断来押注,要考虑到接下来二十四小时的天气和海洋状况,以及在这种状况下船的航速会有多少。最难预测的因素是雾,持续出现的大雾天气将会极大地限制一艘船的速度,因为应对大雾天气唯一安全的方法就是降低速度,并拉响雾号。资金池以及与之相关的下注策略的制订、争论,还有那些在现场消耗掉的雪茄、威士忌,总是有助于建立友谊,打破礼节和风俗习惯的约束,让乘客更轻松地交往。

据小劳里亚特回忆,星期天是卢西塔尼亚号启程后在海上度过的第一个整天,这一天它航行了五百零一英里。这让他感到吃惊,他以为这艘船是以二十五节的航速行进的,相当于每小时二十九英里,按照这个速度,一天应该能行驶七百英里才对。他估计周期性的大雾是造成这种情况的部分原因,但绝不是全部原因。到了第二天中午,小劳里亚特和威辛顿发现这艘船的速度更慢了。"照这个速度,"小劳里亚特对威辛顿说,"我们是无法按时到达利物浦的。"

小劳里亚特回包房查看了萨克雷的那些画作,开始琢磨让里奇夫人写点儿什么,并筹划着如何把每幅画都裱起来。

* * *

对特纳船长来说,到目前为止,一切都是例行公事,没什么特别的，而且至少在接下来的四天里，很可能会一直如此。大部分时间里天气都还不错，而且在大洋的中部海域遇到德国潜艇的可能性很小。然而，一旦这艘船行驶到爱尔兰附近海域，遭受攻击的危险性就会增加。虽然特纳自己不太担心潜艇的问题，但在丘纳德公司内部，人们越来越强烈地感受到，潜艇的威胁越来越大。

每次远航之前，丘纳德公司都会给特纳提供一些机密动向报告，提醒他注意一些可能影响航行的状况。近来，这些报告和提醒里开始出现海洋军事部备忘录中的一些内容，详细描述了日益增长的潜艇威胁，并就如何应对U型潜艇提出了建议。丘纳德公司的管理层依然认为没有哪艘U型潜艇的指挥官敢攻击客轮，与此同时，他们发现德国开始肆无忌惮地攻击其他商船。U型潜艇现在已经冒险进入利物浦附近海域，商船维多利亚公主号就在默西河沙洲一带遭到了鱼雷攻击。

这些攻击事件促使海洋军事部又提出了警告。丘纳德公司据此向特纳下达命令，要求他停止从马可尼无线电通信机房发报，除非"绝对必要"；还要求他明令禁止船上的无线电操作员发一些"可有可无的信息"，船上的乘客可以收信，但不能发信。除此之外海洋军事部还用斜体字下达了一条警示信息："*务必与那些突出的海岬水域保持安全距离。*"

一九一五年二月，在一份机密备忘录中，海洋军事部发布了一套最全面的指令，并要求船长们把这份文件存在"一处可以瞬间销毁它的地方"。这份文件显示出他们对潜艇威胁还处于认识不清以至于多虑的天真状态。该文件声称，潜艇上的甲板炮是"一种劣质武器"，并表示"大部分潜艇的火力并不具备危险性"。这些文件还提到，假如船只被鱼雷击中，也无须害怕，"只要做好了准备，船员们应该有充足的时间逃生"。该备忘录只字未提乘客在这样的情况下应当如何应对。

但该文件也确实对 U 型潜艇的弱点进行了实际评估，并敦促船长抓住每次机会打击这些弱点。"如果潜艇忽然出现在船的前方，并带着明显的敌意靠近，你可以用最快的速度径直冲向它，必要时请调整航向，确保它位于你的前方。"简言之，海洋军事部要求商船船长在遇到潜艇时把船转变成攻击性武器，去撞击那些攻击者。考虑到潜艇的内部很脆弱，这不失为一种有效的策略，而且在一个月后就得到了验证——英国皇家海军无畏号战列舰撞沉了韦迪根上尉的 U-29 潜艇，为阿布基尔号、克雷西号及霍格约号的死难将士报了仇。这份备忘录还建议，必要时，英国船只可以伪装成中立国的船只，并悬挂中立国的旗帜。"这绝不是一件不光彩的事。船主与经营者有权用各种手段迷惑敌人，让敌人难以区分英国船只和中立国船只。"

备忘录还包含了一项严格的指令，是在阿布基尔号灾难事件发生后制定的："任何英国远洋商船都不得对遭潜艇鱼雷攻击的船只实施救援。"

海洋军事部后来声称，特纳曾在四月十六日收到另外一条建议："战争经验表明，快速蒸汽机船若采用之字形路线航行，可以大幅减少潜艇突袭成功的概率,也就是说,要在短时间内按规律的时间间隔改变航线,比如十分钟或半小时。"这份备忘录指出,军舰在潜艇可能出没的海域经常使用这一战术。

海洋军事部认为特纳从纽约启程时的确收到了这样一份特殊的备忘录,不过,这个观点也许是错的。(后来,丘纳德公司的律师们援引了一项有点儿极端的法律条文来驳斥这一观点,据他们陈述,尽管丘纳德公司相信这份建议被交付给了船长,但公司不知道建议的具体内容。)事实上,这样一份文件是否交到了特纳手上成了一个有争议的话题。英国海洋军事部贸易委员会的确起草了一份关于之字形航行的声明,但一位著名的海军历史专家声称,这一建议直到四月二十五日才由海军大臣丘吉尔批准,五月十三日才分发给各船长和航运公司,那时卢西塔尼亚号已经出发很久了。

即使这份备忘录到了特纳手中,恐怕也很难给他留下什么印象。一是因为这份备忘录并没有命令船长按之字形航行,只是描述了这种方法;其次,那个时候船长们对所谓之字形航行的主张大都嗤之以鼻,没人会真的赞同,大型远洋客轮的船长更不可能真这么做。在他们的船上,头等舱里往往有很多杰出人物,让这些人遭受之字形航行带来的痛苦,似乎是无法原谅的。

现在,在公海上,卢西塔尼亚号保持着二十一节的平均速度,比 U 型潜艇浮出海面时的最高速度快六节,是 U 型潜艇完全潜入水中时最高速度的两倍多。

同时，这一速度比在役民用商船都快。星期天的中午，卢西塔尼亚号轻轻松松超过了美国班轮纽约号，莎士比亚剧目的女演员埃伦·特里此刻就在纽约号上。

那个星期天，德怀特·哈里斯——那位打算前去英国结婚的纽约客——开始盘算万一卢西塔尼亚号真的遭到了鱼雷攻击该怎么办。他这样写道："我看了看四周后决定，如果船行驶到'战区'后真的发生了什么事，我就跑到船头去。"不过，他一定会先拿上他在纽约沃纳梅克百货公司买的定制救生带。

四十号房间—昆士敦—伦敦

保卫猎户座号

四十号房间截获的德国无线电情报让海洋军事部极度焦虑。不过他们担忧的并不是卢西塔尼亚号,而是英国皇家海军战列舰猎户座号,那是英国最强大的战列舰之一,一艘"超无畏级战舰"。现在,猎户座号在英国西南海岸的德文波特已经完成了改装,正准备向北航行,重新加入驻扎在斯卡帕湾的英国大舰队。

五月二日星期天,海洋军事部参谋长"哑巴"奥利弗给第一海务大臣杰基·费希尔送去了一张便条,建议猎户座号推迟起航,他写道:"接下来月象会从圆到缺,我们多等一夜,就少一分风险。"

费希尔表示赞成,下午一点二十分,奥利弗给舰队总司令、海军上将杰利科发了一封电报,命令他延长猎户座号在德文波特的停留时间。当天中午,英国海洋军事部还告知杰利科,"考虑到爱尔兰西海岸西部海域可能会出现潜艇",应当采取防范措施，保护小型船只，比如运煤船和补给船。

接下来几天，奥利弗又向另外两艘军舰——英国皇家海军舰艇格洛斯特号和爱丁堡公爵号——发出了明确警告，并指挥第三艘战舰朱庇特号进入了一条新近打通的航线，即所谓"北部海峡通道"，海洋军事部认为这条航道比其他航线安全得多。此前，由于德国布了水雷，英国海洋军事部一度关闭这条航线，但到了四月十五日，海洋军事部宣布扫雷结束，并立即向海军舰艇开放了这条通道，但没有向商船开放。该通道在苏格兰和爱尔兰之间，呈扩弧形，且两岸布有密集巡逻的皇家海军。

尽管北部海峡通道相对安全，奥利弗还是签发了命令，让几艘驱逐舰为朱庇特号护航。

那个星期天，还有更多消息与北部海峡通道有关。英国海洋军事部贸易委员会负责人、海军上将理查德·韦布，在战时负责掌控和支配英国所有的商船。他接到一则新通知：新近打通的航道现在针对所有船只开放，商船和军用船一视同仁。这就意味着，驶往利物浦的民用货轮和邮轮从此可以完全避开西部沿岸航道，越过爱尔兰的顶端，然后右转向南，驶往利物浦。

韦布上将没有将这个新消息转达给丘纳德公司，也没有转达给卢西塔尼亚号。

星期天的多数时间，英国海洋军事部都追踪着遭到重创后由海军护航拖行的美国油轮戈尔弗莱特号的情况。当天下午四点零五分，有报告称该船"一切安好"。两小时后，该船被拖行到锡利群岛中的圣玛丽岛,船的前甲板几乎全部没到了水下,船尾的螺旋桨反倒露出了水面。

在爱尔兰的昆士敦,美国驻当地的领事打开报纸,第一次读到了德国大使馆前一天在美国报纸上刊登的警告。

领事叫韦斯利·弗罗斯特,当时他在昆士敦的任期刚进入第二年。尽管丘纳德公司最大的班轮因为多次在这里的港口"触底"已经不在此停靠,但昆士敦仍是一个重要港口。弗罗斯特知道卢西塔尼亚号此刻正前往利物浦,但他没怎么担心。"这个警告显然针对的是卢西塔尼亚号,"他后来回忆道,"但对我来说,我怎么都想不到德国人会真的对它下手,这种赤裸裸的罪行,明智的人都难以接受。"

同一个星期天,在伦敦南部,弗罗斯特的上司、美国大使沃尔特·佩奇花时间给儿子亚瑟写了一封信。亚瑟现在是纽约一家出版公司的编辑,这家出版公司由沃尔特·佩奇和合伙人弗兰克·道布尔迪于一八九九年创立。

佩奇是一名彻头彻尾的亲英派。他在信中一贯支持英国,威尔逊总统曾一再因为其立场绝非中立而感到震惊。事实上,威尔逊已经对佩奇失去了信心,但这位大使自己似乎还没意识到这一点。总统已经给了他足够的暗示,经常对佩奇的公报不作回应。豪斯上校现在作为威尔逊总统的个人密使出现在伦敦,这本身就表明佩奇的影响力在减退,但大使仍然没有领悟,他没发现威尔逊总统对他以及他提供的信息已经毫不在乎了。

佩奇经常给儿子亚瑟写信,在这个星期天所写的信中,他告诉亚瑟自己很担忧美国会卷入这场战争。后来的事情表明,这封信似乎有先见之明,简直难以置信。

"也许,炸毁一艘载有美国乘客的邮轮将成为序幕,"大使写道,"我几乎可以预见这样的事情即将发生。"

他继续写道:"如果一艘满载美国人的英国邮轮被炸毁,山姆大叔会做什么?接下来又会发生什么呢?"

U-20
一道危险的警戒线

星期天中午十二点三十分,施维格发现自己落到了敌方巡逻船和驱逐舰的夹缝中,他赶紧又下令快速下潜。从顶端的费尔岛到底部奥克尼群岛的北罗纳德赛岛,停靠着一长串舰船,似乎是一条反潜警戒线。施维格怀疑这条警戒线有可能是这片水域的常驻布防。他在日志上留下一段话作为对其他潜艇指挥官的提醒:"如果真是这样,想白天穿越这条警戒线是不明智的,尤其是在能见度很好的情况下。"

接下来,U-20又在水下航行了四个小时。下午四点三十分,施维格让潜艇上升到潜望镜深度,立刻又发现了一艘巡逻船,离潜艇右舷不远。他只好又让潜艇下潜到巡航深度。

长时间在水下航行对艇员们来说非常难熬,艇内的空气会变得越来越闷热。这种情形对潜艇的电池组尤其不利。即使只以五节的速度行进,一艘U-20级的潜艇在电池组失效之前,最多也只能行驶八十海里。

施维格又让潜艇在水下行进了两个半小时,他在日志中写道,潜艇的电池组开始连续发出噼里啪啦的爆裂声。至此,U-20已经靠电力驱动航行了五十海里。

到了下午七点,施维格再次打开潜望镜,这一次他如释重负,没有发现眼前有什么威胁。"我立即命令潜艇上浮、驶向公海,"他写道,"远离身后的那些巡逻船,它们冒的烟现在还能看到。"

在日志的附录上他提到,假如这道"费尔岛-北罗纳德赛岛"反潜警戒线之外还有其他驱逐舰布防,那他的潜艇就得继续待在水下。"我们的处境就会非常危险,因为我们的电池快要耗尽了。"那里是深水区——对U-20来说太深了——没法潜到海底隐藏起来。如果电池耗尽,施维格将别无选择,只能让潜艇浮出水面,靠柴油引擎驱动,并一直这样行驶,直到成功为电力系统充满电。但驱逐舰的速度是U-20最高时速的两倍多,会毫不费力地追上来,在它充满电之前就开火。

一旦能安全出海并越过苏格兰北部的边缘地带,施维格就打算沿着外赫布里底群岛的西侧走下去,这一带是地处苏格兰西北海岸的一片岛屿堡垒要塞。此处离他计划前往的利物浦近海巡航区还有三天的航程。

海浪已经开始变小,浪高只有三英尺。施维格让潜艇保持在水面航行。晚上九点半,他在日志上签了名,结束了第三天的巡航。

三天过去了,他的潜艇一无所获,连甲板炮都一弹未发。

那天晚上的深夜时分，施维格被叫到指挥塔顶上的掩蔽部，瞭望员刚刚发现一个潜在的攻袭目标。施维格在日志中描述道，那是一艘"巨大的中立国蒸汽机船，船的名字闪闪发亮"。他判断那应该是一艘丹麦邮轮，从哥本哈根出发，准备前往蒙特利尔。施维格应该向"战事领航员"、商船船员兰斯确认了这一点，此人在 U-20 上帮助他们识别船只。有了兰斯的专业知识，再加上可以查询每艘潜艇都有的那本大厚书——有当时在海上航行的几乎所有船只的外形图和描述——施维格就能有把握地确定进入他视线的大型船只的身份。

很明显，施维格可以将这艘丹麦邮轮视为潜在的攻袭目标，但他并没有打算发起攻击。这艘船在他前方很远的地方，速度又太快。他估计这艘船的航行速度至少有十二节，他在日志中写道："攻击这艘船是不可能的。"

这条日志显示了施维格的心态，那就是如果条件再有利一点儿，他会非常乐意发起攻击，尽管他很清楚这是一艘中立国的船只——不仅是中立国，而且离英国很远，所以不可能为德国的敌人运送战时禁运物资。而且，这条日志也显示出施维格对于用鱼雷袭击一艘满载乘客的邮轮毫无顾虑。

卢西塔尼亚号
大比目鱼

从星期天到星期一,天气一直很糟糕,风雨交加,甲板上凉飕飕的。第二天,乘客们接二连三地晕船,只得老老实实待在包房里。

特纳船长每天都会指挥救生艇演习和消防演习,并检查船上各防水隔舱之间的舱壁门。海上救生艇演习和在纽约码头进行的演习不一样,船员们并不会真的放下一艘救生艇,因为在船行驶时这么做可能会给救生艇上的人带来致命的后果。只有等船完全停下来,船员们才能够安全地放下救生艇。

这些日常演习只会用到两艘"应急救生艇",这两艘救生艇一直悬在船舷外侧,以防有乘客落水或者出现其他突发事件。这两艘救生艇编号为十三号和十四号,分别放在船两侧。每天早晨,一小队船员会到船的下风舷即背风一侧的应急救生艇旁集合。高级三副约翰·刘易斯负责指挥演习。船员们列队立正,刘易斯会发出"全体登艇"的指令，然后他们就爬进救生艇，穿上救生衣，坐到指定的位置。之后，刘易斯就会下令解散。

刘易斯还要参与由副船长"苏格兰佬"安德森主持的全船日常检查，这项检查每天上午十点三十分开始，通常由四人随行：随船高级外科医生、助理外科医生、主任乘务长和大管事。他们一行会在主任乘务长的办公室，或称之为"主任公署"的门外碰面，那地方位于B层甲板的中央，正对着两部电梯。人到齐之后他们就开始巡视全船。他们会对客舱进行抽查，按刘易斯的话说，船上的餐厅、休息室、洗手间、锅炉以及过道，从A层甲板直到统舱全都要检查，要看看是不是都"干干净净、井井有条"。他们尤其注意检查所有的舷窗——刘易斯管它们叫"风口"——是否关严实，特别是下层甲板的那些。

船上的检查、演习以及船员们的其他活动，为乘客们提供了某种消遣。船员莱斯利·莫顿因为擅长打很复杂的绳结，成了船上一道小小的风景线。"还记得，当我把一个索眼接到前甲板上的八股钢丝缆上时，围观的乘客们都用赞叹的眼神看着我，那场面，唤醒了我身上所有潜在的表演能力。"莫顿写道。至少据他自己回忆，表演引来了一片"'哇哦''啊呀'，以及倒吸一口气的声音"。

到那时，船上还没有人知道五月一日美国油轮戈尔弗莱特号遭鱼雷袭击的事，也不知道这起事件已经引发华盛顿方面对卢西塔尼亚号安全的担忧。就在袭击事件发生的同一天，德国发表了那份反对穿越战区的公告，而此次袭击行动也表明这一警告并非虚张声势。《华盛顿时报》一篇未指明消息来源的文章写道："尽管个别乘客收到了匿名警告，正式盖章的警告也发在了美国报纸的广告栏上，卢西塔尼亚号还是满载着几百名杰出的美国人，热气腾腾地驶向英格兰。考虑到近期海上战区的发展态势，人们开始担忧这些警告可能不只是说说而已。"文章进一步指出："成百上千的美国人提心吊胆，唯恐家人搭乘的那艘船出事。"

这篇文章还提到，联邦官员对德国人的意图感到非常困惑，每个人似乎都在想着同一个问题："德国政府到底用意何在？难道他们执意要与美国开战吗？"

这篇文章说戈尔弗莱特号事件将会通过外交手段解决，没有人怀疑这一点，"但让所有人担忧的是，越来越多的证据表明，要么是德国在找美国的麻烦，要么就是德国政府并不介意引起麻烦"。

随着卢西塔尼亚号起航，船上那种单调生活正式拉开帷幕，餐饮也变得越来越重要。开始的几天，乘客需要慢慢适应指定的同桌餐伴。这事对于小劳里亚特来说很容易，因为他的餐伴就是他的朋友威辛顿。对于利物浦警探皮尔庞特来说，这事就更容易了，因为他会单独用餐。不过对于那些没有同行人的乘客来说，就可能要和毫无共同语言甚至令人讨厌的人坐在一起了。每个人的性格都不相同，有的讨人喜欢，有的粗野无礼，有的老实胆小,有的自负骄纵。一位年轻的女士发现自己坐在了"一位非常阴郁的家伙"旁边。他们中有的彼此擦出了火花,有的搞得灰头土脸;还有的已经上演起浪漫故事。

然而,船上的餐饮供应总是很好、很充足的,即使是三等舱,虽然总以青灰色的马罗脂豌豆当主食,但还提供威尔特郡的奶酪以及罐头装的梨、桃子、杏、菠萝。头等舱的食物可谓异常丰富,包括各种汤类、各类餐前开胃小菜,以及品类繁多的主菜,而且餐餐如此,不是一个好字所能形容的。这是其中一天的晚餐菜单:奥尔良酱汁大比目鱼、鳎目鱼嫩鱼片配油莎豆、烤黑鲈配肖龙酱(一种用白葡萄酒、青葱、龙蒿、番茄酱和鸡蛋调成的酱汁)、小牛肉排、波特雷斯酱腓力牛排、烤弗吉尼亚火腿、羊里脊、烤凫鸭、填西芹小鸭肉、烤珍珠鸡、牛里脊、牛排骨;此外还有五道甜点——提洛尔风味的舒芙蕾蛋奶酥、巧克力蛋糕、苹果馅饼、巴伐利亚柠檬奶冻、冰激凌(有草莓味和多层风味两种)。这份菜单上的菜品太多了,丘纳德公司觉得有必要打印一份附页,提供一些菜品组合建议,以免有的乘客因选择困难而挨饿。

有的乘客喜欢喝酒,有的喜欢抽烟,不少人两样都喜欢。对于丘纳德公司来说,这是个非常可观的利润来源。公司为了保障船上的供应,装载了一百五十箱黑白狗威士忌、五十箱加拿大俱乐部威士忌、五十箱普利茅斯金酒,另外还有十五箱法国葡萄酒,葡萄酒每箱都装有两种,一种是十一年陈的香贝丹红葡萄酒,另一种是十一年陈的夏布利白葡萄酒;此外还带有十二桶烈性黑啤和十桶麦芽啤酒。船上储存有三万支三炮台牌香烟和一万支马尼拉雪茄,还售卖哈瓦那雪茄和菲利普莫里斯公司生产的美国香烟。为了满足那些抽烟斗的乘客的需求,丘纳德公司还采购了五百六十磅散装绞盘烟丝,即一种切成细丝的块状板烟,以及二百磅的纳尔逊勋爵薄烟片,两者都是四盎司一罐。有些乘客则自行备好了这些东西,头等舱乘客迈克尔·伯恩是退休的纽约商人,以前还担任过县副治安官,他带了十一磅老罗孚烟草和三百支雪茄,显然准备在旅途中吸不少烟。整个航程中船上都飘着烟草的味道,尤其是在乘客们用完晚饭以后。

照乘客哈罗德·斯梅瑟斯特的说法,大家聊天的主要话题离不开"战争,还有潜艇"。

对西奥黛·波普来说,船上这种日子不仅单调乏味,还令人压抑。她从孩提时代起就在与这种精神状态做斗争。西奥黛曾提到,她一度被"过剩的自我意识"折磨。在法明顿的波特女校时,她常常感到沮丧、疲惫。一八八七年她二十岁时,在日记中写道:"我毫无来由就流泪了,头痛了一整天。"校长兼创始人莎拉·波特给了她一些有益于身心健康的建议。"振作起来,"她对西奥黛说,"保持心情愉悦。"但这没用。第二年,也就是一八八八年三月,父母把她送到了费城,让赛勒斯·韦尔·米切尔医生负责检查并照顾她,他是远近闻名的内科医生,主要治疗女患者的神经衰弱症。

米切尔为西奥黛开出的治疗方案是"静养疗法",这种疗法由他提出且闻名一时,主要过程是强制患者静养两个月,什么都不让他们做。"治疗开始后一段时间,病人不能坐起来、做针线活、写写画画或阅读,对于某些病人,这种要求要持续四五周。"米切尔在《脂肪与血液》一书中这样写道:"治疗期间唯一允许病人自己做的事就是刷牙。"他禁止一些病人自己翻身,如果病人一定要这么做,他坚持要让护士帮助。"我会让病人的大小便都在床上躺着解决,然后把她们抬到休息室继续躺着休息,护理人员会用海绵将她们擦拭干净,把她们抬回重新铺好的床上。"对顽固的病例,他会让病人躺在装满水的浴缸里,采用温和的电击疗法。他的治疗方法反映出他对女性的悲观态度。他在《劳损:过度劳累的身体提示》一书中这样写道:"如果女性的脑子里能别想那么多,放轻松一些,她们会做得远比现在好。"

尽管西奥黛认为她最不需要的事情就是休息,但还是遵从了米切尔的静养疗法。她写道:"当我让自己忙个不停,没空去想生活中那些不如意的事情时,总是开开心心的。"米切尔的静养疗法对西奥黛没什么用。事实上,米切尔博士的治疗方案很快就在全国被重新评估。一八九二年,作家夏洛特·珀金斯·吉尔曼发表了一篇颇为有名的短篇小说《黄色墙纸》,抨击了米切尔的静养疗法。一八八七年,即西奥黛接受治疗的前一年,吉尔曼开始接受米切尔的治疗,她患上了后来被人们称为产后抑郁症的病。吉尔曼在米切尔的诊所里待了一个月。后来,米切尔给她写了后续的治疗方案："尽量待在家里。时刻把孩子带在身边。每顿饭后躺下休息一小时。每天的脑力活动不超过两小时。"

还有一条："只要你活着，就再也别碰钢笔、画笔或者铅笔。"

吉尔曼声称米切尔的治疗方案把她逼到了"精神错乱的边缘"。吉尔曼说，她写这个故事就是要提醒那些想去米切尔医生那里就诊的病人，这位"差点儿把她逼疯"的医生是多么危险。

到了三十多岁，西奥黛还在与抑郁症做斗争。一九〇〇年的秋天，也就是她三十三岁的时候，她的抑郁症甚至严重威胁到她对工艺美术和建筑艺术的热爱。"我发现，现实世界正在失去力量，它既不能让我开心也不能让我难过——对我来说，它似乎不再重要。"她曾在日记中这样写道："我转向自己的内在，开始到内心世界寻求慰藉，我还是孩子的时候就总躲在那里。"她对绘画的兴趣甚至也开始减弱，她写道："在我眼里，那些画作很久以前就死掉了——有些作品我是挺喜欢的，但也就是第一眼看过去还不错，之后就觉得什么都不是了，一堆颜料而已；套用一句俗话，它们只不过是'嚼过的柠檬'。"建筑艺术还能吸引她，但她也不那么狂热了。"我对建筑的兴趣一直比对其他艺术形式的兴趣强烈，说实话，我想我对建筑的爱还没有死——没完全死。"她这样写道："我的确厌倦看到那些表面凹凸不平、做工粗糙、色调夸张的鸽笼式房屋拔地而起——我对它们简直恨得咬牙切齿。"

西奥黛总是和埃德温·弗兰德一起用餐，有段时间还曾与一位名叫詹姆斯·霍顿的年轻医生以及一对名人夫妇——玛丽·德帕和她的丈夫安托万同桌进餐,詹姆斯·霍顿来自纽约州东部的萨拉托加温泉市,玛丽·德帕是护士,安托万是内科医生,他俩因救助和照顾战争中负伤的比利时伤员而声名鹊起。过去两个月,德帕一直在筹集资金来支撑他俩的救助工作。现在她正准备赶回欧洲,儿子吕西安即将被派往前线,她希望能赶去见见他。霍顿医生此行前往比利时是去帮助德帕的丈夫,他提到,在卢西塔尼亚号启程的前一天晚上,他刚签署了一份新的遗嘱。

但这些谈话没能打动西奥黛,她这样写道:"我始终相信,这艘船上没人像我一样看淡生死。"

玛格丽特·麦克沃思和父亲D.A.托马斯在头等舱餐厅用餐,与他们坐在一起的是美国医生和他妻子的妹妹多萝西·康纳,康纳今年二十五岁,来自俄勒冈州的梅德福市。她是一位精力充沛、坦白直率的女人。她感觉旅程很无聊,不时说一些过激的言论。有一回她说:"到了英吉利海峡,我还真巴不得发生什么刺激的事。"

麦克沃思注意到,旅客名单上的儿童出奇地多。"我们看到这个人数时很吃惊。"她在日记里这样写道。她认为这是因为很多家庭正举家从加拿大返回英国,想离参战的丈夫和父亲近一些。

麦克沃思很重视德国大使馆的警告信息,并告诫自己,真要遇上了危险,一定要克制住本能的冲动,别立即冲向甲板,而应当先跑回客舱去拿救生衣。

普雷斯顿·普里查德——那位正从加拿大赶回英国的年轻的医学院学生——坐在二等舱餐厅的一张长桌旁,正对面坐着一位叫格蕾丝·弗伦奇的年轻女子,她来自英格兰的兰顿市,是从卡梅隆尼亚号上转移过来的乘客。她似乎对普里查德挺感兴趣,至少觉得这个人值得仔细观察一下。她留意到普里查德打着带有红色条纹的窄领带,并细致地观察到他只有两套衣服,"一套是海军蓝哔叽西服,非常漂亮;还有一套绿色的,是常穿的。"她还注意到了他那枚带有"熔岩石"的领带夹。"我对这样的熔岩石印象很深,因为我父亲就有类似的东西,它们很吸引我,在我的记忆里,父亲的领带上总是别着它。"

普里查德善良、风趣,总有很多故事讲,人也长得英俊。"为了帮我们打起精神,他给我们讲了他的各种旅行经历,对我们每个人都很好,"她写道,"在我难受(晕船)的时候,他帮了我很多,虽然整个旅程中我都很不舒服,但(他)对我特别好。"

她注意到一位幸运的年轻女子——也是英国人——被安排在了普里查德旁边的座位上。弗伦奇小姐略带刻薄地描述了她的潜在对手:"她很矮,有浅棕色头发,蓝眼睛,脸很红,我想她刚去加州旅游过,因为她总说加州多么美、多么好。"她补充道:"他们俩是餐桌上的好朋友。"

除了玩惠斯特纸牌,普里查德还参与了赌里程的游戏和甲板上的其他活动,比如拔河和即兴障碍赛。"我们这群人每天都玩跳绳游戏。"一位年轻的女士回忆道。有一次一个小伙子试图用跳绳套住她，但没成功。普里查德站出来示范了怎么做，他似乎是套索游戏的行家，因为他套住了好多玩家。"在这之后，我再也没见过他。"这位女士说。

她还提到，在这么大一艘船上生活难免会有一些特殊：你可能会遇到形形色色的对你感兴趣的人，但除非那个人碰巧与你同一张餐桌或同一间客舱，又或者你们在甲板上的折叠椅正好挨着，否则你几乎没有机会与之建立更紧密的联系。这艘船太大了，格特鲁德·亚当斯——一位带着两岁半的女儿一起旅行的二等舱乘客——后来写道："船上的人太多了，感觉就像生活在一个小镇上，每天都能看到新面孔，也无从得知他们到底是谁。"

船上很多人居然都记得普里查德，这也证明他很受欢迎。

到了晚上，有些乘客会被安排坐到副船长安德森主持的餐桌上，有时特纳船长愿意克制一下对应酬活动的厌恶，也会邀请乘客同桌进餐。通常特纳更愿意在自己的房间或者在舰桥里用餐。他特别喜欢吃鸡肉，有一回，为了把鸡腿上的肉啃得干干净净，他差点儿把大副逼疯了。

U-20
总是出问题的鱼雷

周一,黎明刚过,U-20航行在湛蓝的海洋与金黄色的天空之间。"天气非常完美。"早上四点的时候,施维格在作战日志上写下了这样一句。潜艇已行驶到苏尔岩礁附近,它是奥克尼群岛西部的一座岩礁小岛,岛上有一座八十八英尺高的灯塔,被称为不列颠群岛中最偏远、最孤立的一束光。

施维格的潜艇继续沿着西南方向行进,他既没有发现攻击目标,也没有看到什么威胁,所以潜艇得以在海面上待了一整个白天。下午六点五十分,天色已近黄昏,他终于发现了一个潜在的攻袭目标——一艘大约两千吨的蒸汽机船。船尾悬挂着一面丹麦国旗,但是施维格的战事领航员兰斯认为这旗帜背后有诈,这艘船实际上应该是一艘从爱丁堡驶出的英国船只。它正朝着U-20驶来,施维格命令潜艇快速下潜至潜望镜深度。

接下来是一整套复杂的操作,这些操作的完成度将决定施维格能否将此纳入他个人击沉船只的吨位纪录当中。舵手们调整水平舵面和垂直舵面时，艇员们要在轮机长的指挥下来回奔跑，帮助潜艇保持平衡。施维格则要在尽可能短的时间间隔里升起和降下潜望镜，既要始终盯住目标，又要避免让目标看见潜望镜及其在海面上拖出的尾迹。

借助测距仪，施维格估算出了这艘船与潜艇之间的距离以及该船的航行速度。判断船速的另一种方法是看船首激起的浪花高度。浪花越高、颜色越白，该船的行驶速度就越快。但如果这是一艘法国战舰，施维格将不得不近距离地仔细观察，因为法国海军会在舰首用颜料喷涂上假的水迹，以干扰U型潜艇指挥官们的判断。

施维格的潜艇上装备有两种鱼雷——一种是老式的铍青铜鱼雷，一种是最新式的G6型鱼雷。G6型鱼雷又叫"陀螺"鱼雷，体积更大，性能更加稳定，但施维格最终还是选择了一枚铍青铜鱼雷，估计是想留着性能更好的鱼雷对付更重要的目标，比如他即将攻击的那些利物浦港口的运兵船。艇员们立即投入发射准备，为那枚鱼雷安装好引爆装置，并将其填入艇首的鱼雷发射管。这样的发射管U-20潜艇共有四具，艇首两具，艇尾两具。

负责操纵水平舵面的舵手们要尽量让潜艇保持平稳，既要避免潜艇指挥塔升得太高而暴露，又要避免潜望镜没入水下而无法瞄准攻袭目标。

那艘船靠近了，完全没有意识到它前方有一艘U-20。施维格指挥潜艇处在与货轮航线呈直角的位置，并缓缓前行以维持"舵效"，即让潜艇按水平舵和方向舵刚刚能够产生舵面效应的最低航速行驶。实际上，潜艇就是一根大炮筒，在发射鱼雷的时候，它必须瞄准正确的方向。

艇首的一名艇员喊道："鱼雷准备完毕。"

鱼雷是一种威力巨大的武器，当然，是在能起作用的情况下。施维格并不信任它们，因为根据德国方面的统计，百分之六十的鱼雷发射行动以失败告终。有的鱼雷在发射后偏离了运行轨道；有的钻得太深，从目标船只的底部穿过；有的鱼雷引爆装置会突然失效；有的弹头没能引爆。

瞄准目标是一门艺术。通过潜望镜极其有限的视野，一名艇长必须能估计出目标前进的速度、航向，以及它与潜艇之间的距离。艇长要瞄准的并不是目标本身，而是目标前方的某一个点，就像在射击飞碟时要做的那样。

艇员中盛传着各种鱼雷出现故障的故事。曾经有一艘U型潜艇发射鱼雷，在二十四小时之内失败了三次。第三次发射时，鱼雷出乎意料地开始转弯，转了一圈又折返回来，差点儿击中潜艇。另一艘主要用于沿海巡逻的UB-109型潜艇，曾经试图在浮出海面的状态下发起攻击。第一枚鱼雷从艇尾发射，刚出发射管就沉了。艇长调整潜艇，再度从艇首发起攻击。根据一份英国情报机构的报告："这枚鱼雷在水面连续跳了五六次，画了一个完整的圆圈，还是没有击中目标。"

鱼雷又贵又重，当时，一枚鱼雷的造价超过五千美元——相当于现在的十几万美元，而且重量超过三千磅，是一辆福特T型小汽车的两倍。施维格的潜艇上最多只能装载七枚鱼雷，其中两枚还是为返航准备的。

如果德国海军关于鱼雷性能的统计数据也适用于施维格的此次巡航，这就意味着，假如他把七枚鱼雷全部发射出去，那么只有三枚能成功击中并引爆目标船只。

施维格的攻袭目标——那艘被判定为悬挂丹麦旗帜的英国轮船还在继续靠近。施维格下令开火的时候，它距离潜艇约三百米，对于一艘U型潜艇来说，这就相当于在做近距离平射。开火令在整个潜艇中一声接一声地往下重复传递着。

接下来本应出现如下情况：鱼雷离开发射管，发出一阵嘶嘶声，艇体一阵震颤，紧接着，随着鱼雷离开潜艇，艇首会突然明显上仰，操纵水平舵的艇员要立即将这一上仰压制住。

可是施维格什么都没有听到，什么也没有感觉到。只有一片沉寂。

鱼雷根本就没离开发射管，发射失败了——一个锁闭装置没能正常打开。

攻袭目标继续前进，驶向了安全的北大西洋深海水域，船员们显然没有意识到自己刚刚与一场灾难擦肩而过。

卢西塔尼亚号
阳光与欢乐

"星期二——今天,甲板上恢复了比赛。阳光好极了。"这则信息来自通用汽车出口公司的威廉·梅里黑内。

"星期二:你应该注意到了,我不是每天都写一封信。星期六的晚上,我给你写好了信,然后上床美美地睡了一觉。我住在上铺,一开始我真不知道自己能不能上去,但我还是试了试,不行,所以我只好叫乘务员给我找个梯子来。他们好像什么都没有,让我等了好一会儿,他想劝我直接跳上去,可我太沉了。"这则信息来自内莉·休斯顿,她今年三十一岁,是二等舱乘客,正准备返回英国。

"很难再找到比我们这群人还欢乐的旅客了,各种年龄段的人都有:待在妈妈怀抱里的婴儿们,大孩子、小孩子,男人、女人，七十岁的老人。"

"白天在甲板上尽情地玩游戏，晚上听音乐会——阳光和欢乐让人很难想到危险。"

以上两则信息来自简·麦克法夸尔，她来自康涅狄格州的斯特拉福德，这次是和女儿一起旅行的，女儿名叫格蕾丝，今年十六岁，她们乘坐的是二等舱。

"随着日子一天天过去，乘客们似乎都越来越享受船上的生活，还都有了这样那样的熟人，一个人横渡大洋时常常会有这样的经历。"这则信息来自小劳里亚特。

"我从来没见过比这更平淡无趣的航程"，这则信息来自多萝西·康纳，她时年二十五岁，来自俄勒冈州的梅德福，是头等舱乘客。

四十号房间
猎户座号起航

五月四日星期二,英国海洋军事部终于下定决心让皇家海军战列舰猎户座号离开德文波特港,但是要采取必要的防范措施,确保这艘超无畏级战舰能尽早安全抵达斯卡帕湾的舰队基地。

海军上将奥利弗命令猎户座号当晚在黑夜的掩护下启程,并严令其先向西航行五十英里,过了锡利群岛再向北转,沿爱尔兰海岸线北上,保持深入外海至少一百英里的状态走完剩下的航程。为此他还派了四艘驱逐舰——英国皇家海军舰艇雷欧提斯号、穆尔森号、明格斯号以及博因河号——为猎户座号护航,直到它抵达深海水域。

递交给海洋军事部的一系列报告提供了猎户座号接下来每一步的变化,包括航速的变化。它已然成为公海上最引人关注的一艘船。

英国海洋军事部的电报记录显示，没有一条消息涉及卢西塔尼亚号。到现在为止，它的航程进入第四天，已经横穿了半个大西洋。

在伦敦，关于新的潜艇目击事件和潜艇攻袭事件的各路消息纷纷送达海洋军事部的战情室：五月二日星期天上午，法国船只欧罗巴号遭鱼雷攻击，在锡利群岛附近海域沉没；一名灯塔看守人报告称自己看到一艘"蒸汽机船正在被潜艇追逐"；一艘英国海军的运煤船弗吉特号，在爱尔兰以西的斯克林礁遭到鱼雷攻击，九名船员获救，并于周一晚间在爱尔兰的戈尔韦市上岸；五月四日星期二清晨，一名目击者报告称海面上有一艘潜艇，就在锡利群岛的弗伦奇曼岩礁的西北方向。他看到这艘潜艇正在向东移动，然后潜入了水中；同一天的凌晨三点十五分，一名海岸瞭望员报告称梅奥郡附近海域出现"一大片火焰"。

但是，在四十号房间，霍普中校和密码破译人员没有捕获到任何关于瓦尔特·施维格的新消息。这艘潜艇已经驶离德国太远，无法与国内进行无线电通信。四十号房间只能推测出，施维格仍在前往其位于爱尔兰海的巡逻区域的途中。

这是海战史上颇令人费解的一刻。四十号房间很清楚有一艘U型潜艇正在往南驶向利物浦——他们既知道这艘潜艇的来历，也知道它现在就在北大西洋的某个地方，还知道它正奉命去击沉运兵船以及能碰上的任何英国船只，还知道这艘潜艇装备有足够多的炮弹和鱼雷，可以击沉多达十几艘船。这就好比已经知道了一个不同寻常的杀手正游荡在伦敦的大街上,随身携带着不同寻常的武器,接下来几天一定会在某个街区行凶,唯一不知道的事情就是行凶的确切时间。

沉默并不代表什么都不会发生。到了某一刻,那艘 U-20 自会向世人宣告它的存在。

U-20
挫折

星期二傍晚七点四十分，施维格终于看到了爱尔兰海岸线。一座灯塔出现在地平线上，在升腾的薄雾中若隐若现。

刚刚过去的这一天实在令人沮丧。海浪很大，让在水下工作的艇员们很不舒服，而且施维格没找到值得攻击的目标。一艘武装打捞舰曾短暂地进入施维格的视线，但他意识到这艘船吃水太浅，鱼雷很可能会从它的龙骨下面穿过去。能见度一整天都很差，尽管到了傍晚时分，能见度开始升高，施维格可以看到远处的物体了，但渐渐聚集的阴霾预示着将会有整晚的大雾。

十五分钟后，一艘蒸汽机船出现，朝着 U-20 驶来。现在它离得还很远，但看上去应该是一艘大吨位的船。施维格命令潜艇下潜到潜望镜深度，准备发起攻击。他调整 U-20，使其与目标船只的航线呈九十度夹角，准备来一个他所说的"干净利落的迎头痛击"。他又一次选择了一枚铍青铜鱼雷。

可当这艘船靠近后,它的整个尺寸却仿佛缩小了。因为昏暗的光线加上薄薄的雾气产生了一种光学偏差,让这艘船一开始看上去很大,但靠得越近,就发现它越小。施维格估计它的吨位充其量在一千五百吨上下。倒也勉强算一个攻击目标。于是施维格开始机动,等这艘船的航线与潜艇的航线正交时,两者之间的距离应该正好为三百米。现在,目标还在一英里之外。

然而等他再通过潜望镜观察时,那艘船已经偏离了原来的航线。施维格不可能追得上这个距离。

即使日志中与此有关的记录不多,但能看出施维格的挫败感。"那艘轮船偏离航线不可能是因为发现了我们。"他这样写道。他认定那是瑞典船只海伯尼亚号:"它有中立国的标志,却没有旗帜。"

施维格让 U-20 升至海面,继续往南航行,据他描述,那天晚上异常黑暗。

伦敦—柏林—华盛顿
婉拒

五月五日星期三，英国海军最高长官、海军大臣温斯顿·丘吉尔离开伦敦前往巴黎。他这样做是相对安全的，因为英国方面已经采取一整套保护措施，包括在英吉利海峡东端布了水雷和水下潜艇拦截网，整个海峡沿岸还有严密的巡防军队，如此一来，德国潜艇若想穿越海峡，就显得太冒进了。丘吉尔此次出行没有公开身份，而且是用假名在酒店做的登记，但其实他的到访也不是什么神秘的事。他将与意大利和法国的官员会面，商定意大利海军如何在地中海布控——意大利已于四月二十六日参战，加入英国、法国和俄罗斯的阵营。然后，丘吉尔计划到前线去与陆军元帅约翰·登顿·平克斯通·弗伦奇爵士碰面并待上一阵儿，后者是英国在法国的远征军指挥官。之前丘吉尔就经常与他会面。

丘吉尔不在，海洋军事部就变得格外安静。通常情况下，对于海军事务他总是亲力亲为，包括日常运作上的一些细节——这类事情，至少从理论上讲，都应该留给海洋军事部的二号人物、第一海务大臣去处理。这就导致四十岁的丘吉尔与七十四岁的第一海务大臣、海军上将杰基·费希尔——前海军大臣——产生了直接冲突。

如果说丘吉尔像一只斗牛犬，那费希尔就是一只鼓着眼睛的大蛤蟆，他长得酷似后来的著名演员拉斯洛·勒文施泰因——更为人熟知的艺名是彼得·洛尔。跟丘吉尔一样，费希尔也相当固执，海洋军事部的大小事务他都会亲自过问。当两个人同时在场时，气氛通常都很紧张。一位海军军官在写给妻子的信中说："两人都很坚强，也很聪明，年长的那位老谋深算且经验丰富，年轻的那位非常自信、自满但不够沉稳。他们待在一起的场景很古怪。他们没法一起工作，不能共同主政。"丘吉尔似乎执意要越俎代庖，海军情报总监"眨眼狂人"霍尔曾经这样写道：丘吉尔的"精力和工作能力简直让人恐惧"，"便签和备忘录源源不断地从他的房间涌出，昼夜不停，问题涉及方方面面。更糟糕的是，他会插手过问那些通常按规矩只需要报告给第一海务大臣或总参谋长的问题，多次讨论造成了工作混乱，并招致了一些不当的指责"。

让他俩关系变得更差的一点是，费希尔似乎濒临精神失常了。霍尔曾经这样写道："渐渐地，在海洋军事部里，我们全都意识到，大家以往熟知的那个费希尔现在已经不在了。取而代之的是一个精疲力竭、理想破灭的人，他正在透支自己，却力图支撑下去。他身上可能偶尔还会闪现一丝昔日的辉煌，但是在表象之下，他的内心早已枯萎……大家都能预感到，他彻底瘫倒的那一刻随时可能到来。"英国大舰队总司令、海军上将杰利科同样忧心忡忡，四月二十六日，他给同僚写了一封信："总部现在的情况正如我担心的一样，甚至更糟。照现在这样下去，结局必定令人惋惜，而且，毫无疑问的一点是，大舰队正在对上层失去信心。"

丘吉尔认可费希尔的热情和过往的才干。"可他已经七十四岁了，"丘吉尔在给心腹的信中如此写道，"就像是一座屹立已久、饱经风霜的巨大城堡，内里雄伟的中心主楼尚完好无缺，仿佛会永远屹立不倒，但外垒和城垛都已倒塌，傲慢专横的主人只能待在熟悉的专属房间和走廊里。"然而，这正是丘吉尔愿意请费希尔回来担任第一海务大臣的原因："我让他来，就是因为我知道他又老又虚弱，这样我就能够把事情都牢牢抓在自己手里。"

到了一九一五年五月，丘吉尔写道，费希尔开始遭受"极度神经衰弱"的折磨。丘吉尔去巴黎后，费希尔开始接手负责海军事务，但他似乎很难胜任。"留下他独自一人掌管海洋军事部，他开始毫不掩饰地表现出不堪、困窘和焦虑，"丘吉尔这样写道，"毫无疑问，这位老海军上将因为目前的巨大压力以及一些重大事件的进展而几乎焦虑得丧失理智。"

丘吉尔离开英国后发生了一件事，似乎进一步加深了他对费希尔心理健康状况的担忧。动身去法国之前，丘吉尔曾跟妻子克莱芒蒂娜说过："替我照看一下那个'老男孩'。"于是，克莱芒蒂娜就在某天邀请费希尔共进午餐。对于费希尔，克莱芒蒂娜既不喜欢也不信任，也怀疑丈夫不在时他能否扛住独自管理海洋军事部的压力。不过午餐时光还不错，随后费希尔起身离开，或者说克莱芒蒂娜以为他已经离开了。

没过多久，克莱芒蒂娜也离开了起居室，却发现费希尔竟然还在她家里，丘吉尔的女儿玛丽看见他"鬼鬼祟祟地待在过道上"。克莱芒蒂娜很吃惊。玛丽回忆道："她问费希尔想干什么，于是，费希尔很唐突且有些语无伦次地告诉她：'你肯定以为温斯顿此刻在与约翰·弗伦奇爵士商谈，但实际上他正在巴黎跟情人鬼混！'"

对于克莱芒蒂娜来说，这样的控告简直荒唐可笑，她立即打断了他："安静点儿，你这个傻老头，快出去吧。"

丘吉尔去巴黎后，海洋军事部平日里不断收发文件、电报的景象戛然而止，费希尔的助理曾这样描述往日的情景："一天到晚，备忘录和会议纪要都在狂轰滥炸，问题涉及所有你能想到的主题，无论是技术性的还是其他方面的。"相对于平时办公大楼里的一派喧嚣，海洋军事部现在到处都安安静静的，或许用"漫不经心"来形容更合适。

在美国驻柏林大使馆，大使詹姆斯·W.杰勒德收到了德国外交部的一份简报，只有区区两段文字。五月五日星期三签发的这封电报援引了以下事实：在过去几周，"接连发生"中立国船只在划定的战区被德国潜艇击沉的事件。对于其中一起事件，该简报声称，U型潜艇击沉这艘中立国船只大概是"因为在黑暗中，看不清该船的中立国标志"。

简报敦促杰勒德将这些事实传达到华盛顿，并建议美国政府"再次警告美国船运界，没有相应防护时请勿穿越战区"。该简报还说，中立国船只必须保证中立国标志"尽可能清晰，一旦夜幕降临，要立即照亮中立国标志，直到白昼来临"。

第二天，杰勒德将简报转达给了美国国务院。

在华盛顿，威尔逊总统发现自己陷入了一场情感旋涡，个中原因与舰船、战争并无关联。

他发现自己已经深深地爱上了伊迪丝·高尔特，并且觉得马上就要从孤单的情绪中走出来了。五月四日星期二的晚上，威尔逊派人用那辆皮尔斯箭头牌轿车去接伊迪丝，带她到白宫共进晚餐。她回忆说，她当时穿一件白色绸缎晚礼服，"礼服上缀有奶油色的花边，深方形的领口边缘点缀着一抹翠绿的天鹅绒，她还搭配了一双绿色的浅帮便鞋"。后来，威尔逊带她去了白宫南骑楼，他俩单独坐在那里，没有随从。夜风暖暖的，空气中弥漫着华盛顿春天浓郁的香气。他告诉她，他爱她。

她惊呆了。"哦，你不能爱我，"她说，"你还不了解我，而且你妻子去世还不到一年。"

威尔逊不慌不忙地说："正因为了解你，我才担心吓着你，但是我想当一个绅士，所以如果我想继续这样找机会见你，就必须告诉你那句我已经告诉过我女儿和海伦的话：我想让你做我的妻子。"

所以这不仅是在示爱,也是在求婚——这是一番震撼人心的宣言。

伊迪丝拒绝了他。那天晚上,在威尔逊把她送回公寓之后,伊迪丝反复掂量,写了一封信婉转提及拒绝的理由。"夜已经很深了,"她写道,那时已经是五月五日星期三的凌晨,"你走之后,我就一直坐在窗前的大椅子上,望着窗外的夜色,整个人都异常清醒,激动之心难以平复!"

她告诉他,他倾诉的爱意和诉说的孤独都让她痛苦不堪。"我多么想为你做点儿什么啊!如果可以与你共同承担那些责任,共同面对那些紧张可怕的日子,我会视为殊荣,感到异常愉悦。当我想起今晚你对我说起的那件天大的事情时,我是那么激动,激动到浑身战栗。可我是多么微不足道,该拿什么来回报你呢?我什么都没有,我是说我没有任何东西能与你、这世间最伟大的礼物相配!"

接下来,伊迪丝也像历史上那些深陷情感纠葛的男女一样,为了避免永远失去一位朋友,开始软化拒绝的态度。

"我是个女人——一想到你需要我,我就感到异常甜蜜!"她继续写道,"但是,我心心相印的人啊,你能不能相信我,让我带你走出此刻的心境?你没有因你无所畏惧的诚实而丧失一切,只要我们坦诚相待,就没什么值得畏惧的——我们将永远相互帮助,相互激励。"

她继续写道:"你一直对我以诚相待,唉,或许,我所说的这些太过直白——如果真是这样,那就请你原谅我吧。"

那天上午晚些时候,太阳高悬,时光缓缓流淌,伊迪丝和海伦·博恩斯又来到岩溪公园散步。她们坐在岩石上休息的时候,海伦瞪着伊迪丝说:"今天早上,伍德罗表哥看上去真的很难受。"海伦爱自己的表哥,遇事总护着他。她给他取了个"老虎"的绰号,不是因为他有什么不得体的行为和嗜好,"而是因为他被关进了白宫这座牢笼,既悲惨又可怜。他渴望像她那样出去走走。威尔逊的这个样子让她回想起看过的一只威风凛凛的孟加拉虎,它就被关在笼子里,与上帝赐予它的那个广袤天地隔离开,它一刻不停地在笼子里来回走动,对笼子充满了怨恨"。海伦说着说着突然放声大哭:"我以为他的生活终于开始好转,有了一些幸福!"她说:"可是你却跑来伤了他的心!"

就像电影里那些不可思议的桥段一样,格雷森医生忽然骑着马从附近树林里冒了出来,骑的居然还是一匹高大的白马。他问海伦发生了什么事,海伦很快说她只是绊倒了。"我不认为他相信她说的话",伊迪丝写道,"不过他假装信了,然后就骑马走了。"

他来得很及时,伊迪丝继续写道:"那会儿我觉得自己就像个罪犯,正为自己那忘恩负义的卑鄙行径感到内疚。"她试图向海伦解释,自己不是什么"妖魔鬼怪",只是不能"答应自己还没什么感觉的事"。她告诉海伦,她明白自己"正在(威尔逊)非常在意的事情上玩火,因为他对这件事情的态度异常坚决,似乎一刻都不愿再等待。但是,她的确需要时间去弄清自己的心"。

伊迪丝的拒绝让威尔逊伤心欲绝，再加上世界大事的纷扰，他感觉自己几乎迷失了方向。连英国的所作所为也越来越让人恼火。为了阻止战备物资流向德国，英国军舰开始拦截美国船只，查封扣押美国的货物。在战争初期，威尔逊担心英国的行动可能会激起美国公众的愤怒，导致两国发生严重的冲突，所以一度靠外交努力让紧张局势暂时得到了缓解。但到了一九一五年三月十一日，作为对一个月前德国公布"战区"的回应，英国政府发布了一道新的令人震惊的枢密令，对所有驶往德国或从德国发出的船只实行禁运，无论这些船只是否属于中立国；甚至禁止船只驶向中立国港口，确保他们的货物不会落入德国人手中。此外，英国还增加了许多今后会被视为禁运品的货物条目。这道枢密令激怒了威尔逊，他发表了一份正式抗议书，称英国的行动计划"几乎完全无视当下和平国家的主权"。

这份抗议无济于事。尽管美国国务院确实成功将某位美国社交名流的汽车从禁运船上送回，但美国货运商的抱怨还是蜂拥而至，因为他们的货物大多被扣留或没收了。对英国来说，这个问题关乎生死存亡，无法妥协。正如英国驻美大使塞西尔·斯普林·赖斯去年秋天所写的那样："我们正在为生死存亡而斗争，防止战备物资流入德国的军队和工厂当然至关重要。"

美国的中立似乎越来越难以维持。在给女性朋友玛丽·赫尔伯特的信中，威尔逊这样写道："英国和德国可能会把我们逼疯，这两个国家就像疯了一样，经常制造不必要的挑衅。"

尽管如此，威尔逊还是认识到两方在打击敌方的商业运输方面存在根本差异。皇家海军表现文明，经常对收缴的违禁物品做出赔付，而德国似乎越来越倾向于不作警告就击沉商船，即使是那些带有中立国标志的船只。戈尔弗莱特号遭鱼雷攻击就是明证。在国务院内部，副国务卿罗伯特·兰辛警告说，鉴于戈尔弗莱特号遇袭事件，美国有责任遵守威尔逊总统二月发表的声明，对德国的行动"严正问责"。威尔逊没有公开发表评论，但他和国务卿布赖恩在与记者的内部谈话中暗示，政府将采取明智的方式对待这一事件。五月五日星期三，《纽约时报》发布了头版消息："在查明所有事实得出定论前，美国政府不会采取正式的外交行动。"

事实上，戈尔弗莱特号事件一直困扰着威尔逊。这毕竟是一艘美国船只，还造成了三人死亡，更重要的一点是，袭击前德方没有发出任何警告。虽然这起事件还没有严重到让威尔逊总统将国家拖入战争，但也确实需要做出某种抗议。周三，威尔逊给仍在伦敦的朋友豪斯上校发了海底电报，就应当对德国做出何种回应咨询他的建议。

豪斯建议起草"一份措辞严厉的照会"，随后又说："我担心随时会发生更严重的攻击事件，因为他们似乎不考虑后果。"

卢西塔尼亚号
载货清单

在卢西塔尼亚号上,《丘纳德日报》向乘客提供了最新战况的跟进报道,但就像陆地上的同行一样,这份日报的记者也只是报道了大规模的军事行动,就好像战争只是一场掷骰子、码方块的游戏,与那些血肉之躯无关。这些报道也没有描述当时地面战场上展开的那些战斗的真实情况,尤其是在达达尼尔海峡一带,协约国的海上进攻和地面进攻都已陷入僵局,英法军队已经在阵地上挖出了西线的那种战壕。

战斗中最可怕的就是冲出战壕的那一刻——站起来,爬上去,士兵们明明知道一出去就要经受敌军的枪林弹雨,却一直要向前冲,直到攻势结束。无论双方谁获胜——这里所谓胜利就是己方阵地向前推进了几码,所谓失败也就是失去几码阵地——不变的一点是,大批官兵就要在这样一场战斗中阵亡、受伤或失踪。"我永远都不会忘记我们不得不从战壕的掩蔽中离开的那一刻。"英国二等兵里德利·谢尔登这样写道,他在这里提到的是在土耳其加利波利半岛西南端赫尔勒斯的一场战斗。"当你迈出第一步时,的确很恐怖——你必须直面最猛烈的枪炮袭击,清楚自己随时可能被击中;但如果这时没有中弹,你就会多几分勇气;你会看到两旁那些和你一样的人,这会激励你下定决心勇往直前。冲!我们带着装好的刺刀跨过矮墙——我们这一列战士就像风一样。但是这个过程就像谋杀,战士们纷纷倒下,就像镰刀下的玉米。"

伤者只能露天躺着或躺在大弹坑里等担架员到来,他们可能要等上几个小时甚至几天。伤情小到被弹片击中,大到各种致命伤。"我回到了战壕,随着烟雾散去,我被眼前的一幕惊呆了。"同在赫尔勒斯战场上的陆军上尉艾伯特·缪尔这样写道。一枚炮弹落在了他的战壕里,前一刻,他还在那里写着命令,准备交给两名传令兵。一名传令兵活了下来,另一位没有。"他的身体和头颅被炸开了四五英尺。我的两个通信兵也遇难了,肢体都已残缺不全,情状之惨,不忍述说。"

在赫尔勒斯的另一个地方,丹尼斯·莫里亚蒂中士和他的皇家明斯特燧发枪手第一团击退了土耳其人的一次进攻,战斗从晚上十点打响。"他们匍匐前进,一直爬到我们的战壕前,他们有好几千人,嘴里一直大叫着'真主啊!真主!',那一声声咆哮让夜晚变得既恐怖又狰狞,我们只得不停地扫射他们。"有些土耳其士兵设法爬进了莫里亚蒂的战壕,"土耳其人开始和我们的士兵肉搏,然后这些恶魔竟然拉响了手榴弹,战斗结束后,你只能通过尸体上的军牌去辨认死去的同伴。上帝啊，天亮以后，我们的眼前是怎样一番场景啊！"到一九一六年一月，协约国的进攻部队最终撤离时，大约有二十六万五千名协约国士兵和三十万土耳其人失踪、受伤或死亡。

在近海集结的舰船上，官兵的日子也好不到哪儿去。无敌舰队的阵容十分壮观——从小小的扫雷艇到巨大的无畏级战舰，有好几百艘。但这些舰船有不少都在土耳其军队高地炮火营的射程内，土耳其人轻而易举地就可以把成千上万吨烈性炸药投到这些舰船的甲板上。法国战舰絮福伦号被炮弹击中，一座炮塔立即被摧毁，在船体深部引起大火；另一发炮弹摧毁了舰前部的一根烟囱。为了鼓舞士气，海军少将埃米尔·盖普拉特走下舰桥，查看舰艇的受损情况。他写道："现场的状况异常悲惨，令人毛骨悚然：火焰烧毁了一切，那里已经是一片废墟，就在几分钟前，那些小伙子还是那么机敏、那么自信，现在都死在了光秃秃的甲板上，烧焦的骨架已经发黑，横七竖八地躺着，身上没有一片衣服，大火吞噬了一切。"

卢西塔尼亚号上还是一片安静祥和。人们看书，抽雪茄，品尝精美的食物和下午茶。船上的生活照旧轻松愉悦：人们在甲板上悠闲地散步，在船舷栏杆边聊天，有的在做钩针编织，有的静静地坐在甲板的躺椅上吹着海风。时不时地，一艘小船会出现在远处的海面上，离近了一看，是鲸鱼。

回到纽约。五月五日星期三，丘纳德公司最终向海关提交了一份卢西塔尼亚号的完整载货清单。与轮船出发前由特纳船长签署提交的那份仅有一页的清单不同，这一"补充清单"长达二十四页，列出了三百多件托运货物。

清单上有麝鼠皮、坚果、蜂蜡、培根、盐砖、牙科用品、猪油制品、桶装牛舌，以及奥的斯电梯公司的机器设备，还有足够多的糖果——一百五十七桶——以满足利物浦所有小学生的幻想。这份清单上还列出了一箱"油画作品"，主人是一等舱乘客休·莱恩，一位都柏林的艺术收藏家。事实上，把这批货物描述为油画作品未免太谦虚。这些画作投保了四百万美元（相当于现在的九千二百万美元），据说包括鲁本斯、莫奈、提香和伦勃朗的作品。

船上有五十桶加九十四箱铝粉，以及五十箱青铜粉，在一定条件下都极易燃爆，这是很大的隐患，却符合美国的中立法；同时，船上还装有一千二百五十箱由伯利恒钢铁厂生产的榴霰弹型弹体，供给英国军队，是西部前线的急需物资，那里的英军因严重缺少弹药而行动受阻。（丘吉尔曾经这样写道："驻法英军消耗弹药的速度，哪个军事管理机构都扛不住。"）这些榴霰弹弹体只填充了最小当量的炸药，本身的特性是惰性的，没什么危险；它们的爆炸引信被单独包装存放。负责推动弹体从炮管中发射的、填充烈性炸药的那些弹药筒没在这艘船上，它们随后将在英国一家兵工厂里完成组装和配套。

据清单显示，这艘船上还装载四千二百箱雷明顿步枪弹药，总重约一百七十吨。

U-20
总算有了点儿斩获

五月五日星期三，浓雾一上午都弥漫在爱尔兰附近的海面上。从凌晨四点开始，每次透过潜望镜查看天气情况，施维格看到的都是黑漆漆的模糊一片。为了节省电力，他让 U-20 保持偏南低速航行，航速大约为五节。到了上午八点二十五分，施维格断定能见度已经好转，足以让潜艇浮出水面，尽管他周围依旧浓雾笼罩。

施维格的艇员关闭了两个电动引擎，启动柴油动力系统，让 U-20 按巡航速度行驶，同时给蓄电池组充电。在他左边，沉沉雾霭之中是爱尔兰的西南海岸线，那里耸立着一排密集的礁石悬崖，犬牙交错，紧邻北大西洋。他很快就会驶过瓦伦西亚岛，英国人在那里建有一套功率强大的无线电信号发射装置。施维格的收发员现在正接收瓦伦西亚发射塔发来的高强度信号，却无法破译密码、读不出这些信号传递的内容。

U-20继续在雾霭中穿行。到了中午十二点五十分，施维格断定已经行驶到灯塔岛，但他现在还看不到。灯塔岛是英国最著名的海上地标，也是通往当时所谓"西线通道"的路标。十九世纪那些移民美洲大陆的爱尔兰人，把这里看作"爱尔兰的泪滴"，因为这是他们在船只驶入北大西洋之前能看到的最后一点儿属于爱尔兰的地方。就是在这里，施维格下令左转，开始沿爱尔兰南海岸向利物浦方向航行。这里是一片巨大的漏斗形海域的上缘，被称为"凯尔特海"，在这里，归航的各路船只会从北方、西方和南方进入。对于U型潜艇来说，这是一处完美的狩猎场，可施维格现在毫无发现。

他这样写道："虽然我们就守在主航道上，天气也渐渐放晴，但整个下午我们一艘蒸汽机船也没看到。"

随着能见度变高，不久后施维格看到了爱尔兰海岸，但持续时间并不长。接下来三个小时，U-20一直在海面巡航，但一艘船都没遇上。傍晚的薄雾又一次在海面上缓缓升起。

快到五点的时候，施维格在科克郡沿岸发现了一个目标，乍一看，他以为是一艘巨大的横帆帆船。在薄雾的笼罩下，那艘船显现出优美的剪影，三根桅杆上的船帆高高鼓起。其他U型潜艇指挥官多半不愿去击沉这样一艘船，施维格对此却没什么触动，在他眼里，这只是一个猎物。施维格命令U-20转向那艘船，艇员们为甲板炮装填好炮弹并开始瞄准。

施维格靠近后却又一次发现被光和雾愚弄了。这艘船的确有三根桅杆，但只是一艘小小的纵帆船。施维格向这艘船发出信号命令其停下。尽管此前他多次不给警告便向遇到的船只开火，但这会儿，他却愿意暂时遵守一下海上战利品法则。"我们确定潜艇靠过去没有危险"，他写道，"然后，就朝着帆船的船尾开了过去。"

他命令纵帆船船长和四名船员弃船，并让他们将该船的国籍登记证书和货物清单交给U-20。证书和清单表明这艘帆船来自利物浦，名为莱瑟姆伯爵号，它装载着利默里克郡的石料，总重为九十九吨。

纵帆船的船员们划船离开，施维格命令炮手瞄向这艘船的吃水线开火。尽管这艘船尺寸很小，很明显载货量也不大，但它还真是一个不太好对付的打击目标。一发又一发，炮弹轰隆隆地越过海面，在船体旁边爆炸，施维格的炮手发射了十二发炮弹才把它炸沉。

* * *

又过了几个小时，夜幕降临，雾也浓了起来，施维格发现了另外一个目标。一艘蒸汽机船从浓雾中出现，与潜艇离得非常近，施维格都来不及做好攻袭准备。他赶紧调转U-20的方向，让潜艇离目标远一点儿以获得一些机动距离，但一直让潜艇保持在海面上。那艘轮船停了下来，看起来是以为U-20会遵循海上战利品法则，对他们进行盘查。

从外观上看，这艘船大约有三千吨，似乎来自挪威，但施维格和战事领航员兰斯都觉得不太对劲。船体上的标识喷涂位置异常高，施维格怀疑他们是涂在了舱盖布上。

施维格准备用鱼雷进行攻击。他选了一枚铍青铜鱼雷，设置在八英尺的深度发射。当U-20距离那艘蒸汽机船大约三百三十码的时候，施维格下令开火。

他没得手。

鱼雷的压缩空气引擎排出的气泡浮上水面，这暴露了鱼雷的运行轨迹。就在这颗鱼雷按设定轨迹向目标行进时，蒸汽机船忽然调转方向加速驶离。施维格也只能承认，那枚鱼雷是掠过了船尾，或者从船尾下方穿了过去。

现在，轮到施维格逃了，他害怕这艘船上配备有武器。"发射鱼雷后，我急忙掉头驶离，以免有遭袭的危险，"施维格这样写道，"也是出于这个原因，我没有考虑再次发起攻击，那艘蒸汽机船很快就消失在雾中。"

那天晚上八点十分，施维格写下日志，认真反思了此前发生的这一幕。他写道，在接近目标时，鱼雷似乎突然失速了。"考虑到我们的位置很有利，而且这艘船不可能跑出多远，我一度认为此击必中，不可能出现其他情形，鱼雷发射之后我仍是这么想的。"不可思议的是，这艘船就是在完全停止的状态下开始加速并逃脱的。

随后的一个小时，浓雾又笼罩了海面，施维格不得不让潜艇再次潜入水下。海上巡航的第六天又要结束了，他全部的收获就是击沉了一艘九十九吨的帆船。

目击报告

来源：金塞尔角负责人
报呈：海洋军事部

一九一五年五月五日

下午七点五十五分
下午八点五十二分

东南方向一英里，发现一艘五人小船，船上的人用船桨支起衣服求救。我队派出 D145 号蒸汽动力漂网渔船前往搭救，随后赶往金塞尔。

金塞尔海岸巡防队报告。

四十号房间
施维格现身

五月五号星期三夜间,驻扎在老金塞尔角——爱尔兰昆士敦附近凯尔特海域的一处海角——的观测人员最先发出雾中听到炮声的报告。水手们都知道老金塞尔角,常常用它来标定方位。

金塞尔这则消息后面还附有一份报告,称纵帆船莱瑟姆伯爵号在老金塞尔角附近海域被击沉。消息转而呈给了"眨眼狂人"霍尔和第一海务大臣费希尔,费希尔现在临时掌管着海洋军事部。丘吉尔预计在当晚午夜时分抵达巴黎。当晚十点四十六分,伦敦又收到最新消息,称纵帆船的船员已经获救并被送到了金塞尔,该消息还附有由四十号房间汇编的 U-20 航行轨迹记录。据获救的船员报告,他们最后看见潜艇时,它正朝东南方向的一艘大型蒸汽机船驶去。

大约在同一时间,一封发自昆士敦海军中心的电报也到达了海洋军事部。英国船卡约·罗马诺号的船长报告称,在灯塔岛附近海域，他的船曾遭到一枚鱼雷追袭，但他没看见发射鱼雷的潜艇。四十号房间再次记录下来，并将消息呈交给了霍尔和费希尔。

然后，第四份消息又到了，照例呈送相关人士传阅。有目击者称，在大石礁灯塔——停靠在昆士敦海港入口处的一艘航路标志灯船——往南十二英里处发现了一艘潜艇，目击时间是晚上九点三十分。

将这些攻袭发生的地点和之前截获的电报比对一下，至少有些人——总参谋长奥利弗、霍尔上校或费希尔——很容易看出，这些报告中提到的那艘潜艇就是瓦尔特·施维格艇长的U-20，毕竟现在施维格的潜艇就在英国一条主要航道的中心地带游弋。四十号房间关于那天晚上U-20行踪的详细记录中，还包括一条精准定位："北纬51.32°，西经8.22°"。这些坐标显示，U型潜艇就位于老金塞尔角的东南偏南一带。

海洋军事部很清楚，卢西塔尼亚号很快就会穿过这片水域，但并未直接向特纳船长提供这天晚上的信息。与此同时，备受瞩目的皇家海军舰艇猎户座号仍在驶往斯卡帕湾的途中，被指派担任护航任务的四艘驱逐舰一直护卫着，直到它安全进入大西洋后向北航行，它们才会返航。这四艘驱逐舰返航的位置就处于U-20最后一次被报告出现的那片海域，而且卢西塔尼亚号很快就要从这里经过，然后前往利物浦。没有人想到用这些驱逐舰为卢西塔尼亚号护航，其中的博因河号直接返回了德文波特，另外三艘途经锡利群岛返回。

229

猎户座号继续一路向北，以 Z 字形航线前行，速度为十八节，U 型潜艇普遍达不到这一速度。

卢西塔尼亚号的跨洋之旅进行到了第五天，它孤零零地驶向英国，尽管它秘密装载着珍贵的来复枪子弹和急需的榴霰弹弹体，却没有任何船只护航，或者说，就没有人准备派船只为它护航，也没有人发出指令让它转道去新开通的、更安全的北部海峡航道。

没有采取保护措施也可能只是因为一时疏忽，因为丘吉尔去了法国，费希尔被其他事情折磨得焦头烂额。不过，这一年早些时候，丘吉尔曾给英国贸易委员会主席沃尔特·朗西曼写过一封信，信中提到："最重要的是要吸引中立国的船只抵达我们的口岸，尤其希望美国因为德国的行动而被卷进来。"鉴于此，这一结果的严重性不言而喻。

尽管没有明说，英国的确希望美国能在某起事件发生后加入协约国，这样做的目的，是要让胜利的天平不可逆转地偏向他们。

在提到德国潜艇的威胁造成美国船只锐减之后，丘吉尔对朗西曼说："我们当然希望美国的船过来得越多越好；要是这些船能遇上点儿麻烦，那就更好了。"

卢西塔尼亚号
乐意帮忙的小姑娘

五月六日星期四早晨五点三十分,住在卢西塔尼亚号救生艇甲板——A层甲板——左舷头等舱包房里的乘客们听到外面出现了一阵骚动。住A-10号包房的西奥黛·波普回忆,她当时"被一阵大声说笑和嘈杂的脚步声吵醒了"。她听到金属碰撞的叮叮当当的噪声,绞索带动滑车发出刺耳的吱吱嘎嘎声,夹杂着含混不清的咒骂声和男人们卖力干活的声音,干活的劲儿船员们总是有的,但他们很少能配合得愉快。

大约还有一天时间,卢西塔尼亚号就要进入凯尔特海水域,特纳船长命令船员们将所有悬挂的常规救生艇的外罩掀开并旋转至舷外,所谓常规救生艇指的是那些沿救生艇甲板两侧挂在吊艇柱上的救生艇,两艘应急救生艇此前就已经挂在舷外了。

特纳很谨慎,假如发生紧急情况,与在深海航行时被锁定的吊挂位置相比，挂在舷外的救生艇能更快下水，危险性也较小。这个时间点很少有乘客跑到甲板上来，所以他们的工作不太可能被干扰，也不至于发生更糟糕的事情，比如造成乘客受伤，但特纳要冒着这么早就吵醒乘客并招致他们不满的风险——毕竟这里紧邻船上最昂贵的特等舱包房。

船上的三副约翰·刘易斯负责每日救生艇演习，也参与了这次行动的指挥。"首先，"他说，"我们得把厨师、乘务员、甲板上负责值班的水手，以及其他可以召集到的上白班的人员集合起来。"船员们从左舷的救生艇开始动手，刘易斯则爬到驾驶甲板上，待在中央——马可尼无线电机房的外面——这样他就能同时监控所有的操作。每艘救生艇会有六到八个人操控。据刘易斯说，为了防止吊索和定位索缠结，所有救生艇必须同时转向舷外。然后，所有人——大约八十人——转移到右舷，重复这一操作过程。之后，刘易斯解散了厨师和乘务员，只留下那些甲板水手把定位索全部系牢，并将所有吊索码成规整的"佛兰芒卷"，即要弄得整整齐齐。最后，他让这些人确认每艘救生艇上都配齐了必需的救生装备，包括船桨、桅杆、帆、火柴、海锚、灯、食物和饮用水。

整个过程进行得并不顺利。头等舱乘客约瑟夫·迈尔斯起得比较早，他观察了船员们的工作。"这些人效率不高，"他说，"他们甩出救生艇时十分费力，从吊艇柱上解下救生艇时也笨手笨脚，在我看来，他们并不能胜任这项工作。他们手忙脚乱地摆弄着那些绳索，指挥他们的是一些初级海员，我不知道那些指挥者是谁,但在我看来,他们之前似乎没有这样操作过救生艇。他们处理那些吊索和绳索时就像盖房子一样慢,他们看上去像临时工,不像职业水手。"

那天早晨稍晚些起床的乘客看到,救生艇都已经挂在船舷外侧并揭去了覆盖物,然而船上没有贴出告示解释这件事。对大多数人来说,这样的变化引不起他们的兴趣,很多人甚至根本没注意到这个变化;但对有些人来说,这种情况令人紧张。"周四的早晨,我发现救生艇都挂在了船舷外侧,这让我心神不宁,"康涅狄格州斯特拉福德的简·麦克法夸尔这样写道,"我问了船上的人,他们说依照法律规定必须这么做,这件事很重要。奇怪的是,他们没有在一离开纽约时就准备好这一切,而是等我们快到的时候才这么做。我留意到其他乘客似乎并不在意,所以我也就不再惦记这些救生艇的事。"

内莉·休斯顿在她那日记似的信札中又添上了几段:"今天早晨,所有救生艇都挂到船舷外侧了,说是准备应对突发情况。我猜可能还是有什么危险,尽管我不愿意这样写。"她提到,她和其他乘客预计英国海军舰艇将在当天与卢西塔尼亚号会合并为其护航。

她转而说起一些开心的事。"船上人真多啊!而且都是英国人。还在纽约的时候,我一看到船上的英国国旗就开心得不得了。头等舱里有很多了不起的人物,当然,我根本无法靠近他们。船上有一位姓范德比尔特的先生,还有一两位银行家。我交了好几个朋友,除了前面提到的担心,这趟旅行可以说非常愉快!"

在甲板上干活的船员们照例干着"水手的本职工作",维护这艘船的日常运营,日复一日,从未间断。每天早晨,会有一组船员擦拭朝甲板打开的舷窗,并把黄铜窗框和玻璃都擦得干干净净,总有一些生锈的地方需要打磨和补漆;溅在甲板栏杆上的海水以及晚上蒸发留下来的盐渍,第二天清晨必须擦拭干净,以免弄脏乘客们的裙子和西装。船上的植物都要浇水,包括楼梯井前面那二十一棵大棕榈树。甲板椅必须重新摆好,不能让甲板看上去像婚礼现场宾客散去后那样。

水手莫顿被指派给一艘救生艇补漆。因为修补时需要躺到救生艇下面,船员们必须先把救生艇从舷外转回来。修补用的油漆是灰色的,大家都管它叫"蟹脂"。这个差事总会把人弄得脏兮兮的。"他们没有给我们配油漆刷,我们只能废物利用——拿破布头来替代——把破布浸到油漆里,再拿出来抹在艇体上。"

正在努力干活的时候,莫顿听到了一阵小鞋子踩在地上的声音,他从救生艇下探出身子往外看,发现两个女孩正入迷地盯着他。她们是休·蒙塔古·艾伦夫人——船上最有名气的乘客之一——的两个女儿:安娜·艾伦和格温多琳·艾伦,来自蒙特利尔,一个十五岁,一个十六岁。母女三人住在B层甲板上的豪华套房,有两间卧室、一间浴室、一间餐厅和一间客厅。两个女仆住在一个小房间里,就是船上的烟囱和头等舱餐厅的圆顶中间的小隔间。

两个女孩在船上很受欢迎,她们本身也非常活泼好动。"她们是那么可爱,穿得那么漂亮,"莫顿这样写道,"我好像还记得,大一点儿的那个女孩穿着白色的百褶裙和水手衫。"

一个女孩问:"水手,你这是在做什么呢?"
莫顿回答:"我在给救生艇补漆。"
"我们能帮你补吗?"
莫顿又看了一眼女孩们的衣服,并听到一阵越来越清晰的沉重脚步声——像是保姆赶过来了。那女人看上去很不高兴。
莫顿赶紧说:"我想,这工作不适合小女孩。"
大一点儿的女孩显然平时就我行我素,一把抓起那块充当临时刷子的破布——已经浸满了油漆——就往救生艇上涂抹,就在那时,她把油漆洒到了自己的衣服上。
"我吓坏了。"莫顿写道。他又听到了更加沉重的脚步声,来人是他的主管,是个水手长,或者叫高级甲板水手。"他着急忙慌地赶了过来。"
两个姑娘跑开了,莫顿也赶紧逃了。他从救生艇下面溜出来,朝船边那一侧跑去,然后翻过护栏溜到了下层甲板上。"我不觉得现在停下来去跟正在生气的水手长或气急败坏的保姆争论谁对谁错有什么意义。"

那天上午,一个叫罗伯特·凯的小男孩彻底失去了快乐。凯那年七岁,来自美国纽约市最北端的布朗克斯区。他和来自英国的母亲玛格丽塔·贝尔奇·凯准备一起前往英国,玛格丽塔即将分娩，她极其渴望回到远在英国的父母的家中，在那里生下这个孩子。尽管德国人发布了警告，而且她很容易晕船，但她还是鼓足勇气来面对这段旅程。

两三天前，罗伯特感到身体不舒服，随船医生给他做了检查，诊断为重度麻疹。医生说，剩下的航程，这名男孩得隔离在两层甲板以下。凯一家住的是二等舱，但他母亲选择下去跟儿子住。

被隔离的日子真是难熬，不过，那里至少还有一扇舷窗供男孩看海。

上午十点左右，特纳船长下令进行日常的救生艇演习。"被选中"的一组船员爬进一艘应急救生艇，引来很多乘客的围观。其中一位围观者是乔治·凯斯勒，就是被称作"香槟之王"的那位，他朝现场的一位负责人走去，并问道："让船员们操练是挺好的，可为什么不让乘客们也演练演练呢？"

那人回答说："先生，你为什么不去问问特纳船长呢？"

凯斯勒还真就这么做了。

U-20
壮观

五月六日星期四早晨，U-20 缓慢前进，沿着爱尔兰西南海岸进入了水手们熟知的圣乔治海峡。尽管"海峡"一词意味着这是一处水面狭窄的水域，但圣乔治海峡最宽的地方却有大约九十英里，等到了爱尔兰海岸上的康索尔角与威尔士的圣大卫岬之间，宽度就减至四十五英里。一艘灯塔船就停靠在爱尔兰一侧，引导船只避开以凶险著称的柯宁贝格岩礁，这个地名经常被有线、无线电报的收发员错拼成"柯宁伯格"或"康宁贝格"。过了这一点，水面又再次变宽，进入爱尔兰海（爱尔兰语为 Muir Éireann）的水域，距利物浦东北部一带还有约二百五十海里。就算施维格把潜艇开到最快，以十五节的航速航行，仍要十六小时才能到达指定的巡逻区。

但是天公不作美，持续的大雾迫使他整夜待在水下。快到早晨八点时，施维格发现天有放晴的迹象，于是让潜艇升至水面，但这一过程他只用水平舵进行操作，贮水箱里仍然注满了海水，以防不测。现在，潜艇开始在层层浓雾中穿行。

海面上出现了一艘蒸汽机船，就在潜艇右舷的前方。它没有悬挂旗帜，也没有任何标识能表明其注册国籍。施维格命令炮手用甲板炮实施水面攻击。尽管能见度非常差，轮船上一些眼尖的人还是立刻发现了潜艇，那艘船急忙调转方向，开始以最快的速度逃跑。

施维格在后面紧追不舍，让炮手一轮轮地开火，其中两枚炮弹确实击中了轮船，但它依然一个劲儿地逃。倏地，轮船钻进大团浓雾之中，从施维格的视野里消失了。施维格没有放弃。

随着能见度变高，施维格的炮手又重新开火。U-20 开到了十五节的航速，蒸汽机船的速度大约只有八到十节。追击持续了将近两个小时，U-20 慢慢开始占据上风，然后，一发炮弹击中了目标船只的舰桥。这一击立即奏效，那艘轮船停下来，放下了救生艇。施维格看见一艘救生艇沉到了水里，另外三艘划走了，"挤得满满当当"。

施维格让潜艇靠近那艘弃船，从五百米的距离向船体发射了一枚铍青铜鱼雷，在轮机舱对面的那一点——施维格是这么认为的——爆炸了。"作用不大。"他写道。轮船船尾开始下降，但船体仍然没有沉没。

潜艇缓缓转向轮船船尾时，施维格的炮手开始向轮船的吃水线开火，轮船原来的名字上已经刷了一层漆，但离近了施维格还是辨认了出来：候选人号。根据施维格携带的船舶辨识手册，它应该是一艘大约五千吨的英国货轮，隶属于利物浦哈里森航运公司，该公司总是喜欢给船起一些富有想象力的名字，比如审计师号、行政官号、电气技师号等。

施维格的炮手继续开火，船头开始翘起，船尾下降沉入水中。他记录了沉船地点的经纬度——柯宁贝格岩礁航路灯塔船以南二十英里，大约在圣乔治海峡最窄水域的中间地带。沉船时间为上午十点三十分。

十分钟后，他发现了另外一个潜在的目标，是目前为止最大的一艘船，正沿着地平线驶来，航线将与U-20相交。大雾遮住了这艘船。施维格下令全速前进，他设定好航线，希望可以行至目标前方一个可以发射鱼雷的适当位置。

这艘巨型蒸汽机船从浓雾中驶出，速度非常快。这时候施维格看到，那是一艘大约一万四千吨的客船。一份真正的大奖！他下令让潜艇快速下潜，以电力引擎所能承担的最高速度——大约为九节——冲过去，不过事实证明，这个速度远远不够。那艘大船还在二英里之外全速前行着。施维格意识到，他最多只能让U-20到达合适的位置并让鱼雷以二十度斜角攻击这艘船，但这样的角度太偏了，很难成功。他下令取消攻击。

他没有在作战日志中提到这艘船的名字，后来我们知道，这艘船是阿拉伯号，隶属于白星航运公司——泰坦尼克号的东家。

一个小时后，即快到一点钟的时候，施维格又发现了一个目标，就在潜艇左舷的前方。

他发动了袭击，这次他选了一枚新式 G6 型鱼雷，深度设定为三米，从三百米距离发射。鱼雷击中了这艘船前桅杆下方的某个位置，船头开始进水，但船还没有沉，船员们开始乘救生艇逃离。施维格的潜艇浮出了水面。

他确定这艘船是英国货轮百夫长号，约为六千吨，与他当天早些时候击沉的那艘货轮同属哈里森航运公司。

雾又渐渐变浓，施维格不愿给百夫长号留下任何一丝幸存的机会，"为确保将其击沉"，他又发射了一枚鱼雷。这枚鱼雷也命中了目标，施维格听到了预料中的那种空气的嘶嘶声，这说明船已沉没，海水涌进了船体，将船内空气都挤压出来。最让 U 型潜艇指挥官感到惬意的就是这一刻。上尉艇长弗斯特纳在回忆录中这样描述："空气从每一个可能的缝隙中逸出，发出刺耳的呼啸声，听起来就像尖锐的汽笛声，那可真让人震撼！"往往在这个时候，遇袭船只会发出最后一声哀鸣，因为海水涌进了锅炉舱，引发了最后一场爆炸，并释放出黑色的烟雾云，U型潜艇指挥官们称之为"黑灵"。

施维格没有看完那艘船沉入海中的景象。雾越来越浓了。下午两点十五分，他让潜艇下潜，设置路线进入海洋，这样他就能够安全地给电池充电并考虑下一步行动。

施维格需要做出决定，他的燃料不足了——这很出乎意料——而要到达利物浦附近的指定狩猎区，还得将近一天的时间。

卢西塔尼亚号
死后的人生

那个周四的下午，西奥黛·波普和埃德温·弗兰德坐在甲板椅上享受着晴好的天气，欣赏着海天一色的美景。他们不是恋人，但波普的大部分时间都是在弗兰德的陪伴下度过的。这会儿在甲板上，弗兰德正在为波普大声朗读一本书——亨利·伯格森的《物质与记忆》，出版于一八九六年，这本书主要讨论的是心灵和身体的关系。伯格森是英国心理研究学会的前任主席，他赞成人死后仍有某些元素存在的观点。

西奥黛也是英国心理研究学会的会员，这个组织于一八八二年在伦敦创立，其成员并不是一些想入非非的怪人或想当灵媒的人，而是一众哲学家、作家、科学家和媒体人，他们希望能将严谨的科学原则引入超自然现象的调查和研究当中。成员里有许多科学、文学领域的名人，其中就有赫伯特·乔治·威尔斯、马克·吐温、威廉·詹姆斯和奥利弗·洛奇。洛奇是英国一位杰出的物理学家，一九一五年九月，战争夺走了他的儿子，之后余生他都试图在人死后的未知世界里找到自己的孩子。西奥黛会时不时地协助洛奇和詹姆斯开展关于派珀夫人的研究。派珀夫人是灵媒，詹姆斯为此召集了七十五次降神会。这位灵媒的功夫也的确了得，詹姆斯多次想揭穿她的戏法，但都失败了，以至于詹姆斯开始相信她也许真能通灵。他有句名言："如果你想推翻天下乌鸦一般黑这个说法，千万别去证明没有黑乌鸦，你只需要证明有一只乌鸦是白的就够了。而我的那只白乌鸦，就是派珀夫人。"

西奥黛还曾独自参与威廉·詹姆斯的降神会，在一本没有公开发表的回忆录里，她描述了一九〇九年发生的一件事：她曾与一位名叫欧萨皮亚·帕拉迪诺的著名灵媒坐在一起，在此期间，西奥黛声称自己佩戴的穆斯林头巾从头上轻轻浮起，飘落到了她面前的桌子上。帕拉迪诺后来被证明是一个非常有本事的骗子。

三十多岁时，西奥黛开始认真研究心灵的力量和神秘学。一九〇〇年，三十三岁的她第一次读到《心理研究学会学报》的文章，其中就包括所谓鬼魂事件以及世上存在"不灭"的情况调查。"不灭"一词，是该学会对人死后灵魂继续存在的一种文雅说法。一九一二年，也是在这份学报上，西格蒙德·弗洛伊德发表了第一篇详细阐述潜意识理论的文章。西奥黛于一九〇四年加入该学会，不久后开始协助威廉·詹姆斯对派珀夫人进行调查研究。(威廉·詹姆斯的弟弟亨利·詹姆斯鄙视唯心论和超自然现象的相关理论,但他写了十个鬼故事,其中就包括《螺丝在拧紧》一书。)到了一九〇七年,也就是西奥黛四十岁那年,她在纽约协助成立了一家新的心理研究机构并捐款两万五千美元,相当于今天的六十多万美元。她的旅伴埃德温·弗兰德曾经是该研究机构的杂志编辑,但是在应该出版哪类文章这个问题上,该机构爆发了一场明显反灵性的冲突,这直接导致他被免职。弗兰德才二十几岁,但已经在哈佛大学获得学士和硕士学位,并在普林斯顿大学、哈佛大学和柏林大学教过古典文学。弗兰德被免职激怒了西奥黛,她愤而辞去学会董事一职。此次他们俩一起乘坐卢西塔尼亚号出行,就是去拜访奥利弗·洛奇以及伦敦的其他人,请他们帮忙在美国建立一个全新的研究学会。

伯格森的书是用法文写的,但弗兰德却用英文读了出来,这绝非易事,《物质与记忆》这本书无论用哪种语言来读都很难理解。然而,他们俩却坐在那里,津津有味地品尝着那些艰涩的文字,声音轻柔,时不时会心一笑,看起来心满意足。

"有些段落相当精彩地诠释了人们在交流中经常遇到的那些困惑。"西奥黛这样写道。她这里所说的"交流",意指与逝者的联系。"这些文字极具启发,我能看到弗兰德先生每每产生灵感的那一个个生动的画面。当我们一起坐到甲板椅上,我很为自己能找到弗兰德先生来参与研究而骄傲。我由衷地尊敬和敬佩他,他的心灵和思想世界竟然如此丰富!"

西奥黛视弗兰德为心智伙伴,而且她相信,在未来的岁月里，他将是她生命中最重要的存在，尽管他们的关系是柏拉图式的。

随着旅程临近尾声，年轻人之间的交往又变得热络起来。人人都在和新近结识的朋友赠言；以前逢场作戏的行为现在变得情真意切；一直在进行的那些体育比赛仿佛更加激烈了，获胜者可以在船上的理发店里领取奖品；家庭成员不再"抱团行动"，女乘务员开始领着孩子们成群结队地在甲板上游逛；父母们用餐时，一名女乘务员会负责照看他们的二十二个孩子。三十四岁的埃塞尔穆尔·兰平·莱恩斯和丈夫斯坦利一起旅行，他们和多伦多的一对年轻夫妇成了朋友，年轻夫妇正准备带着三个孩子一起回苏格兰，一个正蹒跚学步，还有一对是刚一岁半的双胞胎。"我们周围都是些美好的、日子圆圆满满的小家庭，"莱恩斯夫人写道，"他们都很快乐。"

她曾经跟朋友开玩笑问万一船遭到袭击怎么办。"我们的女乘务员一听就笑了，"莱恩斯夫人回忆道，"她说，我们不会沉下去，而是会飞起来，因为我们的船上装了好多弹药。"

那天下午，特纳船长和副船长安德森巡视了全船，确保所有救生艇都已向外悬挂并能随时投放。特纳还命令安德森查看船上的舷窗和舱壁门是否都已紧闭，他要一直检查到 B 层甲板。

周四中午，经过爱尔兰灯塔岛以西四百六十五英里处后，卢西塔尼亚号开始以二十一节的最高速度航行。

U-20
改变计划

周四下午，U-20潜入水中，驶向大洋深处。施维格已经做出了选择：尽管有令在身，他还是决定放弃前往利物浦。这是他的特权，也是U型潜艇领导阶层的文化理念。与上级和己方舰船失去联系后，只有潜艇指挥官知晓自己的巡逻进展以及面临的威胁和挑战。尽管如此，施维格还是在作战日志里用了几乎整整一页来阐明他这样做的理由。

天气情况是让他这样做的最大原因。艇上气压计的数据显示，前一天晚上和今天一整天的大雾，以及异常安宁的天气——在这里他用了一个雅致的德语单词"安宁（Windstille）"——都预示着大雾要持续好几天。他写道："能见度很差，这让我们无法观测到随时可能出现在圣乔治海峡和爱尔兰海的敌方巡逻船、拖网渔船和驱逐舰。我们一直处于危险中，被迫潜水航行。"

他认为，离开利物浦的军用运输船都会在夜晚出发并有驱逐舰护航。他写道，要想发现这些船只，唯一的办法就是让潜艇待在水面上，但在起雾的晚上，这样做太危险，因为潜艇既容易被运输船、驱逐舰碾压，又会因为不能及时发现那些速度极快且全副武装的驱逐舰而遭到它们的攻击。

况且，他只剩下三枚鱼雷了，他想留下两枚以备返航时使用，U型潜艇指挥官们通常都会这样做。

然后就是油料问题。如果他继续驶往利物浦，燃油将所剩无几，以至于潜艇无法按原路返回。那样的话，他将被迫从苏格兰与爱尔兰之间的北部海峡通道返回。这条航线现在对英国商船来说很安全，对U型潜艇来说却越来越危险。他上次走那条航道就遇到了密集的巡逻军队，并接二连三发生险情。他发誓从今往后"在任何情况下"都不会再走这条线路。

施维格写道，他计划继续攻击船只，但选择了另外一条通道——布里斯托尔海峡——的入口处，这里远未到利物浦的水域，但经由这里，各路船只将驶往英国港口城市斯旺西、卡迪夫和布里斯托尔。"因为在这里，我方攻击的机会更多、更好，敌方的防御措施也比利物浦附近的爱尔兰海域少。"尽管除了两枚备用鱼雷，他只有一枚鱼雷可以即刻启用，可他还有充足的炮弹。他决定继续攻击，直到耗光剩余燃料的五分之二。

天气状况再次阻碍了他。那天晚上六点十分，他看了看潜望镜，发现还是大雾一片，四面八方的能见度都只有约三十码。他驶离最繁忙的航道，继续驶向深海，去熬过这个夜晚。他计划在第二天早上,也就是星期五,让潜艇浮出水面,然后启用柴油发动机,为蓄电池组充电,这是在为当天的狩猎行动做准备。

卢西塔尼亚号
各种消息

晚餐已经备好，当然，还是一如既往的精美和丰盛。周六上午到达利物浦，这是船上倒数第二顿晚餐，考虑到这些，乘客们吃得更津津有味了。

就在乘客们享受晚餐的时候，船上一位马可尼无线电收发员偶然从空中电波里收到了一条聊天消息，当时是晚上七点五十分。这条消息是从英国海洋军事部在爱尔兰昆士敦的办公室里发出的，没有用密码，用的是直白的英语。该消息的第一次接收必定出现了信号失真，因为卢西塔尼亚号上的无线电收发员请求昆士敦方面再发送一次。第二次发送消息的时间是晚上七点五十六分，片刻之后，特纳船长拿到了电报："有潜艇在爱尔兰南部沿海活动。"

几乎在同一时间，卢西塔尼亚号收到了另外一条消息，是针对所有英国船只的，用的是专门为商船预留的一套海军专用代码。破译之后，这则消息也被递到了特纳手中。该消息称：正在英吉利海峡航行的船只要时刻保持与英格兰南部海岸相距两英里之内；正驶往利物浦的船只要避开海岬，留在中部航道，高速通过各海港的入口，然后在默西河沙洲搭载上一名接港领航员，由他引导船只前往利物浦各码头。该电文的最后一句是："灯塔岛离岸水域有潜艇出没。"

接踵而至的两条消息让人既不安又困惑。第二条消息似乎还自相矛盾，一方面它建议在英吉利海峡航行的船只离海岸近一些，另一方面又建议特纳这条航线上的船待在中部航道。这就是既要让船长们快速通过各个海港，又要在默西河的入海口停下来，搭载上接港领航员。两条消息都没有提到潜艇的具体数量或确切位置。爱尔兰南部海岸的离岸水域是一片浩瀚的海洋，那句"灯塔岛离岸水域有潜艇出没"，可以理解为灯塔岛周围一英里，也可以理解为方圆一百英里。两条消息加在一起，简直是在说大海里到处都有潜艇。

对于特纳船长来说，有件事是肯定的：卢西塔尼亚号将在第二天早晨通过灯塔岛，沿着爱尔兰南部海岸走完余下的航程，前往利物浦。

晚餐后，普雷斯顿·普里查德到二等舱休息室主持当晚的惠斯特纸牌比赛，同时，一等舱的晚间音乐会也正在举行。当晚演出的节目现在已经无从得知，但据传闻，有名乘客装扮成邦尼王子查理，穿戴苏格兰高地的全副行头，演唱了六首苏格兰歌曲。在过往的旅程中，乘客们会背诵诗歌，展示各种"障眼法"，大声朗读书中桥段，表演"滑稽歌谣"，演唱的歌曲有《沿老密尔河而下》《吉纳维芙》《蒂珀雷里·玛丽顶呱呱》等。他们会展示乐器演奏技巧，用尤风宁号、曼陀林或大提琴独奏，演奏的曲目有戈达尔的《贝茜·德·乔斯林》和舒曼的《梦幻曲》等。但有个保留节目：音乐会结束时观众都会起立，一起高唱《天佑吾王》和其美国版本《我的祖国》，曲调相同，但歌词完全不同。

幕间休息的时候，特纳走上前，就潜艇和战区发表了一番颇能镇定人心的言论，他向观众保证，大家很快就会平平安安地投入英国皇家海军的怀抱。

音乐会还在进行，一组高级船员对船只进行了夜间检查，这是考虑到潜艇威胁所制订的安全举措。除了要求舷窗都必须关闭，特纳船长现在还下令要用窗帘遮起来以防透光，所有通向外部甲板的舱门也必须关闭。特纳还关掉了船上的夜航灯。

检查小组由高级三副约翰·刘易斯带领，检查了全船所有公用房间以及可以从甲板上检查到的舷窗和其他窗户。但是，按照丘纳德公司的规定，刘易斯一行不得进入包房。于是，检查小组就列出了一张打开了舷窗的包房清单留给客舱服务员，塞在走廊灯具的支架上。按规定，乘客们的舷窗必须保持关闭，但是天气太闷热，很多人会打开通风。

书商小劳里亚特热衷于观察船上的检查工作和其他行动。"接近爱尔兰海岸时，我开始对船上的一切事务感兴趣，"他这样写道，"事实上，在整个航程之中，我一直都让眼睛睁得格外大。"那个周四晚上,当他走回 B 层甲板的房间时——他的房间位于内部区域,没有舷窗——看到了那份打开了舷窗的包房名单。"你沿着通道往前走,会发现它就夹在廊灯架上。"

无论在战时还是和平时期,特纳船长对打开舷窗的担忧也一直是所有船长的担忧之处。所谓舷窗,就是指船身侧面的孔洞。在特定条件下,一扇敞开的舷窗能以每分钟三点七五吨的速度往船里灌进水。

那天晚上,一些乘客聚成一个小组织,开始互相学习怎样穿戴新式的博迪救生衣。乘客阿瑟·J.米切尔说:"这些救生衣和一般的马甲式软木救生衣不一样。"米切尔是罗利自行车公司的代理,他有理由感到担忧,因为他已经经历过两次沉船事故了。

米切尔说,特纳船长允许他们这样做,"只要不对乘客形成某种暗示,别让乘客误以为使用这些救护用品已经迫在眉睫了"。

当时,船上有越来越多的乘客感到不安。一位名叫约瑟芬·布兰德尔的头等舱乘客才二十三岁,她非常害怕,不敢睡在自己的包间里,她问另一位乘客——四十二岁的梅布尔·加德纳·克赖顿——能不能去后者的房间里过夜。

克赖顿夫人同意了。

布兰德尔写道:"她很乐意帮我,整晚都尽力让我紧绷着的神经平静下来。"

船上的马可尼机房又收到了一份电报,内容与之前的没什么关系,是一位女士发给阿尔弗雷德·范德比尔特的,电文中写道:"希望你的跨洋之旅一切安好,期待早些见到你。"

伦敦—华盛顿—柏林
吃紧

候选人号被击沉的消息过了很久才传到海洋军事部。大约在周四下午三点钟,拖网船艾伦代尔勋爵号误打误撞遇见了从候选人号上逃离的三艘救生艇,当时艇上的船员们已经在大雾中漂了五个小时。因为艾伦代尔勋爵号上没有配备无线通信设备,因此,他们返回英国海岸的米尔福德港基地后才向军方报告了候选人号沉船事件及船员获救的情况,而那时他们离候选人号沉船的地点已经非常远了。午夜后不久,驻米尔福德港的海军指挥官通过电报向英国海洋军事部报告了这一事件。

当天上午九点四十五分,昆士敦海军中心的电报也到了海洋军事部,报告了另一起潜艇目击事件,地点就在大石礁附近。据目击者称,这艘U型潜艇下潜之前在"他视线里停留了五分钟"。这份报告被呈给了海军情报总监霍尔和第一海务大臣费希尔,丘吉尔办公室也收到了一份副本,尽管他此时还在法国。

猎户座号继续向北,在爱尔兰以西一百五十英里的公海上,以Z字形路线航行。

在华盛顿,威尔逊总统又开始与内心的抑郁抗争。伊迪丝·高尔特的拒绝让他陷入近乎悲痛的精神状态,他发现自己很难集中精力去处理那些不断发酵的国际纷争。戈尔弗莱特号事件仍然是舆论的焦点,一名英国验尸官认定,船长阿尔弗雷德·甘特"因遭到鱼雷袭击而休克,后死于心力衰竭"。戈尔弗莱特号的二副作证说潜艇指挥官肯定知道这是美国船只,因为当天天气很好,油轮上还挂着一面很大的美国国旗。还有些报刊报道了U型潜艇攻击船只的新闻,星期三晚间,据《华盛顿时报》报道,一艘德国潜艇"来势汹汹横冲直撞",在英格兰附近的北海水域击沉了十一艘毫无武装保护的拖网渔船。

然而那天晚上,威尔逊的注意力全在伊迪丝身上。尽管他现在如此伤心难过,但决意不会——也不能——让她从自己的生命里走开。他写了一封长信,那简直就是一首表达哀伤与绝望的散文诗,在这首诗里,他——这个被许多美国人评价为矜持、冷淡、一副学者派头的人——这样写道:"有些事情我必须说出来,否则,我又将度过一个不能入眠的夜晚。夜深人静之时,这些未能说出口的事让我痛苦不堪,它们在我心中嘶吼,想奋力挣扎出来。"

他告诉她,他愿意——暂时——与她保持朋友关系。"如果你不能给我我想要的一切——一想到这点我就难以呼吸——那只能证明我不值得你这样做。我的直觉告诉我,你可以给我这一切,只要我展现出内心,它的需求是如此简单——只要拥有了你,我每一天都将熠熠生辉。你一定也是这样理解的。"

他明确表示,他相信她会慢慢爱上他。在信的末尾,他又补充了三段激情洋溢的附言,其中一段这样写道:"请不要误会,现在我已从你慷慨、仁慈的手中获得了无比珍贵的东西。如果让我和它们分开,就等于是要我的命——我做不到!希望对你来说也一样。我会耐心地、无休止地一直等下去,看看未来会给我带来什么,如果真能等到的话。"

然而事实证明,他并不像自己所说的那么有耐心。第二天早晨,也就是五月六日星期四,送出这封信之前,他添上了一篇长达五页的附言。

他告诉她,他又读了一遍她的信,然而现在,他能从信中看到更多的希望了。"我读完信抬起头,几乎看不见自己写的东西,因为我的眼眶里满是泪水——那是你的信给我带来的感受,我从中读出了快乐和甜蜜,那是我十分渴望、向往的。"

眼下,他暂且愿意把自己定位为她的骑士。"似乎上帝把我投入这个世界就是为了服侍,而非索取,我将竭尽全力去做,不求回报。"

与此同时,伊迪丝也不再那么抗拒了,但她仍然在矛盾的思绪中苦苦挣扎。威尔逊是美国总统,这在她心头形成了一道巨大的障碍,她觉得自己难以克服。他有无上的权力,特工每时每刻在他身边值守,他随时都生活在公众的监督下,以至于私人行动受限,这些都让简单问题复杂化了,其中一个问题就是,鉴于威尔逊位高权重,要是哪个女子想嫁给他,其动机都有可能遭到质疑。她写道:"所以我很恐惧,有人可能会觉得我爱他是因为他身居高位,这样难免会引发非常糟糕的公众舆论,而且我不知道过这种生活要承担怎样的责任,我没有受过这种训练。"但另一方面,她对这个男人又有很深的感情,她写道:"唉,太多的顾虑涌进我的脑海,每次和他在一起时,我都能感受到他的魅力。"她还为他所给予自己的信任以及愿意讨论问题而由衷地感到高兴,"他愿意与她讨论自己面临的所有问题,甚至会讨论欧洲的战火是否会跨越大西洋蔓延到我们的国家"。

她写道,他们不能经常见面,"因为害怕产生不好的舆论"。就算见面,也只能是在白宫,或者是有其他人在的车上,那人可能是海伦·博恩斯,也可能是格雷森医生或威尔逊的女儿玛格丽特,一辆满载特工的汽车还总是尾随其后。两人唯一完全私密的交流方式就是写信,所以他们的信件总是一封接着一封:他的信总是充满激情,充满爱的光芒;而她的信热情洋溢,十分温暖,同时让人莫名产生一种距离感。

在柏林,德国总理贝特曼的不安情绪与日俱增。战壕作战进展得并不顺利,而且他担心德国U型潜艇可能会让事情变得更糟。一个月前,德皇威廉二世颁布了一道命令,允许U型潜艇指挥官在袭击商船时保持潜水状态以避免浮出水面带来的危险。在此之前,潜艇指挥官在攻击前要先接近疑似敌国货船并确认其身份。

这道命令其实是授予了潜艇指挥官们更多的自由裁定权，再加上春天已经到来，海上的天气状况日益改善，这就导致中立国船只遇袭的情况越来越多，美国油轮戈尔弗莱特号就是一例。

五月六日星期四，贝特曼给德国海军的一位高级官员写了封信，他在信中抱怨，刚刚过去的一周，德国潜艇击沉了"越来越多"的中立国船只。"可以肯定，这一事实不仅会动摇我们与中立国之间的良好关系，还会造成一系列重大纠纷，最终将这些国家推入敌方的阵营。"他写道，帝国的局势已经够"吃紧"的了。他还警告说："照目前的方式从事潜艇战，必然会导致我们与中立国的关系进一步恶化，招致难以想象的后果，而我根本无法承担相应的责任。"

他向海军高层提出了要求："我们必须采取措施，确保我们的潜艇在任何情况下都不再攻击中立国船只。"

当天晚间据《华盛顿时报》报道，又有四艘船被击沉，包括两艘中立国的蒸汽机船和一艘英国纵帆船。有两艘是被潜艇击沉的，另外两艘是被德国军舰发射的水雷和炮弹摧毁的。

再有两天，卢西塔尼亚号就抵达利物浦了。五月六日星期四的午夜，在诺德代希，功率强大的德国无线电发射机向所有U型潜艇发了一条消息：卢西塔尼亚号将于五月十五日开始返回纽约。

这个消息被拦截并传到了四十号房间。

U-20
锁在雾里

施维格和艇员们在远离海岸线的海上度过了一个平静的夜晚。五月七日星期五清晨五点,他命令潜艇升至海面,而他爬进了指挥塔。潜艇换成了柴油引擎驱动,开始给底部的蓄电池组充电。

每隔一段时间,U-20就要遇上一阵浓雾,就这样,U-20眼前的世界一会儿清晰一会儿模糊。施维格写道:"天气不时有所好转。"这些转瞬即逝的好天气总能给施维格带来一线希望,似乎能见度就要变高了,但很快,所有的阳光消失,雾又回来了,还是像前阵子一样浓。

这种情形的确让人沮丧,但反过来也证明施维格之前决定不去利物浦是对的。后来,他向朋友——另一位潜艇指挥官马克斯·瓦伦丁纳——讲述了那天早晨的情景。"那天雾非常大,击沉任何东西的可能性都很小。"施维格说,"同时,一艘蒸汽驱动的驱逐舰很可能已经无意中发现了我们。它随时会破雾而出,而我们对它还一无所知。"

施维格在作战日志中写道:"由于大雾一直不散,我们决定现在就返航。"

他设定了一条新的返航线路,对他而言,这趟巡逻已经结束了。

第三部

死亡之旅

爱尔兰海
头顶上的引擎

星期五清晨,很多乘客早早起床穿戴好,登上卢西塔尼亚号的顶层甲板,准备观赏日出。虽然太阳五点半才会露出海面,但此时,东方的天空已经越来越亮。来自印第安纳州西摩的头等舱乘客埃尔布里奇和莫德·汤普森是一对夫妇,两人都是三十二岁,从凌晨四点半开始就守在这里了。来自堪萨斯城的二等舱乘客贝尔和西奥多·奈什也是一对夫妇,一个四十九岁,一个五十九岁,同样早早就到了。大约五点,这两对夫妇远远地看见船的左舷方向有一艘军舰,正与卢西塔尼亚号并行疾驰。汤普森夫人称其为"战舰",可实际上那是英国皇家海军的帕特里奇号——一艘有三个烟囱的高速驱逐舰。在帕特里奇号上,负责早间值守的官兵们也看到了卢西塔尼亚号。

对于奈什夫妇和汤普森夫妇这些早起的乘客来说,看到这样威武的战舰出现在自己面前是一种安慰,这样的景象加深了特纳船长前一天晚上在音乐会上发表的那个安抚性演讲的可信度。奈什夫人说:"他们一直都跟我们说,一路上我们都会受到战舰和无线通信的保护,通过海峡时还会有反潜驱逐舰护送。"她说的"海峡"是圣乔治海峡。

不过帕特里奇号并未接到护送卢西塔尼亚号的命令,这艘驱逐舰继续以超过三十节的速度航行,轻快地超过了卢西塔尼亚号。

* * *

大约早晨六点,卢西塔尼亚号遇上大雾。特纳船长将航速降到十五节,并下令拉响船上的雾角。也许是因为船上实在无事可做,奈什夫妇和其他乘客一样,也喜欢给某件事计时,这次他们测得船上的雾角每分钟就要"吼"一次。西奥多觉得雾角的声音让人心绪不宁,对妻子说:"我不喜欢这玩意儿,简直就像自找麻烦。"

船上的乘客全都被这突如其来的声音吵醒了,透过舷窗和其他窗户,他们只能看到一片乳白,远处的风景一片模糊。小劳里亚特在床上一直待到八点,他在船上一般都是这时候起床,然后他像往常一样洗了个盐水浴。那天早晨,他似乎对外面发生的事不像往常那般好奇。"当时雾角一直响个不停,外面雾气又重,我回到自己的铺位睡了几小时回笼觉。我告诉乘务员,要是到十二点还没听见我的动静就叫醒我,这样我就有充足的时间准备,然后一点钟去吃午饭。"雾角声好像对小劳里亚特影响不大,可能是因为他的房间在船的中部,而且没有舷窗。

特纳船长增派了瞭望员,以防与其他船只相撞。船员利奥·汤普森被指派担任"特别瞭望"任务,他负责从上午十点开始值守两个小时。他爬上梯子,登上桅杆瞭望台,大约在前桅杆整体高度的三分之一处。接下来两个小时,他将和船员乔治·克林顿待在这里,紧盯着大雾深处。他们有时候会使用船用望远镜——汤普森也有一副——有时候只是用肉眼看。这是一项单调乏味却又至关重要的工作。

雾天航行很危险,再加上这一带船只往来频繁,就更危险了。不过大雾也能为船只提供保护,免受潜艇之害。雾浓的时候,潜艇要运气非常好才能碰巧离一艘船足够近,只有这样,潜艇指挥官才能通过潜望镜或指挥塔看见这艘船,可如果真出现这种情况,潜艇与船只的距离就太近了,非常容易碰撞。只要大雾不散,特纳船长就不担心 U 型潜艇发起攻击。

十一点,雾开始消散。

* * *

在桅杆瞭望台上,汤普森和克林顿有一种非凡的体验,他们在逐渐消散的雾中穿行,感觉像是坐在穿越云层的飞机上一样。阳光不时照到瞭望台上，温暖着他们的哨卡，驱走了清晨的寒气。上午十一点多，汤普森第一次看到了爱尔兰海岸。他能从雾层的上方看到它，但只能通过双筒望远镜隐约看到，远方的地貌仍旧是模糊一片。后来他说，当时他看到的"只不过是薄雾中隐约出现的陆地轮廓"。

他冲着瞭望台下方的舰桥喊道："左舷正横方向，看到陆地！"

雾气仍在慢慢散去，很快甲板就沐浴在一片泛黄的薄雾之中，预示着阳光即将穿透大雾。

在伦敦，截至目前，"眨眼狂人"霍尔的情报部门和四十号房间已经将收集到的情报全都拼在了一起，结果表明，只有一艘潜艇在科克郡附近海域活动，即由极具侵略性的天才潜艇指挥官瓦尔特·施维格指挥的U-20潜艇。

随着上午的到来，更多消息传了过来，这两份电文提供了百夫长号遇袭的更多细节：该船于星期四下午一点遭到袭击，船上有四十四名船员，在救生艇上漂泊了十个小时后全部获救。一份电文写道："潜艇数量及方位不明。"

但那个时候，百夫长号、候选人号和莱瑟姆伯爵号帆船遇袭的消息都已经登上了利物浦的报纸。丘纳德公司的董事局主席阿尔弗雷德·艾伦·布斯就是在家吃早餐读报时获悉这些遇袭事件的。至少对他而言，这些事件意味着什么已非常清楚。他知道，他们公司那艘最大、最新、最好的船，将要在当天通过船只屡遭攻袭的那片水域。

布斯放下早餐,赶忙去找利物浦的海军高级官员哈里·斯蒂尔曼上校,恳请他设法保护卢西塔尼亚号。布斯敦促相关人员给特纳发报,请他们务必告知特纳哈里森航运公司的两艘船已被鱼雷击沉的消息。根据战时的管理规定,布斯无权直接向特纳发出警告或命令。战争开始的时候,为了使海军在征调船只时效率更高,也为了防止船主和海洋军事部向船只发出相互矛盾的命令,所有注册国籍为英国的船舶都收归英国海洋军事部贸易部门统一管辖。丘纳德公司董事局主席阿尔弗雷德·布斯认为,这一规定可能导致"非常危险的后果"。

布斯与海军指挥官斯蒂尔曼会谈时具体发生了些什么我们不得而知,但布斯离开时确信海洋军事部会发出一份详尽电文,他相信,海洋军事部会命令卢西塔尼亚号转往昆士敦——那里离利物浦很远——直到眼下的潜艇威胁解除。

在爱尔兰近海海域,卢西塔尼亚号在团团大雾中穿行,能见度每时每刻都在提高,碰撞的危险也迅速降低。特纳下令让雾角停止鸣响。然而现在轮船却更容易被潜艇发现了。

上午十一点三十分,船上收到了一份发自海洋军事部的电报,舰桥上的焦虑气氛迅速上升。该电文称:"爱尔兰海峡南部有潜艇活动的迹象,最近一次报告的位置在柯宁贝格灯船以南二十英里。"

发报人又补充道:"请卢西塔尼亚号确认收到该电报。"

柯宁贝格灯船就位于卢西塔尼亚号现在航线的正前方，即圣乔治海峡最窄的一段水域（只有四十五英里宽）前面。这份电报还指明，在那一带活动的潜艇不止一艘。

假如潜艇不止一艘，又确实在柯宁贝格灯船以南二十英里处，那么它们大约就在横跨海峡的航路上。天气晴朗的时候——现在这里的雾气即将散尽——卢西塔尼亚号上三个正在使用的烟囱冒出的烟尘，在二十英里以外都看得清清楚楚。这就意味着，一艘位于海峡中心位置的潜艇的瞭望员极有可能发现卢西塔尼亚号。这份警告还提到那些潜艇正在"活动"，但所谓"活动"到底是什么意思呢？

该电文显然是应布斯主席的请求发出的，但远远没有达到他设想的效果。电文寥寥数字，根本没有关于过去二十四小时所发生的重大事件的详细说明。在当下这个时刻，特纳船长应该是最需要了解事件详情的那个人，但他对哈里森公司的两艘船和莱瑟姆伯爵号的遭袭遇难却毫不知情。

现在，雾已散尽，特纳将航速提高到了十八节。他下令让那三个正常运行的锅炉舱房保持最大压力，做好准备，必要时即刻提速。

到了中午，应小劳里亚特的要求，专为他包厢服务的乘务员过来叫醒了他。乘务员告诉小劳里亚特，他们的船已经"把开普可利岛收入囊中了"，开普可利岛是爱尔兰西南端一处知名的海岬地标。乘务员还说船上的时间已经往前拨了，现在设置的是格林尼治标准时间。小劳里亚特起了床,穿上灯笼裤套装,在十二点五十的时候走上甲板。他不会搞错时间,因为他看过腕表,那表设定的永远是波士顿时间,但他会换算成格林尼治时间。

头等舱乘客的午餐时间从一点钟开始,小劳里亚特想在餐前先散十分钟步。他注意到,这艘船看上去"慢悠悠的",而且他看到了午间公布的里程竞猜结果,这艘船只走了四百八十四英里。虽然小劳里亚特认为船速很慢,但其实这艘船的平均速度已经达到了二十节多一点儿,更何况几个小时前在大雾中行驶的船速只有十五节。尽管如此,这离他的预期的确还差得很远,他以为这艘船能够保持二十五节的航速。

"那真是一个美好的日子,和缓的微风,平静的大海,明媚的阳光。"小劳里亚特这样写道。从左舷方向望去,他看到了"美丽而又古老的爱尔兰海岸"。不过现在也只是地平线上的一道绿色斜线,要抵达海岸还得很久。好天气让小劳里亚特心绪不宁。"我心想,如果一艘德国潜艇真要找麻烦的话,几周之内恐怕再难找到比现在更好的天气条件了。我们周围的大海十分平静、一览无余,潜艇的潜望镜肯定很远就能发现我们。"

大海平静、光滑得非同寻常。小劳里亚特把此刻的海面比作一张薄饼,船上的一名侍应生也说:"它就像台球桌一样平。"

来自康涅狄格州的乘客简·麦克法夸尔爬上较高一层的甲板,眺望着波光粼粼的海景。她和十六岁的女儿刚刚整理好第二天早晨抵达利物浦时要穿的衣服，打算把现在穿的衣服丢在船上。"景色真是壮观，"麦克法夸尔这样说道，"阳光灿烂，水面平滑，从两边都能看到陆地。凝视四周美丽的景色时我就在想——他们说的那些危险在哪儿呢？我们的航程即将结束，目前为止，没有出现一丝一毫的危险迹象。"

星期五早晨，施维格让 U-20 保持在水面上航行，继续为蓄电池组充电。他站在指挥塔顶上，海面上仍然飘着絮状的雾，但阳光能毫不费力地透过来。能见度很快提高，微风徐徐，海面平静。

施维格在作战日志上写道："突然间，能见度变得非常好。"好天气给了他更好的视野，能看到海上更远的地方，但同时也会让碰巧在附近巡逻的英国巡逻船或驱逐舰更容易发现他。海面的平坦也增加了 U-20 被敌方瞭望员发现的危险，即使潜艇下潜到潜望镜深度，潜望镜拖出的白色羽毛状尾迹，在数英里之外都能看见。

事实上，远处的一艘拖网船现在正朝 U-20 开过来。施维格下令快速下潜，并升起潜望镜。那艘船慢慢靠近，让施维格不安起来。他写道："因此我们下潜到二十四米的深度，好摆脱那艘拖网船。"当时是上午十点三十分。"到了中午十二点，"他又写道，"我将让潜艇再次上浮到十一米的深度，通过潜望镜继续观察。"

上午十一点五十分，还没等到他行动，潜艇里就出现了一阵骚动。即使是在海面下八十英尺深的地方，U-20里的人们也能听到艇体传导过来的声音，明显是水上有船经过。施维格在日记里写道："一艘有巨大引擎的船从我们的头顶驶过。"

从声音判断，施维格知道这艘船不是驱逐舰也不是拖网船，而是一艘要大很多的庞然大物，并且正在快速行进，径直从潜艇上方驶过，这证明施维格选定的巡航深度非常审慎，即使是巨型船舶的龙骨也能安全避让。

施维格又等了几分钟，然后回到潜望镜深度，试图辨认这艘大船。

随着雾角停止鸣响，加上太阳当头，阳光灿烂，卢西塔尼亚号上的乘客们便来到露天的甲板上，玩沙狐球，扔健身球或参加甲板上的其他游艺活动。像往常一样，大一点儿的孩子玩跳绳，小一些的则会在保姆和女乘务员的带领下，成群结队地在甲板上游逛，有自己走的，有坐在婴儿车里的，奶嘴就挂在他们的脖子上或者固定在衣服上。轮船前行时会产生速度约为十八节的海风，这些海风吹到的区域和背阴的地方还是很冷，要裹上厚衣服才行。有位女士就穿了一件黑色皮草大衣。

今天是此次航程中最后一个整天，阳光如此明媚，空气如此清新，乘客们在穿着打扮上似乎都狠下了一番功夫，还带着一点儿炫耀的味道。一名七岁的小女孩穿着一件粉白条纹的棉质连衣裙，外面搭一件红色丝绸衬里的黑色天鹅绒外套，还戴着一枚金戒指、一条红珊瑚项链，以及一个珍珠母贝胸针。那件外套让她看起来像一只红翅黑鹂。粉红色似乎在当时很受男孩喜欢，一个五岁的小男孩穿着格子夹克和灯笼短裤，外面套了一件粉红色的羊毛外套，一直在甲板上跑来跑去。一个将近三十岁的男人的穿着简直让人眼花缭乱：

蓝色哔叽裤

条纹棉衬衣（安德森兄弟公司出品的迈克牌，店铺地址：格拉斯哥市大桥街二十七号）

白色美利奴羊毛裤

轻便系带靴（内侧压印着"霍罗伯兄弟公司，纽约，西十四街五百零一号"）

灰袜子，脚掌处为淡蓝色

浅色背带裤

带扣镀镍的真皮腰带

此外还有：

一件粉色美利奴羊毛马甲

就像前六天一样，有许多乘客坐在甲板椅上看书。德怀特·哈里斯开始还坐在甲板上读一本美第奇家族的书，然后去乘务长办公室取回订婚戒指、珠宝首饰，以及价值五百美元的黄金，这些都是旅行开始时他寄存在那里的。他回到房间，用表链把戒指和几件珠宝首饰穿起来，挂在了脖子上。"我把大钻石胸针别在了外套口袋里，"他这样写道，"离开房间前，我还打开了那个装着救生带的摄影包。"救生带是他启程前在纽约沃纳梅克百货公司买的。哈里斯延续着爱用感叹号的风格，他写道："我把金子装进裤兜，然后下楼去吃午餐！"

海面上风平浪静，但来自堪萨斯城的西奥多·奈什还是一如既往地晕船，整个旅程中一直是这样。他让妻子贝尔不要管他，去甲板上观赏阳光下的爱尔兰海岸线和那些岛屿，过去的旅行经验告诉他，那景致是非常美的。贝尔开始不愿意这样做："我回答说，你说得够多啦，返程时我会看到的，要是到时有雾，有照片看也不错。"但是西奥多一再坚持，她只好答应。她很庆幸自己最终还是去了："真是一个不敢想象的好日子——空气暖暖的，几乎没风，海上阳光明媚，一片宁静。"

通常，旅程临近尾声的时候，船上总是弥漫着不舍与期待相交织的气氛，现在这种气氛中又糅合了一种解脱感——终于要平安抵达英国了。

舰桥上的特纳又收到一份海洋军事部发来的电报，让眼下的局势更加扑朔迷离："上午十点，在开普可利岛以南五英里处观测到几艘潜艇正向西行进。"

卢西塔尼亚号已经驶过了开普可利岛，如果消息属实，就表明威胁也许已经解除——也就是说，那几艘潜艇已经被卢西塔尼亚号甩在身后，且正在驶向外海。特纳船长开始为没有在大雾中与这些潜艇遇上感到庆幸，他知道，即使这些潜艇指挥官现在看到轮船烟囱冒出的烟尘马上调头来追，也追不上了。

这条消息带来了些许宽慰，但并不意味着能完全放松。之前的消息表明，在圣乔治海峡，柯宁贝格灯船以南还有潜艇活动，就在卢西塔尼亚号的正前方。

施维格先用潜望镜迅速对海况进行了三百六十度扫描，然后他旋转着潜望镜上的各种调整装置，找到了那艘刚刚从他头顶驶过的船。就算不考虑吨位，这也的确是一个大奖。这艘船又长又窄，剃刀似的船首轻松划破平静的海面。烟囱里喷出的浓浓黑烟表明它的轮机部船员正在全力达到最高速度。这次，施维格不需要战事领航员兰斯来协助其鉴定船只身份了，这是一艘英国大型装甲巡洋舰，大约六千吨。

施维格任它经过，没有发动攻击，因为他别无选择。他的潜艇在水下的最高航速是九节，根本不可能追上这艘巡洋舰。就算在水面上，他的最高速度也只能达到十五节，而他估计这艘正疾驰而去的巡洋舰此刻的航速为十八节。假如施维格鲁莽地让潜艇浮出海面，那么，巡洋舰上的炮火几分钟就能让潜艇葬身海底。

无论如何，施维格还是让潜艇保持潜望镜深度跟了过去。万一巡洋舰忽然改变航线，他有机会赶上去发起攻袭。但是，这艘船一直全速前进，走的还是Z字形，很快就把他的潜艇远远地甩在了后面。施维格后来告诉朋友瓦伦丁纳，那一刻他十分恼火，一大堆脏话脱口而出。瓦伦丁纳解释说："过了战争初期，你很难再有机会向巡洋舰那么大的敌方战舰发射鱼雷了，很多潜艇直到战争结束也没遇见过一艘巡洋舰。"在这一点上，英国海军也和德国海军一样，让大型战舰时时刻刻处于安全的地方。"他们不会让它们四处游荡，成为潜艇的好靶子。"

事实上，这艘军舰是皇家海军朱诺号，一艘老式巡洋舰，现在用作海岸巡逻舰，基地位于昆士敦。正是因为海洋军事部发布的最新潜艇活动警报，它正在迅速返港。航行中，船员对水温进行了例行测量，约为十二点七摄氏度。

施维格跟瓦伦丁纳说："骂完脏话，我注意到雾气正在消散，不一会儿就看到了蓝天。"

中午十二点十五分，施维格记录了与这艘巡洋舰邂逅的经历。半小时后，他命令潜艇浮出水面，折返到西行航线上，继续回家的旅程。现在节省燃料是第一要务，他不能再耽误了——要想返回埃姆登基地，至少需要一个星期。

现在，天气可以说好到令人吃惊。施维格写道："能见度异常高，真是个好天气。"

地平线上，一个新东西吸引了他的目光。

伦敦—华盛顿
国王的问题

星期五,在伦敦,豪斯上校仍然扮演着威尔逊总统的非官方使者的角色,他会见了英国外交大臣爱德华·格雷爵士,两人来到位于裘园的皇家植物园散步,园中鲜花盛开、春意盎然,他们走在园区的"观景"道上,小道两旁种着香柏树。皇家植物园里最著名的建筑是棕榈屋,一座由玻璃和钢架搭建而成的巨大温室,据说对伦敦水晶宫的设计有所影响。两人讨论了潜艇战。"我们谈到了远洋客轮遭袭后沉没的可能性,"豪斯写道,"我告诉他,如果出现这样的情况,怒火将席卷美国,而这将把美国带入战争。"

说来奇怪,几个小时后,当豪斯上校在白金汉宫拜访英王乔治五世时,这个话题又被重新提起。

英王一度转身问豪斯上校:"假如他们击沉了载有美国乘客的卢西塔尼亚号,情况会怎样呢?"

那天清晨，结束与法国和意大利同级别官员关于海军事务的谈判之后，丘吉尔从巴黎前往圣·奥梅尔——英国驻法军队总部所在地。在总部，约翰·弗伦奇爵士正计划在奥伯斯一线对德国军队发动进攻，尽管当时炮弹严重短缺。

为了亲历前线战事，丘吉尔希望尽量靠近前沿阵地，当然这是不可能的，就像他自己说的，"会招致不必要的风险"。他确实看到了炮火和浓烟，但除此之外再无其他。"不真正参加战斗，就无法衡量战场上的真实情况。"他这样写道，"要理解他们就必须感知他们，而如果已经感知到他们，就能和他们感同身受，其他的并不重要。站在外面是什么也看不见的，愿意投入进去才是从个人经验中总结出来的指导性纲领。"

在梅尔维尔一个女修道院里的"伤者处理站"，丘吉尔收获了对战争最生动的感知。梅尔维尔在驻法英军总部以东约四十英里处，处理站里的伤兵"伤情状况不一但都备受折磨，他们有的是灼烧伤、撕裂伤、刺穿伤，有的处于窒息状态，有的濒临死亡，医护人员会根据他们的伤势进行分类"。救护车一辆接一辆地开到了前门口，死者一个又一个地从后院抬出来埋掉。丘吉尔经过手术室时，看到医生正在为一名士兵做头部穿孔手术，也就是要在颅骨上用环钻挖出一个洞。"到处都是血和血迹斑斑的破衣烂衫。"丘吉尔这样写道。

在白宫，在一个清新明朗的春日的周五，威尔逊又给伊迪丝写了一封信。前一天晚上她来白宫吃了晚饭，威尔逊觉得自己娶到她的可能性又增加了几分。

"在早晨清明澄澈的空气中,"他写道,"世上的纷扰仿佛变少了,我们之间的那些阻碍似乎也更少了。"

爱尔兰海
烟囱出现在地平线上

清晨，U-20在蓝天下的蓝色海洋上穿行着。雾气散尽，碧空如洗，海面上格外宁静。施维格用双筒望远镜——他那蔡司的"上帝之眼"——瞄准了地平线上的一个小点，惊讶地看到了"一片桅杆和一排烟囱"，他后来就是这样向马克斯·瓦伦丁纳描述的。"一开始我以为那些桅杆和烟囱一定是好几艘船的，"施维格说，"后来我才看到，那是一艘巨大的蒸汽动力轮船，正从地平线上向我们驶来。我命令潜艇立刻下潜，希望能干掉它。"

在一条标注时间为下午一点二十分的日志中，施维格这样写道："在潜艇前方及右舷方向，出现了四个烟囱和两根桅杆，属于一艘大型蒸汽动力船，该船正在向我们驶来，其航线与我们的航线形成了类三角形的图样（该船的航向是西南偏南，正在驶往加利角。）经辨认，该船应该是一艘大型蒸汽动力客轮。"

一进入潜望镜深度，施维格立即下令按九节的最大水下航速行驶,并设置了一条能"与那艘蒸汽机船相交"的航线。然而,这艘船毕竟在几英里之外。客轮距潜艇约两英里时偏离了原来的航线,与潜艇的距离进一步拉大。施维格又失败了,他这样写道:"即使以最快的速度追赶,我现在也没希望接近它并发起攻击了。"

不管怎样,施维格还是尾随它航行了一段时间,就像他之前对朱诺号巡洋舰那样,万一这艘船再改变航线,也许就能重新与潜艇的航线相交了。

施维格的战事领航员兰斯也过来从潜望镜里看了看,他这样做的理由尚不清楚。这艘船是公海上最特别的船舶之一,可以说是一份极为丰厚的大奖。他现在近乎绝望:要知道,单单击沉这么一艘船,就能超过他在战时月度击沉吨位数的最高纪录。

天气依然异乎寻常地明朗、宁静。这也意味着施维格不能将潜望镜升起太长时间,以免被目标船只的瞭望员发现,或者更糟糕,被正在巡逻的驱逐舰察觉。天气如此澄澈,海面如此平静,潜艇一旦被发现就很难逃脱。之前有过两次,就是因为潜望镜在平静的海面上带出了尾迹,迫使他放弃攻袭。一次,施维格本想将一艘蒸汽驱动的英国皇家邮轮当作潜在的攻袭目标,却被对方发现了,它直接调转船头冲着他的潜艇,显然是想撞上来,他只得下令快速下潜并全速逃离。

兰斯到了指挥室。几乎是同时,还发生了一件事,在施维格看来,这简直就是个奇迹。

在卢西塔尼亚号的舰桥上,特纳船长进退两难,在漫长的航海生涯中，他从来没有遇到过眼下这种情形，也没有类似的经验可借鉴。如果早晨那份电报消息属实的话，那就说明他的前面和后面都有潜艇。

除此之外，他还面临时间掌控的问题。利物浦离他现在的位置大约还有二百五十海里。在该市港口的入口处，横亘着"臭名昭著"的默西河沙洲，只有在涨潮时节他才能够通过。特纳眼下只能运行三个锅炉舱，如果他加快速度，以能达到的二十一节的最高航速行驶，那抵达默西河沙洲的时间就会太早。而且抵达之前让船停下来是绝对不可取的，所以他要被迫在爱尔兰海上兜圈子，但船上三个烟囱冒出的滚滚浓烟，对于方圆二十英里的任何潜艇来说，都如同公开发出邀请。

关于时间掌控方向还存在一个维度问题。现在刚过正午，无论特纳以什么速度航行，最终都要在夜间穿越圣乔治海峡，那么，雾中航行的危险将大大增加。事实上，一上午的大雾已经导致特纳对自身位置的感知不如之前那么精确了。平时天气好的时候，他离海岸可能只有一英里，但他现在离海岸比以往远很多——大约二十英里，这进一步减弱了他对位置的感知。

特纳把手下级别最高的两位船员副船长安德森和大副约翰·普雷斯顿·派珀叫到舰桥上询问他们的建议，最终做了一个决定。首先，他要精准定位自己的位置。现在已经能看见爱尔兰海岸，但船与海岸之间相距太远，很难估算准确。特纳是名老派水手，喜欢运用所谓"四点方位定位法"。这就要求在大约三十分钟的时间里，让船与海岸保持平行并匀速航行，同时，大副派珀要以岸上某个地标为基准，四次测定船的方位，这次他们选取的地标就是老金塞尔角上的灯塔。

知道自己的确切位置之后，特纳就计划将速度保持在十八节，这样第二天一大早他就能抵达默西河沙洲，在合适的时间段直接驶入港口，无须在沙洲逗留。尽管三个锅炉舱室运行时能达到的最大速度是二十一节，但十八节的航速仍然是现役商船中最快的，当然也比所有潜艇都快。此外，特纳还计划在当天晚些时候调整一下航线，让卢西塔尼亚号离海岸近一些，这样他就可以在进入圣乔治海峡最狭窄的那段水域之前近距离驶过柯宁贝格灯船。他知道这违背了海洋军事部的建议，他们要求船舶路过灯船以及其他导航标志的时候走中部航道。但海洋军事部的报告里也说，灯船以南二十英里有多艘潜艇在活动，任何通过这片只有四十五英里宽的水域的水手，都会将那一位置视为中部航道。如果按照海洋军事部的建议去做，就等于直接驶向等候在那里的多艘潜艇。

大约在下午一点三十分，特纳船长命令船上的领舵向右转，与海岸保持平行，好让派珀进行第一次方位测定。这一次转向以及之前几次改变航线都让很多乘客以为特纳正在指挥卢西塔尼亚号走 Z 字形航线以躲避潜艇，可事实并非如此。不过有点儿让人啼笑皆非的是，由于海岸线的走向很特别，这次转向对乘客们来说像是要驶向公海似的。

饱受麻疹折磨的罗伯特·凯还在被隔离，只能时不时透过舷窗看看外面的风景。这个来自纽约布朗克斯区的男孩现在正在出疹子，还发着烧。凝视舷窗外匆匆后退的世界成了他唯一的消遣。外面的生活似乎充满阳光和活力，爱尔兰海岸处绿意盎然。他看得正起劲时船开始右转，陆地在视野里消失了，这让他非常失望。

那天早上，"香槟之王"乔治·凯斯勒还在想着自己的决定，坚持要跟特纳船长谈谈，让他将乘客们也纳入救生演习中。两个人一边聊一边抽着烟。

凯斯勒写道："我建议给每位乘客发一张号码条，每个号码对应一艘救生艇，万一有什么意外，他们就直接奔向指定的救生艇，在我看来，这样一个细节安排能够在真的遇到麻烦时将问题最小化。"

特纳告诉他，泰坦尼克号失事后曾有人提出这样的想沄，但是丘纳德公司并不认可，认为那"不切实际"。他补充说，不事先得到海洋军事部贸易委员会的批准，他无权制订相关措施。

凯斯勒回忆，接下来话题转向了鱼雷："我们俩从头到尾都没有为鱼雷感到恐慌过。"特纳或许是故意轻描淡写地提及这件事，以此来宽慰凯斯勒。

战事领航员兰斯刚来到潜望镜前，施维格便看到这艘巨大的蒸汽机船再次改变了航线，这次是向右转。施维格告诉瓦伦丁纳："它径直朝我们开了过来，如果她想给我们致命一击，那还真是没有比这更完美的开法了。"

当时是下午一点三十五分。这艘船调整后的航向说明它要驶往昆士敦。施维格随之也设定好了自己的航线，让 U-20 能以九十度的夹角驶向那艘船的正前方。施维格下令全速前进，接下来的二十五分钟，他让潜艇保持在与那艘船航线正交的方向上加速前行，而那艘船也在潜望镜的取景器上变得越来越大，他告诉瓦伦丁纳："短暂狂奔之后，我们开始等待一切发生。"

尽管这次巡逻加深了施维格对鱼雷可靠性的不信任感，可他现在别无选择，只能用它。面对这样一艘庞然大物，甲板炮根本不起作用而且很危险，因为一旦开炮，这艘船可能会转弯跑掉，甚至试图撞击潜艇。施维格选了一枚 G6 型鱼雷。

潜艇里的紧张气氛开始上升。这艘船如果再转个弯就会远离 U-20，这场狩猎也就结束了。昆士敦离这儿并不远，这瞭望员可能会发现施维格的潜望镜，致使船长召来一群驱逐舰。总之，任何突发事件都会导致袭击失败。

奇怪的是，没有任何船只给这艘船护航。而且在施维格看来，更奇怪的是这艘船会出现在这片水域，毕竟他前一天才在这里击沉了两艘船。他在日志里写道："这艘船居然没有被安排取道北部海峡，真是太让人讶异了。"

施维格下令将鱼雷的发射深度设定在三米的地方。他现在顾不上让兰斯也看一眼这个目标。大船还在靠近，全黑的船体在闪闪发光的海天背景的映衬下格外醒目。

施维格的作战人员为鱼雷装好引爆装置，填进了发射管。

卢西塔尼亚号距利物浦还有大约十六个小时的航程，换句话说，只需要在船上再吃三顿饭———一顿午餐，一顿晚餐，星期六在利物浦港口吃最后一顿早餐。现在到了午餐时间。头等舱乘客只有一个用餐时间，地点就在船中央那个有巨大穹顶的餐厅；二等舱乘客有两个进餐时间，分别是十二点半和一点半。午餐时人们议论着前一天晚上的才艺表演，谈论着船上发行的《丘纳德日报》上刊登的最新战况，当然，有很多乘客讨论卢西塔尼亚号现已进入"战区"这件事。

像往常一样，小劳里亚特打算跟洛思罗普·威辛顿一起用午餐，他们到头等舱餐厅，坐在了老位置上。小劳里亚特注意到，餐厅两边的舷窗都是敞开的。后来提及此事，他说记得很清楚，因为当时天气暖和得过了头，两个人都很烦——他俩已经为此烦了一路。所以，正是因为天气太热，乘务员把餐厅的舷窗全打开了，还把一个大电扇正对着小劳里亚特的餐桌上方，吹的风让人很不舒服。在这趟旅程中，同样的事情屡屡发生，每一次小劳里亚特都不得不让乘务员关掉电扇，这次也不例外。

除了这些，午餐时间其实还是很愉快的。两个人都盼着船赶紧到岸。小劳里亚特写道："我们共同度过了一段快乐的时光，并约定到了伦敦要继续见面，他的住处离我们在伦敦的办公室不远。"

由于卢西塔尼亚号一路上行驶得出乎意料地慢，显然，小劳里亚特在伦敦的工作要推后一天。不过很快，他就会将狄更斯的《圣诞颂歌》借出去，并与萨克雷的女儿里奇夫人会面，一起筹划她为那些画稿逐一题字的事情，现在，这一百一十八张画稿还锁在他包间的鞋盒里。接下来他要会见那些负责画框制作和装帧的人,这些画一旦到了他们手里,便会摇身一变,价值远远超过小劳里亚特当初支付的区区四千五百美元。

餐厅的另一处,西奥黛·波普和同伴埃德温·弗兰德刚刚吃完午餐。西奥黛回忆道:"跟我们同桌的一名年轻英国人的冰激凌已经端上来了,可没有勺子,正等着服务员去给他拿。他一脸无奈地看着冰激凌,说要是鱼雷比他的勺子先到达,他会生气的。我们全都哈哈大笑,然后七嘴八舌地议论着这艘船的速度有多慢,就像是引擎停了一样。"

其实,这艘船仍然以十八节的速度行驶。乘客们之所以感觉船慢,大概是因为此刻洋面格外平静,降低了船身传导过来的振动频率。

德怀特·哈里斯的订婚戒指就贴身挂在衬衫里。他还是跟平日的餐伴一起用午餐,但这次他没能融入周围热闹的谈话。旅程即将结束,人们的言语间充满了欢快的期待。他感到局促不安,而且这种感觉莫名强烈。他写道:"在餐桌上,我忽然被一种前所未有的紧张感吞噬了,我起身离开,午餐都没有吃完!"

他回到 A-9 号包房,取了外套、帽子和那本写美第奇家族的书,准备到甲板上阅读。

医学院学生普雷斯顿·普里查德和室友阿瑟·加兹登非常清楚这艘船已经驶入了危险区域。他们在这趟旅程中成了朋友。

他们常常聊天，因为他俩都住在上铺。星期五的上午，普里查德和加兹登又一起聊了聊潜艇。"我们都想知道到底会不会真的碰上一艘，但我们两人没有一丁点儿恐惧，只是在聊万一碰上了要如何甩掉它。"加兹登这样写道。

午后不久，普里查德走到吸烟室，和聚在那里的人一起查看赌里程的结果，然后动身去二等舱的餐厅吃午饭。跟往常一样，他坐到了格蕾丝·弗伦奇小姐的对面。

今天，普里查德和弗伦奇小姐之间似乎真的要发生点儿什么了。普里查德穿的是绿西装——不是那套更好的蓝西装——但还是那么帅，在船上晒了六天太阳之后，普里查德愈发英俊了。他对格蕾丝说他在船上看到一位年轻女士，跟她简直就像是一个模子刻出来的，他上前去跟那位女士说话，才发现认错了人。普里查德说这些还真不仅仅是为了搭讪，餐桌上还有几个人也遇到过那位女士，同样认错了人。格蕾丝回忆："普里查德主动提出午餐后将那位女士指给我看，我同意了，然后就下楼去取了帽子和外套。"

船上一名乘务员注意到，普里查德大约在下午一点二十分离开了餐厅。

弗伦奇小姐准备上楼与普里查德会合的时候碰见了船上另外两位朋友，这两人问她去哪儿。"我回答说，普里查德先生要把我介绍给另一个自己，说完我就走了。之后，我开始和他一起四处溜达，我们觉得这个主意很好笑。我跟他说，我很好奇自己能不能认出这个女孩。"

他们一边找一边说说笑笑。时光欢快地流淌，很快就到了下午两点零九分，正是阳光灿烂的时候，海面都泛着光。

施维格估计，目标船只的行驶速度为二十二节，而且他测得两者的距离为七百米。如果计算准确，鱼雷将以九十度的理想角度击中这艘船。

下午两点十分，施维格下令开火。鱼雷从潜艇上冲出，施维格将其形容为"干净利落的离弦之箭"，它的速度很快就达到每小时四十四英里。按照这个速度，鱼雷将在三十五秒内击中目标船只。

海面如此平静，鱼雷疾驰的轨迹很容易被发现。时间每过去一秒钟，目标船只急速转向并快速驶离躲避攻击的可能性都要降低一分。但对于施维格和艇员们来说，这三十五秒还是太漫长。

施维格透过潜望镜紧紧盯着。他还没有意识到他在估算目标船只的速度时出了错。事实上，这艘船的速度比他测算的要慢四节，即每小时大约要慢五英里。

卢西塔尼亚号
美景

快两点的时候,数十名船员聚集在卢西塔尼亚号船首 F 层甲板上的行李舱里,有一半人是来接班的,另一半马上就要下班。他们的工作就是把行李舱里成千上万件旅客行李分拣好,准备靠岸。

水手莫顿已经在这里干了两个小时,他要把大大小小的箱子搬上电梯,这是通往行李舱的唯一通道。到了两点,也就是船上用钟声报时"四击钟"的时候,他就该换班去当两个小时的特别瞭望员了,负责观察有没有潜艇威胁。他被指派到船首的露天甲板,即船头后面的主甲板上值守。

"还有五分钟就到四击钟了,"他说,"我得到甲板上去把毛衣还有其他要用的东西准备好,两点钟就要去当瞭望员了。除了船的正前方,我们还要从甲板上的其他位置监视,我的责任就是守望船右舷从船头到横梁的这一段。"

到目前为止，这艘船已经消耗了大约六千吨煤。大部分沿船体左舷和右舷两侧布置的煤仓现在已经成了空空荡荡的隧道，里面到处都是乌黑的煤尘。煤仓有很多取煤口，堆煤工就是从这里取煤再转运到各锅炉房，堆到各个火炉前。煤尘会从这里窜出来，飘到船上各处。

在舰桥上，特纳船长命令舵手在航行时要与海岸保持平行，这样大副就可以继续进行四点定位测量。作为屏障的大雾现在已经彻底消散了。

"所有瞭望员时刻被提醒着要严密监视各自负责的水域，遇到任何可疑的情况要立即报告。"托马斯·马奥尼这样说道。他是一名水手，值守的时间段为中午十二点到下午两点。"如果从右舷船首将船的一周分为三十二个方位点，大约下午一点五十分，我们发现两点钟方位出现了一个圆锥形物体。"他觉得那东西像浮标。"我们把它报告给了负责瞭望的领班，这事在桥上引起了一阵骚动，大家都在议论那到底是个什么东西。"

船上一位名叫休·约翰斯顿的舵手这时刚刚接管舵轮，现在该他"在舵轮后面当班"了。舰桥上还挤满了高级船员，他们也都在换班。

约翰斯顿接过舵柄后不久便听到有人在喊，说是在右舷船头不远处发现了什么东西。一些高级船员举起双筒望远镜，他们推测这个物体真的是浮标，或者是海豚，也可能是某个漂流物的一部分。没有人表达担忧，"我们仍然继续前进。"约翰斯顿说。

两点钟时，水手莱斯利·莫顿在前甲板的瞭望岗就位。他站在船首的右舷，另一个水手扫视左舷附近水域。其他四名瞭望员也都在船上的哨点——包括桅杆瞭望台——各就各位。

莫顿的兄弟正在甲板下面的船舱里睡觉，因为当天晚些时候他还要轮岗换班。船上一半的船员现在还在行李舱里忙活。

卢西塔尼亚号在平静的海面上穿行着，就像剃刀划过果冻。

莫顿对待工作很认真，"每隔几分钟，他似乎就能看到一打东西"。

两点钟时，被安排在第二时段就餐的二等舱乘客午饭才吃了一半。已经吃完的头等舱乘客则乘坐由船上直流发电机组提供动力的两架升降机，在各层甲板之间上上下下。一群孩子在轮机部船员、堆煤工约翰·布伦南的帮助下，正在上层甲板玩跳绳。

现在天气非常好，天空下的一切都显得那么鲜活、明朗。有不少来自昆士敦和金塞尔镇的家庭正聚集在老金塞尔角上野餐，温暖的空气中有几丝芬芳。他们看着海面上的船只你来我往。他们也可以看到大约二十英里外的卢西塔尼亚号，它的一排烟囱正在向天空喷吐着烟雾。

对于此刻守望在船"眼"上的莫顿来说，右舷朝向公海的远景清晰而明亮。"两点过十分，"他说，"我看了下手表并把它放进衣服口袋，然后我扫视了一下右舷，只是大致地瞄了一下，便发现右舷船头的四点方位大约五百码开外突然涌起一大片泡沫。"他说在他看来,就像是一个巨大的气泡突然冲出水面并炸裂开来。

片刻之后,他看到有什么东西划过平静的海面,拖出一条尾迹,清晰得就像是"一只看不见的大手拿着粉笔在黑板上画出来的一样"。

他伸手去抓扩音器。

特纳船长这时已经离开舰桥,回到自己在桥下的房间。大约一点三十分,已经不再掌舵的舵手约翰斯顿被派下来给特纳送一条信息:老金塞尔角现在位于"左舷船首十点方位处,与我们相距约二十英里"。顺着这条航线,船正在逐渐靠近海岸。

之后,约翰斯顿返回了舰桥。又过了半小时,也就是刚过两点,他听到有人喊:"有鱼雷!朝我们冲过来了!"

吃完午饭,在与朋友洛思罗普·威辛顿分开后,小劳里亚特下楼去包间取了一件毛衣,把它套在灯笼裤套装的夹克衫里面,又回到甲板上"实实在在地散了会儿步"。他爬上主舱梯,来到船的左舷,远处的爱尔兰海岸一览无余。他在这里遇到了作家埃尔伯特·哈伯德和妻子爱丽丝。哈伯德开玩笑说,德国也许并不欢迎他,因为他写过一本名为《谁揭开了地狱的盖子?》的小册子,在那本书里,他把这场战争归咎于德皇威廉二世。开船后不久他便送了小劳里亚特一本,小劳里亚特称它为"辛辣文学"。

在右舷的 B 层甲板上，西奥黛·波普站在同伴埃德温·弗兰德身边，倚着栏杆欣赏海景。"大海蓝得不可思议，在阳光下非常耀眼。"水面上反射的光线令人眼花缭乱，西奥黛都忍不住想说出自己内心的疑惑："船上那些高级船员怎么可能发现潜艇伸出来的潜望镜呢？"

那位舞台布景设计师奥利弗·伯纳德此刻正站在游廊咖啡馆里，"懒洋洋地"斜倚着一扇窗户，看着窗外的景致。他看到了一个像是鱼尾鳍的东西，在离右舷很远的地方，紧接着，"一条泡沫长线"在水面上走着弧线，朝着这艘船冲了过来。

一位美国女士走到他身边，说道："那不会是鱼雷吧？"

"我一下子蒙了，根本无法回答，"他说，"我感觉整个人全乱了。"

这个人人害怕的东西就这样过来了。"从离开纽约那天开始，我们就一直在为潜艇的事情担惊受怕，无论是吃饭、睡觉，还是做梦，潜艇的阴影都萦绕在心头。然而，当致命危险真的降临时，我简直不敢相信这真的发生了。"

伯纳德说，那一刻他几乎不怎么恐惧。"当人们意识到之前五天那些半是嘲弄的担忧最终变成了现实时，他们一片错愕，目瞪口呆。但是我不认为当时有人——哪怕是女人和孩子——感到那么害怕。本以为是德国人的'虚张声势'，没想到却变成了事实。"

那道轨迹还在快速接近卢西塔尼亚号。

海面上的第一次搅动，那第一次涌起的大片泡沫，是潜艇在发射鱼雷时将压缩空气从发射管中排出所造成的。鱼雷本身二十英尺长，直径二十英寸。它前端突出部分的形状像玉米筒仓，装载着三百五十磅TNT炸药，以及一种被称作"Hexanite"的烈性炸药。尽管德国潜艇指挥官为鱼雷设定的运行深度一般为十五英尺，但这枚鱼雷的运行深度却只有十英尺。它的移动速度为三十五节，即每小时四十英里。它前进的动力由压缩空气提供，压缩空气储气罐靠近鱼雷前端，就在炸药储存舱的后面。空气推动鱼雷引擎的活塞运动，带动两个螺旋桨，一个顺时针旋转，另一个逆时针旋转，以防止鱼雷出现滚转和偏航。然后空气排进海里，升上海面形成气泡。这些气泡要过几秒钟才能升至海面，这也就意味着在水面上观测到的轨迹总是落后于鱼雷本身的位置。

当鱼雷前进时，急速流过它前端的海水推动一个小螺旋桨转动，从而打开一个安全装置，防止鱼雷在储存过程中意外爆炸。这个小螺旋桨完全旋出后会脱落到海底，从而让一个触发装置露出，当鱼雷撞到船体时，它会点燃小剂量的炸药，从而引爆更大剂量的炸药。陀螺仪可以不间断地调整鱼雷在垂直和水平方向上的偏转，使其保持既定航向。

这道在水面上缓缓消散的轨迹就像一条长长的、惨白的伤疤。在航海人的话语中，这道逐渐消散的水痕，无论是来自船只还是鱼雷，都被称作"死亡尾迹"。

海面非常平静，一些乘客清清楚楚地看到了鱼雷。

德怀特·哈里斯手里拿着那本关于美第奇家族的书，正沿着右舷向船尾走去，这时，有什么东西引起了他的注意。他后来写道："我看见鱼雷过来了！——一条白中泛绿的水纹在疾驰！——我霎时蒙了！"

来自康涅狄格州的连锁经销商詹姆斯·布鲁克斯正走在停放救生艇的甲板上，两位朋友——来自芝加哥的蒙塔古·格兰特夫妇——让他到上一层甲板也就是马可尼甲板上一起玩沙狐球。布鲁克斯上去了，当他在上层甲板上朝朋友们走去时，看到一条泡沫轨迹正在水面上快速移动。

"哦！是的，我看到鱼雷过来了，我大声喊着'鱼雷！'，然后冲到楼梯后面的栏杆边，一只脚蹬在上面并探出身子，我希望看到它在船外爆炸。"

换作别人，都会觉得这个场景异常恐怖，但布鲁克斯却完全被眼前这一幕迷住了。他看到鱼雷就在尾迹前面很远的地方飞奔，在海水——他将其描述为"漂亮的碧绿色海水"——中穿梭，那枚鱼雷"披着银色的磷光"——你也许会这样形容——"那是因为空气从发动机中逸出形成了磷光现象"。

他说："那真是一道美景啊。"

假如再多些时间，假如人们对"鱼雷攻击平民班轮"的想法少一点儿漠然，假如人们对于潜艇战术以及逃避策略有更多的了解，就还有一线生机——尽管极其渺茫。特纳本可以做出快速机动以减少伤害，甚至完全可以避开这枚鱼雷。他本来可以起动船上的反向涡轮机以减缓船速，使潜艇指挥官对其航程范围和航行速度的计算失效，让鱼雷无法击中他的船。他还可以相信卢西塔尼亚号久经考验的操控灵活性，下令左满舵或右满舵，躲开奔袭而来的鱼雷，或者让鱼雷擦过船身。

再过两个月，重返工作岗位的丘纳德公司的船长丹尼尔·道就完成了上述操作，并因此赢得了公司董事局的嘉奖。一九一五年七月十五日黄昏，在丹尼尔·道的毛里塔尼亚号上，瞭望员发现了大约半英里外的潜望镜。没过一会儿，两枚鱼雷就朝他的船冲了过来，两道尾迹清晰可见。他下令立刻右满舵并朝潜艇冲了过去，两枚鱼雷都打空了，那艘潜艇立即潜入水中，落荒而逃。

U-20
"撞击！"

五月七日下午两点十分，施维格写下一条日志，并用一个表示撞击的德语单词"Treff"开头。他写道："鱼雷击中靠近舰桥后方的右舷一侧，引发异常剧烈的爆炸，随之腾起一片巨大的蘑菇云（蘑菇云远远高过前部的烟囱）。鱼雷的爆炸肯定引发了二次爆炸（至于源头是锅炉、煤尘还是火药就不得而知了）。"

直到这会儿，在潜望镜前，战事领航员兰斯还站在施维格身边，随后施维格侧过身来，让兰斯透过目镜向外看。兰斯能够通过船的轮廓和甲板配置来辨认船只，哪怕是小型船只。识别这样一艘大船自然更容易了。对上目镜的那一瞬间，兰斯便惊呼道："我的天哪！是卢西塔尼亚号。"

施维格的日志表明，直到这一刻，他才知晓这艘船的真实身份，似乎有点儿难以置信，毕竟这艘船的外形——它的大小、线条、四个烟囱——已使它成为海上最具特色的船只之一。

施维格再次瞄向潜望镜。他被现在看到的一切震惊了。

第四部
黑灵

卢西塔尼亚号
命中

鱼雷过来后便消失在甲板边缘的下方，一瞬间，似乎什么都没有发生，人们抱着一丝幻想，以为它没有命中卢西塔尼亚号，或是虽然命中却发生了故障。"我看到它消失了，"一名乘客说，"刹那之间，我们都抱着一线希望：也许它不会爆炸。"

接下来一瞬间，在舰桥下方吃水线以下大约十英尺的地方，三百五十磅炸药在船身的壳板上引爆。即刻，鱼雷的有效载荷从固体转化为气体，这种"相变过程"在极其巨大的压力下释放出超过五千摄氏度的热量。正如二十世纪早期一位潜艇建造者指出的那样："在这些巨大能量的裹挟下，船侧壳板不过是一张薄纸。"

海水、铺板、绳索以及碎钢片像喷泉一样被抛撒到空中，高达船高的两倍。一名瞭望员说，五号救生艇"被炸得粉碎"。船继续前行，穿过那一片被炸起来的"喷泉"，飞起来的那些东西几乎瞬间就跌回甲板上。海水像滂沱大雨一般浇湿了船上的乘客；各种碎片噼里啪啦地跌落到沙狐球场，A层甲板上正在玩跳绳的孩子们也立刻停止了游戏。

现在，吃水线下面出现了一个小房子大小的破洞，大约四十英尺宽，十五英尺高。然而，爆炸波及的范围远不止于此。成千上万原本固定在一起的铆钉和钢板现在开始松动，面积比炸出来的破洞大十五倍。爆炸点附近的舷窗玻璃大都裂开了，舱壁隔板大多已被损毁，水密门纷纷移位、脱落。相对于货船上的开放型船舱来说，客轮上的各种门和舱室比较小，爆炸产生的冲击波能量更不容易消散，也就更容易损毁。卢西塔尼亚号的建造者们考虑到了轮船发生碰撞或触底的情况，因此设计安装了这些屏障，但谁也没料到，有一天鱼雷会在水下撞向船体并发生爆炸。

撞击点对应的船体内部有个巨大的水密舱壁，撞击点就位于右后端。该船沿船体宽度方向有十几个这样的水密舱壁。这处特殊的防水舱壁还形成了一堵墙，让后部与最前面的一号锅炉房及锅炉房前部的一处大型储煤舱隔开，该储煤舱位于锅炉房和船头之间，被称为"横仓"，是船上唯一一个占满整个船体宽度的煤仓，其余的煤仓都是纵仓，沿船体两侧呈纵向排列。此次航程快结束了，所以煤仓基本也都空了。

卢西塔尼亚号之前的行进速度为十八节，这导致海水开始出现"强灌式泛滥"，即海水以每秒约一百吨的速度强行进入船内。海水冲进横仓，涌入一号锅炉房，一号锅炉房内有两台单炉门式锅炉和两台双炉门式锅炉，而且这里是主蒸汽管道的起始端。海水还灌进了排列在右舷一侧挨着撞击区域的纵向煤仓，这些煤仓灌满海水后，船就开始向右倾斜。与此同时，海水冲进一号锅炉房和前部的横仓，导致船头下沉，船尾上升，整个船体也开始扭曲。

听到瞭望员大喊"鱼雷过来了"的时候，特纳船长正站在A层甲板上的房间入口。他看到了鱼雷的轨迹，看到它钻入了右舷护栏下方。短暂的寂静后，一柱海水裹挟着各种残骸从海上腾空而起。爆炸产生了剧烈的震动，船体突然右倾，特纳失去了平衡。

特纳赶紧跑向通往舰桥的楼梯，各种物件的残骸和海水在他身后纷纷落下。

爆炸时，船上各处的乘客感受也各不同。这艘船太长了，有将近八百英尺，还有一定的伸缩性，那些靠近船尾——例如二等舱的吸烟室和餐厅、游廊咖啡馆、悬伸艇——或站或坐的乘客只感觉到砰的一声闷响，因为这些区域的船甲板会一直延伸到船舵的上方。据奥利弗·伯纳德回忆，他当时就在想："唉！情况还不算太糟。"而那些靠近舰桥的人的感受则更加清楚直接。"海水、碎煤、木屑……一股脑地被抛撒到我们头上！"德怀特·哈里斯回忆道。"我紧靠着船，但还是被浇成了落汤鸡！"

普雷斯顿·普里查德和格蕾丝·弗伦奇听到爆炸声时正在开

心地寻找那个与格蕾丝"一模一样"的人,猛然间,船开始右倾。"船倾斜得太厉害了,我们全都爬下了甲板,一时间,一切都变得混乱不堪,"格蕾丝回忆道。"当我回过神来四下环顾,却找不到普里查德先生了,他好像消失了。"

弗伦奇小姐太害怕了,不敢回自己的房间,只得跑到甲板上去找救生衣,她显然没有意识到救生衣都放在乘客的房间里。

因为表有误差,每个人记录的爆炸时间并不相同。十九岁的威廉·麦克米伦·亚当斯总爱随身带着表,他认为鱼雷命中轮船的时间是在两点零五分。"我会对一切计时。"他后来这样说道。当被问及缘由,他回答说:"我只是喜欢这样做,至于为什么,我也不知道。"小劳里亚特当时查看了自己的发条式腕表,认定命中时间在波士顿时间上午九点零八分,即格林尼治标准时间下午两点零八分。其他大部分人认为命中时间是在两点十分,后来人们就普遍以这个时间为准了。

几秒钟后,小劳里亚特感觉船在向右翻,而且开始向船头方向倾斜。"你能很明显感受到两个方向的运动,"小劳里亚特这样写道,"一瞬间,它似乎马上就要沉了,可忽然又停了下来,仿佛海水碰到了水密舱壁,它似乎又能稳住了,船头甚至往上抬起了一点儿。这给了我一些安全感,我开始觉得它能就这样漂浮在海上了。"

不一会儿,发生了第二次爆炸。(执着于记录时间的威廉·麦克米伦·亚当斯也记下了这个时间,是在第一次爆炸三十秒后。)两次爆炸的性质不一样。第一次是一次性的剧烈爆炸,而按小劳里亚特的说法，第二次只发出了"非常沉闷"的声音，像一阵战栗掠过全船，而且似乎是从船体深处传上来的。"我认为，这更像是锅炉发生了爆炸。"小劳里亚特没法准确辨别出爆炸的位置，他说这声音"不够明显"。

餐厅里，桌子上摆放的植物东倒西歪，玻璃器皿摔到了地板上。

刚刚吃完午饭的玛格丽特·麦克沃思和父亲 D. A. 托马斯正准备进入 D 层甲板电梯，托马斯开玩笑说："我想我们今晚应该熬夜待在甲板上，看看有没有什么刺激的事情在等着我们。"

麦克沃思还没来得及接话就听到了一声沉闷的爆炸声，不是很大声，听上去更像是从下方某处传过来的一声沉重的闷响。"我转身出了电梯，因为我莫名觉得待在楼梯上更安全。"

她父亲立刻动身去打探到底发生了什么。麦克沃思按照早先的计划，径直去了 B 层甲板的房间里拿救生衣。船倾斜得太厉害，她很难顺利走过去。她沿着走廊低下去的一侧往前挪动，身子在墙和地板之间的夹角里，还迎面撞上了一名女乘务员。麦克沃思写道："两个人浪费了大约一分钟给对方赔礼道歉。"

取回救生衣之后，麦克沃思跑进父亲的客舱给他也拿了一件。她跑向开放的救生艇甲板，爬到船上较高的左侧——她认为"离潜艇越远越安全"。

在那儿她遇见了餐伴多萝西·康纳，她问康纳能否陪自己等父亲。之后，麦克沃思穿上了救生衣。

一群三等舱的乘客从下面涌了上来，声音很大，一直在吵吵闹闹。

麦克沃思扭头对康纳说："我一直以为，船舶遇难时大家也能保持秩序。"

"我原来也是这么想的，"康纳回答，"不过刚才五分钟，我仿佛见到了恶魔。"

小劳里亚特当时正跟埃尔伯特·哈伯德夫妇站在一起，小劳里亚特催他俩赶紧回房间拿救生衣，但是夫妻俩似乎吓蒙了。"哈伯德先生待在护栏边上，紧紧搂着妻子的腰，两人看上去都已经挪不动脚了。"

小劳里亚特对哈伯德说："如果你不愿去就待在这儿，我去给你拿。"小劳里亚特随即动身返回自己的住处。

对于船上的许多父母来说，爆炸带来的是非同一般的恐怖。费城的克朗普顿夫妇有六个孩子都在船上、纽约的珀尔一家带着四个孩子。这艘船非常大，年龄稍大的孩子们都是自己跑到甲板上玩。渐渐地，越来越多的人涌到了救生艇甲板上，这些父母则不得不把蹒跚学步的孩子关在房间里，抱着婴儿跑到甲板上那不断增加的人堆里去找自己的孩子。

诺拉·布雷瑟顿三十二岁，是一名洛杉矶记者的妻子，她带着两个孩子保罗和伊丽莎白，搭乘卢西塔尼亚号回英格兰去看望自己的父母。保罗三岁，伊丽莎白（小名"贝蒂"）才一岁半。布雷瑟顿有孕在身，但因为丈夫得留在加利福尼亚工作，她只好独自带着两个孩子旅行。

她乘坐的是二等舱,舱室在C层甲板(遮蔽甲板)靠近船尾的位置。午餐前,她把女儿放在上一层甲板的"小乐园"里,然后把儿子留在房间里小睡。

鱼雷命中的时候,她正在两层甲板之间的楼梯井里。她愣住了,不知道先往哪儿跑——是上楼去抱襁褓里的小女儿,还是下楼去找睡觉的儿子?灯全都熄灭了。船只突如其来的倾斜把她从楼梯井的一侧抛向了另一侧。

她选择跑向襁褓里的小女儿。

一进舰桥,特纳就开始下达指令。他命令让引擎启动"全速倒退"操作。反向涡轮机组是这艘船的"刹车",也是让船停下来的唯一途径。这艘船必须停下来,这样救生艇才能安全放下去。但是引擎毫无反应。

特纳让掌舵的休·约翰斯顿努力把船靠向岸边,此刻船离海岸仍有十几英里。假如最坏的情况发生,他就要把船直接驶向海滩,这样至少可以解除沉船的危险。

约翰斯顿站在掌舵室里,这是舰桥上的一处小隔间。他复述了特纳的命令,确认自己已经明白。他转动舵轮,此刻船应该偏转三十五度,朝向海岸。

"很好,小伙子。"特纳说。

据约翰斯顿后来说,当时船响应了他的操作。

然后,特纳船长命令约翰斯顿"稳住"这艘船,也就是说,一旦船转到预期的航向,他就要反向调整舵轮,防止船继续偏转。约翰斯顿将舵轮朝反方向打了三十五度。

"让船朝向金塞尔。"特纳说,并指挥约翰斯顿将船头朝向老金塞尔角的灯塔。约翰斯顿重复了船长的命令,开始执行这一操作。

这次,舵机失去了反应。船开始转向,"朝向下风"即远海驶去。约翰斯顿试图扭转这一局势,"为了稳住这艘船,所有能做的事情我都尝试了,"约翰斯顿说,"但它就是一直摇摇晃晃地滑向远海。"特纳再次重复将船转向海岸的命令。

约翰斯顿试着做了:"我转动舵轮,但是它已经不听使唤,继续摇摇晃晃地漂向远海。"

特纳让二副珀西·赫福德查看船上的"水平仪",类似于木工用的水平仪,估测船的倾斜程度。

赫福德喊道:"向右舷倾斜十五度,长官。"

特纳下令关闭客舱甲板下面的水密门,其控制装置在舰桥的前壁上。为了确认水密门已经关闭,特纳让赫福德到艏楼里去查看。

赫福德停下操舵室里的工作,告诉约翰斯顿要盯着水平仪,"要是船倾斜,就大声喊。"赫福德离开了舰桥。他再也没能回来。

特纳下令将救生艇降到"护栏位置",也就是可以让乘客们安全登艇的高度。可是救生艇仍然没法下水,因为紧急转向的惯性还在继续推动着初始速度为十八节的卢西塔尼亚号前进。如果反向涡轮有反应的话,这艘船在三分钟内就能停下来,但是现

307

在，只有海水的阻力才能让其完全停下。卢西塔尼亚号向着远离海岸的方向划了一条长长的弧线，海水的强灌还在继续。

守着舵轮的约翰斯顿查看了水平仪，船的倾斜度维持在十五度。

特纳走到舰桥的翼桥上。下面的救生艇甲板上挤满了乘客和水手。被煤灰染得一身漆黑的锅炉工像影子一样穿过人群。有些人是从通风口爬出来的。

在下面的隔离室里，罗伯特·凯和妈妈感觉到了鱼雷爆炸，据罗伯特说，第一次爆炸"很猛烈"，接着又有一次相对缓和的爆炸，好像是来自船的内部。接着，灯全灭了。

罗伯特回忆道，他妈妈很紧张但却出奇地平静，她很担忧，自己肚子这么大，他们两个很难安全爬到上层甲板。

隔离室的大门已经脱框变形，他们努力将其打开。外面的走廊黑黢黢的，船向右前方倾斜着。

他们缓慢地挪动着。罗伯特写道，他试着去帮妈妈，"但是他们仍然每走一步都很费劲、很缓慢"。因为船向右前方倾斜，楼梯开始变得很危险。凯和妈妈紧紧抓住扶手，"但周围越来越不稳，一切都越来越扭曲"。

人好像都走了，周遭非常安静，罗伯特偶尔也能听到上面很远的地方传来一两声喊叫。他和母亲一直费劲地向上挪动。

此时距离第一次爆炸已经过去了五分钟。

小劳里亚特带着他能找到的所有救生衣回到了甲板上。他穿上救生衣后便去帮别人。这些救生衣是新式的"博迪"款，如果穿戴得当，大胖子也能漂浮在海上。可是，小劳里亚特发现周围几乎没有人能正确穿戴救生衣，丘纳德公司当时还没有明文要求乘客在旅程开始时试穿救生衣，唯一的穿戴指南就是房间里张贴的图示说明，丘纳德公司显然相信乘客们有时间和精力去阅读这份指南并照做。事实证明这是逻辑上的谬误。"慌乱中什么穿法都有，就是没有一个正确的，"小劳里亚特这样写道，"一位男士的一条胳膊从袖圈中伸出去，脑袋则从另一个袖圈里钻出来。还有人把救生衣上下颠倒地围在了腰上。极少人能正确穿戴。"

小劳里亚特站的地方离舰桥不远，他听到一位女士向特纳船长喊话，声音沉着冷静："船长，你希望我们怎么做？"

"待在原地别动，夫人，船没事儿。"

"你怎么知道船没事儿呢？"她继续问道。

"轮机舱的人告诉我的，夫人。"特纳回答，但是轮机舱没人向他提供这样的信息。显然，他只是希望能安抚下面的乘客，避免乘客们争抢救生艇。

这是小劳里亚特最后一次看见特纳。小劳里亚特和那位女士往船尾走去，边走边告诉其他乘客船长说的话。

二等舱乘客亨利·尼达姆可能见过这俩人，因为据他回忆，有位乘客从舰桥方向走过来喊道："船长说了，船不会沉的。"

尼达姆写道："那句话赢得了一阵欢呼，而且我注意到，很多正拼命想登上救生艇的人，又一脸满足地走开了。"

乘客和很多船员都相信——或者说想要相信——没有哪种鱼雷可以给这艘船造成致命的伤害，特纳的话让他们更坚信这一点。两次爆炸之后，乘务长和外科医生甚至开始淡定地在甲板上散步、抽雪茄，并一路向乘客们保证船没有任何危险。这看上去完全可信，卢西塔尼亚号太大太坚固了，似乎不可能沉没。从当时的场景中也完全看不出沉没的预兆：五月一个阳光明媚的午后，空气温暖而宁静，海水温暖，远处的爱尔兰海角已经依稀可见，在阳光下闪耀着碧绿的光。

那位纽约商人艾萨克·莱曼可不相信船不会沉之类的话。他赶紧跑回房间拿救生衣，却发现已经有人拿走了。莱曼很容易紧张，害怕那些乱哄哄的场面。"我不知道是什么力量在支配着我，"他说，"我顺手打开了西装衣箱，抓起那把左轮手枪，我想，万一有人图谋不轨，它会派上用场。"

卢西塔尼亚号的乘客中有几位从事造船工作，起初他们也相信这艘船不会沉。有一位名叫弗雷德里克·J.冈特利特，是纽波特纽斯造船及船坞公司的高管，此行前往欧洲是要与几位潜艇制造商会面，他们有意在美国成立一家合资公司。这次冈特利特与公司总裁阿尔伯特·霍普金斯一起旅行。

冈特利特和霍普金斯及一位同行——费城人塞缪尔·诺克斯——共进了午餐。（一周前被鱼雷击沉的那艘美国油轮戈尔弗莱特号正是由诺克斯所在的公司制造的。）他们坐在自己常坐的位置——右舷往后数第六张桌子上，背对着餐厅入口。他们穿着西装，桌布是白色的，每张桌子上都有透明的玻璃花瓶，里面插着剪下的花枝，阳光透过窗户洒落进来。

整个房间突然开始向右倾斜，一只花瓶从冈特利特的桌子上摔了下来。"我撇下咖啡和坚果，"他说，"立即从桌子旁站起来，让乘务员关上舷窗。"作为一名造船从业者，他深知敞开的舷窗会带来什么样的危险。他叫了乘务员好几遍。"乘务员们显然都忙别的去了，"他说，"他们离开餐厅的时候，我也跟着离开了。"

他和餐伴们没有去关舷窗，那些舷窗依然敞开着。冈特利特走向衣帽架，取了自己和诺克斯的帽子，他们往上走了三段楼梯，到了救生艇甲板上。

冈特利特确定船的倾斜程度似乎稳定在了十五度。他相信倾斜角度不会加大，而且"根本不相信它会沉"。他对旁边一位带着几个孩子的女士说了这番话，她问他接下来该怎么办。"我告诉她没有危险，"他说，"这艘船不会沉的。"

冈特利特希望防水舱壁和水密门能阻止船只继续进水，但随后他感到事情有些不对劲了。侧倾开始越来越严重，船头也下倾得更厉害，他说："我决定四处去看看到底出了什么麻烦。"

他走到甲板最前面的栏杆边看了看下面的船头，艏楼的一部分已经被淹没了。

他回到房间，穿上了救生衣。

船上的操控系统全部瘫痪。船舵失控，主发电机停止运转，所有的灯都熄灭了，在内部走廊行走的人们只能摸黑前行。在最顶层甲板上,马可尼无线电报房里的电报员切换到了紧急电源。船中央的两部头等舱电梯停了下来,后来据人描述,里面的乘客一直在尖叫。

通往行李舱的电梯也停了,这是进出行李舱的唯一通道。很多船员以为乘客们即将下船,所以鱼雷爆炸时他们正在里面整理行李,很多人都被炸死了,而且由于海水将会灌满船头的舱室,剩下的那些人也注定要葬身此地。锅炉工尤金·麦克德莫特从二号锅炉房逃了出来,他描述说:"涌进来的海水直接把我冲倒了。"很多死去的船员恰恰是那些即将被派去放下救生艇的人。

现在,海水找到了进入船体的新通道——从敞开的舷窗灌进来。很多舷窗就只高出水面一点点,例如 E 层甲板的舷窗正常情况下离水面只有十五英尺。据估计,右舷至少有七十扇舷窗是敞开的,若以每扇舷窗每分钟进水三点七五吨算,那么仅从右侧舷窗,每分钟就有二百六十吨海水涌进船体。

现在大约是下午两点二十分,距离鱼雷命中轮船已经过去了十分钟。在接下来的几分钟里,甲板上的水手和乘客都在等船慢下来,然后安全地放下救生艇。大家都默不作声。初级三副艾伯特·贝斯蒂克说:"此刻只有一片奇怪的静寂,间或一两个微弱的声音——孩子的呜咽、海鸥的叫声,或者是砰的一声门响——都格外地响,简直让人心惊肉跳。"

第一时间的消息

各地发来的电报飞速抵达伦敦的英国海洋军事部和昆士敦的海军中心。

两点十五分,爱尔兰海岸外的瓦伦西亚基站向昆士敦发去电报:

"据信,卢西塔尼亚号已在金塞尔遇难。"

两点二十分,爱尔兰南部科克郡的加利角向海洋军事部发去电报:

"卢西塔尼亚号,东南方向十英里,船头已入水,显系遭潜艇袭击。"

两点二十五分,昆士敦向海洋军事部发去电报:

"据报，卢西塔尼亚号在距金塞尔以南十英里处被鱼雷击沉，所有可用拖船和小型船舶都已赶去救援。已通知阿伯丁、彭布罗克、班克拉纳、德文波特以及利物浦方面。"

卢西塔尼亚号
各自的决定

当卢西塔尼亚号放下救生艇时,乘客终于意识到了眼前的危险,不再因为船上有这么多救生艇而感到安全。船侧倾得太严重,挂在右舷的救生艇都远离了船身,甲板与救生艇之间形成了五到八英尺的空隙,从空隙中可以看到下面的大海,那是一道六十英尺的"深渊"。一些船员试着将甲板椅架在船与救生艇之间,但是大多数乘客选择跳过去。小孩子是被父母抱过去的。一个男孩助跑了几步,也跳上了一艘救生艇。

与此同时,对面左舷悬挂的救生艇向内倾斜到了甲板上方,几乎不能直接用,除非花大力气把它们推到投放位置。特纳船长下令腾空左舷的救生艇,但随着情况越来越糟,乘客和船员还是想方设法将救生艇投入水中。

新泽西的房地产开发商奥格登·哈蒙德——丘纳德公司的高级职员曾向他保证这艘船就像纽约的有轨电车一样安全——和

妻子玛丽一起走在左舷的救生艇甲板上，看见一群水手和男乘客使劲把二十号救生艇推出护栏，女人和孩子正往救生艇上爬。

玛丽和奥格登都没穿救生衣。他本打算下去回房间取，但玛丽恳求他不要离开。他们只得在甲板上找救生衣，但一件都找不到。

来到救生艇旁，奥格登突然拒绝上艇，出于对海上惯例的尊重，他认为女人和孩子应该先上去。但玛丽也拒绝上船，她说除非丈夫跟她一起上，所以这对夫妻就那样站在一边，观望等待。最终，奥格登同意登艇，他和玛丽坐在船头附近。当这艘救生艇准备下水时，艇上已经坐满了一半，大约三十五个人。

船头和船尾分别有人负责操纵吊索，救生艇两端各有一组滑轮，滑轮中各有一根吊索穿过。船头的水手没能控制住手里的吊索，奥格登试着去抓，但吊索滑动得太快，连他手上的皮都给撕了下来。救生艇的船头猛地栽了下去，船尾却还被吊索挂着。艇上的人们一下子掉进了深度超过六十英尺的海里。

奥格登抓住附近漂浮的一支桨浮出了水面。他妻子没能浮上来。

就在旁边，左舷的十八号救生艇中止了下放。这艘救生艇搭载着四十名妇女和儿童，被一个止动销固定。当值的水手遵从特纳的命令没有放下来，不过这位水手拿着一把斧头，一旦得到许可就敲开止动销。当时，几十名乘客就站在救生艇与头等舱吸烟室的外墙之间。

看到居然没有人投放这艘救生艇，纽约商人艾萨克·莱曼很震惊。他已经设法找到了一件救生衣，左轮手枪就揣在衣兜里。他朝船头扫了一眼，看见海水正沿着甲板漫上来，他质问那个水手为什么还不采取行动。

"船长命令暂时不得投放救生艇。"这名水手回答。

"让船长见鬼去吧，"莱曼说，"你没看到船正在沉吗？"他掏出左轮手枪比画着。"谁敢违抗我的命令不放下救生艇，我就打死谁！"

那名水手照办了。他挥舞手中的斧头，敲碎了止动销。这艘救生艇本来就沉，现在又承载着三吨重的乘客，向内摆去，砸中了所有站在救生艇和那堵墙之间的人。一对五十多岁的姐妹被严重撞伤，当场死亡。莱曼伤到了右腿，但他努力从受伤的人群中爬了出来——这群人就是刚才的旁观者——这相当不容易，他又高又胖，穿着大衣，外面还套着救生衣。

乘客和船员们再次尝试投放这艘救生艇，稍有进展，可最后还是出了问题——这艘救生艇同样把乘客全部倒进了水里。莱曼说，几乎就在乘客落水的同时，船头方向的甲板上发生了一场"非常可怕的爆炸"。这次新的"动乱"可能是由于海水浸入了另一个锅炉房，冰冷的海水遇到过热槽，造成一系列的二次喷发，而这只是其中一次。此时距离鱼雷击中轮船才过了十四分钟，海水仍在持续灌入。

很多乘客决定放弃乘坐救生艇，转而选择更直接的方式。德怀特·哈里斯按照既定计划朝船头走去。他翻过左舷的 A 层甲板护栏，顺着船边滑下两层甲板，然后走向船头，船头已经快没入水中，这时他要做的就是走进水里。他脱掉鞋子，丢掉了大衣、帽子以及那本关于美第奇家族的书。他没有救生衣，也没带那条在沃纳梅克百货公司买的定制救生带。之前他因为害怕被困住，所以没敢回房间去取。可现在真站在了水边，面对可能溺水的危险，他又改主意了。

"我看了看眼前的情况，发现必须要有救生带才行，所以我又爬到 A 层甲板，跑回我的房间。"他写道。他穿上救生带后返回了船头。一位高级船员喊他上救生艇。"但是我知道，大家都在争抢救生艇上的每一点空间，所以我摇头拒绝了！——我又爬上护栏，把脚悬在外面，等海水漫到甲板上，我跳了出去！"

他一边游一边抬头回望，看见船上那一排巨大的烟囱正在天空中渐渐往下倒。

西奥黛·波普和埃德温·弗兰德计划过，一旦发生紧急情况，他们就去救生艇甲板上与西奥黛的女仆艾米丽·罗宾逊会合。"甲板一下子就挤满了人，显得十分奇怪"，西奥黛写道，"我还记得，有两位女士一直在甲板上凄惨地哭喊着。"西奥黛和弗兰德向左舷望去，一艘救生艇正在投放，但一端落得太快，艇上的人全都掉进了海里。那可能是奥格登·哈蒙德乘坐的那艘救生艇，也有可能是莱曼拿枪逼着船员投放的那艘。"我们俩面面相觑，实在受不了眼前这一幕。然后我们穿过拥挤的人群，到了

B层甲板的右舷。"

他们站在护栏边,看到这一侧投放成功的救生艇比较多。救生艇从上面一层甲板放下来,慢慢地在他们眼前下降。船下沉得如此之快,倾斜得如此厉害,他俩担心等这些救生艇落到海面上时,大船可能会翻过去砸向它们。

他们爬回救生艇甲板,但并不打算爬上还在甲板上的救生艇。

"我们并肩走着,两人都用胳膊搂着对方的腰。"西奥黛回忆道。他俩遇到了一名很熟悉的乘客——比利时护士玛丽·德帕,她看上去吓坏了。"两位男士一左一右站在她旁边,看起来是她的朋友,所以我们没有说话,"西奥黛写道,"那会儿没时间多说话,除非能帮上忙。"

西奥黛和弗兰德向船尾走去,即将爬上一个陡坡。她的女仆走到他们身边,西奥黛注意到她脸上带着紧张的微笑。"我只能把手放到她的肩上,说:'哦,罗宾逊。'"

他们开始找救生衣。翻了好几个客舱后他们终于找到了三件。弗兰德帮两位女士穿上,之后他们便走向护栏。巨大的烟囱以夸张的斜度立在他们上方,身后便是大海。

西奥黛看了看弗兰德,然后他们又一同往下看着海面。是时候了。她写道:"我让他先跳。"

弗兰德爬下一层甲板,然后跳进了水里。短暂消失了一会儿后,他浮出水面,向上看着她俩。船还在继续前行,而他的身影在后退。

西奥黛说:"到我们了,罗宾逊。"她们跳下了护栏。

格蕾丝·弗伦奇跑回当初鱼雷击中轮船时和普雷斯顿·普里查德待在一起的地方。他已经不在那里了。她走向护栏,脱下外套,跳了下去。她没有救生衣,打算一直游到能抓住什么。没想到这一跳让她沉入了深水区,轮船前行引发的涡流将她往水下拉去。

现在,特纳船长知道船是真的要沉了。他穿上救生衣,但选择留在舰桥上,其他高级船员以及舵手休·约翰斯顿也都留在那里。舰桥后面的马可尼无线电报房里,船上的首席发报员罗伯特·利思用辅助电源向附近所有船只一遍遍发送消息,请求它们立即赶来救援。

特纳再次向约翰斯顿询问水平仪的读数。

约翰斯顿回答:"二十五度。"

特纳说:"我的天。"

他从舰桥看去,发现水已经淹没了下面的艏楼。他对约翰斯顿说:"你自救吧。"当时大约是下午两点二十五分——距鱼雷击中轮船仅过去了十五分钟。

约翰斯顿离开舰桥,找到了一个救生圈——船上还剩三十五个。水涨到了舰桥右侧的翼台。约翰斯顿入水后就直接被冲出了甲板。他说:"我只能任由水流把我冲到哪儿算哪儿。"

特纳仍然留在舰桥上。

U-20
施维格的视角

"我又回到了潜望镜前。"施维格跟朋友马克斯·瓦伦丁纳说。"那艘船正以令人难以置信的速度下沉,甲板上弥漫着绝望的恐慌情绪。救生艇上人满为患,一个个从原来的位置直接掉进了水里。绝望的人们在甲板上无助地跑来跑去。无论男女通通跳进了水里,试图向那些底朝天的空救生艇游去。我从来没见过如此恐怖的景象,我也不可能提供任何帮助,要救也只能救起极少数人。之前从我们头顶经过的那艘巡洋舰还没走太远,它肯定已经收到求救信号。我想,它可能很快就会出现。那个场景实在惨不忍睹,我下令潜到二十米然后驶离。"

下午两点二十五分,施维格在他的作战日志上写下了关于这次袭击的最后一笔记录:"无论如何,我都不会向这些已经惨不忍睹、拼命逃生的人发射第二枚鱼雷。"

施维格指挥潜艇驶向远海。艇员们快乐极了:他们摧毁了卢西塔尼亚号,一艘象征英国海上霸主地位的船!

卢西塔尼亚号
一支小部队

小劳里亚特现在确信卢西塔尼亚号会沉,于是返回 B 层甲板前端的包房,准备抢救他随身携带的那些物品。沿着走廊奔向房间时,他才亲身感受到了这艘船的倾斜程度。走廊严重倾斜,人们已经不可能在上面正常行走,只得一脚踩着地板,一脚踩着同样已经严重倾斜的墙面。他那件笨拙、臃肿的救生衣让他每次前行都更加不易。他经过那些大门敞开的头等舱包房,之前从包房里的舷窗可以看到天空和地平线,但现在只能看到大海,水面一片阴暗,因为那片海水正被倾斜船体的阴影笼罩着。走廊里的唯一一点光亮,是阳光照到船阴影之外那荡荡悠悠的海面上然后反射过来的几点破碎的银光。小劳里亚特吃惊地发现许多舷窗都还开着。

他的房间已经成了一个黑箱。他找到了那些火柴,划着火柴后,他又找到了护照和其他想抢救的物品。他拎起那个装有狄更斯《圣诞颂歌》的手提皮箱，但留下了那个装着萨克雷画作的鞋盒。他急忙折回甲板，这时甲板已经离水很近了。

一艘载着妇女和儿童的救生艇正浮在水面上，就在小劳里亚特那层甲板的右舷，但救生艇两端的吊索还被固定着，依然连着上方救生艇甲板上的吊艇柱。这是七号艇。小劳里亚特意识到现在必须有人马上采取行动，否则船很快就会把救生艇拽到水下。他爬上救生艇，把公文包放在艇底板上，开始试着解开艇尾的吊索。艇首也同样被系着，另一个人——船上的乘务员——正手忙脚乱地用一把随身携带的小折刀割着吊索。"卢西塔尼亚号一直在快速下沉，"小劳里亚特回忆道，"看着头顶上歪斜的巨大烟囱，艇上的人越发感到恐惧。"

只有受到船体的压迫时，人们才能真切地感受到卢西塔尼亚号到底有多大。曾想为乘客们举行救生演习的罗利牌自行车代理人阿瑟·米切尔登上的是十五号救生艇，即小劳里亚特那艘后面的第四艘。他说："此刻，这艘船的庞大终于显现出来，它那巨大的甲板就高高耸立在我们面前，巨大的烟囱在天空的映衬下显得格外清晰，它们还在喷着浓烟，几乎能把船周围救生艇上的人们的眼睛熏瞎。"

船还在前行但下沉得很快，甲板也随之下降。小劳里亚特从救生艇的座位上起身，打算走到前面解开艇首的吊索。他撞上了一个正在下沉的吊艇柱弯臂，直接跌倒了。他又爬起来，这一次他留意着吊艇柱，踩着一个个座位，越过众多的乘客，挪到了艇首。

救生艇上似乎到处都是划艇用的桨。"数都数不清。"小劳里亚特写道。他正好踩到一根,又跌倒了。

等小劳里亚特再次起身站稳,发现卢西塔尼亚号前部一根已经部分沉没的吊艇柱压到了艇首上,艇尾开始翘起。这就好像是大船伸出了一只爪子,拽着这艘救生艇往水下拖。现在无计可施了,小劳里亚特只得从救生艇上跳进水里,他催促艇上的其他人也这么做,但几乎没人听他的。吊艇柱紧紧扣住那艘救生艇,倒向船上的甲板,然后它把救生艇摁进了海里,满艇的女人、孩子,还有那本狄更斯的《圣诞颂歌》,都不见了踪影。

从事造船业的塞缪尔·诺克斯遇到了保罗·克朗普顿——那位带着妻子和六个孩子,准备去往英国的费城人。六个孩子已经找到了四个,他正在给最小的那个套上救生衣。"那只是婴儿。"诺克斯这样说道。年龄较大的一个女孩一直调整不好救生衣,但她并不慌张,她问诺克斯:"劳驾,请问您能告诉我怎么弄好这个吗?"诺克斯帮了她,女孩也道了谢。

洛杉矶的女乘客诺拉·布雷瑟顿三岁的儿子还独自在房间睡觉,但她选择先跑去救襁褓中的小女儿贝蒂,她抱着孩子就往楼上跑,楼梯上挤满了乘客。她把小女儿强塞进一名路过的陌生男人怀里,转身跑下楼梯去找儿子。

船内的楼梯已空无一人,她全力向前跑着。浓烟正从走廊的地板下和她自己的船舱里往外冒,她一把抱起儿子保罗,把他带上 B 层甲板的右舷。船已侧倾得相当厉害，在她身后，有位女士也抱着一个小男孩，顺着甲板滑了下来，直接撞到她后背上。

一艘救生艇正在降下，布雷瑟顿挤到艇前，一位男乘客告诉她这艘艇上已经挤满了人，她上不去，不过艇上有布雷瑟顿的朋友，他说服其他乘客，让布雷瑟顿登上了救生艇。

布雷瑟顿不知道小女儿在哪里，赶去登救生艇时她看见了那个自己把女儿交给他的男人，但现在他怀里什么也没有。

西奥黛·波普挣扎着浮出海面，却被一个木制的东西压住了。她吞了好几口海水。

"我强睁开眼睛，"她写道，"透过绿色的海水，我看到了压着我的东西，像是一艘救生艇的船底和龙骨。"那一刻，她觉得自己就快死了。她写道："我心里想，把自己交给上帝吧！这是一种无声的祈祷。"接着，她被什么东西撞到，失去了知觉。

醒来的时候，她发现自己浮在海面上，救生衣托举着她。有那么一会儿，她看到的东西都是灰色的。在她的周围，人们的四肢不停地推挤着她。尖叫声和呼喊声响成一片。

渐渐地，她又能辨别颜色了。有个男人"恐惧得发了疯"，抓住她的肩膀。这个人没有救生衣，他的块头不小，压得她直往下沉。

"哦，请不要这样。"她说。她和这个男人一起沉到了水下。她再次晕了过去。

她苏醒时那个男人已经不见了。她还漂在海面上。阳光依旧，天空湛蓝。船已经离得很远了，但还在向前缓缓移动。周围水面上漂着的那些男人和女人散得更开了，也安静了许多。有些人还活着，有些显然已经死了。有个男人的额头上有一条很深的裂缝，还在流血。

一支桨在她附近漂着，尽管救生衣能让她保持漂浮，她还是把那支桨弄了过来，并把右脚搭在桨叶上。她抬起头，想看看是否有救援赶来，但什么都看不到。"然后我躺下了，反而轻松了许多，因为我告诉自己，这太可怕了，不可能是真的，我这是在做梦。接着，我又一次不省人事。"

海上另外一个地方，一个有着和西奥黛相似灵魂的人也在漂浮着。她叫玛丽·波帕姆·洛布，是加勒比海圣文森特岛的英国公民，她也是唯灵论者。对她来说，躺在水中的这一刻如此神秘，又让人十分感伤。她发现自己离卢西塔尼亚号周围那些密密麻麻的躯体和残骸碎片越来越远了。幸存者的哭声变得微弱起来，船桨划动的声音和救生艇上男人的呼喊声也变得越来越无力。

她放弃了一切被拯救的希望，并且告诉自己，跨入另一个世界的那个时刻就要来临。但内心深处却有另一个声音在告诉她，不，那个时刻还未到。"几只海鸥从我头顶飞过，"她写道，"我记得当时留意到大海投射在它们白羽毛上那凄美的蓝色阴影。它们快乐又灵动，让我感到非常孤独。我的思绪飘到了亲朋身边，那一刻他们正在花园里品茶。他们渴望见到我。我难以想象他们失去我之后的悲伤模样。我忍不住啜泣起来。"

* * *

格蕾丝·弗伦奇没穿救生衣就跳下船,沉入了大海。"周围越来越黑,然后变得宁静祥和,我想我肯定是到了天堂,"她写道,"接下来,我看到海水越来越亮,我终于浮出了海面。我抓住一块木板,靠它浮在海面上。我感觉自己得救了。后来,我又抓住了一件救生衣,救生衣里是一名已经死去的年轻男人,我们俩一起漂了一阵子,但后来一个大浪把他冲走了。"

德怀特·哈里斯也跳下船游走了。"我跳下去的时候一点儿也不害怕。"他觉得很舒服,仿佛跳进了游泳池。他很镇定,看到一本书漂过来,还顺手捞过来翻了翻。

卢西塔尼亚号一直在他身边缓缓移动。"我的眼睛一直盯着这条船,我看到了船上发生的一切!——当时,第一艘救生艇(右舷一侧)已经在水里了,上面只有两个水手。他们喊我游过去,但我没去。第二艘救生艇还竖吊着悬在那儿,一头的吊索卡住了。第三艘和第四艘救生艇上都挤满了人。"

他看到水现在已经涨到了跟舰桥齐平的位置。卢西塔尼亚号从他眼前滑过的时候,他看到船尾翘向了空中。

英格兰伯明翰的约瑟夫·弗兰克姆此行带着妻子和三个孩子——女儿三岁，两个儿子，一个五岁一个七岁。对于他们一家来说，最后的时刻非常恐怖。弗兰克姆让全家人坐上船尾左舷的一艘救生艇，而这艘艇还挂在吊艇柱上。弗兰克姆希望等海水漫上来后这艘救生艇能自行漂到海上。

他们从艇上往下看，船上一片混乱，到处都是死伤者，随着锅炉接连爆炸，黑烟也一阵阵冒出。船体内部持续增高的压力导致许多舷窗爆炸，船体的许多缝隙和孔洞也发出怪异的嚎叫声。

但奇怪的是，这时还有人在唱歌。开始是《蒂珀雷里之歌》，然后是英国海军军歌《统治吧！不列颠尼亚！》，接着又唱《与主同行》，但歌声太伤感、太凄凉，女人们开始哭泣，于是他们又唱起了《划向岸边》，之后，他们又唱了一遍《统治吧！不列颠尼亚！》。

弗兰克姆说："我抱住妻子和孩子，把他们抱得紧紧的。"

玛格丽特·麦克沃思仍留在船上的救生艇甲板，多萝西·康纳就在她身边，康纳的姐夫到下面去找救生衣了。一种奇怪的平静笼罩着甲板，人们"缓慢而茫然地"挪动着，麦克沃思回忆道："这不由让人想起了一大群不知道蜂后去哪儿了的蜜蜂。"

有那么一阵子，船好像要恢复平稳了。消息传开了，说是船员终于关上了水密舱壁，沉船的危险已经解除。麦克沃思和康纳的手握到了一起。"你瞧，你一直想要刺激，现在满意了吧？"

麦克沃思说。

"这种刺激我再也不想经历了。"康纳说。

康纳的姐夫回来了。走廊已经进水,他没能回到房间,但还是设法找到了三件救生衣。他们三个人都穿上了。麦克沃思还解开了她裙子上的钩形扣,以便随时脱下来。

船又开始侧倾,比之前速度更快。此时距离鱼雷命中已经过去了十七分钟。他们决定跳下去。这个主意吓到了麦克沃思,为此她深感自责:"我告诉自己,在这种极端危险的情况下还对跳下去有生理恐惧,这太可笑了。"

康纳和姐夫走到护栏边。麦克沃思却踌躇不前。

康纳写道:"这种时候,一个人可能需要三分钟才能下定决心,就在我们准备跳下去之前,我抓住她的手使劲捏了捏,想以此鼓励她。"

但麦克沃思还是没能跳下去。她最后的记忆就是,海水涨到了她的膝盖,船滑开了,而她被拖到了水里。

* * *

堪萨斯城的西奥多和贝尔·奈什夫妇几个小时前还在顶层甲板上欣赏日出,现在也站在了护栏边上。他们穿着救生衣,手挽手轻声交谈。看到一艘救生艇把乘客们一股脑儿倒进了海里,他们就不打算再去坐救生艇了。一名船员告诉他们:"卢西塔尼亚号还可以坚持一个小时。"但贝尔不相信,她一直在观察护栏和地平线,不断变化的形势告诉她这船正在快速下沉。她说:"要不了多久我们就沉了。"

她放开了西奥多的胳膊,以防自己把他拖下水。"我们注视着水面,说着话。忽然间,似乎有什么东西破裂了,我们只听见一声轰鸣,接着,不知是救生艇还是什么东西从我们头上摆过。"那艘救生艇撞到了她,割破了她的头皮。她急忙伸出一只胳膊,想保护西奥多。甲板上这突如其来的变化使海水涨到了她的腋下。"那景象,就好像宇宙中的一切都要被撕扯得七零八落似的。"

随后,她深深地沉入水下——她估计有二三十英尺深。她抬起头,透过海水看到了湛蓝的天空。"我不禁想,从水下往上看,阳光和海水美得多么不可思议啊。"她写道。她并不害怕。"我只是想着:哎呀!这就像是在祖母的羽绒床上啊。我开始踢蹬,于是很快就上升至海面。"

她的头撞到了什么东西,而且连撞了好几次。"我看到了蓝天,我举起右手,发现自己正紧贴着二十二号救生艇的缓冲杠。"一位男士将她拉上了救生艇,她非常感激,请他把名字写在她鞋子的内侧。"我可不能忘记他的名字,谁知道接下来还会发生什么。"

救她的人叫赫兹,全名是道格拉斯·赫兹。这名青年此行是要返回英格兰参加南兰卡夏郡团,此前,他在美国密苏里州的圣路易斯住了一段时间。这次沉船可以说是让他人生的不幸达到了顶峰:一九一三年,他度蜜月时遭遇火车失事,失去了妻子;

同一年，一场火灾又夺走了他母亲的生命。

贝尔和丈夫失联了。

* * *

帮忙放下右舷的第十三号救生艇后，水手莱斯利·莫顿又来到右舷的一艘救生艇旁。在一位初级海员的指挥下，他和一名水手开始帮乘客们跨越大船和救生艇之间的那道空隙。据莫顿估计，大船最后倾斜的角度达到了三十度，但六十名乘客都成功跳上了救生艇。后来被问到这一壮举是如何实现的，莫顿回答道："因为不跳过那六七英尺就会被淹死，而且你会惊奇地发现，哪怕再远一点儿，哪怕是年纪大的人，他们照样能跳过去。"

在那位初级海员的指挥下，莫顿开始操纵救生艇艇尾的吊索。大船还在以四到五节的速度移动，他们将救生艇降到龙骨略高于水面的位置，然后，根据相应的操作程序，他们这时应当彻底放下吊索，救生艇一旦接触到水面，就会平缓地向后滑去。

刚放下去的救生艇向后漂移了大概一艘艇的长度。但艇上的吊索还没有完全脱开，大船还在前行，于是这艘救生艇又被拽着贴上了船体，在海面上漂荡。莫顿正准备顺着艇尾的吊索爬下去放开那艘救生艇，这时，一群经验不足的人——莫顿觉得他们可能是船上的乘务员或侍应生——又放下一艘救生艇，但是中途失去控制，导致这艘艇急速下坠三十英尺，直接掉到了莫顿这艘艇的上面，然而乘客们都还在里面。

"没时间同情他们或感到恐惧。"莫顿这样写道。形势越来越混乱,他开始寻找他的兄弟。"甲板上越来越多的人撑不住了,有人失足滑了下来,落到舷外,有人抓不住甲板上的东西,只得落入水中。成百上千的人开始意识到,这艘船不仅沉得很快,而且极有可能快到让他们全都无法逃脱,他们的叫喊声越来越大。"

莫顿在一艘救生艇旁边找到了他的兄弟,他帮兄弟放下那艘艇,然后兄弟俩滑下去,松开了艇上的全部吊索,试着用钩头篙将救生艇推离船体。有的乘客不愿离开大船,紧紧抓住各种绳索以及甲板栏杆。"他们的想法完全是错误的,"莫顿写道,"他们以为,比起把生命托付给小小的救生艇,挂在大船上会更安全。"这时,卢西塔尼亚号的甲板还在下沉。

有什么东西绊住了救生艇的船舷上缘,它开始往船身倾斜。"现在显然不是逞英雄的时候,"莫顿写道,"我兄弟用最大的声音喊道:'我要跳船啦,格蒂。'"

兄弟俩互相挥挥手,都跳进了海里,他俩都没穿救生衣。

莫顿写道:"我一头扎进了水里,很奇怪的是,在那么紧张的时刻,我居然才想起来我的兄弟不会游泳。"

莫顿浮出水面便开始找寻他的兄弟。"周围一片混乱,女人、孩子、甲板椅、救生圈、救生艇,所有叫得上名字的东西都挡着我,那艘排水量不少于三万五千吨的卢西塔尼亚号还一直在我脖子旁边强劲地排气,这些都离我太近了,真让人受不了。"他开始拼命往远处游。

他回了回头,有两个情景给他留下了深刻的印象。一个是,一艘可折叠的救生艇从船上滑了下来,还套着防护罩;另一个场景是,卢西塔尼亚号最后沉没时,特纳船长仍穿着全套制服留在舰桥上。

小劳里亚特游泳离开了卢西塔尼亚号所在的区域,或者说他自认为离开了。他转过身,看到了这艘船最后的时刻。船头已经完全沉没,越来越深地栽入海里,船尾高高地翘向空中。船现在已经严重向右舷侧倾,乘客们在右舷护栏的支撑下才能勉强站立,他们三个或四个站在一起,排成一长列,一直延伸到船尾。另一位目击者称他们酷似"一支小部队"。曾寄希望于卢西塔尼亚号不会沉没的人现在都已知道,这个希望已经彻底落空。

靠近船尾的乘客位置更高,他们只能眼看着前面的人一个个从抓着的栏杆上掉下去。落水的人当中,穿了救生衣的漂了起来,仿佛是从甲板上腾空而起;另一些没有穿救生衣的,要么还在使劲扑腾,要么已经沉了下去。

三副贝斯蒂克这时还在船上,他感到船做了一次"罕见的横向振动",这让他朝下方的甲板看去。"一股吞噬一切的海浪——跟拍岸的浪花完全不一样——汹涌着冲上甲板,所到之处,乘客、救生艇以及所有的东西通通都被它卷了进去。"他这样写道。被吞噬的人群发出了一阵巨大的哀号。"几百个灵魂正在走向永恒,他们所有的绝望、恐惧和痛苦,汇聚成那样一片骇人的恸哭。"

患麻疹的罗伯特·凯和他怀孕的妈妈挣扎着往甲板上爬去，上面的喧闹声变得越来越清晰。他们上了甲板才发现，人们正在涌向船尾以躲避甲板上越涨越高的海水。罗伯特看到有人从护栏上跳了下去。

船还在移动，船尾越升越高。妈妈紧紧抱着他。紧接着，海水猛地往上一蹿，妈妈被冲走了。他们被分开了，他自己也被卷入一股翻滚的湍流中。船彻底沉了。

后来，一名乘客说曾看到一名妇女在水中分娩。那有可能就是他妈妈，这可能会成为这个小男孩一生的梦魇。

在小劳里亚特看着远处的大船缓缓下沉时，有什么东西撞到他并给了他头部狠狠一击。接着，那东西又沿着他的后背滑到他肩膀的救生衣上，卡在了那里，把他往水下拖去。"我完全无法想象是什么东西凭空落在了我身上，"他这样写道，"假如这时有一艘潜艇从水里升上来而我发现自己坐在潜艇上，我可能都不会这么惊讶。但是现在就像一道晴天霹雳，让人完全摸不着头脑。"

他转过头去，看到击中他的原来是一根连在两个桅杆之间的天线，他认出那是卢西塔尼亚号的无线终端天线。他试图弄掉它，但失败了。天线让他头朝下栽入水中，把他往更深处拖去。

求救电报

星期五
一九一五年五月七日
下午两点二十六分

"卢西塔尼亚号紧急求救!我们应该在金塞尔附近,不久前的位置距金塞尔十英里。侧倾已经愈发严重。请火速赶来!"

卢西塔尼亚号
"女王"的终结

在最终沉没之前,卢西塔尼亚号上的二十二艘常规救生艇只有六艘被成功投放并躲开了船沉没前的最后一击。左舷的第七艘救生艇降到了水面,但因缺少一个关键的艇底塞,救生艇开始进水,最终沉没。

从船上跳下水的乘客则奋力往远处游,害怕大船沉没时产生抽吸现象,将他们拽到水下。这样的情况并没有发生,但有三名乘客感受到了类似的抽吸效果。来自加拿大萨斯卡通的年轻新娘玛格丽特·格怀尔被吸进了船上一个二十四英尺宽的烟囱里。片刻之后,下面喷出的蒸汽又把她弹了出来,她还活着,但浑身都已布满黑色的烟尘。还有两名乘客也被吸进了烟囱,一位是二十一岁的哈罗德·泰勒,也才刚结婚,另一位是利物浦的警探威廉·皮尔庞特,他们也都活着出来了,身上脸上都黑乎乎的。

船头栽进水里之后船尾就翘了起来，露出四个巨大的螺旋桨，在阳光下闪闪发光。现在，卢西塔尼亚号已经从遭受攻击的地点往前漂移了两英里，距老金塞尔角十二英里。最后时刻，船向右舷侧倾的角度减少到仅仅五度，因为海水灌进了船体的其他地方。

水手莫顿转过身仰泳，并朝卢西塔尼亚号看去。他看到乘客们纷纷从甲板上滑落，几百名乘客正挣扎着往船尾上爬。卢西塔尼亚号再次向右舷倾斜侧滑，在他看来，它以"一种缓慢的、近乎庄严的方式，头部向下，呈四十五度或五十度角沉了下去"。

德怀特·哈里斯穿着他在沃纳梅克百货公司定制的救生带，朝远离船尾的方向游出了很远，他愣愣地看着，这艘船"像一把刀似的，俯冲进水里——烟囱、桅杆、救生艇……全都被打成了碎片，四散开来！蒸汽和水冲刷着各种金属制品和木头，乱作一团！最糟糕的是，有些乘客也被卷入其中——船沉没的地方形成了一个巨大的绿白色泡沫漩涡，许多人就在这充满残骸碎片的漩涡中挣扎！这团泡沫越来越大，幸运的是，它裹挟的那些残骸碎片离我仍有二三十码"。

据很多幸存者说，这种海水隆起现象是这艘船沉没的一个奇异特征。海平面就如水做的高原一般，向四面八方伸展开来，夹杂着大量躯体和各种残骸碎片，还有一种奇怪的声音。

卢西塔尼亚号消失了。小劳里亚特经过一番使劲踢蹬，终于挣脱了天线的束缚，又浮出水面。"当它沉没的时候，"小劳里亚特写道,"我没有留意到人们的哭喊声,只听到从海里升起一声悠长的悲鸣,久久回荡,而且在船消失后,这个声音还持续了很长时间。"隆起的海浪又一次出现在了小劳里亚特上方。"残骸碎片堆积如山,"他写道,"除了被冲过来的尸体,还有甲板椅、船桨、箱子,有些我也记不起来是什么了。我只知道,有些人这一刻还被夹在庞大的残骸碎片之间,下一刻就到了水下。"

无数人在他周围的海水里挣扎着。而此时此刻,除了把桨或漂浮的残片推向他们,小劳里亚特什么都做不了。很多乘客穿着厚重的外套,女士们大都穿得又多又杂——束身内衣、女士背心、衬裙、套头外衣、皮草——这些很快就将变得又湿又重。没有救生衣的乘客沉下去了,衣着复杂的孩子和婴儿同样沉了下去。

幸存者们报告说,最让人揪心的一个景象就是数百双手在水面上挥舞,乞求救助,但没过多久,他们就安静了。幸存者还声称看到一艘冒着蒸汽的轮船,但它向南驶去,没有靠过来。此时距离鱼雷击中船体已经过去了十八分钟。

海鸥开始在浮尸上方盘旋。

驾驶甲板被淹没时特纳船长还在舰桥上。远处的海水是微微发亮的蓝色,近处则碧绿而清澈。甲板在他身下沉没,阳光透过上层的海水照得甲板上的油漆图案和金属制品熠熠生辉。

舵手休·约翰斯顿看到特纳从翼桥的左舷走到右舷,又走了回来。他虽然穿着救生衣,但没做其他事以逃避一名船长的惯常命运。约翰斯顿后来说,他从来没见过像特纳船长那么"酷"的人。

船还在移动,但非常缓慢,一道满是残骸碎片和尸体的尾迹拖在它身后,几百名男人、女人和孩子因为意外或出于害怕留在了船上,现在,他们就像风筝尾带上的结穗一样,随船飘荡。

下午两点三十三分,老金塞尔角上的无线电台站向海洋军事部发了一条只有两个词的信息:"卢西塔尼亚号,沉没。"

驻守老金塞尔角的瞭望哨看到了这一幕:一艘大船刚刚还在,接下来就没了踪影,只留下不远处那片空空荡荡的蓝色海洋。

特纳船长的怀表最终停在了两点三十六分十五秒,它最终会去往利物浦的一家博物馆。

各方反应
传闻

美国驻爱尔兰昆士敦的领事馆就位于某酒吧上方的一组房间里,从那里可以俯瞰港口。这座建筑的后面耸立着圣柯尔曼主教座堂,它的大尖顶使得镇上的建筑都相形见绌。那天下午两点三十分,副领事匆匆忙忙爬上楼梯,报告说一则关于"卢西塔尼亚号遭遇潜艇袭击"的传闻正在迅速传播,当时,领事韦斯利·弗罗斯特正忙着修订一份关于爱尔兰各县商业状况的年度报告。

弗罗斯特走到窗前,看到下面的码头似乎非常忙乱,完全不同往日。所有船只,无论大小,似乎都在准备出发,包括刚刚抵达的大型巡洋舰朱诺号。弗罗斯特数了数,总共有二十多艘。

他走到电话机旁,拨通了驻昆士敦的海军高级军官——海军上将查尔斯·亨利·科克的办公室电话,并与上将的秘书通了话。弗罗斯特小心翼翼地措辞,不希望表现得像是一个轻易就会被别人的恶作剧愚弄的人。他说道:"我听到坊间有一些传闻,说卢西塔尼亚号遭到了袭击。"

那位秘书回答道:"是真的,弗罗斯特先生。恐怕它已经沉没了。"

秘书告诉他,卢西塔尼亚号已经发出了求救信息,金塞尔角的目击者也提供了证实沉船的报告,弗罗斯特听着这些,大脑一片空白。

挂了电话,弗罗斯特在办公室里踱来踱去,试图弄明白究竟发生了什么,思考下一步该怎么做。他把这个消息电告了美国驻伦敦大使佩奇。

海军上将科克派出了包括朱诺号在内的所有能调遣的救援船只,并向海洋军事部电告了他的行动。

朱诺号是可调用的舰船当中速度最快的。昆士敦距遇袭地点有二十多英里,吨位较小的船三四个小时就能到达,但考虑到当天基本无风,以风帆作为动力的船可能要花更长的时间。朱诺号的速度能够达到十八节——每小时二十英里——只需要一小时多一点就能赶到。船员们迅速行动起来,很快这艘老式巡洋舰就出发了。

但是海洋军事部迅速做出回复:"紧急召回朱诺号。"这显然是阿布基尔号、克雷西号和霍格约号遇难后制订的策略:大型战舰不得救助遭 U 型潜艇袭击的遇难船只,因为这样做风险太大,潜艇可能还在,正等着对救援船只发动袭击。

经过再三考虑，科克在海洋军事部的命令到达前就下令让朱诺号返回港口了。然而，他决定召回这艘船并不是想遵守海洋军事部的规定。他解释说："派出朱诺号之后，我随即收到一封电报，称卢西塔尼亚号已经沉没。现在不迫切需要朱诺号了，所以我就召回了它。"

这个逻辑很奇怪，当时还有成百上千的乘客和船员正在约十二点七摄氏度的海水里泡着，这难道不是一种"迫切需要"吗？这样的做法只不过证明了海洋军事部更注重保护大型战舰，或者说因为阿布基尔号事件过于惨烈，让他们不允许大型战舰去救助被潜艇袭击的船只。

* * *

直到当天下午四点，美国驻伦敦大使沃尔特·海因斯·佩奇才听到卢西塔尼亚号遇袭沉没的消息。可就像是泰坦尼克号海难阴影的再现，最初报道这起事件的几家媒体也发布了乘客及船员全部获救的不实消息。得知这个消息，大使夫妇觉得没有理由取消原定当晚举行的欢迎豪斯上校——威尔逊总统的私人特使——的晚宴了。

当天晚上七点，佩奇回到家中，昆士敦传来的消息越来越严重，不过那时取消晚宴已经太迟了。客人们都到了，而且都在谈论这次海难。电话铃声不断响起，全都是大使馆的工作人员打来的，他们报告的消息被写在黄色小纸片上递给大使，大使拿到后便大声读给宾客们听。消息的内容越来越可怕,人们终于明白,这是一场历史性的灾难。宾客们窃窃私语,都在议论这起灾难的潜在后果。

豪斯上校对众人说道:"我们将在一个月内向德国宣战。"

因为时差,纽约的时间比伦敦晚很多。那天早晨,《纽约晚间邮报》的航运专栏作家杰克·劳伦斯去了曼哈顿下城区白厅街的一家酒吧,这里是水手、码头领航员之类的人经常光顾的地方。他要了一杯金戴兹鸡尾酒,酒保用一个筒形石杯装着递给了他。这里的"戴兹"(daisy)一词,系"出色"(doozy)一词的误用。劳伦斯看到了他认识的一名港口领航员刚帮一艘新泽西霍博肯市的小货船入坞回来。这名领航员建议他们挪到酒吧安静的角落,在那里他对劳伦斯说了那天早晨他无意中听到的一些事情。

这名领航员说他领着那艘货船停靠在祖国号旁边,祖国号就是因为这场战争被扣留在美国的那艘德国大型远洋班轮。离船上岸后,他来到附近一个露天咖啡馆,那里坐满了祖国号上的船员,他们个个兴高采烈,互相拍打着后背,虽然说的是德语,但可以明显感受到他们语气中的兴奋。经营咖啡馆的女人会说英语和德语,她告诉领航员,祖国号刚刚通过无线电收到一条消息:卢西塔尼亚号在爱尔兰附近被鱼雷击中,并很快沉没了。

劳伦斯放下酒,离开了酒吧。丘纳德公司的办公室在州街,离这里仅几步之遥。劳伦斯一走进去就发现那里的运行状况一如往常,一台台打字机咔嗒咔嗒地响着,乘客们还在购票,一名认识劳伦斯的职员聊着天气,这都让劳伦斯怀疑领航员的消息是假的。他继续往前走,上楼梯,来到另一层楼。他未经通报直接进了丘纳德公司驻纽约经理查尔斯·萨姆纳的办公室,办公室的地毯很厚,踩在上面一点儿声音都没有。

萨姆纳个子很高,穿着讲究,西服的翻领上总是别着一朵白色康乃馨。"一看到他,我就知道事情不对劲,"劳伦斯回忆道,"他趴在办公桌上,整个人就像瘫了。"劳伦斯走过去,看到萨姆纳的办公桌上有两份电报,一份是代码,另一份显然是破译过的副本。劳伦斯越过萨姆纳的肩膀看完了那份副本。

萨姆纳抬起头。"它完了。"他说,声音中满是叹息。"他们用鱼雷攻击了卢西塔尼亚号。"这则消息称,十五分钟船就沉了(后来改成了十八分钟)。萨姆纳已经六神无主了:"我怀疑他们一个人也没救。上帝啊,我该怎么办?"

劳伦斯答应过一小时再打电话告诉编辑,但十五分钟后他就打了电话,这个新闻太大了,实在不能再等。

华盛顿的威尔逊总统大约是在下午一点钟得到了这个消息,那会儿他正准备去打高尔夫——他每天都要打上一个回合。报告中没有提及人员伤亡情况,但他还是取消了那天的行程。他独自待在白宫,等待更多的消息。其间,他出去开了一会儿皮尔斯箭头牌汽车,这对他来说是屡试不爽的减压方法。

这一天,白天晴朗、温暖,到了傍晚却下起了小雨。晚上七点五十五分,他刚在家吃完晚饭就收到了昆士敦领事弗罗斯特的海底电报，电报第一次提到卢西塔尼亚号上很多乘客可能已经遇难。

威尔逊没有告诉任何人，独自离开了白宫。他在雨中散了会儿步。"我就这样在街上漫步，想让头脑冷静下来。"他后来写信对伊迪丝·高尔特这样说。

他穿过拉斐特广场，经过被加农炮环绕着的、美国第七任总统安德鲁·杰克逊骑着扬起前蹄的高头大马的那座雕像，然后沿着第十六街向北一直走到了杜邦环岛，那里是伊迪丝居住的社区。他看到了喊着"号外"的报童正在兜售报纸，这些报纸已经报道了沉船事件。在科克兰街，威尔逊向右转，沿着第十五街走回白宫，直接去了书房。

晚上十点钟，最坏的消息传来：据估计，卢西塔尼亚号遇袭事件造成上千人丧生。几乎可以肯定，遇难者中有美国人。威尔逊担心的事情最终还是发生了。

U-20 开始向西航行，施维格透过潜望镜最后回望了一次。

他在作战日志上这样写道："从艇尾望去，可以看到许多救生艇浮在水上，但没有卢西塔尼亚号的影子，它一定已经沉没了。"他记下了沉船的位置：距老金塞尔角十四海里，距昆士敦二十七海里，海深九十米。

他不知道的是，众多遇难者中也有那三名德国偷渡者，他们在卢西塔尼亚号起航的第一天早晨就被捕了，之后便一直被锁在船上的临时禁闭室里。

卢西塔尼亚号
随波逐流

穿了救生衣并不代表能活下来。有许多人落水时穿了救生衣，但穿法是错的，结果到了海里，他们还是得努力挣扎才能把头伸出水面。这样坚持不了太久，很快，那些正确穿戴救生装备的幸存者就发现自己的周围漂荡着一具具尸体，全部头朝下脚朝上，这样的姿势，他们本人一定也会觉得难堪。一等水手 E. S. 海韦有点儿夸张地写道："船沉后，我亲眼看到成百上千名身穿救生衣的男人和女人在海里死去。"

对于那些落水后没有立即溺亡的孩子来说，体温过低成了杀死他们的主要凶手。现在的水温约为十二点七摄氏度，虽然不像泰坦尼克号遇难时那么低，但也足以把大人和孩子的核心体温降到威胁生命的临界值。一个人的核心体温只要降低三四摄氏度，也就是从正常的三十七摄氏度降到三十五摄氏度，超过一定时间就足以致死。那些浸泡在海水里的乘客发现，尽管头顶上还有温暖的阳光，但几分钟之后他们的下半身却开始麻木。救生衣里面穿了外套的乘客比那些脱了外套的要好受些，因为外套或其他保暖衣物即便湿了也能为心脏提供一定的保温效果。体弱的人、老人、女人、孩子——尤其是婴儿——的体温下降得最快。午餐时喝了葡萄酒或烈性酒的乘客体温下降得也很快。随着低温症发作，水里的人们开始浑身哆嗦。到了后来，这些症状会渐渐消失。在水温为十二点七摄氏度的情况下，成年人一两个小时内就会虚脱并失去意识。随后，他们的皮肤会呈现苍白的蓝灰色，身体开始变得僵硬，心率低得几乎难以察觉。最终，他们将不得不面对死亡。

德怀特·哈里斯向一艘已经倾覆的救生艇游去。"最恐怖的事情是，水上漂着数不清的尸体！"他这样写道，"我周围全是男人、女人和孩子的尸体，我不得不推开一两具才能游到那艘救生艇旁边！"

在游向救生艇的途中，他遇到正在呼唤父亲的小男孩珀西·理查兹。"我游向他，告诉他不要哭，让他抓住我的衣领，他照做了。他是我见过的最勇敢的小家伙。"

哈里斯拖着这个孩子游向那艘倾覆的救生艇，把孩子推到船体上面，随后，已经被折腾得精疲力竭的哈里斯也爬了上去。"我四肢冰冷，几乎动弹不得！——我一定在水里待了半个小时到四十多分钟。"

哈里斯发现两名水手划着一艘卢西塔尼亚号上配备的那种

可折叠救生艇,还搭载了一些乘客。他大声呼救,很快这艘救生艇就靠过来,哈里斯和男孩爬了上去。那两名水手救了十几位幸存者,但还是放弃了一些,因为救生艇已经快被压沉了。"从水里发出的求救哭喊声是最让人难过和揪心的!"哈里斯写道。

救援船只仍没有来。

卢西塔尼亚号沉没的时候,玛格丽特·麦克沃思也被拖入了水中。周围的海水漆黑一片,她以为自己被困在了一堆残骸里,非常害怕。然后,她的手碰到了什么东西,她先是吃了一惊,但随即意识到那是她为父亲准备的救生衣。其间,她又吞了好几口海水。

她浮出水面,抓住了一块木板。刚开始她以为是因为这块木板她才能浮在水面上,但后来她意识到自己还穿着救生衣。"我浮上水面,才发现落水的人和各种残骸聚成了一个浮岛,而我也是其中一分子。这座圆形浮岛又大又拥挤,以至于刚开始甚至看不到海水。人、救生艇、鸡笼、椅子、筏子、木板,以及天知道是什么的东西,全都密密麻麻地漂浮在一起。"

人们祈祷、呼喊、求救。尽管穿着救生衣,麦克沃思还是紧紧抓着那块木板。她看到了一艘救生艇,试图游过去,但因为不想放下手里的木板,她没能游出多远。后来,她干脆不再游了,渐渐镇定下来,就靠救生衣漂着。她感到"有点儿茫然,也有点儿恍惚,不知所措",倒没有特别害怕。"当死神离一个人如此近的时候,由恐惧引发的极度悲痛反而会消失。这起灾难发生得太快，太令人震惊，人们根本没有足够的时间来消化这么多情绪。"

麦克沃思一度以为自己已经死了："我就那样望着太阳、淡蓝色的天空和风平浪静的大海，想知道自己是不是已经不知不觉升上了天堂——在内心深处，我并不希望这一切发生。"

麦克沃思冷极了。漂在海上的时候，她突然想出一个改良救生衣的方法。她认为每件救生衣都应该配备一小瓶氯仿。"这样，当你极度痛苦时，就可以吸入它。"很快，低温症就为她解决了这个问题。

小劳里亚特朝附近漂着的一艘可折叠救生艇游了过去，水手莫顿曾亲眼看到这艘救生艇从卢西塔尼亚号上掉下来。莫顿和造船业者弗雷德里克·冈特利特也游了过去。莫顿称这艘可折叠救生艇是"死人和活人组成的沙漠里的一块绿洲"。

三个人将救生艇的外罩褪去，其他幸存者就开始往上爬。用帆布制成的艇边和座位要升起来固定，但是因为有这么多惊慌失措的人扒着救生艇不放，这项工作变得十分艰难。"我们一边把人推上艇，一边试着升起那些座位，"冈特利特说，"但几乎所有人一到艇上就瘫倒在座位上，根本没办法操作，也无法让那些支撑部件起到应有的支撑固定作用。"

他们试图说服人们暂时让开，好把那些座位都升起来。"但那是不可能的，"小劳里亚特说，"我跟其中一个人说我们打算做些什么，他发出了我从未听过的痛苦绝望的哭喊声。"

他们设法让那些幸存者站起来，小劳里亚特后来有些懊悔的是，他对一个似乎不愿意起身离开座位的人发了火，"相当粗鲁地"让他起身。那个男人抬起头说："我也想站起来，老伙计，但你可能不知道，我有条腿断了，行动很不方便。"

经过一番努力，他们总算把座位和艇上的帆布艇边都升了起来，但都没升到位。他们把一些木片塞进那些装置中，起到支撑固定的作用。

折叠救生艇没有配备船桨，但他们在附近的漂浮物中找了五支。小劳里亚特用一支桨当舵，冈特利特、莫顿和两名乘客则负责划桨。小劳里亚特操纵着救生艇穿过残骸和尸体，希望找到更多的幸存者。数以百计的海鸥就在那些残骸和尸体的上方盘旋、俯冲。水里的许多男男女女还穿着午餐时穿的西服和裙子，那一幕让人触目惊心。他们救起了塞缪尔·诺克斯——跟冈特利特共用一张餐桌的那位费城造船商。他们还遇上一名像是来自非洲的女士，水手莫顿游过去把她推上了救生艇。此人就是玛格丽特·格怀尔，那位被吸进烟囱又被喷出来的女士。小劳里亚特写道："这个可怜的女人几乎衣不蔽体，全身除了牙齿和眼白之外全都是黑的。"他给她起了个"短期黑人"的绰号。

小劳里亚特写道，她很快就恢复了活力，用乐观、开朗和"颇能吸引人的话语"让船上的气氛活跃了起来。

艇上已近乎满员，小劳里亚特操纵救生艇经过一片密密麻麻的"废墟"时听到了一个女人的声音，她说："你不带上我吗？你知道我不会游泳。"那语气和腔调，简直就像跟你再要一片面包和黄油时那样自然。小劳里亚特循声望去,只见一名女子的脑袋从"废墟"中探了出来,一头长发散乱地铺在周围的残骸上,残骸挤得太密实,她连胳膊都举不起来。小劳里亚特回忆道,尽管如此,她脸上还是挂着"淡淡的微笑","还若无其事地嚼着口香糖"。

人们把她拉上救生艇,朝着十几英里外老金塞尔角上的灯塔划去。

尽管沉船事故发生在爱尔兰海岸附近,但一直没有迹象表明会有救援人员赶往这里。于是,水里的乘客们也慢慢以自己的方式来接受眼下的处境了。来自加拿大不列颠哥伦比亚省罗斯兰的雷夫·亨利·伍德·辛普森已经开始将自己托付给上帝,他时不时地念诵他最喜欢的一句话:"来吧,圣灵,我们灵魂的启示。"后来,他对人说他当时就知道自己会活下来——"至于我怎么知道的,那就说来话长了。"——这种信念让他能一直保持冷静,他一度沉入了水下,而每到那时他就会问自己:"就算不能浮出水面又怎么样呢?"

他最终还是浮出了水面,救生衣舒服地托着他。"我就那样躺着,望着蓝天白云微笑。我并没有吞下很多海水。"对他来说,待在水里的时刻几乎算是一种享受——除了有一阵子,一具女尸漂到了他身边。"我觉得那个姿势舒服极了,"他说,"我就那么躺着,感到很开心。"

他把女尸拖向一艘倾覆的可折叠救生艇,设法把她推到上面，然后，他又游向另外一艘正面朝上的可折叠救生艇，上面已经搭载了一些幸存者，也载有一些已经死去的人。卢西塔尼亚号的轮机手开始哼赞美诗："赞美上帝，所有的赐福都来自于他。"辛普森回忆说："我们的赞颂都是发自肺腑。"尽管如此，一曲终了，却没人想再唱一首。"然后，我们只是等着，寄希望于卢西塔尼亚号在沉没前已经发出无线电求助信息。我们很幸运，因为当时海面上风平浪静，我们不大可能被海浪冲到海里。比起那些趴在木板上的人、依靠救生衣浮在水面上的人，以及那些待在已经进水随时可能倾覆的救生艇里的人（就在不远处），我们的境况的确要好得多。"

一只海豚——辛普森称其为"一只体形巨大的海豚"——浮到了水面上，辛普森说："它在我们旁边玩了一会儿，我们还看到了它黝黑闪亮的皮肤和三角形的背鳍。"

一个小时过去了，然后，两个小时过去了。大海一直非常平静，到了下午，海面上的阳光变换了色调。"那天的落日非常美，"辛普森回忆，"而且一切都是那么宁静、平和。"

幸存者们就这样在水里、救生艇上、残骸堆成的"废墟"中苦等了三个多小时，盼着救援人员马上赶来。假如朱诺号能来，他们等待的时间就会短得多，也会有更多落水者生还，但是海洋军事部采取的行动方案太过谨慎，事实上，没有人能确定德国潜艇究竟是否还在附近。一些乘客声称，卢西塔尼亚号沉没后他们曾看到一个潜望镜，因此担心那艘潜艇一直在周围徘徊。

正如一位幸存者所写的："我一直觉得那艘潜艇会突然冒出来向卢西塔尼亚号的救生艇开火，或者一直等着击沉到来的救援船只。"

救援到来的第一个迹象是地平线上出现了烟雾，随后出现了一长串混杂的舰队，有鱼雷快艇、拖网渔船，以及各种小型渔轮、渔船，与大型巡洋舰朱诺号相比，这些船似乎更容易被敌方干掉。这些船只分别是：布罗克号、布拉德福德号、布鲁贝尔号、萨尔巴号、赫伦号、印度帝国号、朱利亚号、飞鱼号、斯托姆科克号和勇士号。

在昆士敦，焦虑和不安还在继续滋长。前去救援的船只都没有配备无线电。领事弗罗斯特写道："在它们返港之前，我们得不到任何消息。"

每救完一艘救生艇上的乘客，船上的水手们就要划走去寻找更多的幸存者，但随着夜幕降临，打捞上来的尸体数量开始远远超过幸存者的人数。凯茜娅－格威尔特号——一艘岸基救生艇——是最后一个赶来的，上面有十五名船员。通常情况下，船员们会起帆航行，但那天几乎没风，他们意识到划船会更快，于是就这么做了——一路划了十四英里。

"我们全力往那儿赶，但还是划了至少三个半小时，过程异常艰苦，到那儿时，我们只能打捞尸体了。"指挥这艘救生艇的雷夫·威廉·福德这样写道。那是一个绚丽的黄昏，而他们却在残骸组成的"废墟"中划着船。"那场景真让人觉得惨不忍睹，"

福德写道,"海面上到处都漂浮着尸体,有的穿着救生衣,有的抱着木板,全都没了呼吸。"

小劳里亚特一行人将可折叠救生艇划出了两英里,之后他们遇到了一艘带风帆装置的小型捕鱼船,在那一带,人们叫它斯迈克渔船。

他们靠近了那艘船,一身煤灰的玛格丽特·格怀尔看到丈夫就站在船的护栏边,于是开始喊他的名字,而她丈夫——小劳里亚特写道——"完全是一脸茫然",他根本不知道这个浑身上下黑乎乎的年轻女子是谁。

直到可折叠救生艇划到斯迈克渔船的护栏下方,他才看清楚她的脸。他一认出她就哭了。

现在已经下午六点了。小劳里亚特数了数他和同伴们沿途救起来的幸存者:三十二人。斯迈克渔船上已经有五十名幸存者。登上斯迈克渔船之前,小劳里亚特把可折叠救生艇上的一个桨叉装进了口袋,留作纪念。

一小时之后,他和其他幸存者被转移到了一艘蒸汽舷侧明轮船飞鱼号上,向昆士敦驶去。为了取暖,幸存者们都往轮机舱里挤。新泽西的地产商奥格登·哈蒙德也在其中,没人看到他的妻子。据罗利自行车公司的代理阿瑟·米切尔说,轮机舱里很暖和。"不一会儿,人们开始唱歌,歌声中不仅有感恩,还有愉悦和欣喜。"

飞鱼号也带回了一些死者:五岁的男孩迪恩·温斯顿·霍奇

斯，还有两个身份不明的男孩，一个大约两岁，一个大约六岁。十五岁的格温多琳·艾伦也去世了，有两个女孩想帮水手莫顿给救生艇刷漆，她就是其中一个。

德怀特·哈里斯帮着把可折叠救生艇划向远处的帆船，但划得很慢，过程异常艰难。另一艘救生艇先行赶到，放下一批幸存者和死者，然后折回哈里斯和他的同伴那里，把他们也送到了帆船上。之后，帆船上的人都被转移到了印度帝国号扫雷艇上，艇上的船员又花了几个小时搜寻幸存者和死者。当晚七点后，这艘船开始返回昆士敦，船上载有一百七十名幸存者和许多尸体。

到了船上，哈里斯救起的小男孩找到了爸爸、妈妈和哥哥——他们都活着，状态还不错，可他的妹妹——小婴儿朵拉失踪了。

西奥黛·波普醒了，眼前是熊熊燃烧的火焰，其实那只是炉子里的小火苗。她完全记不起沉船的事，眼前只有两个裤腿，她听到一个男人说："她醒了。"尽管炉子旁边很暖和，可她的身子还是止不住地发抖。

她现在正躺在朱利亚号的船长舱室里。船上另一位幸存者贝尔·奈什告诉她来这里的经过。她是被船员用钩头篙钩上来的，当时船员们以为她已经死了，就把她和从甲板上打捞上来的尸体放在了一起。奈什和西奥黛之前在船上就是朋友，奈什看到西奥黛躺在那里,便摸了摸她的身体,感到还有一丝生命迹象。奈什开始呼救,两名男子赶紧过来,试图让西奥黛苏醒。其中一个人用船上厨房里的雕刻餐刀割开了她湿透的衣服。两人忙了两个小时,终于救活了她——虽然那时她还没有恢复意识。他们发现,她的右眼周围有一团可怕的瘀青。

没有人看到西奥黛的同伴埃德温·弗兰德和她的女仆艾米丽·罗宾逊。

U-20
离开时的又一次攻击

后来，一名自称施维格未婚妻的女人告诉报社记者，施维格因袭击卢西塔尼亚号而痛苦不堪。(这名记者没有透露她的姓名。)施维格返回基地后便前往柏林跟她见了面，当时，她还不知道就是眼前这个人用鱼雷击沉了卢西塔尼亚号。"当时我们只知道英国一艘最快、最大的轮船被击沉了，为此我们都很开心。"她说。但是施维格似乎并不想跟她分享这种喜悦："当然，他的母亲和我很快就觉察出他经历了什么可怕的事情。他显得如此憔悴，沉默寡言，就跟换了个人似的。"

施维格说了袭击卢西塔尼亚号的事。"当然，他当时什么都听不到，但是他能看到，比起那些哭叫声，U型潜艇里的寂静更加可怕。而且潜艇里只有他能看到当时都发生了什么。他根本不敢让潜艇里的人知道。"击中卢西塔尼亚号后，他把潜艇直接带回了德国。他的未婚妻说："他想尽力摆脱那件事的阴影。

他想回到岸上。当时，他已经无力再用鱼雷攻击其他船只了。"

这个女人的叙述听上去颇为动人，却与施维格的战争日志不符。就算施维格有过一星半点的懊悔，他也没有用行动表达出来。

他最后看了一眼卢西塔尼亚号。五分钟后，他发现前方有一艘大船正在驶来，他马上准备发起攻击。他本该留两枚鱼雷返航——最好是艇首一颗，艇尾一颗——可眼前这个目标实在难以抗拒，那是一艘九千吨的油轮。施维格下令全速前进，让艇尾朝前来到那艘油轮的前方，这样他就能够用艇尾两根发射管中的一个来发射鱼雷。下午四点零八分，他准备好了。射程设置很完美：与目标船只的航线成九十度角，距离为五百米，在近距离射程之内。"条件对我们非常有利，"他在战争日志中写道，"根本不可能失误。"

他下令开火。鱼雷离开发射管时，潜艇开始震颤。施维格静静等着鱼雷命中的声音。

但接下来只是很长时间的静默。随着时间的推移，他意识到出了问题。

"鱼雷发射后，潜望镜暂时隐到了海面以下，很遗憾我无法确定究竟为什么发射失败了。"他在作战日志上这样写道，"鱼雷肯定已经离开了发射管，它要么是中途停下来了，要么就是跑偏了。"他怀疑那艘船上的人甚至都没察觉到这颗鱼雷。

施维格开始重新返程。为了加快速度并给蓄电池组充电，他让潜艇浮出了水面。从指挥塔顶上，他看到远处有至少六艘大型蒸汽机船排放出的烟迹，但他没再试图发起攻击。事实表明，这是他最成功的一次巡航。此次他累计行驶了三千零六英里，其中二百五十英里在水下。他击沉船只的总吨位数达到了四万二千三百三十一吨。

施维格袭击失败的那艘蒸汽机船是驶往新泽西的英国油轮纳拉甘西特号。与施维格所想的正好相反，纳拉甘西特号上的人都非常清楚他们逃过了一劫。先是大副发现了潜望镜，然后船长查尔斯·哈伍德立即下令急转弯并开到了最高速度。

哈伍德用无线电报告了他的此番遭遇。袭击发生时，他一直在回应卢西塔尼亚号发出的求救信号，并全速赶往出事海域。但现在，他怀疑求救信号是这艘潜艇伪造出来以引诱他的船和其他救援船只的。

他的电报被转到了伦敦的海洋军事部战情室，电文内容如下："我们在以尽可能快的速度前进。下午三点四十五分，右舷船尾大约两百码处发现潜艇。潜艇发射了鱼雷，在我们船后方约十码处掠过。通过紧急机动，我们完全避开了险情。十分钟以后，大约下午四点，船尾方向发现潜艇……没有发现卢西塔尼亚号的踪影。我们相信这应该是场骗局。"

哈伍德船长改变了航向，从卢西塔尼亚号最后一次报告的位置逃离了。

卢西塔尼亚号
海鸥

救生衣的浮力托举着他离开了舰桥，但下沉的船体又把他拖到了水下。"整艘船就像被一只巨手猛地从我脚下扯走了。"特纳说道。最终浮出水面时，他发现自己身处一片由残骸和死尸堆积而成的"列岛"之中。"数以百计的尸体在残骸废墟中打转，"他说，"男人、女人和孩子就和那些木板、救生艇以及难以名状的垃圾残渣一起漂流。"

作为船长，他相信自己已经竭尽所能。现在，求生的本能被激了起来。他不断向前游，认出了附近的一个人，是利物浦警探威廉·皮尔庞特。突然，皮尔庞特消失了，跟那位刚结婚的玛格丽特·格怀尔一样，他也被卷进了烟囱。"我当时还以为他就这样死了。"特纳说。但伴随着一股蒸汽的喷发和一阵气流的嘶嘶声，皮尔庞特忽然又被喷了出来。一层湿漉漉的黑色烟泥覆盖了他的全身，他就像是被抹了一遍瓷釉似的。据特纳描述，

"这时的皮尔庞特就像是用了十倍的力气一样往回游,他吓得半死"。

卢西塔尼亚号仍在移动,特纳估计速度为四节。但就在他注视着它的时候,船头触底了——这一点他很肯定。"我之所以能注意到这个,是因为那时船尾还露在外面,整个船体的下行停顿了几秒钟,然后,她那八百英尺长的船身摆了几下,接着才沉下去。"

对于一位远洋船长来说,这是一个很奇怪的时刻。二十分钟前,特纳还站在舰桥上,指挥着有史以来最伟大的一艘远洋客轮,而此刻,他虽然还穿着那身制服,却漂浮在海上,不久前,同一个位置还有一艘远洋客轮。平静的大海,蔚蓝的天空,他已看不到甲板、船舱和船身,连船上那高高的桅杆也看不到了。

他和皮尔庞特游到了一起。特纳看到附近漂浮着很多船上锅炉工的尸体,他们都穿着救生衣,但一个个头朝下、脚朝上——他数了数,一共有四十人。海鸥在尸体上方盘旋、俯冲,有时甚至会冲向活着的人。后来特纳对儿子诺曼说,他当时得时刻提防着这些鸟的进攻,因为它们会从空中猛扑下来,啄食人们的眼睛。据参与救援的人说,看到哪里有海鸥盘旋,他们就知道哪里能找到尸体。据诺曼描述,这段经历让特纳对海鸥产生了深深的仇恨。"后来直到退休前,他都一直带着一把零点二二口径的来复枪,一看见海鸥,他就开枪射杀。"

特纳在水里待了三个小时,后来他被拉上了一艘救生艇,然后被送到布鲁贝尔号拖网渔船上。

昏迷一段时间后,玛格丽特·麦克沃思醒了过来,她发现自己正赤身裸体地躺在布鲁贝尔号的甲板上,身上只盖了条毯子。她的牙齿一直在打战,她写道:"我的牙齿就像是一副响板。"

一个水手出现在她的上方,说道:"比之前好多了。"

她有点儿不高兴。"我隐约觉得发生了什么事情,但以为自己还是在卢西塔尼亚号的甲板上,所以就莫名有点儿生气,我还在想,该照顾我的那个女乘务员没来,怎么来了一个不认识的水手。"

她的头脑开始清醒。后来,水手给她端来了茶。那个人显然缺少骑士风度,他直接说道:"把你放在这儿是因为我们以为你死了,觉得没必要再在船舱里给你腾地方。"

水手和另外两个人扶着她来到下层甲板,下去之后,周围的一切让她觉得有点儿头晕。"下面太温暖了,"她写道,"几乎让人心神恍惚。"她说:"我周围的人似乎都有点儿醉了,因为那热、那光,因为知道自己还活着。我们都扯着嗓子高声说话,都由着性子开怀大笑。"

她意识到,那个时刻如此奇异、古怪,欢乐与灾难交织并存。她本人快乐得头晕目眩,可她并不知道父亲现在究竟是死是活。船舱里有一名幸存者知道自己的丈夫已经死了,麦克沃思写道:"丈夫的离去可能意味着她的一生从此将支离破碎,然而在那一时刻,她却十分兴奋,一直在放声大笑。"

特纳船长没能融入这一派欢乐的气氛之中。他穿着湿透的制服,一个人静静地坐着。

麦克沃思看到，一位妇女走到特纳身旁，告诉他自己失去了孩子。她的声音很低，语调几乎没有起伏。她说她把儿子放到了救生艇上，然后艇翻了，儿子就那样走了。她用同样平静的语气告诉特纳，她的儿子本不应该死——"这都是因为你的船员缺乏组织、训练不足。"

天黑后过了很久，救援船只才陆续返回昆士敦。小劳里亚特搭乘的飞鱼号抵港时间是晚上九点十五分，布鲁贝尔号是晚上十一点。码头被气灯照亮，夜间的薄雾在灯光中呈现出淡淡的琥珀色。士兵、水手和市民组成两条长队，迎接的队伍从舷梯一直延伸到了城里。幸存者一上岸，他们就鼓掌欢呼。其他士兵四人一组带着担架等候。小劳里亚特下来的时候背着一个人——被他骂过的那个断腿男人。这个男人名叫伦纳德·麦克默里，这是他遭遇的第二次海难。一九〇九年，白星航运公司的共和号在大雾中与一艘班轮相撞并沉没，他就是幸存者之一。

小劳里亚特随身携带的萨克雷的画作以及狄更斯的《圣诞颂歌》现在已经躺在了爱尔兰海深处的某个地方。他给妻子发了封电报："我保住了孩子的照片，它们是我的护身符。"

在电报的结尾，他写道："对不起，让你担心了几个小时。"

玛格丽特·麦克沃思在船入港的时候得知父亲还活着。她身上只有一条毯子，不得不向布鲁贝尔号的船长要一些安全别针。这个想法惹得船长哈哈大笑，因为这样一艘船上显然找不到安全别针。一名士兵把外套脱给了她，那是一件"双排扣的军用厚呢短大衣"。船长把自己的拖鞋给了她。她把毯子束在腰上，权当一条裙子。

她看到父亲正站在船和岸之间的跳板边缘，这让她回想起一个月之前，当她刚刚抵达纽约在码头上看到父亲的那一刻，她也是那么放松、喜悦。作为首批抵达昆士敦的幸存者之一，她父亲已经等了好几个小时，看着一艘又一艘船靠岸，上面却没有他的女儿。救援船只每一次抵岸，尸体似乎都越来越多，而活人却越来越少。一个朋友后来说，在这漫长的等待中，这位父亲的脸似乎苍老了很多。

第二天是星期六，一大早，多萝西·康纳——那位总是精神头十足、跟麦克沃思共用一个餐桌并且总想找点儿"刺激"的美国年轻人——就来看望她。麦克沃思回忆，康纳像是变安静了。"她还穿着我前一天看到她从甲板上走下来时穿的那套衣服——整洁的浅黄色粗花呢外套和裙子，看上去既时髦又合身，就像刚从商店里买的。"

德怀特·哈里斯上岸了，他的订婚戒指和珠宝仍挂在脖子上，钱还好好地放在口袋里。那天晚上，他找到了一家一直为幸存者开放的商店，买了汗衫、袜子、拖鞋和睡衣。他在一家旅馆找到了一个房间，但得跟六个男人共用。"我临睡前喝了一大杯威士忌。"他说。星期六早晨，他又给自己买了西服、衬衫、衣领、雨衣和帽子。买这些东西的时候，他碰巧看到了一个十八岁左右的男孩正在问店主能不能给一些衣服，因为男孩没钱付账。这个男孩像是刚刚失去了亲人。哈里斯主动帮他付了钱款，后来他才知道，这个男孩失去了母亲。"可怜的家伙！"哈里斯在给母亲的信中这样写道，"感谢上帝，幸好你这次没有跟我一起出来！！！"

西奥黛·波普乘坐的朱利亚号靠岸后，一名医生被叫到船上去为她做了检查。在两名士兵的协助下，医生扶着她走下码头，上了一辆汽车，然后陪她去了一家旅馆。她一从车上下来便瘫倒在人行道上，医生随即又搀扶她到了室内。"他们让我坐在房间的躺椅上，屋子里全是男人，穿得五花八门，女主人则赶忙给我端来了白兰地。"她这样写道。其中一名男子是英国乘客，那天午餐时曾开玩笑说在他吃冰激凌之前鱼雷可别先过来了。他这会儿穿的是件家居便袍，还是粉红色的。

西奥黛喝了白兰地，被扶进另一个房间。她的脸肿了起来，一点儿光泽也没有。她让人给母亲发了电报，只有一个词："获救。"

她想睡觉。"我整晚都在想弗兰德先生四处找我的样子，强烈地盼望他出现在我面前。"她写道，"一整夜，人们不停地从我们的房间进进出出，用闪光灯拍照，把孩子带过来让我们辨认，收拿电报，为所有幸存者登记造册……"

可是，弗兰德先生一直没有出现，女仆罗宾逊小姐也没有。

特纳裹着一条毯子走到了岸上。当晚，他在当地一位银行家的家中过的夜。第二天早晨，他穿着那身制服去散步。他弄丢了丘纳德公司的帽子，于是来到男装店想买个新的。和他一同搭乘布鲁贝尔号上岸的幸存者比阿特丽斯·威廉姆斯见到了特纳，他买帽子的样子立刻激怒了她："我们这么多人已经一无所有，你竟然还在为一顶帽子费心？——你应该为自己感到羞耻！"

那天早晨，《纽约世界报》的通讯记者也碰到了特纳，并对他做了个简短的采访。在给编辑的电报中，记者这样写道："这位船长看上去手足无措。"

记者告诉特纳，他们已经接到了很多美国遇难者的尸体，包括百老汇制作人查尔斯·弗罗曼。轮船起航的那天早晨特纳还跟他说过话。听到这些，特纳似乎难以控制情绪，眼里充满了泪水。

昆士敦

遇难者

卢西塔尼亚号上的乘客和船员共有一千九百五十九人,幸存者仅有七百六十四人,遇难人数总计一千一百九十五人,此数字未将三名德国偷渡者计算在内,实际死亡人数为一千一百九十八人。船上的三十三名婴幼儿中仅有六名幸免于难。超过六百名乘客永久失踪了。在死难者当中,美国人有一百二十三名。

很多家庭是通过电报得知了亲人遇难的消息,但有不少人没收到电报也预感到了亲友的死亡。有丈夫或妻子的往往承诺写信或发海底电报向对方报告自己平安抵达,但很多人并没有收到这样的消息;有些原打算留住在英格兰或爱尔兰朋友家中的乘客一直没能露面。最糟糕的是,有些乘客的亲友原以为他们乘坐的是另外一艘船,结果出于这样或那样的原因,他们最终却登上了卢西塔尼亚号,卡梅隆尼亚号上的那些乘客就属于这种情况,他们是在起航前的最后一刻才被转送到了卢西塔尼亚号上。在这些转送过来的乘客当中,有一对新婚夫妇——玛格丽特和詹姆斯·希曼,他们来自怀俄明州的石油城,此行是要前往苏格兰拜访玛格丽特的家人,中途,他俩登上了这艘在当时速度最快、最奢华的班轮。他们本来打算给家人们一个惊喜,但两人却双双遇难。转送过来的四十二名乘客和船员中仅有十三人幸存,其中就有格蕾丝·弗伦奇小姐,她算是没怎么遭罪地渡过了整个难关。

灾难过后,混乱往往接踵而至。接连几天,在丘纳德公司驻利物浦、昆士敦和纽约的办公室之间传送、接收了几十封海底电报。这些电报传递出丘纳德公司的焦虑与意外,仿佛他们从没料到有一天会失去这么一艘大船,也没有想到有一天真的要调用公司的乘客记录来向生者求证并确认亡者身份。

五月十号:"盖伊·卢因是否确实搭乘了卢西塔尼亚号?"

五月十号:"二等舱名单上的查尔斯·沃米是否应该为查尔斯·韦林?速复。"

五月十一号:"F.A.特威格是否真的上了卢西塔尼亚号?"

五月十一号:"请提供卢西塔尼亚号上所有名叫亚当斯的乘客的完整教名以及客舱等级——特急。"

在调查报告中，有少数实际上还活着的乘客被误报成了已遇难；但更多的情况是，有不少调查报告称还活着的乘客其实已经遇难。"比利克先生幸存的消息有误。"美国领事弗罗斯特在给驻伦敦大使佩奇的简短电报中这样写道。在这份调查报告中，五岁男孩迪恩·温斯顿·霍奇斯一开始被标注为"平安人"，但随后丘纳德公司在发往驻纽约办事处的电报中称："很遗憾，迪恩·温斯顿·霍奇斯似乎失踪了。"后来大家才知道，他的尸体已经被搬到了救援船飞鱼号上。有几个死难者的名字拼错了，让他们的家人空欢喜一场。一个实际上已经遇难的男子弗雷德·泰尔斯被错拼成了弗雷德·泰思；特蕾莎·德斯利实际上应该是特蕾莎·菲利，她和丈夫詹姆斯一同遇难了。船上有两位哈蒙德夫人，一位尚在，另一位——奥格登的妻子——却已遇难。船上有两名侍者叫约翰·利奇，只有一位幸存。一位名字被拼写成格林菲尔德的遇难者其实叫格林希尔茨。

时差和通信迟缓让很多亲友很难第一时间了解乘客的安危。付得起费用的人会发电报给丘纳德公司，内容涉及他们所爱之人的详细情况，细致到手表上铭刻的序列号。但是这些电报的接收、转录、投递往往要花好几个小时。灾难发生后的头几天，数以千计的电报涌向丘纳德公司的办公室，而丘纳德公司却没有什么消息可以即刻反馈给大家。

在昆士敦，遇难者遗体被安置在三处临时陈尸所中，市政厅就是其中一处——他们就这样被一排排放置在地板上。可能的话，孩子会被放在母亲身边。幸存者们排着队缓缓行进，哀伤地寻找着他们的亲人。

当然,也有一些家人团聚了,这次的相会自然比平日里更幸福。

水手莱斯利·莫顿整个星期五的晚上都在寻找他的兄弟克利夫,先在幸存者名单上找了一遍,又到昆士敦的各旅馆去找,但还是毫无线索。第二天一大早他就给父亲发了电报,内容为"我已得救,在找克利夫"。他去了一个陈尸所。"屋里摆满了一排排尸体,一直摆到墙边,全都盖着床单或裹尸布,"他写道,"那里有很多人,显得十分悲伤、痛苦,他们在一排排尸体中间逐个儿掀开床单,看看能否找到那些失联的亲朋。"

莫顿也像他们一样掀开床单一个一个找。就在他准备再掀开一条床单的时候,他看到一只搜寻的手。他抬头一看,是他的兄弟。一时间,他们都面无表情。

"嗨,克利夫,见到你很高兴。"莱斯利说。

"我也很高兴见到你,格蒂,"克利夫说,"我想,咱俩得去喝上一杯!"

当时,他们的父亲倒没怎么着急,因为两个儿子都给他发了电报,都说在找对方。莱斯利后来才知道,这两封电报抵达的时间前后只相隔五分钟。"所以,我们都平安的消息,家里的父亲比我们先知道。"

那天晚上,莱斯利平生第一次喝了吉尼斯黑啤酒。"倒不是说那几天我一直想喝,但能用它来庆祝自己还活着、庆祝我们的重聚、庆祝到了爱尔兰,确实是一件相当不错的事。"

　　　　　　　＊　＊　＊

　　救援船只带回了很多尸体,但还有一些尸体是在爱尔兰的海湾和海滩上发现的,是海水把他们带到了岸上。在一片海滩上,人们发现了一个男人的尸体,他当时正抓着一片一英尺长的救生艇残片,后来这块救生艇碎片被存放到斯坦福大学胡佛研究所的档案室,其上还刻有"卢西塔尼亚号"的字样。

　　领事弗罗斯特负责为美国遇难者善后。那些"重要的"尸体,也就是那些来自头等舱的亡者,由美国政府负责支付费用做了防腐处理。"奇妙的是,死亡可以抹杀社会等级差异和精神差异,一些看起来非常'重要'的尸体,生前却往往寂寂无名,"弗罗斯特这样写道,"亡者往往一脸平静,但又好像有些迷惑不解,像是受到了冒犯,就好像是被值得信赖的朋友们作弄而自己还没反应过来。"那些'不重要'的尸体被密封在了铅制的棺材里,"这样他们就随时可以返回美国"。

　　丘纳德公司仍在不遗余力地为找到的尸体编号、照相、登记造册。一号尸体是凯瑟琳·吉尔——一位四十岁的寡妇;第九十一号是主任乘务长麦卡宾,对他来说,这本该是退休前最后一次跨洋之旅。几乎所有的死者都是躺在棺材里拍的照,不过,有具尸体是躺在一辆较大的独轮手推车里拍的,还有一名幼儿拍照时躺在一个临时搭建的台子上。他们仍然穿着外套、西装、连衣裙,戴着珠宝。一位母亲和她的小女儿躺在同一具棺材里,估计是被同时发现的,母亲朝向女儿侧卧着,女儿则躺在母亲怀里，一只手搭在母亲胸前。她俩看上去就像是可以从这具棺材里走出来，然后继续生活似的。其他亡者也显得十分安详。第五十九号尸体——一名三十多岁的英俊男子——胡子刮得干干净净，穿着整洁的白衬衫、花呢夹克和黑色大衣，戴着波点领结。那件大衣的质感看上去非常不错，上面的扣子亮闪闪的，跟新的一样。

这些照片总是会令观者不由自主地联想起遇难者生前的最后一刻。第一百六十五号尸体是个女孩，穿着白色连衣裙，领子上有蕾丝花边。她的头发甩到了后面，嘴巴大张着，像是在尖叫，整个人看起来十分恐惧、痛苦。第一百零九号遇难者是一名女性，册子上并未记录她的姓名，她身材矮胖，赤裸着躺在简陋的毯子下面，头发上还有斑斑点点的泥沙。跟这批照片中其他逝者的模样不同，她双眼紧闭，双颊鼓着，嘴唇抿得紧紧的。她看上去十分特别，好像还在憋气。

最令人不安的照片是第一百五十六号，一名三岁左右的女孩，胖乎乎的，有着金黄色的卷发，穿着袖子很长的套头毛衣。让人难过的是孩子的表情，她看上去很不安。有人在她胸前和身旁放了鲜花，但她明显并未得到安抚。她躺在一块木托板上，身边摆着一件像是救生衣的东西。你可以在她脸上看到那种纯粹的愤怒。

领事弗罗斯特发现，目睹了这么多溺亡的孩子，他们的小模样在他脑海里挥之不去。他自己也有个小女儿。"海难过去好几个星期后，有天晚上家里突然停电，我划着一根火柴然后进了卧室，目光不经意间落在熟睡的小女儿身上，"他写道，一瞬间，他仿佛回到了陈尸所，"我跟你说，我就像突然撞见了一条蛇，赶紧往后缩。"

在海上搜寻浮尸的工作一直持续到六月，丘纳德公司随后向弗罗斯特建议是时候停下来了，弗罗斯特也表示认可。搜寻工作于六月四日暂停，但进入盛夏前仍陆续有尸体被冲上岸。越晚被发现的尸体编号越靠后，状态也越糟糕。两具男尸分别于七月十四日、七月十五日被冲上了凯里郡海岸，距沉船地点约两百英里。其中一具尸体穿着牧师的衣服，有一副"完好的牙齿"，记录发现过程的报告里这样写道："大部分身体都被吃掉了。"第二具尸体没有头、胳膊和脚，不过他身后拖着一套完整的衣服——蓝色哔叽长裤、黑白相间的法兰绒条纹衬衫、羊毛背心、内裤、背带、一条腰带，以及一根挂着七个钥匙的钥匙链，就像那些有触角的海洋生物似的。为了鼓励大家报告发现新的尸体，丘纳德公司提供奖励，发现一具尸体给一英镑。如果新发现的尸体是美国人，弗罗斯特还会多给一英镑。

一九一五年七月十一日，一具美国人的尸体出现在爱尔兰斯特拉德巴利的海岸边。起初，当局以为他是卢西塔尼亚号的遇难者，将其编为第二百四十八号尸体。但他其实并不是卢西塔尼亚号上的乘客。三月二十八号，蒸汽机船法拉巴号遭鱼雷袭击沉没后，这位名叫利昂·C.思拉舍的美国人便失踪了，当时，他已经在海上漂流了一百零六天。

尽管被发现的遗体常常是奇形怪状的，发现他们的人们仍然对其相当尊重。七月十七号，距离海难发生已经过去了七十一天，有人在爱尔兰的丁格尔半岛发现了一具中年男子的尸体。洋流和海风裹挟着尸体，让他绕着爱尔兰西南部边缘漂流了很长时间，然后把他搁在距昆士敦两百五十英里的布兰登湾。当地一名居民发现了这具尸体并报告给卡斯尔格雷戈里的皇家爱尔兰警队，警队在发现地以东六公里。警长J.里根在一名警员的陪同下立即骑着自行车出发，很快就赶到了现场，那里是一片素净可爱的海滩。他们看到了那具尸体，虽然身体只剩一小部分了，但明显是位男性。而且，他明显来自卢西塔尼亚号，因为半片救生衣还挂在身上，另外半片也离他身子不远，上面印有卢西塔尼亚号的标志。

他的身份很快就被确认了。当警员们仔细检查他的剩余衣物时发现了一块手表，表壳上刻着几个大写字母：V.O.E.S；还发现了一把小刀，标有"维克托·E.希尔兹"；还有一封信，写着"致维克托·希尔兹先生，请卢西塔尼亚号转"，标注日期是一九一五年四月三十日，也就是这艘船离开纽约的前一天。在一个口袋里，警员们发现了一份船上的娱乐节目单。这些文件都湿透了，于是警员们把它们放到太阳下晒干。

里根警长注意到潮水涨得很快，他说："于是我派人找来一张床单，把尸体放了上去，移到远离潮水的安全地带。"然后他骑车去电报局，给当地验尸官发了电报，对方回复说像这种情况无须再验尸。警局置办了一具铅制外棺和一具木制内棺，傍晚时分，希尔兹被安放在一件"天鹅绒"长袍中入殓。入殓师将棺材放在了一家私人住宅中，第二天，警局将他埋葬在附近的墓地里。"警局做了所有能做的事，"在给领事弗罗斯特的信中，里根警长这样写道，"事实上，即便是对自己的家人，能做的也不可能更多了。我谨代表警局，对希尔兹夫人痛失爱侣深表同情。"

对于那些沉浸在巨大悲痛中而拒绝相信现实的家人来说，重要的是要知道他们所爱之人是如何死去的，到底是溺亡、冻死，还是身体受到重创。希尔兹的家人在这方面表现得很极端，他们要求将尸体挖出来验尸。这种事情说起来容易做起来难。"这件事的难度不言而喻，"弗罗斯特写道，"事实上不可能找到一位经验丰富且等级较高的医生去解剖一具已经死了七十五天的尸体。"弗罗斯特设法找到了两名愿意承担这项任务的年轻医生，其中一位是科克郡北部医院的代理住院外科医生约翰·希金斯，他在出具的报告中清楚地阐明了他努力解剖得出的结论。

七月二十三日两点三十分，在入殓师的办公室里，尸体剖检开始了。次日，第二名医生又单独做了一次剖检。最开始，一名管道工打开了维克托·希尔兹的铅棺，很快，除了铅受热的味道，另一种气味也扩散开来。剖检时领事弗罗斯特也在场，不过希金斯注意到弗罗斯特中途离开了，他说："他被别人叫走了。"

希金斯估计，希尔兹生前的体重约为二百磅。据希金斯记录，希尔兹的躯体现在处于"一种高度腐烂状态"。这是一种保守的说法。"他脸部和头部的软组织——包括头皮——都没有了,"希金斯写道,"包含门牙在内的大部分牙齿都不见了。两只手没了,右上臂的软组织也没了,右边小腿的后部绝大部分都已不在,左侧小腿也是同样的情况。生殖器严重腐烂,几乎完全消失。"

希尔兹先生躺在那里,像是在对着他们微笑,但不是那种让人感觉舒服的方式。"我检查了颅骨,"希金斯医生写道,"从外观上看,它几乎完全裸露,一直到枕骨的下半部分,都没有一点儿皮肉。"枕骨形成了头颅底部的后半部分。"我打开颅盖,发现脑部腐烂得太严重,已经没法检查了,但隔膜是完整的。"他移除了大脑,继续检查颅骨的内部,发现底部和颈管没有骨折的迹象,这就排除了因坠落的船部残骸或钝器砸伤头部而死的可能。沿脊柱检查,也没有发现骨折或是背部创伤。从希尔兹的内脏中也没能查明死因,但希金斯医生看到了这个人在卢西塔尼亚号上用的最后一顿午餐的残渣。"胃里有大约一品脱的绿色半固体物质,显然是没有消化完的食物,但胃里并没有水。"

没有明确的死亡原因这一点着实令人费解。"在我看来,"希金斯写道,"没有外部原因直接导致死亡,也没有溺水的迹象,死因很可能是休克或者体温过低,大概率是前者。从胃里的残留物看,死亡发生在用完最后一餐后的几个小时内,大约两三个小时。"

最终,剖检结论是没有明确死因。另一名医生也得出了同样的结论。

被来来回回折腾了好几次的希尔兹先生又被装回棺木,用船运回了美国。在递交给华盛顿的信中，领事弗罗斯特赞扬了英国警方发现希尔兹尸体后所做的种种努力。"如果能从希尔兹先生的遗产中拿出两到五英镑，转交给警长和他的同事们以答谢他们在履行职责时表现出的卓越精神，那将是最得体、最值得称道的行为。"

希尔兹的死因仍然是个谜，他的家人们只能胡乱猜测着他到底经受过什么样的恐怖事件。几乎所有遇难者的亲属也都被这件事折磨着。毫无疑问，对许多乘客来说，死亡是突然降临的，完全出乎他们的意料。鱼雷命中的时候，正在行李舱中忙活的几十名水手被瞬间炸死，但他们具体有多少人、都是谁，现在已无从知晓。有的乘客是被掉下来的救生艇压死。有的正在水里游着，然后就被甲板上掉下来的椅子、箱子、盆栽，以及其他东西砸死了。那些运气最不济的则是因为救生衣穿戴方式不当而死，他们往往在落水后头朝下、脚朝上地漂浮着，就像在一些魔鬼喜剧里常看到的那样。

克朗普顿夫妇及其子女在最后的时刻究竟是怎样的，只能任凭人们去想象了。一个孩子都救不了，又怎么去救六个？更何况有一个是婴儿，一个才六岁。克朗普顿全家无一生还，五个孩子全然没了踪迹，但人们找到了婴儿马斯特·彼得·罗米利·克朗普顿的尸体，他当时大约九个月大，被编为第二百一十四号。

丘纳德公司董事局主席布斯与这一家交往颇深。"我受到了重创，"在五月八日写给丘纳德公司驻纽约的经理查尔斯·萨姆纳的信里他这样写道，"对于发生在卢西塔尼亚号上的这场可怕的灾难,我们大家都有同感,即要把所有的感受都诉诸笔端是做不到的。"萨姆纳回信说,失去这艘船以及众多乘客的悲痛简直难以言表。

在这三处陈尸所里,仍有许多尸体身份不明,这让丘纳德公司的官员们很尴尬,他们需要尽快解决这一问题。这类尸体大约有一百四十具,已经开始腐烂,春季渐暖的温度更是加速了这一进程。于是,丘纳德公司决定实施集体安葬。每具尸体都配有棺木,但婴儿和妈妈共用一副。有些尸体被分到了三个墓坑中,为 A 坑、B 坑和 C 坑,都在昆士敦郊外一个山坡上的老教堂墓地里。

安葬日期是五月十日星期一。此前一天一夜,士兵们都在忙着挖掘墓坑,殡仪员们则忙于入殓,但棺材的盖板都留着没封,想尽可能多留一些时间,希望到最后一刻还能有人认领这些尸体。由于缺乏运送车辆,周一大清早这些棺材就开始分批被运到墓地,有三口棺材被留了下来,准备随下午出发的送葬队伍一起抬到墓地。

哀悼者和前来观礼的人们乘着一趟趟火车陆续到来;商店在当天纷纷闭门歇业,放下了遮挡帘,合上了百叶窗;大大小小的船只遵照各自船长的命令,均降半旗致哀。当送葬队伍穿过昆士敦的时候,一支军乐队演奏了肖邦的《葬礼进行曲》。神职人员们在前方引导着送葬队伍,伦敦的考利·克拉克神父是其中一员,他自己就是这次海难的幸存者。士兵和哀悼者跟在神父后面。美国领事弗罗斯特也在队伍中。沿途站满了默哀的军人和市民,他们纷纷脱帽致意。队伍走过的那条路会途经一座座绿油油的山坡,山坡上点缀着野花,金雀花这儿一丛,那儿一簇,黄艳艳地盛开着。天空一片晴朗,没有一丝云彩。远处的海港上,一条条小船正随着微风轻轻摇曳。"那景象一派安宁,"一名记者这样写道,"看不到一丁点儿刚刚发生过那场悲剧的痕迹。"

下午三点,抬着三副棺材的送葬队伍到达墓地,停在了墓坑旁边。其他棺材中有许多是用榆木制成的,呈窄长的菱形,并且已经被放进了各个墓坑,分成上下两层整整齐齐地排列着。图表上都有详细标注尸体的编号及其安放位置,如果有人将来用丘纳德公司编录的遗照和遗物列表进行身份识别,亡者亲属至少能搞清楚他们所爱之人究竟是在哪儿安息的。

三副棺材被放入墓坑时,人们唱起了《求主同住》。随后,仪仗队鸣枪,一小队号手吹响了《安息号》,跟英国军队军营中的熄灯号一样。士兵们聚拢过来,开始往墓坑里填土。一张照片显示,一群小男孩排成一排,站在新挖出来的土堆上,饶有兴致地看着下面的士兵往棺材之间的空当里填土。

葬礼隆重、庄严,感人至深。但对于后来才获知集体安葬这一消息的亲人们来说,知道至亲就这样与众多遇难者混葬在一起的事让人难以承受。据丘纳德公司最终统计发现,在这些无名死者当中,大约有一半后来又被家属通过照片和遗物辨认了出来。一些遇难者的家人一想到亲人独自沉睡在遥远的异国他乡,就觉得无法接受。一位名叫伊丽莎白·A.塞科姆的女性遇难者时年三十八岁，来自新罕布什尔州的彼得斯伯勒，她的家人就曾向领事弗罗斯特求助，恳求取回遗体，带她回家。她是丘纳德公司一位已故船长的女儿，被编为第一百六十四号，是五月十四日下葬的，位于 B 墓坑第六排的上面一层。

弗罗斯特做了他能做的一切，他认为塞科姆的棺材在墓坑里所处的位置能使人们很轻易地挖掘出来。尽管牵涉到动用美国政府资金的时候他总是非常吝啬，但这次，他甚至愿意提供一百英镑来支付相关费用。

英国政府同意了，但起决定作用的地方议会却驳回了这一请求。在某种程度上，地方议会是受到当地习俗的影响——弗罗斯特称之为"宗教偏见"——但其实他们主要是不想开这样的先例。至少还有二十个家庭曾请求寻回亲人的骸骨，也都被他们拒绝了。弗罗斯特写道："地方议会的态度真让我难以理解。"

到目前为止，承受最大痛苦和压力的是那些连尸体都没能找到的遇难乘客和船员。丘纳德公司登记在册的七百九十一名失踪乘客中，最终找回遗体的仅有一百七十三人，约占百分之二十二，剩余的六百一十八人一直下落不明。失踪船员的比例更令人心痛，毫无疑问是因为鱼雷爆炸时有很多船员死在了行李舱中。

爱丽丝和埃尔伯特·哈伯德一直没有找到，堪萨斯城乘客西奥多·奈什也是如此。在昆士敦，年纪尚小的罗伯特·凯和西奥多的妻子贝尔住了一段时间，彼时，罗伯特的麻疹已经痊愈，正等着祖父来接他。在卢西塔尼亚号沉没前的最后时刻，约瑟夫·弗兰克姆和家人上了一艘尚未投放下水的救生艇,最终,他和一个儿子幸存下来,但是妻子、小女儿,以及四岁的儿子都失踪了。内莉·休斯顿永远没有机会寄出她那封文字魅力十足、像日记一样的信了,在信中,她坦承碍于自己臀部的大小,要想躺进铺位并不容易。这封信是在海上漂浮的一个女用手提包里发现的。勒克家的三名成员——三十四岁的夏洛特和她那两个尚未成年的儿子也失踪了。阿尔弗雷德·范德比尔特最终也没能找到,尽管范德比尔特家族提供了五千美金的悬赏金——这可是一笔不小的财富。小劳里亚特的朋友兼旅伴洛思罗普·威辛顿也失踪了。

这些没有被找到的人给很多家庭带来了挥之不去的困扰。他们深爱的那个人现在是否被集体安葬在了昆士敦?他们会不会在沉船的最后一刻因傻乎乎地去抢救随身物品而被困在了船上?他们是因为侠义地救人而死,还是因为胆小、懦弱而死?他们会不会和那个身份不明的女人落得一样的下场?那个女人的尸体被冲到了戈尔韦附近的斯特劳岛上,最后是岛上看守灯塔的人发现的。她当时还穿着博迪救生衣,虽然穿戴方式正确,却独自在海上漂流了三十六天。

至于那些失去孩子的母亲,她们的余生会一直想着孩子在最后一刻是什么样的,或者幻想奇迹出现,即有人救了她们的孩子并悉心照顾。诺拉·布雷瑟顿没有这样的困扰,这位洛杉矶妇女曾将女儿贝蒂交给一位陌生人,但最后,她发现贝蒂的尸体被编为第一百五十六号。诺拉将女儿葬在了科克郡乌斯林修道院的墓园里。值得一提的是，布雷瑟顿的儿子得以幸存。

对于只能待在家里等候消息的亲属们来说，只要还没找到尸体，他们就会终日游走在希望和悲伤之间。普雷斯顿·普里查德的母亲一直在不遗余力地四处打听失踪儿子的消息，另一个儿子莫斯汀一直在帮她，去了昆士敦的陈尸所。"这地方到处都是像我们一样可怜的人，"他写道。最终，他没找到兄弟的线索："我实在是没辙了，接下来不知道该怎么办才好。"

普里查德的妈妈给几十位幸存者写了信，之后，她根据反馈信息又写了好几十封。她还寄出了不少含有普雷斯顿的照片及个人细节特征描述的传单。在她联系的人当中，有普里查德的餐伴格蕾丝·弗伦奇小姐，她告诉普里查德的妈妈，她觉得自己是船上最后一个跟他说过话的人。她们后来又互通了很多封信，其中一封，弗伦奇说自己现在常常想起普里查德，想起他俩在船上寻找与她长相酷似的人的情景，然而他们并没有找到。弗伦奇写道："他的脸总能清晰地出现在我脑海里，他晒得黝黑，充满活力和雄心壮志。"

这许多的回信让人们重新认识了此次航程以及最后一天人们所经受的考验和不幸。写信者回忆了他们与普里查德的短暂接触，并特别提到他的合群和受欢迎程度，还顺带讲述了自己的故事。大多数幸存者都在信中想方设法安慰普里查德的妈妈，尽管他们只是和普里查德擦肩而过，有的甚至根本没和他照过面。他们对普里查德的妈妈说，他的体魄那么强健，肯定最后一刻都在奋力救助妇孺。

西奥黛·波普对自己的唯心论信仰深信不疑。一九一六年二月四日,她在给普里查德的妈妈的信中这样写道:"希望夫人不要总想着您深爱的儿子的身体变成了什么样子。"她又这样劝说道:"请您永远记住,无论他的躯体发生了什么,都影响不了他的精神,他的灵魂必定长存,他会一直等待着与您重逢。"

英国索尔兹伯里市的二等舱乘客露丝·M.沃兹沃思想让遇难者的亲属明白,脑海里构想的那些噩梦般的场景与船上的实际情况是有差别的。

"我知道你们一定忍不住去做最可怕的设想,那就让我来告诉你们真相吧!尽管当时的情况非常糟糕,却并没有你们想象的那么可怕。当那件事真的发生时,上帝帮助了每个人,无论是面对生还是死。"她描述了乘客们表现出的安静和镇定。"他们都很沉着,不少人相当乐观,每个人都在努力去做明智的事情。男人们忙于照顾女人和孩子,甚至忘记了自己的安危。他们能做的不多,由于船的倾斜,大部分救生艇都没有投放成功,但他们尽力了,显示出了男人应有的气概。"

普雷斯顿·普里查德所在的 D-90 号舱室一共入住了四个人,但只有一人幸存,那就是他的朋友阿瑟·加兹登。普里查德的尸体一直没能找到,然而那些写给普里查德妈妈的回信已被完好归档,这些信件将他的形象描绘得栩栩如生,仿佛他仍然活在这个世界的余光之中。

第五部
大海的秘密

伦敦
归罪

接下来所发生的事情让特纳船长颇为诧异。灾难的起因显而易见——就是一种战争行为——但海洋军事部却立即行动起来，力图全盘归罪于他。在灾难发生后的一周，任何间接参与了内部交流的人，或者说那些"录记员"，都被各个海军高级官员办公室的职员支使得团团转，对于海洋军事部打算伪造案情、将特纳作为替罪羊的企图，他们都看得清清楚楚。举个例子，丘吉尔自己就写道："我们应该直接起诉船长，无须搞什么核查。"

然而还没等海洋军事部下手，爱尔兰金塞尔镇的死因裁判官约翰·J.霍根就独自发起了一次有陪审团参加的死因调查讯问，此事令海洋军事部颇为不悦。霍根声称，他之所以要担负起这个责任，是因为有五名卢西塔尼亚号的遇难者被海水冲到了他的辖区。调查讯问于五月八日星期六开始，那是沉船事故发生后的第二天。霍根传唤了特纳，让他作为证人出庭，在听完特纳的证词后,霍根称赞他勇气可嘉,因为他和轮船一起坚守到了最后一刻。听到这些,特纳哭了。霍根后来在回忆录中称这位船长是"一位勇敢但时运不济的人"。

五月十日星期一,死因裁判官的陪审团做出了裁决:那艘潜艇上的全体官兵以及德皇犯下了"大规模蓄意谋杀罪"。

半小时后,海洋军事部发来了电报,命令霍根阻止特纳出庭作证。霍根写道:"不过,这个在保护卢西塔尼亚号免遭攻击时慢一拍的令人敬畏的机构,此次又姗姗来迟了。"

在策划行动计策、欲将全部过错归罪于特纳这件事上,海洋军事部可要迅速高效得多。灾难发生后的第二天,海洋军事部贸易委员会负责人理查德·韦布就散发了一份标注"密件"的长达两页的纪要。在这份文件中,他指责特纳无视海洋军事部的指令,该指令要求他走Z字形航线,并"应当与突出的海岬保持安全距离"。韦布还写道,特纳反倒"沿着以往的贸易航线前行,速度只达到这艘船最大航速的四分之三左右。因此,可以说是他让这艘珍贵的班轮在最容易受到攻击、最容易出事的水域耽搁了太久"。

韦布递交了正式申请,请英国沉船事务委员会开展调查,该委员会由默西勋爵掌管,他领导过多起沉船事故调查,包括泰坦尼克号和爱尔兰皇后号的沉没事件。

五月十二日星期三,韦布更加严厉地谴责了特纳船长。在一份新的纪要中他写道,特纳"表现出的疏忽几乎让人难以置信,这让人不得不认为，他要么是完全不称职，要么就是被德国人私下买通了"。在该文件左侧空白处，第一海务大臣费希尔用狂野粗暴的字体批注道："不管将来判决结果如何，我都希望调查后立即拘捕特纳船长。"

海洋军事部坚决主张，预先调查的关键环节——尤其是对特纳进行调查时——应当秘密进行，为此，他们采取了前所未有的措施。

美国领事弗罗斯特很早就意识到海洋军事部的首脑对特纳十分冷酷无情。五月九日星期天，弗罗斯特在两名美国陆军武官的陪同下，拜访了驻昆士敦的海军高级将领——海军上将科克。这两名陆军武官刚刚从伦敦赶来协助弗罗斯特安排美国遇难者遗体回运事宜。

海军上将科克在众人面前谴责特纳让船在行驶过程中太靠近海岸，速度过慢，并且大声朗读了星期五发给卢西塔尼亚号的警告文件。但是这些警告中包含的细节信息少得让弗罗斯特感到吃惊。"那些警告仅仅罗列了一些事实而已，"弗罗斯特后来写道，"没有说明，也没有解释。确实，特纳应该让船离海岸再远一些，但就我看来，海洋军事部似乎也没有对他尽到应尽的全部责任。"

两位美国武官中，W. A. 卡斯尔上尉在他写的会议纪要里提到，有一个非常重要的话题丝毫未被提及。"我被眼前这一幕惊呆了，这位海军上将极力为海洋军事部开脱，说他们的保护措施没有任何问题,却又说不出哪艘巡洋舰或海军舰船参与了保护。"卡斯尔接着说,在乘火车返回伦敦的路上,他就这一话题跟一位乘客进行了讨论,对方是皇家海军中尉。"他说话直截了当,尽管我琢磨着这些话还是私下说比较妥当,他说各码头停泊着那么多旧式鱼雷快艇,可以毫不费力地开到每小时二十五海里的速度,正是用来保护归航船舶的好东西,但就是没派上正经用场,他和那些军官兄弟都无法理解这究竟是怎么了。他还说,要是把这些鱼雷快艇往卢西塔尼亚号的左舷、右舷和正前方各摆上一艘,它也不可能被鱼雷击沉。"

既然能让德国成为唯一被谴责的对象,为什么海洋军事部还要试图归罪于特纳呢?归罪德国将会在世界范围内引发对英国的同情,加大对德国的敌意,效果也要好得多。这的确很难解释。不过,如果归罪于特纳,海洋军事部就能将人们的注意力从其未能为卢西塔尼亚号提供保护这一点上转移。(一九一五年五月十日,在下议院就此事接受质询时,丘吉尔冷冷地回答:"进行商贸运输的船只必须保全自己。")除此之外,还能守住一个秘密——海洋军事部早已通过四十号房间对U-20袭击卢西塔尼亚前的巡航路线了如指掌。要守住这个秘密,不仅要提防国内的审查,还要提防德国那些偷窥者。要想守住这些秘密,就要把人们的注意力引到别的地方。

海洋军事部这么做还有更多的理由。当时,U-20正在返航,一旦进入北海,它就会与埃姆登基地恢复无线电通信。五月十二日,英国侦听网络的电台截获了U-20发出的一系列电文。这些电文在海洋军事部内部引发了非同寻常的关注。四十号房间要求所有电台确认正确转录电文,并要求其提供确认无误、署名保证的电文副本。

在这一系列电文中,施维格发出的第一条是这样的:"已在爱尔兰南部海岸附近击沉一艘帆船、两艘轮船以及卢西塔尼亚号。正驶向埃姆斯河河口。"

海洋军事部是在上午九点四十九分收到这条电文的,译电副本有"绝密"字样。电文证实,这场灾难的罪魁祸首确实是这艘U-20,就是四十号房间自四月三十日开始就一直在追寻其行踪的那艘潜艇。

那天下午,四十号房间收到一条截获的德国公海舰队司令给施维格的回复,内容是:"我对指挥官及全体艇员取得的成功表示高度赞赏。我为你们的成就感到骄傲。祝愿你们平安归来。"

第三条电文接踵而至,是施维格发给基地的。在详细描述了对卢西塔尼亚号发起袭击的地点的经纬度之后,施维格指出,他"用一枚鱼雷"击沉了这艘船。

这太令人震惊了。当时,全世界的新闻媒体普遍认为卢西塔尼亚号是被两枚鱼雷击沉的,这也解释了为什么乘客们会报告有两次大爆炸。但现在,四十号房间的这些行家已然知晓,施维格仅发射了一枚鱼雷。

他们明白,此消息若是泄露,必定引发一系列敏感的问题:仅凭一枚鱼雷,怎么可能击沉卢西塔尼亚号这么大一艘船呢?

如果没有第二枚鱼雷,那到底是什么导致了第二次爆炸?

他们也认识到要不惜一切代价保守施维格这条电文的秘密,因为这类消息的特殊性可能正好会提醒德国人有四十号房间这类组织存在。

一九一五年六月十五日,默西勋爵主持的调查启动时,英国政府经历了一次周期性动荡,因为人们对西部前线炮弹短缺,以及丘吉尔进攻达达尼尔海峡的计划失败导致军队伤亡惨重和船舰损失巨大等问题有着很大争议。费希尔辞职了,丘吉尔也被抛弃了,海洋军事部由新来的人接管。然而,这些变化没能使他们减少对特纳船长的指责。

在几位目击者初步公开出庭作证——包括特纳,他简要描述了自己在这场灾难中的经历——之后,默西勋爵召开了第一次秘密会议,再次把特纳叫到证人席上。海洋军事部的首席律师爱德华·卡森爵士是本次调查的首席检察官,他严厉地对船长提出质询,像是在审一桩谋杀案,而特纳是头号嫌犯。显然,卡森希望证明特纳对海洋军事部的指示不理不睬,尤其是对保持在中央航道行驶这一指令。

特纳证实,按照自己的标准,他当时就是行驶在中央航道上。他说,通常情况下通过老金塞尔角时,他离岸边大概只有一英里。的确,有张照片显示卢西塔尼亚号在全速通过老金塞尔角时离岸边非常近,在照片上只有一根头发那么宽。但在袭击发生的时候,特纳估算,他的船距离海岸大概有十几英里——可能有十五英里。（多年后，一名潜水员将沉船位置精确定位在距金塞尔角十一又四分之三英里处。）

卡森还喋喋不休地质问特纳，为什么在遭遇鱼雷袭击时卢西塔尼亚号的航速只有十八节。特纳声称，降低航速可以让轮船抵达利物浦附近的默西河沙洲时正好赶上涨潮，从而直接入港而无须在沙洲外逗留，但卡森对这样做是否明智也提出质疑。卡森争辩说，如果特纳按最高航速走 Z 字形航线就可避开潜艇，且走 Z 字形航线要多费不少时间，他照样可以按设想的时间点准时到达沙洲。这里卡森忽略了一个事实，那就是尽管特纳并非刻意要走 Z 字形航线，但那天早上为了设置四点方位他数次改变航向，所以确实在海面上画出了一连串 Z 字形，可结果却是致命的：最后一次右转把船直接送到了 U-20 的发射轨道上。

特纳的律师——英国海事法方面的权威专家巴特勒·阿斯皮诺尔——想尽全力将特纳当时面临的情况总结为卢西塔尼亚号最后一个上午的动人故事，并希望连贯的讲述能为特纳争取到默西勋爵的同情。"我的意思是，我们现在站在事件已发生的立场上看问题相当不公平，因为我们现在掌握的大量信息他当时都不知道，"阿斯皮纳尔说，"现在我们可以坐在这儿讨论，做出冷静的判断，还有机会看看航海图。而船长的境况完全不一样。"

总之，默西勋爵听取了三十六位目击者的证词，有乘客、船员，还有除委员之外的数位专家。调查结束时，他不顾海洋军事部的态度，判定特纳在卢西塔尼亚号失事事件中没有任何责任。默西在报告中写道，特纳"做出了他最好的判断。这是一个有能力、有经验的人所做出的判断。尽管其他人可能有不一样的处理方式，结果也可能更好，但在我看来，他不该受到指责"。默西判定丘纳德公司关闭船上的第四个锅炉房与本案无关，他写道，速度是降了，"但比起其他往来于大西洋的蒸汽机船，卢西塔尼亚号还是快得多"。默西认为全部罪责应该由那艘U型潜艇的指挥官承担。

至此，特纳无疑松了一口气，但据他儿子诺曼说，他还是觉得受到了不公平的对待。"他对自己在调查过程中被如此对待非常不满……他们一直试图将沉船的罪责强推到他身上，尤其想在他当时所走的航线这一问题上治他的罪。"默西勋爵对此似乎也有同感。不久之后，他就辞去了沉船事务委员会委员一职，称这样的调查是"一场该死的肮脏交易"。丘纳德公司保留了特纳的船长职务。

至于针对这一事件的秘密调查，海洋军事部从未透露他们其实知晓U-20的行踪，也没有公开他们为保护猎户座号等战舰所采取的措施。此外，海洋军事部也没有去纠正默西勋爵做出的卢西塔尼亚号是被两枚鱼雷击中的裁定——尽管四十号房间很清楚，施维格只发射了一枚鱼雷。

这场调查也没有深入探究卢西塔尼亚号为什么没有取道更为安全的北部海峡通道，海军为什么没能为卢西塔尼亚号护航。其实，这样的问题才是卢西塔尼亚号事件中一些尚无定论的重大疑点：既然海洋军事部已经掌握了U-20的大量信息，既然海洋军事部过去愿意为入境船只护航或者引导它们调转航线避开风险，既然明知道这艘船装载着至关重要的步枪弹药和榴霰弹弹体，既然四十号房间的情报能催生出对猎户座号的过度跟踪与保护，既然那艘 U-20 在卢西塔尼亚号必经的航线上已经击沉了三艘船只，既然丘纳德公司董事局主席布斯在周五一大早就慌慌张张来到海军驻昆士敦的办公室，既然新开通的、更安全的北部海峡通道是可用的，以及，既然乘客和船员们都期盼着皇家海军能护送他们抵达利物浦，那么问题可就来了，这种局面下，为什么这艘船还要独自行驶？更何况就在其必经之路的正前方，一个已经多次得手、会连人带船统统干掉的杀手正候着呢！这一切都是为什么？

在英国国家档案馆以及剑桥大学丘吉尔学院保存的四十号房间档案中，找不到任何可以解释这些问题的资料。至于错过了利用四十号房间的情报成果去拯救上千条生命的机会一事，在这些档案中，连一丝一毫表示遗憾的迹象都看不到。

至少，这个问题让一位著名的海军历史学家——已故的帕特里克·比斯利感到困惑，二战期间他曾是英国海军情报部门的军官。直到二十世纪七八十年代，英国的保密法都禁止他撰写这一主题的文章，后来他出版了好几本书，其中一本描写四十号房间的作品已被当成半官方读物。在那本书中，他拐弯抹角地谈到了这个争议话题，他声称，假如不是故意制订行动计划要将卢西塔尼亚号置于险境，那么"剩下的解释只有一个——犯了不可原谅的错误"。

不过，在后来的一次采访中，比斯利就不那么审慎了。这次采访的资料收藏在伦敦帝国战争博物馆的档案馆。"作为一个英国人,一个热爱皇家海军的人,"他说,"我宁愿把这次失职归咎于粗心大意,甚至将其称为一个重大过失,而不愿称为蓄意加害这艘船的阴谋。"但他又说:"基于现已掌握的大量信息,我也不得不承认,总的来说,可能性最大的一种解释就是,确实有这么一个阴谋,虽然不是什么完美的计划,但为了将美国拖入战争,有人决定置卢西塔尼亚号于险境。"他写道,为猎户座号等战舰做了那么多,对卢西塔尼亚号却什么都没做,他百思不得其解。无论他怎样组织证据,最后还是回到了阴谋论上。他说:"如果这个结论不能被接受,那么,对这些奇怪至极的情况,谁能给我一个别的解释呢?"

没有护航这件事让丘纳德公司的律师们也大吃一惊。在默西勋爵调查期间,丘纳德伦敦公司为了帮助一位纽约律师为公司辩护,以在美国人提起的数十项责任索赔中占据优势,他们写了一份冗长的机密备忘录,其中有这样的文字:"关于护航的问题,阿尔弗雷德·布斯先生曾盼望英国海洋军事部派出数艘驱逐舰迎接这艘船并为其护航,而且他认为英国海洋军事部一定会这么做。昆士敦当时就有驱逐舰驻扎,但对于没有护航一事,除了得知温斯顿·丘吉尔发过一份关于海洋军事部不得护送商船的声明,我们没有得到任何解释。"这份备忘录没提到一个事实:实际上,当年早些时候,海洋军事部已经制订出为商船提供护航的相关规定。

这个问题同样让乘客、船员和昆士敦的市民感到困惑。三副艾伯特·贝斯蒂克后来写道，鉴于德国在纽约发出的警告以及海洋军事部当时掌握到的潜艇活动的最新动向，多多少少都应该增强护卫力度。"在卢西塔尼亚号驶入危险水域时，哪怕只有一艘驱逐舰伴航，那么，即便不能让卢西塔尼亚号免遭攻击、免遭生命损失，也一定能让险情减至最低。"詹姆斯·比塞特是丘纳德公司最杰出的船长之一，曾在特纳手下效力，且卢西塔尼亚号这次起航后不久，便在纽约附近水域遇到了他担任船长的卡罗尼亚号。他在回忆录中这样写道："刚刚过去的七天里，在英国和爱尔兰海岸附近，至少有二十三艘英国商船已经被德国 U 型潜艇用鱼雷击沉，就在这种时候，就在它即将抵达目的地、行驶在那片如此狭窄的水域中时，却仍旧没有海军护航，这样被忽视可真是非同寻常。"

至于一艘护航舰是否真能阻止灾难发生，特纳自己的说法也模棱两可。"也许吧，"在金塞尔的验尸官主持的讯问中，特纳这样回答，"不过关于这样的假设，人们永远都无法知道答案，说不定那艘潜艇会用鱼雷把我们两个都干掉。"

另一个谜团是卢西塔尼亚号那第二次爆炸。关于爆炸的起因，人们各执一词，还有比较隐晦的说法，有的说是军需品爆炸，有的说是含有爆炸性材料的秘密货物爆炸，这样的争论持续了一个世纪。船上的确可能藏匿有爆炸品，但即便如此，也不是引发第二次爆炸的原因，也不至于导致船沉没。幸存者们留下的大量陈述，无一能描绘出那类爆炸带来的惨烈景象。步枪弹药也不太可能是罪魁祸首。几年前进行的测试已经清楚地表明，这种弹药在暴露于火场时不会发生齐爆，而这一特性也正是促成美国商务部和劳工部批准此类货物由客轮运输的原因。

有一种推测听上去似乎更加可信：鱼雷爆炸时产生的冲击力使得这艘船剧烈摇晃，致使几乎已经空空荡荡的煤仓里霎时充满了爆炸性煤尘，随即被引爆。有证据表明，确实出现了这种尘雾。一名锅炉工当时正站在一间锅炉舱中央，他报告称，听到鱼雷撞击的声音后，他骤然发现自己被粉尘吞没了。但是煤尘显然没有被引爆，因为这名锅炉工还活着。同样，幸存者们的讲述也无一能描绘出粉尘爆炸本应导致的各处炽烈燃烧的灾难场景。随后，司法鉴定工程师调查得出结论，船上储煤的环境过于潮湿——部分原因是船体的冷凝作用，不可能形成粉尘爆炸所需的那种典型的环境条件。

最有可能导致第二次爆炸的原因是一条主蒸汽管道发生破裂，因为主蒸汽管道要在极高的压力下输送蒸汽。这也是特纳一开始就做出的推论。主蒸汽管道之所以破裂，有可能是因为第一次爆炸产生的直接冲击力，也有可能是因为低温海水灌入一号锅炉舱，接触到了高温管道或周围的固定装置，随即产生了被称为热冲击的潜在爆炸条件。事实上，鱼雷爆炸之后，轮船内部的蒸汽压力就开始骤降。当时右舷高压涡轮机房的一名轮机员就报告，主管道内的压力"几秒钟就降到了五十磅力每平方英寸"，大约是正常状态下的四分之一。

总的来说，施维格能成功袭击卢西塔尼亚号要归因于机缘巧合。哪怕是某方面的微小改变，兴许也能拯救这艘船。

如果特纳船长无须等待从卡梅隆尼亚号上转移乘客过来的那两个小时，他很可能就会在大雾中远远地甩开施维格，当时U-20正在潜航，而且正在返程的路上。说到耽搁，连特纳的侄女在最后一刻才上岸所造成的短暂延误都有可能是让这艘船遇险的原因。更重要的是，如果特纳没有被要求关闭第四个锅炉房以节省开支，就可以用二十五节的速度穿越大西洋，每天多航行一百一十英里，那么在施维格进入凯尔特海之前他已经安全抵达利物浦了。

大雾也是造成此次沉船事件的重要因素。这场雾只需再持续半小时，特纳和施维格就将谁也看不到谁，施维格就将继续返程。

所有因素加在一起，我们就看到了那个近乎妄想的事实：施维格的攻击居然成功了。假如特纳船长没有下达最后那个右转舵的命令，施维格根本没办法追上。更让人难以置信的是，那枚鱼雷居然没出毛病，公然蔑视了以往的发射经验，藐视了德国海军统计的百分之六十的失败率，它竟然就这样分毫不差地完成了它应当完成的所有使命。

不仅如此，它还精准命中了卢西塔尼亚号船体上一个合适的位置，让海水能灌满右舷的纵向煤仓，造成了致命的侧倾，从而"确保"了灾难的发生。熟悉船体构造和鱼雷动力学的人都猜不到，一枚鱼雷就能击沉卢西塔尼亚号这么大吨位的船只，更不用说这一过程仅仅用了十八分钟。稍早的时候，施维格攻击候选人号就用了一枚鱼雷加一连串的甲板炮炮弹；当天晚些时候，他用两枚鱼雷攻击了百夫长号。大约一年之后，即一九一六年的五月八日，他用三枚鱼雷才击沉了白星航运公司的希姆利克号，而且这艘船被三枚鱼雷击中后还在海上漂浮了二十八个小时。这三艘船的规模都远远不及卢西塔尼亚号。

此外，施维格当时还高估了卢西塔尼亚号的速度。他测算的结果是二十二节，实际的船速却只有十八节。假如他正确测算速度并相应调整发射时间，鱼雷击中船体的位置将会往后移不少——会击中船腹，这样也许能减轻这场灾难的严重程度，而且可以肯定，许多当场死在行李舱中的船员能够活下来，也就能投放救生艇。而且这样蒸汽管道也许就不会爆裂。假如特纳当时还能够让船继续前进，他也许就能开到昆士敦或者成功搁浅，甚至可能发挥这艘船卓越的灵活性，转而撞向 U-20。

不过话说回来，如果当时卢西塔尼亚号被击中后"并无大碍"，施维格大概会回来发射第二枚鱼雷。

其实，唯一值得庆幸的就是那个周五是个好天气。海水出奇地平静，阳光温暖。海上稍有些风浪都能把落水者们从漂浮着的船桨、箱子、木板上冲下来，还有可能淹没那些已经超载的救生艇。奥格登·哈蒙德乘坐的那艘救生艇一度搭载了七十五人，船舷上缘距离水面仅有六英寸。好天气挽救的生命不说有几百人，也有几十人。

华盛顿—柏林—伦敦
终酿大错

沉船事件发生后,威尔逊在公开场合连着好几天都没有提及这件事。他一切照旧。袭击发生后的那个周六,他上午打了一场高尔夫,下午出去开了会儿车,周日上午他去了教堂。一次在书房里,威尔逊对秘书约瑟夫·塔马尔蒂说,他知道这样不动声色会让一些人很不舒服。"如果我成天想的尽是些报纸上每天都能看到的卢西塔尼亚号的悲惨消息,就会事事发脾气,真要那样,人们呼吁我拿出行动时,我担心做不到公正公平。我不敢不公正地行事,我不能放纵自己的情绪。"

察觉到塔马尔蒂并未认同他的说法,威尔逊又说:"我猜,你肯定觉得我麻木、冷漠,少了点儿人情味儿,可是我亲爱的朋友啊,你错怪我了,多少个不眠之夜我都在思考这场悲剧。它像一场可怕的噩梦,时刻侵扰着我。上帝啊,自诩文明的国家怎能做出如此恐怖的事情来。"

威尔逊相信，如果他现在去国会要求宣战，应该能获准通过。但他并不认为这个国家真做好了投身战争的准备。他对塔马尔蒂说："如果我现在就提议采取激烈行动，恐怕除了遗憾和伤心，我们什么都得不到。"

事实上，除了由前任总统特迪·罗斯福领导的一个派别叫嚣投身战争，大部分美国人似乎都认同威尔逊的观点，不愿意开战。的确，愤怒是有的，但还没有出现明确的参战呼声，连《路易斯维尔信使报》和《芝加哥论坛报》这样的报纸上也没有，这两份报纸历来以激进、好斗著称。一位历史学家在印第安纳州对此次灾难事件进行了反响调查，在该地区，小社区的报纸都在敦促民众保持克制并支持总统。该州"六版和八版的日报及周报几乎都是一个基调，一致希望和平解决"。送达白宫的一系列请愿书里纷纷建议谨慎行事。田纳西州议会投票通过一项决议，表达了对威尔逊的信心并敦促该州居民避免过激的行为或言论。路易斯安那州的立法机构也投票支持总统并警告说，当前的危机"需要那些被赋予政府权力的人保持冷静、深思熟虑、坚定信念，并且思维缜密"。芝加哥拉什医学院的学生们也加入了，他们集体签署了一份请愿书，表示"对总统的睿智和耐心充满信心"，并请他继续奉行中立政策。伊利诺伊大学的牙科学生也抽时间完成了类似的请愿。

德国民众对卢西塔尼亚号沉没事件则是一派欢欣鼓舞。柏林一家报纸公然宣称，五月七日是"英国海上霸主地位终结的日子"，并且声称："英国人再也无法在他们的沿海水域保护贸易和运输了，他们最大、最美、最快的船已经被击沉了。"德国驻华盛顿的陆军武官对记者们说，船上那些美国人的死亡最终向这个国家展示了这场战争的本质。"美国人不了解局势，"他说，"之前，就算读到成千上万的俄国人或德国人被杀，你们也不会放在心上，不会有什么担忧和不安。这一次，它会让你们认真起来。"

直到五月十日星期一的傍晚，威尔逊才打破沉默：他前往费城，要在四万名新入籍的市民面前发表一场安排好的演讲。那天下午他见到了伊迪丝，所以抵达费城前他一直沉浸在那场邂逅的情感余波里。在演讲中，他谈到美国作为世界上一股和平力量的重要性，还谈到即使面对卢西塔尼亚号事件这样的悲剧，这个国家也需要坚守立场。他没有完整的演讲稿，只有一个大纲，边讲边即兴发挥。考虑到他当时的情绪状态，这不是什么好方式。"人因高傲而耻于争斗，"他告诉听众，"事实就是，这个国家会坚持正义，而不会用武力手段使别国心悦诚服。"

这是一种高尚的情操，但那句"人因高傲而耻于争斗"却让某些人不那么高兴。美国人确实不想打仗，但如果是因为高傲而耻于争斗，那可就扯远了。共和党主战派参议员亨利·卡伯特·洛奇称这"可能是（威尔逊）创作出来的最不合时宜的短语"。

威尔逊告诉伊迪丝，说出那些话时，他正因深爱她而陷入迷茫。在星期二上午的信中他写道："我完全不知道自己在费城都说了些什么（我乘车在暮色中沿着街道前行，发现自己有点儿恍惚，竟搞不清自己是在费城还是在纽约！），我的心还在荡漾，因为昨天那美好的相见，因为你给我的小纸条让人感伤又甜蜜；但在我的脑海里，许多事情已经清晰起来。"

那个周二，威尔逊忙了一整天，准备就卢西塔尼亚号事件向德国提出抗议。他在哈蒙德便携式打字机上敲打着，试图找到恰当的措辞——坚定而直接，又并非为了引战。周三傍晚，他终于完成了。他写信给伊迪丝："刚刚最后调整了一下我们准备发给德国的外交照会，现在该跟你说说话了。真开心！我敢肯定，你整晚都在我身边，因为我工作的时候，神奇的平静和爱意一直伴随着我。"

尽管国务卿布赖恩有异议，威尔逊还是发出了这一照会。布赖恩觉得，要做到真正的公平和中立，美国同样要对英国提出抗议，谴责英国干涉贸易。威尔逊拒绝这么做。在这篇照会中，他不仅提到了卢西塔尼亚号，还提到了法拉巴号的沉没、利昂·思拉舍的遇难、库欣号遭遇的炸弹袭击，以及戈尔弗莱特号遇袭事件。他援引了"海洋的神圣自由性"，阐述了本质上作为武器的潜艇被用于攻击商船时是如何违反了"众多正义和人性的神圣原则"。他要求德国政府谴责这类攻袭行径，做出必要的赔偿，并采取措施确保悲剧不再重演。但他又小心翼翼地指出，美国和德国一直有"特殊的友谊纽带"。

威尔逊的抗议——关于卢西塔尼亚号事件的所谓第一次照会——开启了两国持续两年的唇枪舌剑。针对中立国船只的袭击还在继续，德国间谍在美国的活动也时有曝光，在这种背景下，美国不断地抗议，德国也只是不停地回复。威尔逊尽其所能，让美国在行动和精神上都保持中立，但国务卿布赖恩认为他做得还不够，并于一九一五年六月八日辞职。他的离去招致了普遍的谴责，报刊编辑把他比作加略人犹大和贝内迪克特·阿诺德①。印第安纳州戈申的《新闻时报》评论说："被德皇授予铁十字勋章的那些人都没有布赖恩的贡献大。"在给伊迪丝·高尔特的信里，威尔逊把布赖恩说成"叛徒"。他让国务院二号人物——副国务卿罗伯特·兰辛接替了布赖恩的位置，此时的兰辛已经开始倾向于开战。

然而，威尔逊也有值得高兴的事。在一九一五年六月二十九日的信里，伊迪丝终于答应嫁给他。那年的十二月十八日，他们结婚了，在白宫举行了简单的仪式。这一对在当晚开始了蜜月旅行，乘坐私人轨道车前往弗吉尼亚州的温泉城，很晚才吃了些鸡肉沙拉当晚餐。第二天清晨，轨道车进站的时候，威尔逊的特工埃德蒙·斯塔林碰巧在看车上的起居室，斯塔林后来写道，他看到"一个戴着高顶圆礼帽、穿着燕尾服和灰色晨礼裤的身影正背对着我，手插在兜里，愉快地跳着吉格舞"。

就在斯塔林看着的时候，威尔逊仍未意识到他的存在，把鞋跟踢向空中，唱道："哦！你个漂亮的娃娃啊！你个好美好美的大娃娃！"

---

① 美国独立战争中的将军，一直被视为美国独立事业最大的叛徒。

德国政府内部支持和反对使用潜艇袭击商船的各派系的影响力此消彼长，潜艇战也随之时而激烈时而缓和。德皇本人也对袭击客轮的行为表示反感，一九一六年二月，他对公海舰队司令、海军上将舍尔说："假如我是一艘潜艇的指挥官，明知道一艘船上有妇女儿童，我绝不会向它发射鱼雷。"翌月，德国最拥护无限制潜艇战的国务秘书阿尔弗雷德·冯·蒂尔皮茨在失望和沮丧中辞职。这件事还招来了一个人的同情——英国前第一海务大臣杰基·费希尔为此写了封便函。"亲爱的老蒂尔皮茨"，他这样称呼对方。信中，他鼓励提尔皮茨"振作起来"，并告诉他："你是一个懂战争的德国水手！要干掉你的那些敌人，而不要干掉你自己。我不会因为潜艇的事情怪罪你的。我自己也做过同样的事情，只有英国的那些白痴才不相信我告诉他们的。就这样吧！再见！"

结尾处，他用惯常的方式署了名："永远在那里的，费希尔。"

一九一六年六月，德皇颁布法令，禁止攻击大型客轮，包括那些明显是英国籍的客轮。他接着又对U型潜艇指挥官如何及何时能攻击船只给出诸多限制条件，以至于德国海军为了表达不满，暂停了英国海域内所有针对商船的行动。

但是，卢西塔尼亚号仍然是冲突的焦点。威尔逊总统认为他的抗议没有得到满意的回应——这对英国海军情报总监"眨眼狂人"霍尔来说正中下怀，他认为，在化解卢西塔尼亚号问题上，任何拖延都"有利于协约国一方的胜利"。

施维格上尉进一步让美国与德国的关系恶化了。一九一五年九月四日，在一次巡逻任务中，他击沉了十艘蒸汽机船和一艘四桅帆船，并用鱼雷击沉了赫斯帕里恩号客轮，造成三十二名乘客和船员死亡。

赫斯帕里恩号显然正在出境前往纽约的途中，因此不可能携带军火或其他战时禁运物品。这艘船上有一具遗体，正打算在此次航程中运回蒙特利尔，是卢西塔尼亚号遇难者、一位富有的加拿大人弗朗西斯·斯蒂芬斯。

一九一六年，威尔逊赢得连任。之后，他几乎每天都要打高尔夫球，常常是跟新任太太一起，有时他们甚至还会去雪地里打，特工斯塔林把高尔夫球漆成红色以提高辨识度。他们还常常驱车到郊外玩，这是威尔逊最热衷的消遣方式。新婚姻振奋了他的精神，驱散了他的孤独感。就像之前那位威尔逊太太一样，伊迪丝现在也成了颇值得他信赖的顾问，要听他的演讲草稿，评点他那些对德照会，而且还要时不时地提出各种建议。

在白宫之外，威尔逊的诸多对德照会和德国的回应开始沦为被揶揄的对象，当时一位编辑就写道："亲爱的德皇：尽管此前我们已经就此问题达成一致，但又有一艘载有美国公民的船只被击沉了。因此，我们不得不本着最友善的精神通知您，鉴于此类事件反复发生，我们要向陛下您最尊贵、最热爱和平的政府再发出一份照会。"

直到一九一六年十二月，威尔逊仍然相信自己能让美国保持中立，甚至认为自己也许可以充当调停者，促成交战双方达成和平协议。因此，在那个冬天，当德国声称可以在一定条件下考虑与英国和平相处的时候，威尔逊非常振奋。英国当即拒绝了这一提议，称德国是在企图宣告胜利，但对威尔逊来说，这件事至少带来了未来进行谈判的希望。而德国驻美大使约翰-海因里希·冯·伯恩斯托夫伯爵暗示德国确实愿意参与和平谈判，这让威尔逊对自己的乐观想法更有信心了。

但是相比实际情况，伯恩斯托夫显然过于乐观，他的政府正在酝酿一种戏剧性的新变化，对此他能把控的着实有限。

德国出现了一种十分矛盾的境况的转变。就在领袖似乎正在为走向和平而不懈努力的同时，政府内部赞同全面潜艇战的阵营却赢得了更广泛的支持。这些人都是军官，正在寻求授权以击沉所有进入战区海域的商船，无论船是否属于中立国——甚至对美国船只也一样。德国公众的狂热也推动了这种转变，因为他们已经对堑壕战的绞杀感到恐惧和绝望，所以转而将潜艇看作一种神奇的武器——一种超级武器（wunderwaffe）——如果能在交战中充分运用，英国将很快臣服。与此同时，德国海军的战略思维也发生了根本转变，施维格和U-20为此起了重要作用。

一九一六年的整个秋天，作为潜艇指挥官的施维格持续奉上一幕幕出色的表现，击沉了一艘又一艘船。但进入十一月初，他开始遇到麻烦。在西线通道为期三周的巡逻任务结束后他开始返航，途中他的潜艇在大雾中搁浅，距离丹麦海岸只有约二十英尺。他通过无线电请求援助，却收到了让人无法忍受的回应。海军上将舍尔命令几艘驱逐舰赶赴现场，试图把U-20拉出来，并派出了一个完整的作战分舰队——巡洋舰和战列舰的组合——提供保护。但是U-20仍然深陷在那里。施维格接到了摧毁潜艇以防落入敌手的命令。他引爆了艇首的两枚鱼雷。如果他是要毁灭这艘潜艇，那这个目的并未达到。艇首是被破坏了，但其余部分及甲板炮仍完好无损地嵌在沙子里，深达十五英尺，从岸边完全可以看到。

此时在伦敦，四十号房间收到一些无线电拦截情报，表明有不寻常的事情发生。四十号房间的日志上记载："出现一些巨大的骚动和不同寻常的活动。"海洋军事部派一艘潜艇赶了过去，潜艇指挥官发现了四艘战列舰并向其中两艘发射了鱼雷，战列舰均被击中，但无一沉没。

事后证明，该事件对德国海军战略产生了明确而具体的影响。首先，德皇威廉斥责舍尔将军竟为了一艘潜艇让这么多舰船涉险，这是十分不应当的。舍尔反驳说，潜艇已经取代公海舰队，成为德国海军的主要攻击性武器。舰队成天躲在基地里，表面上在等候大决战，实际上一事无成。舍尔对威廉说，今后舰队"必须致力于一项任务——保证让潜艇安全出发，完好返回"。舍尔认为U-20尤其重要，因为如果放任皇家海军摧毁或俘获这艘曾击沉卢西塔尼亚号的U型潜艇，"对英国政府而言，将是一个大好消息"。

他告诉威廉，要想让潜艇上的全体官兵斗志昂扬——让他们"满怀热忱"——需要向他们充分保证，遇到麻烦时他们不会被抛弃。舍尔说："对我们而言，每艘 U 型潜艇都无比珍贵，值得让所有可调动的舰队去冒险，为它们做好协同，提供支援。"

那时德国潜艇舰队已经具备相当的实力，极可能成为一支真正强大的作战力量。一九一五年五月，海军仅有三十艘 U 型潜艇，到了一九一七年，超过了一百艘，大都比施维格的 U-20 更大、更强，能携带更多鱼雷。当然，如何将这样一支大的新舰队的效用发挥到极致，部署的压力也在与日俱增。

德国海军上将亨宁·冯·霍尔岑多夫提出了一项听上去极为诱人的行动，而且居然在无限制战争的支持者和反对者之间成功达成了一致。霍尔岑多夫提议，通过放松对 U 型潜艇的限制并允许指挥官击沉进入战区的任何船只，就可以在六个月内结束这场战争。不是五个月，也不是七个月，就是六个月。他推算出，计划要想获得成功，必须从一九一七年二月一日开始，晚一天都不行。他声称，是否要让美国卷入这场战争并不重要，因为在美国军队做好动员之前，这场战争就已经结束了。施里芬计划就像这份行动计划的陆地版本，都体现了一种"条理分明"的德国思维模式，尽管似乎没人意识到其中也包含大量的自我欺骗。霍尔岑多夫夸口道："作为一名海军军官，我保证，没有一个美国人会踏上这片欧洲大陆的土地！"

一九一七年一月八日，德国的高级文官和军官聚集到德皇威廉位于普勒斯的城堡，开始商讨这份计划。第二天傍晚，威廉以最高军事长官的身份签署了一项命令，将计划付诸实施，这将成为这场战争中最重要的决定之一。一月十六日，德国外交部向驻华盛顿的伯恩斯托夫大使发送了这场新战役的通告，并指示他于一月三十一日，即新战役开始的前一天递交给国务卿兰辛。这种时间安排对威尔逊来说就是公然冒犯：没给他们留任何抗议或谈判的机会，而且当时伯恩斯托夫正在宣扬德国有多么期待和平解决。

威尔逊震怒，但没有将通告视为开战的充分理由。他现在还不知道伯恩斯托夫收到的电报有两份，第二份是增附的机密电文，两封电报都被截获并转给了伦敦旧海洋军事部大楼里那个"眨眼狂人"霍尔的情报部门，当时，那里已经掌管四十号房间情报工作里另一项同样极其敏感的业务——截获外交通讯，既有德国的，偶尔也有美国的。

在霍尔的团队里，最先领会到第二封电报的重要性的人是首席译码员奈杰尔·德·格雷少校。一九一七年一月十七日的早晨，霍尔正在和一位同事处理日常事务，德·格雷走进了办公室。

"D.I.D.，"他用情报部门主管的首字母缩略词来称呼霍尔，"你想把美国拖进战争吗？"

"是的，我的孩子，"霍尔回答道，"怎么了？"

德·格雷说他手里有一条电文，内容"相当惊人"。电文是前一天拦截到的，德·格雷还没读完，但目前破译的内容似乎也太离谱了，简直难以置信。

霍尔默默地将破译的内容读了三四遍。"我不记得有什么时候能比现在还兴奋。"他这样写道。

但他随即意识到，这样一条意义非凡的电文也带来了挑战。如果当即披露其内容，不仅是在拿四十号房间这个大秘密冒险，还会引发对这条电文的质疑，因为电文中的提议必定招致怀疑。

电报是德国外交部部长阿瑟·齐默尔曼发的，用四十号房间还不熟悉的新代码编写。将全部电文破译为流畅的英语的过程缓慢而艰难，但电文的主要意思还是逐渐显现了出来，就像暗室水池里显影的照片。该电文授意德国驻墨西哥大使向墨西哥总统贝努斯蒂亚诺·卡兰萨提议结盟，假如新的潜艇战让美国卷入战争，则联盟生效。齐默尔曼提议："协同作战，共创和平。"作为回报，德国将帮墨西哥夺回曾经属于他们的国土——现在属于得克萨斯州、新墨西哥州和亚利桑那州。

霍尔毫不怀疑这份电文的重大价值。"这会成为一件天大的事，"他告诉德·格雷，"也许是这场战争中最重大的事情。暂时不能让房间之外的任何人知道。"这表示连霍尔在海洋军事部的上级都要瞒着。

霍尔希望这份电文不要泄漏，因为现在德国的无限制潜艇战宣言有机会说服威尔逊总统参战。一九一七年二月三日，威尔逊与德国断绝了外交关系，并命令伯恩斯托夫大使离境，这让霍尔对自己的预想充满了希望。但接下来威尔逊并没有呼吁开战，在当天的演讲中，威尔逊表示不相信德国真打算攻击进入战区海域的船只，并说："即使是现在，只有他们公然行动才能让我相信这一点。"

霍尔意识到，时机已到，该出手了——他得把电报交到美国人手上，但同时要保护好四十号房间这个大秘密。霍尔略施小计，搞到了电报的副本，就像是从墨西哥收到、由墨西哥电报局员工送达的一样，由此英国便可以宣称是通过传统的间谍手段获得的。一九一七年二月二十四日，英国外交大臣正式向美国大使佩奇递交了一份完整破译的电报副本。

威尔逊希望立即公布这份文件，但国务卿兰辛建议不要这样做，认为先要确认电文的真实性。威尔逊同意了。

就在同一天，有消息称，丘纳德公司的客轮拉科尼亚号在爱尔兰海岸附近被两枚鱼雷击中并沉没。遇难者中有一对来自芝加哥的母女，伊迪丝·高尔特·威尔逊认识她们。

威尔逊和兰辛决定把电报披露给美联社，一九一七年三月一日，这件事成了美国各家报纸的头条新闻。怀疑者当即宣称电报是英国人捏造的，正如兰辛和霍尔上校担心的那样。兰辛预计齐默尔曼会否认这一消息，迫使美国要么披露消息来源，要么闭嘴并坚称国家信任总统。

但齐默尔曼的举动让他吃了一惊。三月二日星期五，在新闻发布会上，齐默尔曼承认自己确实发了那份电报。"对于一个长期谋划国际阴谋的人来说，"兰辛写道，"承认这一事实就是在以最出人意料的方式铸成大错。当然,发那封电报本身就很蠢,但跑出来承认就更是蠢得没边了。"

德国希望将墨西哥纳入同盟并承诺拿美国的领土作为回报,这本身就够骇人听闻的了,紧接着又传来消息,三月十八日星期天,德国潜艇未加警告便击沉了三艘美国船只。(为了加强全球动荡的感觉,席卷俄国的起义暴动——二月革命——导致沙皇尼古拉退位,第二天,报纸上登满了俄国当时的首都彼得格勒街头暴力的新闻。)这个国家的情绪发生了根本性的改变,媒体现在开始呼吁开战。正如历史学家芭芭拉·塔奇曼所说:"那些报纸一直热衷于中立,直到齐默尔曼往空中射了一箭,中立立场就像死鸭子似的掉了下来。"

国务卿兰辛十分兴奋。"美国人民终于准备好对德开战了,感谢上帝。"他在个人备忘录里这样写道,字里行间透露出一定程度的杀戮欲。"可能需要两三年,"兰辛写道,"甚至是五年,战争才会结束。可能要牺牲一百万美国人,甚至牺牲五百万人。但无论需要多长时间,不管牺牲有多大,我们都必须坚持到底。我希望,而且相信,总统会从这样的角度来看待问题。"

一九一七年三月二十日,威尔逊召集内阁,征询每个成员的观点。他们逐个发表看法,都说是时候参战了。大多数人认为,实际上美国与德国已经处于战争状态。"我当时肯定是言辞太激烈了,"兰辛写道,"因为总统让我嗓门小点儿,别让外面走廊上的人听见。"

所有人都发表完意见后威尔逊对他们表示感谢,但没有透露他会采取什么行动。

第二天,他请求国会在四月二日召开特别会议。为了准备演讲稿,他又开始用哈蒙德便携式打字机了。白宫首席接待员"艾克"·胡佛对一名工作人员说,从威尔逊的情绪来看,"德国人将在这次国会演讲中被骂个狗血淋头。我从没见过他这样怒不可遏。他心情不好,身体也不太舒服,头还一直痛"。

为了防止泄密,威尔逊要求胡佛在四月二日上午亲自带着演讲稿到印刷所付印。就在同一天,又传来消息说德国潜艇击沉了美国船只阿兹特克号,有二十八名美国公民遇难。威尔逊希望当天下午开始演讲,但因为各种国会程序问题的干扰,直到傍晚他才得到通知可以前往。晚上八点二十分,他离开白宫,而伊迪丝已经提前十分钟动身前往国会大厦。

一场春雨飘飘洒洒,绵软而清新。宾夕法尼亚大道灯光璀璨,雨后的路面影影绰绰。国会大厦的圆顶有史以来第一次被点亮了。威尔逊的财政部长,即他的女婿威廉·麦卡杜后来回忆,当时,那被照亮的圆顶"在阴暗湿润的天空中是那么庄严肃穆"。尽管下着雨,数百名男男女女却整整齐齐地站在街道两旁,他们脱下帽子,表情凝重地看着总统的车子缓缓驶过。车子周围全是骑兵,这是个明显的信号,预示着即将发生的一切。马蹄稳稳拍击着地面,给队伍渲染上国葬般的凝重气氛。

八点半,威尔逊到达国会大厦,发现四周戒备森严,并且多了不少骑兵、特勤人员、邮政巡查员和城市警察。三分钟后,众议院议长宣布:"有请美利坚合众国总统。"大厅里爆发出欢呼和掌声。一面面小小的美国国旗到处挥舞着,就像鸟儿的翅膀。欢呼持续了两分钟,威尔逊才开始讲话。

这个国家已经熟悉他简洁而冷静的演讲,这种方式常常被听众描述为具有学者风范。他的音调没有透露他准备向国会提出什么建议。起初他一直盯着讲稿,但随着演讲的深入,他时不时抬起头,用目光强调自己所说的重点。

他称德国的行径已经构成"实质上的战争,针对的是美国政府和美国人民"。他简要讲述了德国过去的间谍活动,顺带提到了齐默尔曼电报,而且他为美国即将投入的这场战斗冠以崇高的名义。他说:"这个世界必须确保民主政治的安全。"

这时,一个人的掌声缓慢而响亮地响起,是密西西比州民主党参议员约翰·夏普·威廉姆斯。据《纽约时报》记者报道,他鼓掌时十分"庄重有力"。威尔逊接下来要阐明的中心思想以及所概括的美国可能会实现的一切,顿时赢得了参众两院各议员的强烈反响,一阵阵巨大的欢呼声充满了整个大厅。

威尔逊的演说获得了力量和动力。他警告说:"未来一段时间,我们将面临严酷的考验和牺牲。"他宣称,美国的战斗是代表所有国家的战斗。

"为了这样的使命,我们宁愿奉献生命和财产,奉献自己以及拥有的一切,我们满怀自豪,因为知道这一天已经到来:美国有幸用鲜血和力量去捍卫那些原则,正是这些原则给予她生命、快乐和她一向珍视的和平。上帝保佑她,她别无选择。"

听众沸腾了。所有人都站了起来，挥舞着手里的国旗。人们有的在欢呼，有的在吹口哨，有的在呐喊，也有的在哭泣。威尔逊演说了三十六分钟，自始至终都没有提卢西塔尼亚号。演讲一结束，他便迅速离开了会议厅。

四天后，国会两院通过了一项战争决议。在此期间，仿佛是要确保不让美国人在最后时刻有所犹豫似的，U型潜艇又击沉了两艘美国商船，造成至少十一名美国公民死亡。国会通过决议之所以花了这么长时间，不是对决议本身有异议，而是因为参议员和众议员都明白这是一个具有重大意义的历史时刻，都希望自己的言论能在历史的长卷上留下一笔。一九一七年四月六日下午一点十八分，威尔逊签署了这项决议。

对温斯顿·丘吉尔来说，他等这一刻等得太久了。他在回忆录《世界危机：一九一六至一九一八》中谈到了威尔逊："一九一五年五月就该完成的事，他却到一九一七年四月才做。如果当时就做，那些杀戮、痛苦、毁灭和灾难都将得到阻止。数百万家庭里那些空荡荡的椅子，今天都应该坐满了人。如果在这个支离破碎的世界中，胜者和败者都注定会活下去，那将会是多么不同啊！"

正如后来我们了解的那样，美国及时参战了。德国新的无限制潜艇战获得了惊人的进展，但英国官方选择保密。为了美国的海战计划，美国海军上将威廉·S.西姆斯前往英国与英国海军领导人会面，在此期间，他得知了真相。西姆斯被自己的发现震惊了。德国潜艇击沉舰船的频率如此之高，以至于海洋军事部官员内部预测，英国将于一九一七年十一月一日被迫投降。在情况最为严峻的四月，从英国出发的船有四分之一被击沉。在昆士敦，美国领事弗罗斯特见证了新战略的毁灭性打击：仅仅二十四小时，有六艘船被鱼雷击中，船员纷纷上岸。西姆斯上将向华盛顿报告："简单地说，我认为目前我们正在输掉这场战争。"

仅仅十天之后，美国海军就派出了一队驱逐舰，四月二十四日从波士顿出发，数量不多，仅有六艘。但它们出发的重要性不言而喻。

一九一七年五月四日，站在老金塞尔角高处的人都会看到一派壮观景象。先是从远处的地平线上出现了六股黑烟。那天天气出奇地晴朗，海水湛蓝，山坡上青翠欲滴，像极了两年前的那一天。不久后，船的影子越来越清晰，那蜂腰般细长的船体是这片水域不曾出现的。它们列队航行，每艘船上飘扬着一面很大的美国国旗。成百上千的围观者聚集在岸上，很多人手上还拿着美国国旗，这一意义重大的场景将令他们永生难忘。现在，这群殖民者的后代在英国需要的时刻归来了，伯纳德·格里布尔的一幅名画《五月花的回归》捕捉到了这一时刻，从私人住宅到公共建筑，到处都挂起了美国国旗。英国驱逐舰玛丽玫瑰号出海去迎接入港的军舰并打出了信号："欢迎美国舰船。"美国指挥官回应道："谢谢，很高兴有你们护航。"

五月八日，就在卢西塔尼亚号沉没两周年纪念日的前一天，这批驱逐舰开始了首次巡逻。

尾声
各自的结局

一九一六年七月间酷热的一天，港口领航员走进了曼哈顿炮台公园的海事新闻办公室。他邀请一群记者乘坐拖船进行一次短途旅行，沿哈德逊河溯流而上，到曼哈顿北部的扬克斯，他要在那儿"引出"一艘船，意思是引导那艘船向下游驶往纽约港更宽阔、更安全的航道。记者们通常并不愿意参与这种旅行，但那天屋里实在太闷，而且领航员又说新鲜空气对他们都有好处。于是那群记者就出来了，还带了不少酒，《晚间邮报》记者杰克·劳伦斯管那叫"液体面包"。当拖船驶进扬克斯码头时，记者们看到，那艘船是丘纳德公司又老又旧的远洋班轮乌托尼亚号，停在那儿是要装运一批战马。那艘船不大，只有一个烟囱。"它看上去污迹斑斑、脏乱不堪，一副寒酸的倒霉相，我们几乎都认不出来了。"劳伦斯这样写道。这艘船的黑色船身又刷了一遍灰漆，而且刷得很不讲究。"大部分漆面都已脱落，让它显出怪异难看的斑秃模样。"

天气让人萎靡，河面也安安静静的，那艘船却在奇怪地左右摇摆。劳伦斯从没见过这种情况，觉得"不可思议"。领航员解释说，摇摆是由船上的数百匹马引起的。因为感知到船向一侧倾斜，于是所有拴在这一侧的马会突然惊慌地向后退，造成船体向另一侧轻微摇动，这反过来又会使另一侧的马受到惊吓，并导致相反方向的后退、晃动。这样的周期性晃动会越来越明显，最后船就像是受到了波涛汹涌的海面的冲击。领航员解释说，这被称为"马场风暴"，一定条件下可能导致船体撞向码头，损坏甲板栏杆和船上的救生艇。

当拖船靠向乌托尼亚号，船上的货物舱门便敞开了，领航员就从那儿上去。太阳当头。黑暗的货舱里站着一个人，就在头顶舱门下的阴凉处。他低头看向领航员和记者，脸上没有一丝笑容。劳伦斯立刻认出了他——威廉·托马斯·特纳船长。"他身上那件老旧的蓝色制服脏兮兮、皱巴巴的，"劳伦斯写道，"但他的帽子——上面有丘纳德航线的徽章——仍然歪歪地戴在头上，还是那种熟悉的角度，显露出几分自信和自满。他的身形依旧挺拔、威严。"

领航员爬上了船。

"欢迎登船，先生。"特纳对领航员说。"我们马上就要上路。这些马都已经躁动不安了。"

特纳从一九一五年十一月开始掌管这艘船。当时该船正停靠在法国，老船长病倒了，特纳是唯一可以接替他的船长。就在特纳即将离开利物浦赴任接管时，丘纳德公司的董事局主席阿尔弗雷德·布斯将他请到了办公室。布斯对把特纳指派给这样一艘不太像样的船表达了歉意，但特纳让他别这样说。"我告诉他，对此我并不感到遗憾，"特纳说，"必要的话，一艘驳船我也会出海，因为我已经厌倦了当别人都在海上忙活的时候自己却待在岸上，终日无所事事。"

一九一六年十二月，丘纳德公司再次任命特纳担任战时被征用的客轮艾维尔尼亚号的船长，这艘船负责运送军队而不是战马。特纳在这艘船上干的时间并不长。一九一七年一月一日，在克里特岛附近的地中海水域，这艘船被鱼雷击沉，造成一百五十三名士兵和船员死亡。特纳幸存了下来。在遭遇袭击时，特纳一直驾船呈Z字形航线航行。

丘纳德公司安排特纳担任替补船长一职并让他重新掌管了毛里塔尼亚号。但这种任命只能说是表面上表示信赖，因为毛里塔尼亚号还待在干船坞里。

一九一八年，纽约的一位联邦法官开庭审理丘纳德公司是否应对沉船事件及其损失负责时，特纳被迫重新回到卢西塔尼亚号灾难的噩梦之中。这桩案子共整合了七十起诉讼，都是由美国的幸存者以及遇难者最亲近的亲属提起的。最终法官得出了一样的结论，即认为施维格发起的攻击和他发射的两枚鱼雷是造成这场灾难的唯一原因。

后来，温斯顿·丘吉尔写的一本书让特纳遭到了最后的羞辱。在那本书中，丘吉尔坚称应将这场灾难归咎于特纳，而且，尽管他很清楚与事实相左，可还是在书中声称有两枚鱼雷命中了这艘船。

老船长——朋友乔治·鲍尔戏称他为"了不起的小人物"——在卢西塔尼亚号沉没事件中幸存了下来，连带着一身傲气，毫发未损；在艾维尔尼亚号沉没事件中，他又幸存了下来，但这场新的侮辱却让他受伤不轻。当特纳六十四岁时，丘纳德公司要求其退休，他便去了澳大利亚，试图修补已经疏远的家庭关系，但发现那里的生活并不适合他。于是他又重返英格兰，在利物浦北部大克罗斯比地区的家中过上了退休生活，由他长期以来的生活伴侣梅布尔·埃夫里小姐照顾。他做了五六个蜂箱放在院子里，时不时收集一下蜂蜜。与人谈话的时候，他经常心不在焉地从手臂和小腿上挑出蜂刺。

据说，特纳是一个十分快乐的家伙，他喜欢时不时地抽上满满一斗烟草。他喜欢讲海上的事情，但从来不是人们想听的那种。"卢西塔尼亚号留给特纳船长的是巨大的挫败感，他很少提及此事。"埃夫里小姐这样写道。正是这种沉默让他的朋友明白这场灾难对他的影响到底有多大。波士顿有一位女性朋友对其深表同情，特纳在给她的回信中写道："我为那些失去生命的可怜人，以及那些因失去至爱亲朋而伤心不已的人，感到深深地难过。"但对于这个问题，他没再说别的，他这样告诉她："请原谅我没能说得更多，因为我不愿意再想起或提起它。"

但他并没有让这场灾难成为他挥之不去的梦魇，也没有像人们普遍认为的那样，变得沮丧消沉、一蹶不振。乔治·鲍尔写道："他太坚强了，不会对一件无法挽回的事情耿耿于怀，也不会允许那样的事情使自己陷入抑郁——抑郁不是他的性格，他任何时候都不会表现出抑郁。"特纳本人在接受《纽约时报》采访时也说："所有预防措施都用上了，而且凡是有可能救命的事情，该做的、能做的，我们也都做了，对此我没有什么不满意的。"

据乔治·鲍尔透露，特纳的心情一直还算不错。"公司里总是充满了嬉戏和玩笑，而他从来也没有让同事们觉得无趣或不开心。"他七十多岁时患上了结肠癌，再做到这一点就很困难了。"这个可怜的家伙在生命的最后一年简直痛苦万分。"鲍尔这样写道。

特纳于一九三三年六月二十四日去世，享年七十六岁。"他死的时候就像他生前一样，"鲍尔写道，"充满了勇气和无畏的气概，丝毫没有抱怨。一位坚强能干的、强硬的老派水手，就这样永远地离我们而去了。"

特纳的侄女梅塞德斯·戴斯莫尔来参加了葬礼。老船长被葬在了英格兰西北部别根海特的公墓，从利物浦码头出发，穿过默西河即可抵达。他的名字连同一段简要介绍卢西塔尼亚号的文字被镌刻在家族墓碑的底部。

新的战争又爆发了。一九四一年九月十六日，纳粹潜艇在外赫布里底群岛附近海域用鱼雷击沉了英国船只吉达摩尔号，三十六名船员中有三十一人丧生。遇难者当中有一位五十五岁的能干水手，名叫珀西·威尔弗雷德·特纳，他是老船长特纳的大儿子。

一九一七年四月，瓦尔特·施维格上尉奉命指挥一艘新的U-88型潜艇，比U-20型要大，而且能携带后者两倍多的鱼雷。七月三十日，德国海军授予他帝国最高荣誉奖项，一个非常漂亮的蓝色十字架，还配了一个法国名字"Pour le Mérite"，意为"功勋奖章"，大家都管它叫"蓝马克斯"。当时，他是第八位荣获该奖项的潜艇指挥官，因累计击沉十九万吨舰船而得到了这份奖励。单是一艘卢西塔尼亚号，就占了总吨位数的百分之十六。

在伦敦，海洋军事部的老楼里，四十号房间通过四艘巡洋舰对施维格和他的新潜艇进行了跟踪，其中一艘持续跟踪了十九天。施维格第四次巡航始于一九一七年九月五日，事后证明，这一次巡航相当"短命"。在进入北海后不久，施维格遇到了一艘专门针对德国潜艇的英国诱饵船——皇家海军舰艇斯通克罗普号，即那种所谓伪装猎潜舰，外表看上去就像是不堪一击的普通货船，实际上却是全副武装。在逃跑时，施维格把潜艇驶进了英军布下的雷区，他和艇员无一生还，潜艇也葬身海底，没了踪影。四十号房间用一个红色的小符号记下了这一战果："沉没。"

在丹麦，沿海居民常常会跑到施维格以前指挥的那艘U-20搁浅的滨海参观，时不时地，他们还会爬上潜艇的残骸，直到一九二五年，丹麦海军拆除了潜艇残骸上的指挥塔、甲板炮和一些组件，之后用强力炸药对残骸实施了爆破。如今，拆除下来的组件都收藏在丹麦托斯迈德市海边的一座博物馆里,该博物馆坐落在北海海岸线一片简朴的延伸地带上。指挥塔现在已经锈迹斑斑,就矗立在博物馆门前的草坪上,旁边是一台体形硕大、已经废弃的冷凝装置——那个一度横行海上并改变了第一次世界大战的历史进程的恐怖幽灵。

一九一八年,雷金纳德上校——"眨眼狂人"霍尔——因在四十号房间的出色工作而被封为爵士,尽管这项工作在几十年内都是保密的。接着他又以保守党的身份赢得选举,当选英国下议院议员,二十世纪二十年代一直活跃在政坛上。在一九二六年的那次大罢工中,保守党创办了一份临时报纸《英国公报》,并推举霍尔掌管人事工作。该报的总编辑是他的老上司温斯顿·丘吉尔。在罢工结束的前一天,报纸的发行量已飙升至每天一百万份。一九二九年,霍尔退出政坛,把家搬到了位于英格兰南部的新福里斯特,那里十分美丽,到处都是牧场和森林。

他开始着手出版一本关于四十号房间的书,其中有他作为情报总监所做的一系列壮举。但到了一九三三年八月,海洋军事部和外交部都感受到了世界上有一股新兴的黑暗势力正在蠢蠢欲动,于是对出书一事明确表达了不满,并希望将已经完成的书稿尘封。霍尔收回了手稿,然而他的笔记和一些已完成的章节现在保存在英国剑桥的丘吉尔档案馆中。一处记录显示,霍尔曾狂喜地惊叹:"情报工作竟然如此简单!"

霍尔相信,新的动荡的确很快就会降临欧洲。一九三四年,他访问了德国和奥地利。作为一名情报人员,他向政府报告了他对国家社会主义运动的看法。他也向一位美国朋友描述了此番经历。"所有年轻人都被网罗进去了,"他写道,"任何想置身事外不成为纳粹一员的人都不会好过,直到他们改变主意。那是一种群体性的残酷,只会存在于这样一个国家。"他又写道,"用不了多久,全人类都将面临一个共同的挑战——要与疯狗打交道;到那个时候,所有人都不得不承担起属于自己的那份责任。"

当下一场战争真的开始以后,霍尔加入了英国地方志愿军。他成了志愿军情报部门的负责人。随着战事的进行,他那从来就没好过的身体更是每况愈下。一九四三年七月,曾在他手下工作的代码破译员克劳德·赛罗科尔德——当时已经是克拉里奇酒店的主管——把霍尔安排进了酒店的套房,这让霍尔最后的日子好过了些。有一天,一个管道工来套房浴室做修理工作,为符合酒店高贵格调的要求,管道工穿了一身黑色西装。霍尔说道:"如果你是殡仪馆的人,老弟啊,你来得太早了。"一九四三年十月二十二日,霍尔去世。

所有幸存的乘客都从丘纳德公司获得了终身船票七五折的优惠。后来,他们有的结婚了,有的与好友建立起了终身友谊,还有至少两个人最后自杀了。丽塔·霍利韦特的姐姐伊内兹是著名的小提琴家,她不是卢西塔尼亚号的乘客,但她丈夫在这场灾难中丧生。她发现自己没有他活不下去。一九一五年七月下旬,她用枪结束了自己的生命。至少两名在沉船灾难中幸存的年轻人随后在战争中阵亡。

玛格丽特·麦克沃思得了一些情况复杂的后遗症。她经历的磨难造成了反常的影响：长期以来对水的恐惧倒是消除了，却开始产生一种夸张的受困于水下密闭空间的恐惧感。当她乘火车穿过塞文河下面的塞文隧道时，这种恐惧感就会出现。这是一条她得经常走的线路，而且次次都会产生同样的感觉。她写道："我总是会不由自主地想象隧道塌陷、水冲进来的场景，那些困在车厢里的乘客就像落入圈套后被困在小盒子里的老鼠一样，都被淹死、憋死。"

然而总的说来，她还是认为这场灾难让她变得更好了，她从中获得了一种新的自信。"如果有人问我我是否应该像在那场海难中那样行事，我就会对此产生极大的怀疑，"她这样写道，"那一次，我经受住了考验，没有让自己丢脸。"她还惊讶地发现，这段经历居然消除了她从小就有的那种对死亡的深深恐惧。"我的确不太明白这是为什么、怎么会这样，"她写道，"我能给出的唯一解释就是，当我仰面朝天漂在那洒满阳光的水面上时，我很清楚自己离死亡很近了。"那种景象并没有让她感到害怕，她写道："相反，它莫名其妙地让人有了一种受到保护的感觉，仿佛这是一件十分仁慈的事。"

她的朋友、同桌餐伴多萝西·康纳之后也加入了战争的行列，在法国靠近前线的一家战地食堂工作。为对她的帮助和勇气表达敬意，法国人授予她一枚十字勋章。

年轻的德怀特·哈里斯终于把订婚戒指送到了未婚妻艾琳·

卡文迪什·福斯特小姐手上，他们于一九一五年七月二日在伦敦结婚。他救下的那个小男孩珀西·理查兹在一九四九年六月二十四日自杀，只活到了四十岁。

香槟王乔治·凯斯勒后来兑现了他漂在水上时许下的诺言——如果能活下来，他将致力于救助战争受害者。他建立了一个基金会，为在战斗中失明的士兵和水手提供帮助。海伦·凯勒成了基金会的受托人，后来，她又以自己的名字为基金会命名为"海伦凯勒国际"，这个基金会直到今天还在。

灾难发生五个月之后，小劳里亚特根据亲身经历写了一本《卢西塔尼亚号的最后一次航行》，成了畅销书。后来，他开始继续经销书籍、手稿和艺术品。一九二二年，他通过美国索赔委员会综合部门提交了一份文件，为失去的萨克雷的画作和狄更斯的《圣诞颂歌》向德国提出了索赔要求。他希望能得到包括利息在内的五万一千三百九十九点三一美元的赔偿，委员会给出了赔偿他一万美元的判罚。他于一九三七年十二月二十八日逝世，享年六十三岁。《波士顿环球报》刊登了他的讣告，其中提到他前往伦敦和欧洲其他地方的海上旅行多达六十次。后来，一个个新主人将小劳里亚特公司打造成了一个拥有一百二十家劳里亚特书店的帝国，但因为扩张得太快，成本压力巨大，还面临着全国连锁书店和网上卖家的压力，该公司于一九八八年申请破产保护，一年后被永久关闭。

在这场灾难中丧夫的堪萨斯城乘客贝尔·奈什发现，即使灾难已经过去很久，她也会在看见湛蓝的天空时生出浓烈的不祥预感。西奥黛·波普把奈什夫人指定为遗产继承人之一，以此感谢她在朱利亚号救援船甲板上的举动，当时，是奈什意识到西奥黛并没有死，并大声呼救。

西奥黛花了不少时间才康复。她那些同属唯心论者的朋友纷纷伸出援手，安排她寄居在科克郡的一处人家。她刚到的时候脸上仍然满是伤痕，青一块紫一块的。她身上穿了很多衣服，都是她从昆斯敦居民捐赠的衣物中挑拣出来的。房东安排她住进了一间客房，墙壁是白色的，窗台上的小木盒里种着郁金香，煤火烧得旺旺的。在这之前，她一直精神恍惚，感觉不到太多的情绪。但是现在，突然间，在这样舒适、温暖的家里，她终于感到安全了。"我跌坐在椅子上，第一次，开始放声大哭。"她收到了不少慰问信。玛丽·卡萨特这样写道："如果你获救了，那是因为在这个世界上，你还有没做完的事。"

为了完全康复，西奥黛搬到伦敦，住进了海德公园酒店。亨利·詹姆斯经常过来看望她。西奥黛形容自己"处于一种十分不堪的极度疲惫、战战兢兢的状态"，亨利还坐在旁边她就迷迷糊糊地睡过去，但每次醒来时他都还在，"双手交叉着扶在手杖上，一动不动，看上去就像一幅铜版画"。尽管西奥黛以前来英国时很迷恋这里，但现在她发现这里明显变了很多。"你可能不知道战争让这儿变成了什么模样，"她在给母亲的信中这样写道，"简直令人窒息，真的。没人想变得沮丧，但所有人的思想和言语又经常表现出这一点。"后来，她回到了她那座心爱的房子——

希尔－斯特德。此后很长一段时间，严重的失眠和噩梦一直折磨着她，梦里，她总是在苦苦寻找那位卢西塔尼亚号上的年轻伴侣埃德温·弗兰德。状态十分糟糕的晚上，表姐会陪她在房间里来回走，直到她平静下来再回到床上。

她最终还是让自己戴上了"金项圈"，嫁给了前美国驻俄国大使约翰·华莱士·里德尔。她实现了自己的目标，建立了一所先进的男童学校来纪念已故的父亲。她把学校建在了康涅狄格州的埃文，命名为埃文老庄园学校，该校目前还在。

她的同伴埃德温·弗兰德确实失踪了，但据重组后的美国心理研究协会的成员报告，他曾多次去过该组织。

资料来源与致谢
博物馆里的甲板炮

记得读高中时，我脑海里的那张枯燥乏味的世界大事年表当中，卢西塔尼亚号事件只是一笔带过，夹在南北战争和珍珠港事件之间。我一直以为，既然美国在一战的头两年里——整个一战的一半时间里——并未参战，那么正是卢西塔尼亚号的沉没直接导致伍德罗·威尔逊总统被迫向德国宣战。但这一点只是该事件让我感到意外的诸多方面之一。当我真正开始涉猎这一主题，即开始挖掘美国和英国的相关档案时，我被吸引，被迷住，而且被感动了。

那些丰富的史料尤其牵动我的心绪，借助它们可以让卢西塔尼亚号事件以一种尽可能鲜活和生动的方式再现和还原——那些史料中有当时收发的电报、截获的电文、幸存者的口述笔录和证言证词、秘密情报的分类簿、海军上尉施维格当时写的作战日志、伊迪丝·高尔特的爱情信札，甚至还有卢西塔尼亚号离开纽约时拍摄的一段影像，诸如此类，都是档案珍宝。凡此种种已经构成了一块色调最丰富的调色板，而我能做的，只不过是希望借助它们达到最好的效果罢了。

找寻这些档案珍宝的过程充满了乐趣。每本书的写作都是对一些陌生领域的远征和考察，既需要智识，又耗费体力。智慧之旅能带你深入某一主题，并使你达到一定的专业水平。然而，这样的水准只是一种聚焦型的专长。我是一战研究领域的专家吗？不是。我现在对卢西塔尼亚号以及一战期间U型潜艇的知识了解得多吗？是的。我会再写一本关于沉船灾难或潜艇战的书吗？很可能不会。

体力上的消耗太大，各种超出我的预期。某一刻，我发现自己在十级大风中登上了丘纳德公司的玛丽皇后二号，那时正值冬天，我要从纽约去往南安普敦。另一次，我在汉堡迷了路，那个讲德语的导航系统让我焦头烂额，因为它设定在另一座城市，但照样不屈不挠地打算带我回到旅馆。我觉得自己简直就像《谍影重重》里的角色，在大街小巷中猛转方向盘，最后开进了死胡同，那时我才意识到，没有哪个正常的导航系统能错得这样离谱，把司机导到一条能进不能出的单行道上。这场体力之旅的最北端是丹麦的托斯迈德（即使当时是二月份），最南端是弗吉尼亚州的纽波特纽斯城的克里斯托弗·纽波特大学，最西端是斯坦福大学的胡佛图书馆，东边我去得就多了，包括永远令人惊叹的美国国会图书馆和美国国家档案馆，以及伦敦、利物浦和剑桥，这些地方同样收藏着让人着迷的档案。无论我做什么研究,似乎都要去趟英格兰,为此我简直开心得不得了。

就在这些探索和远征的过程中,启示性的静谧时刻屡屡出现,过去和现在瞬间开始连接,历史变成了一种摸得到的东西。我总是盼望这样的时刻到来。有一回,我一坐到斯坦福大学的胡佛图书馆里,还没开始工作,档案管理员便主动递给我一块木板,上面刻着"卢西塔尼亚号",是当时救生艇艇板的残片,最初是在一名被冲上岸的乘客尸体旁发现的。在丹麦托斯迈德的圣乔治斯特兰登斯莫斯博物馆,我能站到 U-20 甲板炮旁边触摸它——正是它击沉了莱瑟姆伯爵号——我妻子向我保证,它的身姿放到今天也很时尚。英国皇家植物园又叫裘园,那地方被天鹅们守卫得相当好,在里面的英国国家档案馆,我打开了一个档案盒,看到了真正的 SKM 电报密码本,即那本《帝国海军专用电报密码本》,那是一九一四年被俄国人弄到手的,之后送到了四十号房间。最令人震撼的时刻之一是我得到了利物浦大学丘纳德公司存档陈列室的许可,可以去查看卢西塔尼亚号遇难者陈尸所的资料照片。这种时刻就像是把手指伸进轻微带电的插座。这样的时刻也总让人更加放心,因为无论在一个主题中沉浸得有多深,我仍然喜欢看到那些实实在在的证据,以证明我写的事情的的确确发生过。

不可思议的是,就在我把初稿发给编辑之前的那一周,韩国渡轮世越号在前往济州的途中沉没,数百名韩国学童遇到了与卢西塔尼亚号乘客非常相似的经历。那天早上,我刚刚重写了本书中关于卢西塔尼亚号严重侧倾及影响救生艇投放那一段,几分钟后，我一浏览美国有线电视新闻网（CNN）的网站便读到世越号上发生的事，和我刚刚写完的那一段几乎一模一样。

乘坐玛丽皇后二号——顺便一提，那真是一艘出色而优雅的邮轮——让我对越洋旅行有了无法估量的深刻体察。即使是在今天，身处大西洋中央时也会感觉非常孤独。真要出现了什么灾难，想得到及时救援十分困难。和卢西塔尼亚号乘客们当时遭遇的情形不同，在离开纽约之前，我们每个人都要试穿一次救生衣。无论男女，无论同样的旅行你经历过多少次，谁也不能跳过这一过程。这是严肃的事情，而且坦率地说，的确有点儿吓人，因为一穿上它你就得想象那些难以想象的事情。

在创作以卢西塔尼亚号事件为主题的作品时，在筛选和权衡已经出版的相关内容时，你必须非常小心。那些内容当中有些是谎言，还有一些并非事实。这些东西一旦成为某种主流学术观点，就会连同那些脚注反复出现，最终以讹传讹。幸运的是我有一位向导——来自美国罗得岛州波塔基特的迈克·波里尔，他带我完成了这一切。迈克是业余历史学家，但很可能比任何在世者都更了解这艘船及其乘客。他审阅了我的手稿，检查了那些可能会让卢西塔尼亚迷贻笑大方的地方。有人认为迈克关心"卢西"的乘客就好像他们是他的侄子侄女一样。他的鼎力相助难能可贵。同样，我还得到了卢西塔尼亚迷杰弗里·惠特菲尔德的帮助，他带我参观了今天的利物浦。然而，这里我必须指明，如果书中存在任何错误，那是我自己的问题。

在本书成稿的全部过程中，对于节奏以及叙事完整性的评估，我仰仗几位我充分信任的核心读者——我的好朋友卡丽·多兰和彭妮·西蒙，我的朋友兼经纪人大卫·布莱克，我的秘密武器，即我的妻子克里斯汀·格里森，她在书稿上留下的那些旁注符号——有笑脸，有泪眼，有向下的箭头，还有表示要睡着了的表情符号一长串Z——一如既往地标记着我做得好和不好的地方。皇冠出版公司的编辑阿曼达·库克给我写了一封长达十一页的信，提供了一幅绝妙的路线图，指导我对本书的叙事结构稍作调整。事实证明，她是一位善于给予赞美的大师，但与此同时又能让我感受到她握笔如刀。我小心谨慎地完成了叙事调整，这一个月可能是我一生中最认真的一段写作经历。同样，我还应该感谢本书的文字编辑伊丽莎白·马格努斯，是她挽救了我，没有让书中一个明显从事危险演练的角色披上"闪耀的虚假外衣"，也没有让书中的乘客们在船上"过于嘈杂"。当然，我还必须感谢三位"超级英雄"——这是我自己的叫法——皇冠出版公司的玛雅·玛维吉、莫莉·斯特恩和戴维·德雷克，我承认他们调制马提尼酒确实比我更出色。感谢克里斯·布兰德和达伦·哈格，你们为本书设计了极好的封面。最后，我要为真正的英雄——埃玛·贝里和莎拉·史密斯举杯。

在研究过程中，我一直尽可能地求助于档案材料，但发现某些适合孩子阅读的初高中读物确实有独特之处：阿瑟·S.林克关于伍德罗·威尔逊的不朽的多卷传记就叫《威尔逊》，对我来说其中最有价值的一卷就是《1914—1915：争取中立的斗争》）；A.斯科特·伯格新近出版的《威尔逊》；约翰·基根那磨人的《第一次世界大战》；马丁·吉尔伯特的《第一次世界大战》；格哈德·里特的《施里芬计划》；洛厄尔·托马斯在一九二八年出版的关于一战中U型潜艇和艇员的《深海奇兵》；莱因哈德·希尔的《世界大战中的德国海军舰队》；丘吉尔的《1911—1918：世界危机》；保罗·肯尼迪的《1880—1914：列强的战争计划》；还有R. H.吉布森和莫里斯·普伦德加斯特的入门书《1914—1918：德国潜艇战》。

一路走来，我尤其喜爱那些个人史的作品，例如回忆录、自传和日记，尽管由于记忆消退以及有意隐藏和删减，对于这类作品必须格外小心。它们最大的价值就在于能提供过往生活的种种细节。这类作品包括：《白宫的斯塔林》，由威尔逊身边的特勤局特工埃德蒙·W.斯塔林撰写，他还带着我登上了威尔逊的蜜月火车。"就像亲耳听闻一样"，历史学家托马斯·苏格鲁这样评价《伍德罗·威尔逊：贴身回忆》一书（威尔逊的私人医生卡里·T.格雷森著）；《我的回忆录》（伊迪丝·宝琳·威尔逊著）；《舰队指挥官》（詹姆斯·比塞特著）；《德国的旅程》（保罗·柯尼希著）；《潜艇指挥官冯·弗斯特纳的日记》（格奥尔格－京特男爵冯·弗斯特纳著）；《卢西塔尼亚号的最后一次航行》（小查尔斯·E.劳里亚特著）；《这是我的世界》（朗达女爵玛格丽特·麦克沃思著）；《当船来的时候》（杰克·劳伦斯著）。还有一些这样的个人史作品也很有价值，它们让我对战前英国上流社会有了一定的了解和把握，比如由马克·博纳姆·卡特和马克·波特尔编辑出版的《幻灯：维奥莱特·博纳姆·卡特的日记和信件，1904—1914》。我承认自己有点儿爱上了时任英国首相赫伯特·亨利·阿斯奎思的女儿维奥莱特。

我引用了所有可以引证的材料，以及出于一些原因需要注明或补充的内容，还有一些可能导致卢西塔尼亚迷跑到我家草坪放火烧掉救生艇以示抗议的内容。本书还包含不少小故事，我无法一一让它们与本书的主体水乳交融，但我觉得照样值得一讲，因为这些小故事提供了更多的视角，这也是出于一个最好的理由：因为所以。

图书在版编目（CIP）数据

死亡尾迹 /（美）埃里克·拉森著；王俊生译. -- 海口：南海出版公司, 2025. 4. -- ISBN 978-7-5735-1033-4

Ⅰ. I712.55

中国国家版本馆CIP数据核字第2024GW9549号

著作权合同登记号　图字：30-2024-167

DEAD WAKE: The Last Crossing of the Lusitania
by Erik Larson
Copyright © 2015 by Erik Larson
Published by arrangement with Erik Larson, c/o Black Inc., the David Black Literary Agency through Bardon-Chinese Media Agency
Simplified Chinese translation copyright © 2025
by ThinKingdom Media Group Ltd.
ALL RIGHTS RESERVED

死亡尾迹

〔美〕埃里克·拉森 著
王俊生 译

出　　版	南海出版公司　(0898)66568511
	海口市海秀中路51号星华大厦五楼　邮编 570206
发　　行	新经典发行有限公司
	电话(010)68423599　邮箱 editor@readinglife.com
经　　销	新华书店
责任编辑	张　苓
特邀编辑	马希哲　黄奕诗
装帧设计	付诗意
内文制作	王春雪
责任印制	史广宜
印　　刷	河北鹏润印刷有限公司
开　　本	850毫米×1168毫米　1/32
印　　张	14
字　　数	283千
版　　次	2025年4月第1版
印　　次	2025年4月第1次印刷
书　　号	ISBN 978-7-5735-1033-4
定　　价	59.00元

版权所有，侵权必究
如有印装质量问题，请发邮件至 zhiliang@readinglife.com